QUI A TUÉ ALLY TOMLINSON ?

GREGG OLSEN

TRADUIT DE L'AMÉRICAIN PAR

THÉO ELRIC

L'OISEAU
NOIR

Titre original : « The weight of silence »

PROLOGUE

Nous sommes des chauves-souris.

Suspendues à l'envers, les mêmes que celles que nous observions enfants, quand nos parents nous emmenaient voir les grottes de Carlsbad et les rangées frémissantes de rongeurs ailés… C'était l'été avant que maman nous abandonne pour Hollywood. Stacy et moi portions des t-shirts qui changeaient de couleur, passant du rose au violet sous la chaleur du Nouveau-Mexique.

C'était il y a très longtemps. Dans une autre vie, même. Et pourtant, cela me revient comme un doux souvenir alors que nous vivons une tragédie. Ou quelque chose de pire, même.

Le chemisier de ma sœur n'est plus blanc, mais rouge. Je me tords dans tous les sens, bloquée par la ceinture de sécurité. Je ne vois pas le visage de ma sœur. Et je ne l'entends pas non plus. Je respire à grand-peine et sens chacune de mes côtes se briser quand ma poitrine se contracte. C'est la seule chose que je sens encore, en vérité. Mes jambes sont immobiles et la peur s'empare de moi. *Est-ce que je suis paralysée ? Est-ce que je suis morte ?* Le moteur hurle, dans sa lutte pour continuer de rouler, alors que les roues tournent dans le vide, pointées vers le ciel nocturne qui s'étend maintenant au-dessus de nos pieds. Je parviens à l'éteindre, et lorsqu'il se tait enfin, j'entends le Pacifique qui frappe sur la côte comme un maillet, quelque part en contrebas de l'endroit où la Honda s'est arrêtée.

— Stacy ? demandé-je.

Pas de réponse.

— Tu m'entends ?

Pas de réponse.

Je ne la vois toujours pas, mais quelque chose me dit qu'elle est vivante. Nous sommes dans un espace exigu et compacté par le crash et je peux sentir la présence de ma sœur. Stacy a une aura épaisse et impénétrable, une sorte de champ de force dont personne dans son entourage ne peut nier l'existence. Certains appellent ça du charisme. Moi, je dirais qu'elle a surtout un sale caractère, comme un méchant animal de compagnie. Quelque chose qui vous attaque sans crier gare, dès que l'envie lui prend de devenir malveillant. Quelque chose qui emplit la pièce et vous empêche de respirer. Quelque chose auquel personne ne peut échapper ni faire face.

Alors que tout se mélange dans mon esprit, je repense à ma mère et son envie de devenir une star. À sa façon de déverser tout son amour sur sa fille préférée, pour mieux l'abandonner plus tard. Maman était jalouse de Stacy. Parce que Stacy avait cette chose qu'ont les politiciens, les PDG et les célébrités. Ce pouvoir intrinsèque, qui ne peut être fabriqué.

— Stacy ? répété-je. Tiens bon, on va s'en sortir. Je te le promets.

Même à cet instant-là, j'ai conscience de consoler le Diable en personne. Mais je n'y peux rien, je l'aime ; malgré tout ce qu'elle est et tout ce qu'elle a fait. C'est un virus, ma sœur. Une maladie infectieuse. Toute ma vie d'adulte, j'ai prié Dieu qu'il me donne la force de me défaire d'elle. De notre lien effiloché, mais tristement élastique, pour lui dire au revoir une bonne fois pour toutes et ne plus croiser son chemin.

Je ne la reverrais plus jamais. Et je me mentirais à moi-même, pour me dire que j'avais plus de bons souvenirs avec elle que de mauvais ; et qu'elle me manquait, un peu plus chaque jour. Avec le temps, je finirais peut-être par y croire. Je raconterais à ma nièce combien Stacy était merveilleuse, une bonne mère et une gentille sœur. Et Emma passerait le reste de ses jours à croire que Stacy Sonntag Chase était aussi belle à l'intérieur qu'à l'extérieur. Pas une crème d'orange dégueulasse planquée dans un chocolat Whitman's, non – une vraie truffe de chez Godiva, douce, délicate et sophistiquée…

Il faut que je sorte d'ici. Emma a besoin de moi. Mon père aussi a besoin de moi. Je vais manquer à Carter.

D'une main ensanglantée, je pousse de toutes mes forces contre le toit. Il est couvert d'éclats de verre – qui me font penser à des strass, bizarrement. Je sens mes pieds bouger et ressens un certain soulagement. Je ne suis pas paraplégique. Mes jambes sont peut-être cassées, mais je ne vais pas finir en fauteuil. Je rectifie ma pensée : je vais survivre. Et je vais nous sortir d'ici. Toutes les deux.

— Stacy ? demandé-je à nouveau.

Ma voix est fébrile et prononcer son nom me fait mal.

— Putain, Stacy, réponds-moi s'il te plait !

Là, Sa Majesté daigne enfin me répondre. Je sens sa présence emplir l'espace, un souffle se fait entendre, puis sa phrase préférée, la plus insignifiante :

— Je suis désolée, Nicole. Vraiment. Tu peux me croire.

Menteuse de première.

— Je sais, dis-je. Je sais.

J'arrête de respirer quand je vois son visage, défiguré par l'accident. Sa peau est tellement lacérée que je peine à cacher mon expression.

— C'est moche, hein ? dit-elle en me fixant de ses beaux yeux bleus.

Ils sont bleus, blancs, rouges, ses yeux. Patriotiques, je me dis.

Go USA ! Yeah ! L'Amérique, la belle…

— Ça va aller, dis-je.

Elle touche sa joue et un filet de sang coule le long de son bras. Elle réprime un cri d'horreur à son tour. Je ne sais pas si c'est à cause du sang ou du fait qu'elle réalise qu'elle ne sera plus jamais la même. Aucun chirurgien ne pourra réparer ce qu'il est advenu de son indéniable perfection. Sa beauté lui a été volée, dans un accident de la route.

— Ça va aller, me dit-elle.

Dans un élan d'espoir, une prière.

— Oui. Ça va aller, tu verras.

De ma main libre, je cherche le bouton de ma ceinture, me détache et me retrouve soudain au plafond, recroquevillée comme un vieux mouchoir ensanglanté. Je ne me rappelle pas si la fenêtre du côté passager était ouverte ni si c'est de là que vient une partie des strass – le fait est qu'il n'y a plus de fenêtre. Je me glisse hors de la voiture et chaque parcelle de mon corps me fait un mal de chien. Chaque millimètre carré, chaque bout de moi est en feu. Je pense que je pleure, mais je n'en suis pas sûre. Du verre tombe de mes cheveux et du sang coule de toute part. Mon sang. Rouge. Si rouge…

Ma sœur m'appelle, me demande de la faire sortir. Et je me redresse, au milieu des graviers. Un petit vent chaud me souffle dessus. Il est parfaitement silencieux. Tout autour de moi, des épicéas et des pins, qui semblent fuir le turbulent Pacifique. *C'est si paisible à présent,* je me dis. Debout à côté de mon épave, je regarde l'océan. Il y a un bateau au loin, chargé de conteneurs transportant des voitures, des télés et des vêtements venus d'Asie. On dirait un mur à travers le vaste horizon, éclairé par la lune.

Et Stacy et moi, nous avons un mur entre nous. C'est ma voiture. Avec elle de l'autre côté. Qui pleure et me supplie de venir la chercher.

Mais je ne bouge pas. Et je reste là, pétrifiée.

TREIZE JOURS PLUS TÔT…

CHAPITRE 1

Mardi 15 août

Il est un peu plus de seize heures, le jour le plus chaud de l'été – avec des températures qui commencent par un 4. Une Subaru Forester s'arrête brusquement sur le parking du Starbucks. Le conducteur, un jeune homme, la vingtaine, descend en catastrophe, fait le tour du véhicule et tire sur la poignée de la porte arrière avec une telle force qu'il arrache presque la portière. Il tente d'extirper maladroitement un bébé d'un siège auto orienté vers l'arrière et crie si fort qu'une cliente sortant du café en fait tomber son Frappuccino. La boisson, froide et crémeuse, explose sur le sol et éclabousse ses jambes nues et elle aussi pousse un cri.

— Mon Dieu, mais qu'est-ce que j'ai fait ? hurle l'homme en s'agenouillant sur l'asphalte.

La femme, qui travaille au Wendy's à côté et souhaitait simplement rentrer chez elle, oublie l'incident de la boisson et court vers le véhicule.

— Oh mon Dieu, appelez le 911 !

— Mais qu'est-ce que j'ai fait… répète l'homme en se penchant sur son enfant.

La jeune femme, Jordan Conway, lui demande s'il sait faire un massage cardiaque. Il secoue la tête. Jordan a peur, mais pousse l'homme et détache le bébé de son siège auto. La petite fille porte un short rose et un t-shirt blanc avec un éléphant brodé dessus. Elle a aux pieds de minuscules sandales de plage, blanches elles aussi. Mais elle ne bouge pas. Sa peau est blême, avec des zones de bleu et de rose… Et ses yeux bleus sont fixes.

Jordan a été formée aux premiers secours dans le cadre de son job au Wendy's de son père, mais n'a jamais pratiqué que sur des mannequins. Son certificat attend sagement entre les pages d'un album photo qu'elle n'a jamais eu l'occasion de remplir… Penchée au-dessus de la petite, elle se souvient qu'on lui a appris à souffler dans la bouche et le nez des enfants en bas âge. Mais cet après-midi-là, alors que le devoir l'appelle, Jordan se penche et se retient de vomir, prise d'assaut par l'odeur qui émane du bébé et de l'intérieur de la voiture. Elle n'a jamais rien connu de pareil. C'est le jour le plus chaud de l'année. En seulement quelques minutes, le Frappuccino qu'elle a fait tomber se transforme en bouillasse collante.

— Sauvez-la ! supplie l'homme, alors qu'une foule de curieux s'amasse autour de la scène. C'est ma faute, putain ! Je l'ai oubliée !

Quelques instants plus tard, le son des sirènes éclipse celui de sa voix et la foule se sépare pour laisser passer les professionnels. Jordan, dans un mélange de terreur, de nausée et d'émotions qu'elle ne saurait nommer, abandonne. Les larmes aux yeux, elle s'écarte à son tour, pour que les ambulanciers puissent sauver la petite fille.

— J'ai oublié qu'elle était dans la voiture, explique l'homme. Je l'ai oubliée, putain ! Regardez ce que j'ai fait ! Ça l'a tuée, bordel de merde !

D'autres sirènes hurlantes ; puis d'autres personnes arrivent sur les lieux de la scène la plus triste que Jordan Conway et les autres aient jamais vue.

CHAPITRE 2

Mardi 15 août

Les yeux de mon père sont bleus comme ceux de ma sœur. Je sais qu'il entend tout ce que je dis, mais il se fait tard et sa lucidité diminue avec la chaleur et les heures de la journée. Il est assis dans un fauteuil roulant, face à la fenêtre qui donne sur une cour ornée de roses, rouges et jaunes, mais surtout fanées, cadeau de la famille d'une femme après son décès. À côté de lui, deux hommes jouent aux dames alors qu'ils n'ont pas de plateau, juste des disques en plastique qu'ils déplacent sans véritable logique.

— Est-ce que tu as faim, papa ? demandé-je.

Mais il ne répond pas.

Je pose ma main sur son épaule et je sens des bosses osseuses sous sa peau transparente.

— Le dîner sent bon aujourd'hui, dis-je, alors que c'est un mensonge.

Rien à Ocean View ne sent bon. Ce qui ne veut pas dire que ce n'est pas propre, ce n'est pas ce que je dis. Le personnel a l'air très attentionné, même si je ne saurais pas dire si leur vigilance et le soin qu'ils apportent à mon père relèvent de la compassion ou de l'esprit d'entreprise. J'imagine que c'est ce que j'ai pour le prix que je paye ; pour m'assurer que mon père est dans un meilleur endroit que là où l'assurance maladie l'enverrait. Je commence à réaliser que mon père risque de vivre trop vieux pour que je puisse le lui payer jusqu'à la fin. Alzheimer n'est pas seulement la plus cruelle des maladies, elle est aussi de celles qui durent le plus longtemps après le diagnostic. Elle vole les souvenirs des personnes qu'elle choisit et en crée des nouveaux, atroces, douloureux et déprimants, pour ceux qui ont la malchance de rester en dehors du brouillard.

— Tu es une gentille fille, Stacy, dit-il en tournant enfin vers moi ses yeux d'un bleu d'orage.

— Je suis Nicole, je réponds.

C'est moi, la gentille, ai-je envie de compléter. *Stacy n'est pas juste une salope, elle est pire que tout ce que tu pourrais imaginer. Si tu pouvais imaginer.*

— Tu as toujours été ma préférée, ajoute-t-il.

J'abandonne. Nous avons vécu cette scène un milliard de fois. J'aimerais qu'il se rappelle que c'est moi qui l'ai emmené à Ocean View et que c'est moi qui viens le voir sur le chemin du travail dès que je ne suis pas en plein milieu d'une enquête pour homicide. Que c'est moi qui dis au personnel de mieux s'occuper de lui et que les trois poils mal rasés sur sa pomme d'Adam le rendraient fou au point de se mettre à boire. S'il les remarquait, je veux dire. Ce qui n'est évidemment pas le cas. Mais, moi, je les remarque.

Papa se balance un peu sur lui-même. Il porte un pantalon de survêtement gris et un t-shirt blanc, propre. J'ai grimacé en le voyant aussi mal vêtu ce matin. J'aimerais qu'on l'habille comme s'il avait encore une vie. Je n'ai pas envie d'avoir l'impression qu'il s'apprête à aller se coucher, peu importe l'heure de la journée. Même si c'est le cas.

— Papa, je vais t'emmener au bistrot maintenant.

J'utilise le même langage que les employés d'Ocean View, qui consiste à présenter les choses comme plus chics qu'elles ne le sont réellement. Les chambres sont des « suites ». La salle de repos, c'est le « salon », et la cafétéria, c'est le « bistrot ». Le genre de clients qui tombent dans le panneau sont ceux comme mon père. Les autres – les plus vifs d'esprit, disons ; ceux qui ont des handicaps physiques, mais pas mentaux – savent très bien que c'est juste un outil marketing. La plupart de ceux-là résident dans l'aile nord et redoutent le jour où, comme mon père, on les transférera dans l'aile sud.

L'un de ses pieds a glissé hors de son fauteuil. Et je me penche pour le remettre en place. Ses ongles sont jaunes et fendus et ses pieds ressemblent à une carte routière, à cause de tous les vaisseaux éclatés qu'on aperçoit sous sa peau, plus fine que du papier à aquarelle. Sa main noueuse se pose sur le haut de mon crâne. C'est une gentille caresse, dont le but est de me remercier pour mon aide et pas de me chasser.

— Tu es une gentille fille, Stacy, me lance-t-il de nouveau.

Sa main tombe et je la pose sur son genou. Quand j'étais petite, c'était mon rêve d'être sa préférée. Je ne désirais rien de plus au monde que son amour et son approbation. Quand notre mère est partie, c'est moi qui ai fait tout mon possible pour que nous restions soudés, papa, ma sœur et moi. Je nettoyais la maison, je tondais la pelouse… Je jetais les bouteilles de gin vides que je trouvais près de son lit, sans dire un mot. Quand Stacy avait besoin de quelque chose – pour l'école, pour un hobby ou même un rendez-vous galant –, c'était moi qui m'assurais qu'elle l'avait. Un prêt sur gage au mont-de-piété d'Aberdeen et un job à temps partiel au Burger King après l'école ont nourri mon sens du devoir. Et je m'y attelais de bon cœur. Sincèrement. Je savais que ma sœur et mon père avaient besoin de moi, plus que je n'avais besoin de quoi que ce soit pour moi-même ; mais ce que j'ai appris dans tout ça, c'est que, parfois, plus on donne, plus les receveurs en demandent. C'est comme faire le plein de glucides avant un marathon. On mange dans un but précis, mais on s'aperçoit après la course qu'on en désire toujours plus.

Je respire un grand coup, puis soupire.

— Moi aussi, je t'aime, papa.

Il cligne des yeux.

Alors que je pousse sa chaise le long du couloir qui mène au « bistrot », je me demande si, en faisant le choix de le laisser ici, pensant prendre la bonne décision, je n'ai pas fait quelque chose de vraiment grave et regrettable.

J'ai besoin d'un moment pour décompresser chaque fois que je vois mon père. Pas juste à cause de lui. À cause de tout le reste. Moi. Ma sœur. Ma nièce, Emma. Tout ce qui m'a poussée à revenir à Hoquiam, petite ville industrielle pour le moins lugubre, au bord du Pacifique. Il n'y a pas pire comme endroit, honnêtement. Et en même temps, il n'y a pas d'autre endroit que je puisse appeler « chez-moi ». C'est cette ville qui a fait de moi ce que je suis. Pour ce que ça vaut, c'est Hoquiam qui m'a appris qu'avec une bonne grosse dose de courage et de travail acharné, on peut échapper à la route qui nous est prédestinée, selon l'endroit où on est né et de qui on est né.

J'ai fait le boomerang, oui, c'est sûr. Mais je suis sortie de ce trou à rats et j'ai vu du pays. C'est ce que j'essaie de me dire quand je recroise ces hommes et ces femmes que j'ai connus dans ma jeunesse. Danielle, qui bosse au Shop-n-Go. Elle était pom-pom girl, à l'époque. Son petit-ami, Ricky, qui était le capitaine de l'équipe de football. Il est agent d'entretien dans un complexe touristique maintenant, sur la côte, près de Moclips. La plupart de ceux qui sont restés en ville font plus vieux que leur âge. Seuls quelques-uns ont prouvé qu'il existe autre chose, au-delà de la rivière Hoquiam et de la Wishkah et la Chehalis, qui se rencontrent à Aberdeen, la ville voisine. La plupart vivent dans les mêmes maisons où habitaient leurs parents… *Comme moi.*

Les emplois bien payés à l'usine se sont faits rares à mesure que la technologie a remplacé les travailleurs et que les ressources ont diminué. Pour beaucoup, devenir caissiers était inéluctable. Et dévastateur. Certains sont tombés dans la drogue. Et la majorité a juste baissé les bras. Mais moi, je n'ai pas le droit d'abandonner. J'ai une nièce de sept ans, Emma, dont je dois prendre soin. J'ai une mission à accomplir.

La climatisation de ma voiture déverse sur moi une fraîcheur délicieuse. Et je reste là un moment, sur le parking d'Ocean View. On n'a absolument pas vue sur l'océan d'ici, loin de là. Ou peut-être depuis les toits, et encore, avec un télescope par un ciel dégagé. Mon téléphone vibre et me sort de mes pensées. C'est Carter. Carter Hanson, mon coéquipier au sein de la brigade de police d'Aberdeen.

— Toujours avec ton père ? demande-t-il de sa voix rocailleuse.

— Non. Je m'en vais, là.

— On a un problème au centre commercial. On peut se retrouver là-bas ?

— J'y suis dans cinq minutes. C'est quoi le problème ?

— Un bébé oublié dans une voiture. Inconscient, probablement décédé.

Mon cœur manque un battement en apprenant la nouvelle.

— Oh non. Pas un jour comme aujourd'hui…

— Pas un seul jour, en vérité… Mais oui, cette vague de chaleur, ce n'est pas une blague.

— Où dans le centre commercial ?

— Près du Starbucks.

— OK, j'arrive tout de suite.

Les dix derniers jours ont été éprouvants, à faire cuire un œuf sur le béton. Ça faisait plus de dix ans que le comté de Grays Harbor n'avait pas connu des températures pareilles.

Habituellement, l'air marin fait qu'on ne monte pas au-dessus des 25° en fin d'été. Mais en cette semaine qui précède le festival du cerf-volant du comté de Grays Harbor, le thermomètre a explosé. La plupart des habitants d'Hoquiam et d'Aberdeen n'ont pas la climatisation, alors ils dorment avec les fenêtres ouvertes et les ventilateurs allumés. Le Daily World et la radio locale conseillent de rester hydratés et de ne pas oublier de donner de l'eau aux animaux de compagnie. Mais il faut croire que personne n'a rappelé aux parents que laisser un enfant dans une voiture est extrêmement dangereux, en plus d'être illégal. Alors que je me rends sur les lieux, je pense à Carter… Je lui fais confiance et il me fait confiance. Je sais que c'est un type bien qui a vécu des choses dures. Il est divorcé et a trois enfants, qui vivent à Kent avec son ex-femme, une maîtresse d'école. Carter est un grand mec, avec un grand cœur. On s'est rencontré à l'école de police, quand je venais de commencer et que lui était en formation continue. Après ma descente aux enfers, c'est lui qui m'a aidée à retrouver du boulot. Il a convaincu son capitaine que je méritais une seconde chance.

Je savais que ce ne serait pas facile. J'étais liée à un scandale à Bellevue, causé par mon addiction aux jeux et mes mauvais choix en matière d'hommes. Mais les deux sont maîtrisés maintenant. Je me suis juré de ne plus jamais sortir avec qui que soit et de ne plus jamais parier. D'une certaine manière, c'est un peu la même chose. Carter n'a pas insisté. Je sais qu'il aurait voulu autre chose entre nous, mais, avec le temps, nous avons développé une amitié très forte et une dynamique de travail des plus solides. Bien sûr, il a déjà essayé de me proposer des rendez-vous galants – ce qui est une très mauvaise idée sur à peu près tous les plans, étant donné mon passé en matière de relations. Une fois, peu après mon embauche, il a voulu m'inviter à dîner.

— Carter, je te dois tout à l'heure actuelle. Et Emma aussi. Tu m'as donné une chance de faire ce que je sais faire de mieux… Et je dois le faire, je ne peux pas me permettre de tout gâcher à nouveau…

J'ai lu la déception dans ses yeux. Mais j'ai été catégorique.

— Tout le monde n'est pas un mauvais gars, Nic, a-t-il dit.

— Tu as raison, ai-je répondu. Mais mon expérience me dit que lorsque c'est moi qui choisis, il y a de fortes chances que quelque chose de terrible se produise. Je suis douée pour certaines choses. Mais pas pour les affaires de cœur.

Il a laissé tomber et, dès l'instant où il l'a fait, j'ai su qu'il n'aurait pas été un mauvais parti – si jamais j'avais eu l'œil pour ça, je veux dire.

Le parking du centre commercial est bondé. Les touristes font des tours dans des véhicules flambant neufs, à la recherche d'une place libre. Ils sont faciles à repérer. Voitures récentes, sans aucune trace de rouille, pleines à craquer de fournitures de plage. Les tongs collent sur le bitume fraîchement refait, alors que les gens se ruent pour acheter des climatiseurs et faire le plein de chips, bière et burgers qui assureront des photos parfaitement *instagrammables* de leur séjour au festival du cerf-volant.

Je me dirige vers le Starbucks. Une ambulance et deux véhicules de patrouille illuminent la zone de leurs gyrophares. Je me gare à côté de Carter. Près de ce qui semble être la voiture de la victime, une Subaru Forester rouge, se tiennent un homme et mon coéquipier. L'homme doit être le père de l'enfant, j'imagine. Il porte un pantalon noir et une chemise blanche à manches longues. Des chaussures à lacets. Ses cheveux d'un blond cendré ont l'air d'avoir été coupés récemment. Il n'a pas de barbe et bien qu'il soit jeune, sa posture voûtée laisse apparaître un début de brioche abdominale. Des lunettes en métal argenté, avec des verres solaires clipsés par-dessus, sont perchées sur un tout petit nez. Il se balance d'un pied sur l'autre. Puis d'avant en arrière. Puis il tourne sur lui-même. Il ne tient tellement pas en place qu'il manque de perdre l'équilibre.

Au milieu des officiers qui ont répondu à l'appel, une femme qui agrippe nerveusement son sac de courses et pleure à chaudes larmes. Une autre, plus jeune, parle à un autre des officiers. Elle porte un uniforme de chez Wendy's.

Carter m'adresse un signe de tête alors que je m'approche. Il me chuchote :

— La petite est décédée à l'hôpital.

— Oh non… lâché-je. Quel âge ?

— Un an.

— Grand Dieu… Un tout petit bébé.

Je regarde la foule qui a quitté la fraîcheur des voitures et des magasins pour observer l'animation. Voilà de quoi alimenter leurs conversations pendant quelques heures, ça, c'est sûr.

— Le père dit qu'il a oublié qu'elle était dans la voiture.

Je ne dis rien, mais je n'en pense pas moins. Carter, lui, dit ce que tout le monde pense tout bas :

— Non, mais sérieusement, qui oublie son enfant dans sa voiture ?

Il se tourne vers le jeune homme, qu'il a identifié comme étant Luke Tomlinson.

— Voici l'inspectrice Foster, explique-t-il. Elle est ici pour aider avec l'enquête.

C'était un accident ! s'écrie l'homme. Oh, mon Dieu, il faut que quelqu'un aille prévenir ma femme, elle est au travail.

Je remarque le téléphone dans sa main.

— Vous avez essayé de l'appeler ?

— Oui, mais elle travaille à l'hôpital, elle n'a pas droit à son téléphone en dehors des pauses. Mais elle a besoin de savoir que quelque chose est arrivé à Ally.

— Ally est votre fille, c'est exact ?

Luke essuie la sueur sur son front d'un revers de la main. Sa chemise blanche est trempée et un tatouage sur toute la longueur de la manche se laisse deviner à travers le tissu.

— Je suis vraiment désolée pour votre fille, continué-je.

Luke ne répond pas. Il se contente de regarder autour de lui, ses yeux scrutant tour à tour la foule, son véhicule et nous.

— Est-ce que ça va ? demande Carter.

— Bien sûr que non, putain ! Mon bébé vient de mourir !

Je lance un regard à Carter. La chaleur n'aide en rien face à une telle tragédie.

— On va continuer à l'intérieur. Faudrait pas que quelqu'un fasse un malaise.

Carter acquiesce.

— Suivez-nous, on va recueillir votre témoignage au poste, d'accord ? Un officier va aller chercher votre femme à l'hôpital.

— Il faut que ce soit moi ! hurle Luke. Il faut que j'aille la voir, pour lui dire que c'était un accident !

Ses mots résonnent dans l'air pesant. *Quoi d'autre qu'un accident ?*

— Je dois lui dire, répète-t-il. Il faut que ce soit moi. J'ai appelé, mais elle ne répond pas.

Carter fait un pas vers lui et, soudain, l'homme tente de le frapper au visage.

— Laissez-moi partir, sale connard ! Ma fille est morte, je dois partir d'ici !

Carter esquive le coup sans difficulté, mais l'homme n'aurait jamais dû faire ça. Je ne pensais pas que c'était possible, mais il a aggravé une situation déjà critique.

— Je vais devoir vous mettre en état d'arrestation, annonce Carter, en jouant de sa carrure impressionnante, alors que les yeux de l'homme renvoient un mélange de terreur et d'agacement.

— Gardez votre sang-froid, s'il vous plaît. L'atteinte à agent constitue un délit lourdement sanctionné.

Nous lui passons les menottes. Luke est rouge de colère et

son regard à travers ses verres teintés montre qu'il sait avoir commis une grave erreur.

— Je ne voulais pas, dit-il.

Mais c'est trop tard. On le jette à l'arrière d'un véhicule de patrouille. Carter et moi discutons avec les officiers qui ont installé les rubalises. Une journaliste du Daily World bouscule tout le monde et tente d'obtenir quelques mots de notre part, mais il n'y a pas grand-chose que nous puissions lui dire. C'est un incident tragique. Horrible. Mais est-ce une négligence ou un acte criminel ?

— Quand vous aurez fini d'inspecter les lieux, lancé-je à un officier, embarquez le véhicule et emmenez-le au dépôt.

— Ça pue la mort dans la voiture, me répond-il.

Oui. Je connais cette odeur. Comme tous les inspecteurs de la criminelle.

— Ouais, dis-je. Il n'y a rien de pire sur Terre.

Carter acquiesce d'un signe de tête.

J'appelle la garderie d'Emma sur le chemin du retour et explique que je serai en retard.

— Je suis désolée, Carrie-Anne, je déteste t'imposer ça. C'est que je suis sur une affaire très chaude, là.

Je grimace en me rendant compte de mon mauvais jeu de mots.

— Tu peux garder Emma jusqu'à dix-neuf heures ?

Elle répond qu'il n'y a pas de problème.

— J'ai entendu parler du bébé sur Facebook, m'explique-t-elle.

Rien n'échappe aux réseaux sociaux. C'est omniprésent. Ils sont partout. Les crimes sont diffusés en direct de nos jours. Avant, je ne supportais pas de voir tous ces gens, téléphones à la main, qui filment tout, mais maintenant, je ne les remarque même plus.

— Ah, affirmé-je simplement.

— C'est vraiment atroce, ce qu'il lui est arrivé. Ne t'inquiète pas pour Emma. On a passé une super journée à la piscine. Et on a fait des granités aussi. Celui qu'elle a fait pour toi s'est transformé en grosse tache violette et collante. Pas de soucis, on se voit vers sept heures.

— Dis-lui que je l'aime, lancé-je, avant de raccrocher et de rappeler Carter pour avoir des infos.

Il m'explique que la tête brûlée (autre jeu de mots de mauvais goût) travaille dans les bureaux de WinCo, le supermarché.

— Pas très loin du Starbucks, je réponds. Moins d'un kilomètre.

— Exact. Il a dit avoir quitté le travail plus tôt que d'habitude pour aller au cinéma. Et qu'il ne savait pas que sa fille était dans la voiture. Il était censé la déposer à la crèche ce matin, mais il a oublié.

— Incroyable... Il l'a *oubliée* et laissée toute la journée dans la voiture, par cette chaleur ?

— Carter ne répond pas tout de suite. Il tire sur une cigarette. Le temps qu'on arrive au bureau, il aura pris soin de mâcher une pastille à la menthe.

— Ouais... lâche-t-il dans un soupir. Je sais, ça ne paraît pas croyable. Il a dit qu'il a regardé dans le rétroviseur, qu'il a vu le haut de sa tête et s'est arrêté tout de suite. Il a paniqué. Tu l'as vu, il était vraiment flippé.

— Et donc il est allé au travail en oubliant son enfant ?

— Ouais. Sept heures d'affilée.

— Il s'est garé où ?

— Il a dit que le parking du WinCo était plein et qu'il s'était garé derrière le magasin, le long de la rivière Chehalis.

— Pas sur sa place habituelle ?

— Non, dit Carter entre deux bouffées. Il a dit que c'était plein à craquer, à cause du festival et tout ça.

— À neuf heures du matin ?

— Ouais. Moi non plus, je n'y crois pas trop. Ça sent les cachotteries, si tu veux mon avis.

— Peut-être même pire que ça…

Nous arrivons en même temps que le véhicule de patrouille qui a emmené Tomlinson.

— Il veut parler, nous lance l'officier. Il dit qu'il est désolé de s'être emporté.

Tu m'étonnes, qu'il est désolé…

— Très bien. Il renonce à ses droits, alors ?

À travers la vitre du véhicule, Tomlinson hoche la tête pour acquiescer.

— Sa femme est en chemin, ajoute l'officier.

— Continuez la garde à vue, on va l'interroger.

— Hé, j'ai dit que j'étais désolé ! s'écrie l'accusé à travers la vitre, puis il se tourne vers moi et cligne plusieurs fois des yeux, comme pour me montrer qu'il va pleurer.

Mais les larmes ne coulent pas.

— Être désolé ne suffit plus maintenant, je réponds. Peut-être après notre entretien, mais pas tout de suite, OK ? C'est bien compris ?

Il hoche la tête. Son expression en dit long. Il sait que cette journée ne va pas aller en s'arrangeant.

Plus tard, alors que Jordan Conway essaie d'expliquer à sa colocataire ce qu'il s'est passé sur le parking du Starbucks, elle se rend compte qu'elle n'arrive pas à en parler. Pas tout de suite. C'est comme si les mots ne voulaient pas sortir.

— Et après ton massage cardiaque ? insiste Charlotte.

— Rien.

— T'es en état de choc ou quoi ? Qu'est-ce qui t'arrive ?

— Oui, j'imagine que je le suis, oui, dit Jordan en sortant une bouteille de vin blanc à la pêche du réfrigérateur.

— C'est-à-dire que ce n'est pas rien, c'est sûr. Un bébé qui meurt dans tes bras.

Jordan boit directement au goulot, à grandes gorgées.

— Ce n'est pas tellement ça, dit-elle. Je veux dire, oui, bien sûr que le fait que la petite n'ait pas survécu est la pire chose au monde, mais... Ce n'était pas ça le plus bizarre dans cette situation.

Charlotte redouble de curiosité.

— C'était quoi le plus bizarre ?

Jordan s'affale sur une chaise à la table de la cuisine.

— Non, c'est bête, je ne devrais pas... dit-elle en balayant nerveusement la surface de la table, envoyant une volée de miettes sur le sol.

— Allez, crache le morceau ! C'était quoi ?

Jordan pose la bouteille de vin à moitié vide.

— Pendant que le père hurlait que c'était de sa faute... Je veux dire, il hurlait vraiment fort, tu sais, genre vraiment. Mais il ne regardait pas la petite fille. Il gardait les yeux posés sur...

Elle ne trouve pas ses mots et écluse le reste de la bouteille.

— Quoi ? Où ? Il regardait où ?

Jordan lève des yeux pleins de larmes vers son amie.

— Je me sens stupide de penser une chose pareille, mais... je te jure que pendant que j'essayais de sauver la petite, il reluquait mes seins.

Charlotte écarquille les yeux.

— Non...

— Si, je te jure, dit Jordan en hochant la tête. Je connais ce genre de regard. Il me matait, j'en suis sûre.

— Pendant que son enfant était en train de mourir ?

— Ouais. Exactement.

— Waouh, dit Charlotte.

Jordan se rappelle alors ce qu'elle a ressenti à ce moment-là. Au milieu de la peur et de tout le reste. Elle était mal à l'aise. Cet homme se rinçait l'œil sur elle.

— Ouais. Ce type est un sacré tordu, conclut-elle, en essuyant les larmes qui zigzaguent sur son visage.

Elle a toujours l'odeur du bébé mort sur les mains. Et s'élance à toute vitesse vers la salle de bain pour prendre une douche. Elle se débarrasse de son uniforme en un temps record et n'attend même pas que l'eau soit chaude. Alors que le liquide froid se déverse sur son visage, elle ne peut plus respirer. Elle laisse les larmes couler. Ce qui s'est passé sur ce parking est la chose la plus traumatisante qui lui soit jamais arrivée. Et le bébé… Le bébé ne pouvait pas être sauvé.

CHAPITRE 3

Mardi 15 août

Alors que nous attendons que la procédure se mette en place, Luke fait le yo-yo et tente de nous reparler, avant de se résigner puis de tenter de nouveau.

— Ne restons pas plantés là, on va faire avancer les choses. La voiture est arrivée à la fourrière.

C'est juste à côté du poste de police.

— OK. J'ai juste un appel à passer rapidement avant, s'excuse Carter.

On est au tout début de l'affaire et ça m'embête un peu qu'il se laisse distraire, mais je sais qu'il s'agit de ses enfants. Il appelle son avocat, pour la garde. Il tient à eux.

Il me rejoint peu de temps après, deux cafés de chez Dutch Bros à la main. La température a légèrement baissé, de presque deux degrés. Carter porte un pantalon gris, une veste beige et une chemise bleue. Il a vraiment besoin d'un styliste…

— Tous les curieux se sont rassemblés sur le parking du Starbucks, dit-il. J'imagine que pour les gens d'ici, un bébé mort, c'est l'attraction du jour.

Je lui lance un regard noir et il revient sur ses mots.

— Je ne t'inclus pas dans le lot, Nicole.

Je hoche la tête. Il sait que tout ça me rappelle l'affaire Kelsey Chase, qui avait commencé sur le parking d'un Target, même si ce n'est pas son intention de ramener ça à la surface.

— Je sais, t'inquiète, lancé-je simplement.

Le vigile nous laisse rentrer dans la fourrière. La plupart des véhicules sont ceux de trafiquants de drogues, mais ce ne sont pas des voitures de luxe, non pas de Mercedes, de BMW ou de Lexus. On est à Grays Harbor ici. On a beau avoir notre propre trafic de drogue le long de côte, on n'est pas sur les mêmes tarifs que là où j'ai travaillé à Bellevue, la voisine friquée de Seattle plus à l'est. Ici, ce sont surtout des pickups et des Toyota, même s'il y a une Cadillac dans le tas. Carter coupe la rubalise et commence à inspecter le véhicule de Tomlinson, une Subaru Forester de 2014. Alors que je mentionne la couleur, Carter m'arrête :

— Ce n'est pas juste rouge, m'explique-t-il. C'est rouge vénitien.

Classieux, je me dis.

Nous enfilons nos gants et nous mettons au travail. La puanteur dans la voiture est toujours aussi forte. Ou alors c'est moi qui ai l'odorat aiguisé. Carter ne dit rien à ce sujet. Nous nous attelons à examiner et répertorier chaque objet trouvé dans le véhicule. Quand nous aurons fini de passer chaque centimètre au peigne fin, les techniciens de scène de crime viendront faire leur travail après nous, avec un aspirateur. C'est important d'être attentifs. Il n'y a pas si longtemps, une affaire a été classée parce que l'enfant était asthmatique et que la mère avait chargé dans sa voiture une grande quantité de plants de lavande, avant de s'absenter dans un bar le temps de quelques bières. Selon l'avocat de la défense, sa pathologie avait contribué à la mort du gamin. Un mécanicien jettera aussi un œil au moteur après notre passage, pour vérifier que tout est en état de marche.

— Faudrait pas qu'un avocat commis d'office nous colle au cul parce que la clim crachait du monoxyde de carbone, grommelle Carter.

— Exact, je réponds sans vraiment écouter, concentrée pour consigner tout ce que je trouve.

Chaque objet est numéroté, puis glissé dans un sac de preuves marqué du code de l'affaire.

Deux mugs de voyage.

Des frites dont la forme laisse deviner qu'elles proviennent de chez McDonald's.

Une peluche Cookie Monster.

Une boîte de lingettes pour bébé.

Un livre d'images sur les coccinelles.

Tout ça semble très banal. Une nature morte en trois dimensions de la vie d'un jeune parent.

— Comment ça se passe de ton côté ? lancé-je à Carter qui vient d'ouvrir le coffre.

— Un skateboard et une nappe de plage, dit-il.

— Qui fait du skate, d'après toi, papa ou maman ?

— Plutôt Luke, je dirais.

Je ne lui dis pas que je trouve sa remarque sexiste. Je viens de trouver quelque chose.

— Regarde-moi ça, annoncé-je fièrement en montrant une boîte de préservatifs dans leur emballage noir et or.

— XXL, dit Carter dans un haussement de sourcils. Impressionnant.

Sarcastique, évidemment.

— Non, mais qui se balade avec ça sur lui ? lancé-je, alors que j'emballe le tout dans un sac de preuves.

— Quelqu'un qui fait l'amour dans sa voiture.

Carter prend souvent les choses aux pieds de la lettre et il est souvent très direct. C'est une de ses qualités. Pas besoin de jouer aux devinettes avec lui.

— Jusque-là, je l'avais, merci. Mais toi, qu'est-ce que t'en penses ? Le type est un homme à femmes ou bien... ?

Carter finit son café, puis pose le gobelet vide.

— Pour les standards d'ici, annonce-t-il, dans un refrain que je ne connais que trop bien, je dirais qu'on peut dire ça, oui.

J'ai envie de lui rappeler que moi aussi je suis d'ici et que me remémorer combien la barre est basse me tape sur le système, mais je me retiens. Étape suivante : le siège auto. De marque Graco, apparemment neuf. Des taches de divers fluides corporels sur le tissu bleu et rouge. J'imagine la pauvre Ally en train de se débattre, comme retenue par un monstre. Les sangles fabriquées spécialement pour sa sécurité l'auront paralysée... Elle était trop jeune pour comprendre comment se détacher. Je me demande si elle était éveillée. J'espère qu'elle ne l'était pas. J'espère qu'elle n'a pas passé ses derniers instants à appeler pour qu'on lui vienne en aide. J'espère juste qu'avec la chaleur, elle s'est simplement évanouie et que c'est comme ça qu'elle est partie.

Carter m'aide à glisser le siège auto dans un sac-poubelle. Ça va partir au labo. Juste au cas où. Je photographie la voiture sous tous les angles. Elle est ordinaire comme le sont toutes les voitures trop neuves. La seule chose qui attire l'attention, c'est le sticker Nirvana collé sur la fenêtre arrière. Je le prends en photo.

— Il est un peu jeune pour Nirvana, me fait remarquer Carter. Il n'avait même pas dix ans à la mort de Kurt Cobain.

CHAPITRE 4

Mardi 15 août

Notre yo-yo finit là où nous l'espérions. Luke Tomlinson est assis dans la salle d'interrogatoire et le café a une odeur de boue et de brûlé. C'est épouvantable, mais j'ouvre grand les narines, dans l'espoir que cela m'aidera à oublier la voiture que nous venons de fouiller. Malheureusement, ce n'est pas le cas.

J'entre dans la pièce et prends place aux côtés de Carter. La ventilation est extrêmement mauvaise et l'odeur de Luke me frappe de plein fouet, malgré le chewing-gum à la menthe qu'il fait valser d'un côté à l'autre de sa bouche. Il transpire à grandes gouttes et ses lunettes glissent le long de son nez. Il les replace du bout de son index au moins une fois par minute.

— Je ne comprends pas pourquoi vous me faites réexpliquer une énième fois. J'ai tout raconté à vos collègues. Laissez-moi rejoindre ma femme maintenant. Elle a besoin de moi.

— Vous la verrez dès qu'on aura terminé l'entretien.

— Par pitié, répète-t-il, laissez-moi la rejoindre. Elle a besoin de moi…

— Ce sera fait, assène sèchement Carter. Mais d'abord, on parle.

Luke se gratte nerveusement les mains et se balance sur sa chaise. Il a les yeux tombants. À force de pleurer ou simplement par génétique, c'est difficile à dire.

— C'était un accident, putain ! J'ai oublié. Comme un gros débile ! J'ai oublié qu'elle était dans la voiture.

— OK, lance Carter. Commençons par le commencement.

Luke continue de se balancer alors qu'il raconte sa matinée. Mia se lève tôt pour aller à l'hôpital. Les jours où elle travaille, c'est lui qui se charge de nourrir et d'habiller la petite avant de l'emmener à la crèche – Little Pal's Day Care le long de l'avenue Spruce – à quelques kilomètres de leur immeuble. Mia et lui sont mariés depuis trois ans. Elle étudie le soir et les week-ends pour obtenir un diplôme d'infirmière. Lui gravit peu à peu les échelons vers la direction de WinCo.

— Je suis l'assistant de l'assistant du directeur, explique-t-il avec une fierté qui détonne quelque peu au milieu d'un interrogatoire.

Il poursuit.

C'était une matinée habituelle, « un jour comme les autres ». Il a changé la couche d'Ally, l'a habillée, lui a passé un gant de toilette sur le visage, puis l'a installée dans la voiture.

Il s'arrête un instant pour évaluer l'expression de son auditoire.

Et ce n'est qu'alors qu'il commence à sangloter. Des sanglots rapides. Staccato. Comme une bouilloire qui commence à siffler. Puis il s'arrête.

— C'est ma meilleure copine, Ally. On s'amuse bien, elle et moi. Elle n'a qu'un an, mais on se comprend…

Ils quittent la maison vers huit heures du matin.

— On s'est arrêté au McDonald's. Je lui ai acheté des

pancakes. C'est une grosse mangeuse, comme moi. Elle a commencé à manger solide vers ses dix mois. Je préfère ça, honnêtement. Les biberons, à longueur de temps, c'était une plaie. Mia me forçait à les laver à la main… Alors qu'on a un lave-vaisselle, hein ! Mais non. Selon elle, il faut les faire bouillir, c'est important.

Luke continue son récit, avec quelques parenthèses de temps en temps. Il nous fait savoir qu'il est très impliqué en tant que père. Et qu'il adore ça, être papa. Que c'était son plus grand rêve, depuis toujours ! Même s'il admet qu'au début, à choisir, il aurait préféré un garçon.

— Mais je vois les choses différemment maintenant, explique-t-il entre deux sanglots. Je suis son papa et je ne pourrais pas rêver mieux.

Je ne peux pas m'empêcher de remarquer qu'il parle toujours d'Ally au présent. Je me demande si c'est du déni. Un mécanisme de défense.

Après l'arrêt au McDonald's, il s'est rendu au bureau. Sans passer par la garderie.

— C'est ça, le truc, dit-il. J'ai juste… Je ne sais pas. Je ne sais vraiment pas. Je ne sais pas comment j'ai pu oublier. Elle a dû s'endormir, j'imagine. Elle était silencieuse et j'avais allumé la radio. Je pensais à tout ce que j'avais à faire au bureau. On doit repenser toute une section du magasin, vous savez. Et c'est mon rôle de superviser une partie de ça, du début à la fin. J'ai un rôle essentiel dans ce projet, vous comprenez ?

Visiblement, il tient à nous faire comprendre qu'il est quelqu'un d'important.

— Vous l'avez *oubliée*, lance Carter, qui n'en a que faire de savoir si Luke est « essentiel » ou non.

C'est Ally qui est importante dans tout ça.

Luke lève les yeux vers le plafond.

— Ouais… Je ne peux pas l'expliquer mieux que ça. J'ai oublié qu'elle était sur la banquette arrière, c'est tout, je n'ai rien à dire de plus. J'ai conduit jusqu'au boulot, je me suis garé, je suis sorti, j'ai verrouillé la voiture et je suis allé travailler. Je suis d'accord avec vous, c'est hyper nul comme explication, mais c'est ce qui s'est passé. Si j'avais pu faire autrement, je l'aurais fait…

— Vous vous êtes garé derrière le magasin, c'est exact ?

— Oui, dit-il, en me regardant droit dans les yeux, d'un air presque méprisant. Avec le festival ce week-end, on nous a demandé d'éviter les places de parking principales. Pour laisser l'espace aux clients, vous voyez. « Le client passe en premier », c'est notre devise.

Oui, j'ai vu les pubs à la télé.

— Donc l'arrière du magasin vous a été suggéré par la direction ?

Il hoche la tête.

— Oui, il me semble. Je ne me souviens plus exactement. J'y vais, des fois, quand les fournisseurs livrent de la marchandise. Les clients ne se garent jamais là.

— Et en vous garant là, vous avez oublié Ally ? réitère Carter.

Luke commence à se crisper.

— Je vous l'ai déjà dit ! Vous avez vraiment besoin que je vous le répète encore une fois ?

La tension commence à monter entre les deux hommes.

— Oui, lui lance fermement Carter.

Luke lâche un soupir irrité, puis reprend :

— Oui. Ally m'était sortie de l'esprit. Dans ma tête, je croyais qu'elle était à la garderie depuis le début ! Vraiment, sans mentir. C'est en me mettant en route pour le cinéma que j'ai vu qu'elle était dans la voiture.

— Vous êtes parti seul au cinéma, en pleine journée ?

— Oui. Mia déteste les films d'horreur alors que moi, j'adore ça. Je l'ai prévenue que j'irais voir *The Conjuring 2* avant de rentrer à la maison.

Il se tait et j'essaie de le pousser à développer.

— Et ensuite ? Que s'est-il passé après votre départ pour le cinéma ?

À cet instant, ses mains boudinées sont de retour sur la table. Et il regarde le plafond à nouveau. Je lève les yeux pour voir ce qu'il peut bien fixer comme ça, mais bien sûr, en dehors d'un tube de néon, il n'y a rien. Il réfléchit. Est-ce qu'il invente ou est-ce qu'il se souvient ? Comment savoir ? C'est là que je remarque quelque chose. Une goutte de transpiration qui perle sur sa lèvre supérieure. Grandissante, dégoulinante, presque. Il remarque que je le fixe et s'empresse de l'essuyer du revers de sa manche. Et alors qu'il fait ce geste, je décèle à nouveau cette odeur affreuse qui a imprégné la voiture. L'odeur de son bébé mort.

Je sais maintenant que la sueur qui coule le long de son corps potelé est signe de nervosité. Ce qui est une bonne chose, d'une certaine façon. Rien à voir avec les 35° dehors. La climatisation du poste de police fonctionne très bien.

Parfois même trop bien. À vrai dire, je garde un des pulls de ma mère accroché derrière mon bureau. Et je le porte en été quand la clim' est trop forte. Pour me réchauffer. Ce qui est assez ironique quand on sait que ma mère était tout sauf chaleureuse…

Quand elle est partie, elle a laissé un mot sur le frigo :

Plat au four, 180°, 20 min. J'appellerai de Californie.

Et c'était tout. Une dizaine de mots, pas plus. Pas un « au revoir », pas un « je vous aime ». Juste le temps de cuisson d'un plat que mon père et moi n'oserions jamais toucher. Pas Stacy. Elle, elle s'en est servi une bonne portion et l'a mangée dans sa chambre, devant la télé.

— Et donc, vous êtes parti de WinCo et avez traversé le pont en direction du cinéma ? C'est bien ce que vous nous dites ?

— Ouais. J'ai commencé à conduire et j'ai voulu envoyer un texto à Mia pour lui rappeler que j'allais au ciné. Je sais que ce n'est pas bien de faire ça au volant, mais c'est ce que je m'apprêtais à faire, et c'est à ce moment-là que j'ai levé la tête et que j'ai vu le bout du crâne d'Ally dans le rétroviseur.

Il s'arrête net. Carter et moi nous taisons, espérant qu'il voudra remplir ce silence avec plus d'informations. Le suspect passe une main nerveuse sur son front dégoulinant.

— J'ai vraiment flippé, dit-il. Je me suis garé dès que j'ai pu. Et tout le long, j'ai parlé à Ally. Je lui ai dit que tout irait bien et que j'étais vraiment désolé.

Il se tait. Comme si c'était la fin de l'histoire. Nous attendons. Puis Carter finit par faire avancer les choses.

— Et c'est à ce moment-là que vous vous êtes rendu compte que vous ne l'aviez pas déposée à la garderie ce matin ?

— Je crois que je n'y ai même pas repensé, dit Luke.

Puis un grand silence, de nouveau.

— Quelle a été votre première pensée ? demandé-je.

— C'était bizarre... dit Luke en secouant la tête.

Il ne s'essuie plus le front.

— C'était comme... voir un fantôme, un peu.

— Un fantôme ? Donc vous saviez qu'elle était morte ?

Luke a l'air bouleversé.

— Non ! s'exclame-t-il instantanément. Plus comme un... choc. Comme dans les films d'horreur. Je ne savais pas qu'elle était là. Et je n'ai même pas pensé à la garderie, ça m'est juste sorti de la tête. J'ai essayé de me retourner tout en conduisant, mais je n'aurais jamais pu voir son visage même si j'avais voulu, parce que, vous savez, le siège est tourné vers l'arrière, il paraît que c'est mieux pour les tout-petits.

Je repense à cette fois où Emma était encore un bébé et où ma sœur me l'a laissée pour une après-midi. Dieu sait ce que Stacy faisait à ce moment-là et avec qui... Elle m'avait laissé un paquet de couches et du lait en poudre. Elle n'a allaité qu'un mois à peine. « Mon utérus a enfin rétréci, m'a-t-elle dit. C'est le seul effet bénéfique de l'allaitement. Je ne veux pas avoir des seins comme des flotteurs, c'est dégueulasse. »

Et si je me souviens bien, le siège auto était effectivement tourné vers l'arrière. Mais il me semble tout de même difficile de ne pas voir l'enfant en s'installant au volant.

— Vous ne l'avez pas vue en entrant dans la voiture ?

Luke secoue la tête.

— Pourtant, vous êtes passé devant elle pour accéder à la place conducteur… ajoute Carter.

Luke ne bronche pas. À travers ses verres trempés de sueur, il le regarde droit dans les yeux.

— Je sais. Mais, non, je ne l'ai pas vue.

— Et en entrant dans le véhicule, vous n'avez pas senti l'odeur ? demandé-je.

— Je n'avais pas fini mon troisième McMuffin de ce matin. Je me suis dit qu'avec la chaleur, il avait un peu pourri. Et ce n'était pas si horrible, j'ai connu pire.

Moi pas. Et honnêtement, je ne connais personne dont c'est le cas.

CHAPITRE 5

Mardi 15 août

Alors qu'elle entre, je la dévisage. On a un peu l'impression d'être irrespectueux dans ces moments-là, mais ça fait partie du boulot. On regarde et on étudie. On analyse les moindres détails. Mia Tomlinson, vingt-deux ans, arrive accompagnée de l'officier qui est allé la chercher. Ses longs cheveux auburn sont attachés en chignon lâche. Des taches de rousseur couvrent son visage pâle, défiguré par la nouvelle et le choc d'un deuil soudain et inconcevable. En ce qui la concerne, on peut dire que l'habit fait le moine. Une blouse *Titi et Grominet* cache ses formes post-grossesse. Elle est aide-soignante au service pédiatrique.

— Je veux voir mon bébé, dit-elle, les yeux gonflés et pleins de larmes.

— Je suis désolée, Mia, je réponds, en l'appelant par son prénom parce qu'elle est jeune et que cela me semble approprié dans ces circonstances.

— Elle est peut-être toujours vivante ? Peut-être qu'elle s'est juste évanouie ?

À la façon dont sa voix tremble, je sais qu'elle sait que c'est un faux espoir.

— Non. Je suis désolée. Elle est partie.

— Je serai bientôt infirmière, lance la jeune mère avec une once d'autorité dans sa voix cassée. Je sais de quoi je parle.

Elle commence à pleurer si fort que je me dis que personne dans l'histoire du monde entier n'a jamais pleuré autant. Elle tremble et se tord et se crispe, elle titube. Un instant plus tard, elle me tombe dans les bras et son mascara tache ma chemise. Et répète encore et encore que ce n'est pas vrai et qu'Ally, son précieux petit ange, ne peut pas être morte. Les mots jaillissent un par un entre ses sanglots :

— Il… doit… y… avoir… une… erreur.

— Je suis vraiment désolée, répété-je, comme si le dire une nouvelle fois pouvait lui faire savoir que je comprends sa peine et toute l'ampleur de sa détresse.

Mais ce genre de chagrin va au-delà de toute mesure.

Un silence. Un frisson. Une autre montée de larmes.

Puis Mia finit par me lâcher, retirant ses mains qui m'agrippaient par les épaules comme des pinces de crabe. Je n'ai jamais vu quiconque dans un tel état. J'ai beau avoir enquêté sur des morts d'enfants et j'ai beau avoir été témoin de toutes les formes imaginables de détresse extrême, liées à tous types de circonstances, sa peine atteint réellement des sommets. J'avais dans mon esprit tout un catalogue des différents visages que peut prendre la douleur et de toutes les réactions possibles face à certains événements et il est très rare que j'y ajoute une nouvelle catégorie. Mais sa peine, cette expression de pure agonie, dépasse tout ce que j'aie jamais rencontré.

— Je veux voir ma fille, s'écrit-elle. Elle est tout pour moi, c'est mon bébé, mon bébé à moi ! J'ai le droit d'aller la voir.

— On vous y emmènera, c'est promis, je réponds.

J'attends un peu. Je me demande pourquoi elle ne pose

aucune question sur Luke ou sa présence au poste de police. Puis, elle le fait :

— Qu'est-ce qui se passe ? Où est Luke ? Où est mon mari ? lance-t-elle dans un effort colossal pour garder un semblant de calme.

Elle a l'air sincèrement inquiète.

— Il est en garde à vue, à l'heure actuelle. Nous allons avoir besoin de votre témoignage.

Mia s'éloigne de moi.

— En garde à vue ? Mais pourquoi ? C'est forcément un accident !

— Je suis désolée, répété-je, mais il y a des répercussions juridiques à prendre en compte ici.

— De quel type ? demande-t-elle en pleurant toujours à chaudes larmes.

J'ai l'impression d'être la pire des créatures en lui répondant si sèchement, mais c'est mon devoir de le faire.

— Outrage à agent. Il est illégal de frapper un policier tout comme il est illégal de laisser un enfant sans surveillance dans une voiture.

Elle cligne des yeux et recommence à pleurer.

— Oui, je sais. Mais qu'est-ce qu'elle faisait à WinCo ? L'officier m'a dit que c'est là-bas que c'est arrivé. Pourquoi elle n'était pas à la garderie ? Luke était censé l'emmener à Little Pal's. Je commence tôt le matin, c'est toujours lui qui l'emmène. Qu'est-ce qui s'est passé ?

— C'est ce que nous essayons de comprendre.

À cet instant, Nora Harper, défenseuse du droit des victimes, entre dans la pièce. Elle est très grande et dégage une impression de calme et de douceur qui sert son rôle à merveille. Personne ne s'est jamais plaint de Nora, jamais une appréciation négative sur Yelp ni nulle part ailleurs. Jamais. Dans son bureau au fond du couloir, il y a un grand tableau de liège couvert de photos, de dessins et de lettres de personnes qu'elle a aidées, qui prouvent que sa grandeur d'âme est sincère.

— Le mari de Mia ici présente a été inculpé, expliqué-je. Agression envers un agent. Et oubli d'un enfant dans une voiture.

— Très bien, répond simplement Nora, en plongeant son regard dans le mien.

Elle se présente ensuite auprès de Mia et l'encourage à la suivre. Alors que toutes deux s'éloignent, les semelles en caoutchouc de Mia couinent contre le linoléum fraîchement ciré.

— Ally a à peine un an, explique-t-elle. Depuis deux semaines. On lui a organisé une grande fête. Luke a commandé un gâteau à son travail, avec du glaçage rose. Le plus gros qu'ils font à WinCo en dehors des mariages. Ally était tellement heureuse. Elle était aux anges.

Elle se tait et se tourne vers Nora.

— Dites-moi que ce n'est pas vrai, je vous en supplie.

Nora ne dit rien et pose une main bienveillante sur l'épaule de Mia, avant de la guider à travers les bureaux, en silence. Nora s'y connaît en tragédies, elle a vécu ce genre de moments un nombre incalculable de fois et sait qu'à cet instant précis, les mots ne comptent pas vraiment. Tout ce qu'elle peut faire, c'est écouter, faire acte de présence et laisser Mia la guider. La victime – ou, dans le cas présent, la mère de la victime – lui fait toujours savoir comment l'aider au mieux.

« Dire à quelqu'un que ça va aller, m'a un jour expliqué Nora, est la pire chose à faire dans ce genre de moments. Oui, les choses vont finir par s'arranger. Le temps apaisera les blessures. Mais les choses ne seront plus jamais pareilles. »

L'officier qui a prévenu Mia se penche vers moi et me chuchote quelque chose à l'oreille.

— Quoi ? Sérieusement ? lâché-je.

Mia Tomlinson est fripée et recroquevillée, comme un mouchoir trempé des larmes d'une mère qui a tout perdu. Alors que Carter appelle le bureau du procureur et que Luke attend patiemment en cellule, la jeune maman dans sa blouse d'infirmière se transforme peu à peu en une flaque de larmes. Elle est assise à la même place qu'occupait son mari quelques instants auparavant et je me demande si elle peut sentir son odeur et celle de son bébé mort.

Son chignon lâche est maintenant complètement défait et ses cheveux tombent en cascade sur ses épaules. Maintenant que son maquillage est totalement étalé sur ma chemise, elle paraît extrêmement jeune, une adolescente. Je lui propose un verre d'eau et alors qu'elle s'en empare, je remarque son alliance, aux motifs celtiques. Elle tire sur la bague, de temps en temps. Un geste nerveux, compréhensible dans de telles circonstances.

— Je ne comprends toujours pas pourquoi Luke a été arrêté, dit-elle, après un long moment de silence.

Ses yeux bleus imbibés de larmes me brisent le cœur. Et ses mots sont comme un disque rayé, elle répète la même phrase encore et encore. « Je ne comprends pas. Je ne comprends pas. » J'ai envie de la consoler, mais je ne peux pas. C'est le travail de Nora. Là tout de suite, mon rôle, c'est de lui faire dire comment s'est passée sa journée. Plus que tout, j'ai besoin qu'elle me répète ce qu'elle a dit à l'officier qui est venu la chercher.

— J'ai quitté la maison à six heures du matin, dit-elle, en attrapant la boîte de Kleenex que j'ai fait glisser dans sa direction. Ally et Luke dormaient encore. Je les ai embrassés pour leur dire au revoir. Doucement. Je ne voulais pas les réveiller. La nuit avait été difficile, Ally a pleuré pendant des heures.

— Était-ce inhabituel ? demandé-je.

— Ces temps-ci, non, pas vraiment, répond Mia en triturant sa bague une fois de plus. Il faut dire qu'on n'a pas la climatisation. On a ouvert toutes les fenêtres et installé des ventilateurs. On est au deuxième étage. Et comme la chaleur monte…

— Oui, il a fait extrêmement chaud cette semaine, ajouté-je, consciente d'énoncer une évidence, mais j'espère que ça l'aidera à continuer et à se sentir écoutée.

— Oui, c'était terrible, dit-elle, avant de boire un peu d'eau. J'aimerais vraiment qu'on ait la clim. Nos voisins en ont une, portable, qui s'accroche aux fenêtres. Mais ça rajoute 100 dollars par mois sur les factures. Luke dit que ça vaut le coût, mais moi, je dis qu'on ne peut pas se le permettre.

— Qu'est-ce que vous avez fait d'autre ce matin ?

— J'ai préparé le sac d'Ally, avec tout ce dont elle a besoin et de quoi grignoter. Et le repas de Luke aussi. Il apporte son déjeuner au travail la plupart du temps. On fait des économies autant que possible à cause de ma formation d'infirmière. Comme je vous l'expliquais, notre budget est vraiment serré et il me reste encore un an avant le diplôme.

— C'est super, lui dis-je, alors que mon attention reste portée sur le sac à langer.

Selon le rapport, le sac contenait non seulement des couches, des chiffons et des vêtements de rechange, mais également un sandwich au beurre de cacahouètes, une pomme et des frites – si c'est ça le repas de Luke, c'est étrange qu'il l'ait laissé dans la voiture avec Ally et ne soit pas allé le chercher à la pause-déjeuner.

— Ce n'est pas facile d'être maman tout en ayant un travail à plein temps, continue-t-elle.

Je hoche la tête poliment.

— Et ensuite ? Que s'est-il passé après ça ?

Elle renifle et attrape un autre mouchoir.

— Rien. Je suis allée au travail, Luke m'a envoyé un texto vers huit heures pour dire bonjour.

— Il n'a rien dit à propos d'Ally ?

Elle se tait pour réfléchir, puis dit simplement :

— Non. Juste qu'elle était contente. Ils étaient en route pour prendre un petit-déjeuner au McDonald's, sur le chemin vers la garderie.

— Mais Ally n'est jamais arrivée à la garderie.

J'énonce une évidence, une fois de plus, non pas qu'elle ait besoin qu'on lui rafraîchisse la mémoire, mais je dois voir sa réaction. Elle cligne des yeux pour retenir ses larmes, renifle et attrape un nouveau Kleenex dans la boîte.

— Il faut croire que non...

Je repense à ce que m'a chuchoté l'officier juste avant cet entretien, mais pour le moment, je garde cette information de côté.

— La garderie ne vous a pas appelée concernant l'absence d'Ally ?

Mia détache ses yeux de moi pour regarder son téléphone.

— Non. Elles m'ont envoyé un SMS à propos d'une balade à la plage qui a été annulée. Et rien d'autre.

vÉtait-ce un message groupé ?

vOui. Envoyé à tout le monde.

Je lui demande à quelle heure il a été envoyé.

— Dix heures vingt-trois.

— Est-ce que Luke aussi a eu ce message ?

— Oui, sûrement. Debbie est très douée pour tenir les parents informés.

De la même manière qu'il a laissé son repas dans la voiture, je me demande pourquoi ce SMS ne lui a fait aucun effet. Est-ce qu'il n'aurait pas pu, à ce moment-là, se rappeler qu'il avait oublié de déposer Ally ? Elle était peut-être encore vivante à cette heure de la matinée...

Mia regarde des photos sur son téléphone. Elle a l'air un peu perdue. Je vois dans ses yeux qu'elle est en train de revivre sa journée.

— Ça, c'était Ally hier, m'explique-t-elle. Hier à peine ! C'est la dernière photo que j'ai prise d'elle.

Elle tend le téléphone pour me montrer. C'est vraiment une

belle photo, poignante. Les cheveux roux et les yeux bleus de la petite emplissent l'écran de magnifiques couleurs. Assise dans sa chaise haute, elle sourit. Un bol de Cheerios devant elle, sur le plateau en plastique. Un calendrier avec un chat siamois et un poisson rouge dans un bocal, sur le mur derrière elle. Un arbre de jade à moitié mort, ses feuilles ratatinées et tombantes, sur le comptoir encombré de la cuisine.

— Son papa lui faisait des grimaces, explique Mia.

— Elle est vraiment très jolie, je réponds.

Tout à coup, Mia se tourne vers moi, une intensité nouvelle dans le regard. C'est comme si elle se réveillait d'une absence, prenant soudain conscience de la réalité des événements et du cyclone qui se forme autour d'elle.

— Ce n'est pas en train d'arriver, si ?

— J'en ai bien peur. Je suis désolée.

J'aimerais tellement que ce ne soit pas le cas.

Elle baisse le téléphone, mais continue de regarder la photo. La voilà, mon opportunité d'amener le sujet.

— Vous avez dit certaines choses à l'officier de police tout à l'heure qui me posent un peu question.

Mes mots la ramènent brusquement au moment présent.

— Pardon ? demande-t-elle en plantant son regard dans le mien.

— Avant que l'officier ne vous explique ce qui est arrivé à Ally, vous avez mentionné deux choses. Vous avez dit avoir fait des recherches sur les décès dus aux oublis dans les voitures et vous avez parlé de ce qui se passerait si Luke oubliait Ally dans son véhicule.

Elle n'a même pas l'air surprise.

— Oui. Luke et moi en avions parlé. Il a regardé sur Internet et m'a dit qu'une voiture pouvait devenir une fournaise en seulement quelques minutes.

— Quand est-ce qu'il vous a dit ça ?

— Cette semaine, répond-elle, sans une once d'hésitation. Il y a à peine quelques jours. C'est ça le plus terrible dans tout ça. Quelle ironie. Luke et moi en avions parlé. On a trouvé cette histoire sur une maman au Texas qui a laissé ses jumeaux sur le parking d'un Walmart et sur la façon dont ça les a, vous savez, juste cuits sur place…

Elle ne semble pas faire le lien avec la façon dont Ally a littéralement *cuit sur place* elle aussi.

— Comment vous avez eu l'idée de faire des recherches sur le sujet ?

— Ce n'était pas moi, c'était Luke. Il a cherché sur Internet. Il a même imprimé un article sur la famille texane. Ça avait l'air de l'inquiéter. Il aimait tellement Ally. Chaque jour, il me disait qu'être son papa était la meilleure chose qui lui soit jamais arrivée.

— Il s'inquiétait que la même chose puisse arriver à Ally ?

Elle hoche la tête frénétiquement.

— Oh oui, énormément. Il a dit qu'il craignait de l'oublier dans la voiture. En ayant la tête trop prise par son travail ou que sais-je, et de juste… ouais, l'oublier là par erreur.

— Et c'est exactement ce qui s'est passé. N'est-ce pas, Mia ?

Elle prend une grande inspiration.

— C'est exactement ce que j'ai dit à l'officier. C'est presque comme si Luke avait prédit que ça arriverait…

Prononcer le nom de son mari déclenche une nouvelle salve de larmes.

— J'ai besoin de le voir ! hurle-t-elle.

— Vous ne pouvez pas pour l'instant. Il est en garde à vue. Selon la procédure, la première personne à avoir le droit de lui rendre visite, c'est son avocat.

Mia appuie sur la table de ses deux mains et se lève.

— Mais c'était un accident ! Vous ne pouvez pas arrêter Luke pour un accident ! C'est totalement injuste ! Cette femme au Texas, on ne l'a pas arrêtée ! La police a dit qu'elle souffrait déjà assez comme ça, qu'elle était déjà punie pour son erreur.

. . .

Je retrouve Carter dans son bureau après l'entretien. Il est déjà dix-neuf heures passées, il faut que j'aille chercher Emma. Je vais la serrer dans mes bras et lui lire une histoire qui finit bien. Je vais lui dire que je suis désolée que le travail m'ait retenue loin d'elle si longtemps. Cela n'arrive pas souvent, mais quand c'est le cas, je suis dévastée, parce que je n'ai pas envie d'être le genre de figure parentale qui ne fait pas passer l'enfant en premier. Elle aura sûrement entendu parler de la mort d'Ally, parce que Carrie-Anne garde les infos allumées 24 h/24. Je lui expliquerai que, parfois, des choses pas chouettes peuvent arriver aux gens, même quand ils sont très gentils. Que ce ne sont pas toujours les mauvaises personnes qui sont punies, malheureusement. Du haut de ses sept ans, elle le sait déjà, bien sûr. À cause de mon travail, mais aussi à cause de sa vie à elle.

— La mère est en plein déni, lancé-je à Carter.

— Et le père est un drôle d'oiseau, ça, c'est certain…

— Je n'y crois pas une seconde, à son histoire. Et la mère a dit quelque chose de particulièrement troublant. Il avait fait des recherches sur ce genre de décès.

— Oui, Davis m'a dit.

— Tu penses que c'était prémédité ?

Je demande, mais je connais très bien la réponse.

Carter se contente de hocher la tête. Le soleil s'est couché et je sais que si je n'avais pas Emma à aller chercher, il m'aurait invitée à prendre un verre. « Juste une petite bière, une seule », il dirait. Je déclinerais l'offre poliment, comme je le fais toujours, et il répondrait : « J'aimerais en apprendre plus sur toi », comme si j'avais quoi que soit d'intéressant à partager. « Tu sais déjà tout », je répondrais, même si ce n'est bien sûr pas le cas. Ma descente aux enfers a été exposée sur Internet. Mon addiction aux jeux d'argent a nourri tous les blogs. Tout le monde sait comment Danny Ford, mon coéquipier et amant, a bâclé l'affaire Kelsey

Chase. Comment ma sœur a survécu à l'explosion de propane qui a tué son mari. Tout est là, à portée de clics.

— La première chose à faire, c'est d'interroger ses collègues du WinCo, dit Carter. Et ensuite les témoins qui étaient sur le parking.

— Il faut qu'on aille voir à la garderie, aussi. Je me demande ce qu'elles savent.

Carter éteint son ordinateur et nous quittons le poste de police. L'air extérieur est comme un sèche-cheveux qui m'attaque le visage. Carter et moi nous dirigeons vers nos voitures, garées l'une à côté de l'autre. Nous ne traînassons pas, nous avons des choses à faire. Lui va s'arrêter au Long Shot Tavern sur l'avenue Columbia pour boire une bière ou deux puis rentrer chez lui, dans son appartement qui manque de meubles. Moi, je vais aller chercher Emma et la ramener dans la maison au toit rouge qui a toujours fait partie de ma vie. La maison où ma sœur, Stacy, et moi avons appris à nous aimer et à nous détester.

Je tourne la poignée pendant qu'Emma finit de me raconter sa journée. Shelby nous attend à la porte et tente de sauter dans mes bras. Je me baisse pour lui gratter la tête. Il fait trop chaud pour porter mon chien en ce moment. Emma a été une vraie pipelette pendant tout le trajet. Ce doit être la troisième fois qu'elle m'explique combien elle déteste les hot-dogs.

— C'est ce que j'ai eu au repas du soir, dit-elle.

— Je suis désolée. On mangera de la pizza demain.

— J'aime la pizza.

— Je sais.

C'est une fille qui n'a aucun scrupule à me dire ce qu'elle aime et ce qu'elle n'aime pas. Elle a confiance en elle et est pleine d'assurance. Elle est blonde, comme sa mère, mais elle « pense comme une brune » comme dirait mon père. Je sais que c'est idiot, mais je suis d'accord avec lui.

Alors que je la soulève et l'assieds sur le comptoir le temps de fouiller dans le réfrigérateur pour pouvoir manger moi aussi, elle continue son argumentaire.

— Carrie-Anne dit que les hot-dogs, c'est bon pour la santé. Tu y crois, toi ? Je ne lui ai pas dit que c'est fait avec des boyaux et d'autres trucs comme ça.

— Pas tous les hot-dogs, je réponds. Peut-être que Carrie-Anne en achète des bons.

Mais Emma n'en démord pas.

— Non, dit-elle. Les bons hot-dogs, ça n'existe pas.

J'abandonne l'idée de trouver de quoi manger pour l'instant et me penche pour attraper une glace à l'eau dans le congélateur. Emma me voit faire, mais ne me juge pas.

— Pour ce qui est des glaces, celles-ci sont très bonnes, lui lancé-je.

Elle me fait un grand sourire et s'en empare.

— Oui. Cerise, vrai jus de fruit, pas d'édulcorants artificiels.

Quel enfant de sept ans parle de la sorte ? Qui est cette mini-adulte qui se tient devant moi ? Alors que j'attrape un reste de poulet froid et le pose sur un morceau d'essuie-tout (pourquoi laver une assiette si je n'en ai pas besoin), je sais que je connais déjà les réponses à ces deux questions. Son père est mort. Sa mère est aux abonnés absents. Emma ne pose plus la question comme elle le faisait au début, quand nous avons quitté la banlieue de Seattle pour Hoquiam. Je me rappelle ce que j'ai ressenti quand on lui a demandé de dessiner son arbre généalogique à la fin du CP. Il n'y avait que nous deux sur son dessin.

— Tu es ma tante-maman, a-t-elle dit.

Cela m'a attristée. Je n'avais aucunement l'intention de réécrire son histoire, mais il faut dire que j'évitais sciemment de mentionner ma sœur et son mari, Cy. J'ai décidé d'y remédier à ce moment-là, en me disant que c'était la bonne chose à faire.

— Et ton papa et ta maman ? ai-je dit.

— Ils sont là, a-t-elle répondu, en pointant du doigt l'herbe qu'elle avait dessinée au crayon vert, au-dessus des racines de son arbre.

Je n'ai pas insisté. Je me suis dit qu'Emma avait enterré ses parents. Et que c'était positif. Dans l'ordre des choses.

— Et ton grand-père ? ai-je ajouté.

En partie parce que j'étais curieuse de savoir ce qu'elle pensait de lui, mais surtout pour changer de sujet.

— Tu ne l'as pas inclus dans ton arbre généalogique.

Emma a grimacé.

— Ah oui, c'est vrai, a-t-elle marmonné en s'empressant d'ajouter à son dessin la silhouette d'un vieillard en fauteuil roulant.

Elle s'est appliquée à lui dessiner de beaux cheveux et un regard alerte qui ne reflétaient pas la réalité.

— Voilà, il est là ! a-t-elle annoncé fièrement.

À présent, sa bouche est toute rouge à cause de la glace. Je mange mon poulet et me sers un verre de vin blanc. Emma mène le gros de la conversation. Les enfants de sept ans ont cette manière de raconter leur journée dans les moindres détails. Rien n'est ennuyeux ou à jeter, tout mérite de faire partie de l'histoire. J'écoute tout ce qu'elle a à me dire, en hochant la tête de temps en temps pour lui montrer de l'intérêt. Mais mes pensées restent tournées vers Ally Tomlinson, je ne peux pas empêcher son fantôme de s'inviter dans la cuisine avec nous. Ce qu'il lui est arrivé me touche profondément, je ne peux pas le nier. Je repense à l'affaire qui a mené à ma déchéance personnelle comme professionnelle. Kelsey Chase, une enfant de trois ans, kidnappée dans la voiture de sa mère, sur le parking d'un Target. L'enquête qui m'a fait perdre pied. Qui m'a conduite à des endroits que je n'aurais jamais imaginés. Qui m'a transformée en tout point. Qui m'a fait douter de mon discernement. Je suis restée les bras croisés alors que mon monde était renversé de toute part. Ma sœur, Stacy, et l'homme que je pensais aimer étaient impliqués dans la pire des entreprises et j'avais été utilisée pour faciliter la dissimulation d'un meurtre. Je pensais que seule une sorte d'obscurité permanente – une extinction des feux, comme j'aimais l'appeler – pourrait mettre fin à ma honte. Arrêter cette souffrance auto-infligée. Mais non. La petite fille aux lèvres rouges était ma réponse. Alors qu'Emma me raconte comment le chat de Carrie-Anne, Rex, a confondu une plante en pot avec sa litière, je remercie secrètement les cieux de l'avoir amenée sous mon toit. Je l'aime jusqu'au fond de mon âme. Ma rédemption, c'est de m'assurer qu'elle traverse la vie indemne, aimée et forte. Et qu'elle connaisse des défis de la bonne sorte.

Qu'elle soit tout ce que je n'ai pas pu être.

Bien que je ne l'aie pas portée, je sais que ce qui m'anime, c'est cet amour inconditionnel, cette « agapé » comme on dit en grec. Cet amour qu'ont toutes les mères.

Toutes les mères sauf Stacy.

Je jette mon essuie-tout et récupère le bâtonnet en bois de ses petites mains. La fenêtre à l'étage est restée ouverte toute la journée et les ventilateurs sont réglés au maximum, mais la chaleur est toujours aussi écrasante.

— Carrie-Anne dit que les gens riches ont la climatisation.

Je repense à la maison près du lac Washington qui était la sienne avant toute cette catastrophe. Il y avait une piscine. Une salle de cinéma. Un cellier. Et, oui, une climatisation centralisée.

— Les gens riches mangent les meilleurs des hot-dogs, je réponds.

Elle me sourit.

Il est déjà huit heures passées et bien que le soleil soit toujours haut dans le ciel, nous montons à l'étage, avec Shelby sur nos talons. Les lattes de planchers grincent sous nos pas. La chambre d'Emma était auparavant la chambre de sa mère. Certains vestiges de la vie de Stacy avant qu'elle ne fuie Hoquiam y subsistent encore. Les murs rose bonbon, couleur Pepto-Bismol. Les rideaux en dentelle blanche. Le tableau en liège où Stacy accrochait autrefois des photos qui évoquaient son futur rêvé : une Mercedes, des palmiers, une bouteille de parfum Dior, la maison de Tori Spelling. Ces images ont été remplacées par celles qu'Emma découpe dans des magazines ou des jeux à colorier. Toutes proviennent de *La Reine des neiges*, son film préféré. Il fait si chaud que je lui dis de dormir en t-shirt et petite culotte, au lieu de son pyjama habituel.

— Mais c'est bizarre !

— Tu auras moins chaud, insisté-je.

Elle grimace et se déshabille.

— Carrie-Anne dit que le papa de la petite fille n'aurait jamais dû la laisser dans la voiture.

Carrie-Anne dit beaucoup de choses. Et Emma a de très bonnes oreilles. Je m'assieds sur le bord du lit pendant qu'elle se glisse sous le drap.

— Elle a raison, je réponds. Il n'aurait jamais dû.

Emma ajuste son oreiller.

— Il ne faut jamais laisser un chien dans la voiture, sauf si la fenêtre est ouverte en entier.

— Même comme ça, ce n'est pas une bonne idée, je réponds.

— Est-ce qu'elle est au paradis, maintenant ?

Emma croit que le paradis est en endroit où on peut aller pendant les vacances. Parfois, elle demande si elle pourra aller voir son père au paradis.

— Bien sûr, je réponds.

Je m'allonge à côté d'elle et lui lis quelques pages du *Vent dans les saules*. Elle s'endort avant même que je finisse. Shelby, qui s'est allongée sur le plancher en quête de fraîcheur, gémit un peu. Elle veut que je la prenne dans mes bras. Je me penche et attrape ma chienne. Elle est chaude comme une bouillotte, mais je n'en ai que faire. Cela ne me dérange pas le moins du monde. Avec Emma et Shelby à mes côtés, cet endroit n'est pas si horrible, après tout.

• • •

Pendant la nuit, je reçois un appel-surprise d'Ocean View. Ce n'est pas la première fois que la maison de retraite me contacte tard le soir, mais chaque fois, je me demande si c'est la dernière. Je regarde l'heure. Vingt-trois heures. Cela n'annonce rien de bon. Je me prépare à recevoir une terrible nouvelle, bienvenue néanmoins, même si j'ai honte d'avoir de telles pensées. Mon père est perdu dans un brouillard qui ne se dissipera jamais, sa mort serait un soulagement.

— Est-ce qu'il va bien ?

— Il est tombé de son lit. Rien de très grave, mais j'ai bien peur que votre père se soit cassé le poignet.

Comment est-ce arrivé ? Je pensais qu'il était (de toutes les indignités que mon père subit au quotidien, c'est bien celle-ci que je déteste le plus) attaché pendant la nuit.

Un soupir au bout du fil.

— Oui. Je suis désolée, nous avons une nouvelle infirmière, elle n'était pas au courant du protocole.

Je suis énervée, mais pas énormément. La routine de nuit à Ocean View consiste à lui laver les dents, changer sa couche, lui donner ses cachets et à lui mettre les Beach Boys, très doucement. Quand je n'avais pas encore l'argent, il était dans un endroit horrible près d'une usine qui faisait un bruit d'enfer. Les employés de Light of Day connaissaient mes horaires et se donnaient en spectacle chaque fois que je venais lui rendre visite depuis Kirkland. Tout a changé quand une femme avec qui j'étais allée à l'école, mais que je ne connaissais pas si bien que ça, m'a suivie jusqu'au parking après une de mes visites.

— Écoute, m'a dit Donna Totten, ça se voit que tu tiens à ton père. Mais la plupart des gens ici n'ont jamais de visiteurs. Alors que toi, tu viens vraiment régulièrement. Mais tu es la seule. Y a des inspecteurs du gouvernement qui viennent et c'est tout. Ils encaissent la monnaie et font le strict minimum, ici. Je sais que tu es flic maintenant et tout ça, et je ne voudrais pas m'attirer des ennuis, mais, entre nous, ton papa mérite mieux que ça. J'imagine que les autres aussi. Mais personne ne se soucie des autres patients. Si j'étais toi et que j'avais l'argent, je le ferais sortir. Conseil d'amie.

Mais je n'avais pas l'argent. J'avais tout perdu aux jeux. Bien sûr, j'en avais gagné un peu, mais j'en avais perdu encore plus. C'est un an après cette conversation avec Donna que j'ai trouvé mieux que les casinos.

Stacy.

Elle n'en avait rien à faire de papa. Mais elle avait de l'argent. La dernière fois que je l'ai croisée, je lui ai mis un couteau sous la gorge et elle m'a viré 50 000 dollars. C'était du chantage, je le savais, mais je n'en avais rien à faire. Tout en elle me rendait malade. Alors j'ai pris son argent, mais je n'en ai pas utilisé un seul centime pour moi-même. Tout a servi à aider Emma et mon père.

L'ironie de cette situation, c'est que Stacy aurait très bien pu s'en occuper dès le début. Si elle en avait eu quelque chose à cirer. J'ai presque envie d'en rire maintenant. Je pensais que papa mourrait dans l'année, mais il faut croire que de meilleurs soins à Ocean View ont fait pencher la balance. Mais il ne sait toujours pas qui je suis. Il ne connaît pas Emma.

La seule personne qu'il a en tête, c'est Stacy.

Emma, c'est Stacy quand elle était petite.

Moi, je suis Stacy à l'âge adulte.

Qu'il m'associe à elle est tellement dévastateur. J'ai toujours tout fait pour être la parfaite fille, la meilleure de nous deux. La gentille. Mais finalement, je me demande : *pourquoi est-ce que j'ai fait tout ça ? À quoi bon ?* Pourquoi était-ce toujours à moi de m'occuper des autres dans cette famille ? Peu importe ce qu'il m'en coûtait.

Peu importe ce qu'il m'en coûte.

CHAPITRE 6

Mercredi 16 août

Une fois Emma chez Carrie-Anne, je passe chercher un café à emporter et rejoins Carter à la garderie Little Pal's sur l'avenue Spruce. Il est neuf heures du matin. On est loin de l'ambiance chaleureuse de chez Carrie-Anne. À première vue, on dirait un de ces endroits qui de temps en temps passent à la télé et donnent une impression peu reluisante de la garde à domicile. Un peu délabré. C'est une maison bleu pâle avec des volets blancs, ce qui serait plutôt joli si une clôture en barbelés n'encerclait pas le périmètre. Elle est trouée en de nombreux endroits et les pignes d'un énorme Sitka se coincent dedans. Cet arbre a probablement été planté quand la maison était neuve, il y a soixante-dix ans. Carter et moi nous tenons sur le porche et regardons à l'intérieur. Beaucoup trop d'enfants. Et pas assez de personnel. Il y a des tout-petits qui rampent dans tous les coins.

— Bonjour, excusez-moi ? lancé-je à travers la porte en verre couverte de traces de doigts.

Carter toque de nouveau et la vitre vibre.

Une petite fille finit par venir nous ouvrir, elle doit avoir l'âge d'Emma. Elle porte un short bleu et un débardeur blanc taché de confiture de fraise. Ses cheveux sont attachés en deux couettes un peu lâches et si ses yeux bruns pouvaient être plus grands, elle serait tout droit sortie d'une œuvre de Margaret Keane.

— Madame Debbie est dans l'arrière-cour, dit-elle.

— Merci, ma belle, lui lancé-je alors que nous nous apprêtons à faire le tour.

— Je dois dire que je suis soulagé que mes enfants n'aient jamais eu besoin d'aller à la garderie, dit Carter.

Je me crispe un tantinet. Je suis seule, je n'ai que moi, personne pour m'aider à élever ma nièce. Aucune famille. Ce n'est pas comme si j'avais le choix.

— Emma va à la garderie, je réponds. Parfois, c'est la seule chose à faire.

— Oui, pardon. Au temps pour moi.

Il a l'air embarrassé. Un peu blessé, presque. Probablement plus que de raison. Mais c'est sa façon d'être. Il veut se rapprocher de moi et, de temps en temps, je trouve un moyen inoffensif de le repousser. Juste assez.

Un tuyau d'arrosage pulvérise de l'eau fraîche au-dessus de l'herbe brune et cassante, pendant que des enfants tentent désespérément de transformer ce sol dur en une marre de boue.

Ladite « Mme Debbie » est assise sur une chaise de jardin, sous un parasol, et discute avec une adolescente, sa tasse de café à la main. Elle me rappelle quelqu'un. J'espère que ce n'est pas une autre de mes camarades de lycée.

Il s'avère que si.

— Oh, mon Dieu, Nikki, est-ce que c'est toi ?

Personne ne m'appelle comme ça. Ou du moins, plus depuis bien longtemps.

Je lui souris.

— Debbie Manning ? demandé-je, en faisant semblant de ne pas être sûre.

Mais je sais parfaitement qui elle est. Debbie est difficile à oublier. On s'est crêpé le chignon une fois, elle et moi, et elle m'a claqué une porte de casier dans la figure. Pas pour une histoire de garçons ni quoi que ce soit d'important. Pour des bonbons Starbust. J'avais mangé le dernier de ceux à la fraise dans un sachet que nous partagions.

— Je me demandais quand on se recroiserait, dit-elle, comme si on était au Denny's Bar après la réunion des anciens. Pas que j'en aie eu particulièrement envie, ajoute-t-elle, avec un petit rire guindé. Maintenant que tu es dans la police et tout.

Je me demande si elle compte mentionner les problèmes que j'ai rencontrés. J'ai réussi à sortir d'Hoquiam, mais j'ai été forcée à revenir. Heureusement, elle n'en dit pas un mot ; il faut dire que je ne la laisse pas faire.

— Debbie, nous sommes ici à cause de ce qui est arrivé à la petite Ally Tomlinson.

Elle pose sa tasse. C'est tout sauf du café à l'intérieur. Peut-être de l'eau, peut-être de la vodka.

— Oh oui, mon Dieu, c'est terrible ce qui lui est arrivé. Horrible. Ça me fend le cœur de penser à cette pauvre petite. Et ses parents, oh, mon Dieu, ça doit être affreux pour eux. Je n'ose pas imaginer ce qu'ils doivent ressentir, c'est une tragédie.

— Oui, je réponds, pour l'empêcher de continuer pendant des heures.

Debbie m'apprend qu'elle est divorcée.

— Ce connard m'a trompée et regarde ce que je suis forcée de faire maintenant.

Le connard en question, c'était Justin Lancaster, quarterback suppléant à l'époque. Même si, quand on y pense, la plupart des mecs prétendaient l'être.

— Je suis désolée, dis-je.

Carter me regarde et se réjouit. Il adore me voir faire face à ce genre de retrouvailles.

— Brooklyn, tu peux gérer les garçons s'il te plait ? lance

Debbie à l'adolescente, qui ne décolle pas les yeux de son téléphone.

Au ton de sa voix, on comprend très bien que ce n'est pas une demande, mais un ordre. Elle était pareille au lycée, capricieuse et autoritaire. Quand l'album souvenir de notre année de première est sorti, elle a crié au scandale parce que Monica Alexander apparaissait dans une photo de plus qu'elle. J'étais dans les bureaux au moment où elle a exigé une réimpression pour corriger cet affront. Je me rappelle parfaitement cet échange. L'offense était minime, voire inexistante, mais sa réaction, plus qu'extrême. Elle voyait plus rouge que son rouge à lèvres.

— Monica n'était même pas princesse au bal de promo. Moi oui !

— Tu es sur la photo de groupe, a répondu la femme en charge de l'album photo, une femme bien trop gentille et patiente qui attendait sagement la retraite.

Elle a pointé du doigt la photo censée représenter l'élite parmi les premières du lycée d'Hoquiam.

— Les photos de groupe, ça ne compte pas ! a fulminé Debbie.

Je me souviens maintenant que je la trouvais insupportable. Son assistante, qui visiblement ne la supporte pas non plus, pose son téléphone et se rend à l'endroit où deux petits garçons ont plaqué au sol un troisième, lui injectant de l'eau dans les narines avec un tuyau dont l'embout est cassé. Le gamin rit, mais c'est le genre de rire nerveux et incontrôlable qui vient juste avant les cris et les appels à l'aide. Pendant que nous observons la scène, Brooklyn arrache le tuyau des mains des garçons et les amadoue en leur proposant une glace.

— Mes jumeaux ont autant de jugeote que leur père, dit Debbie avec un soupir.

Il y a comme une accalmie pendant un instant. L'arrosage automatique se tait et Debbie reprend une gorgée dans sa mystérieuse tasse. Elle lève des yeux soudain embrumés vers Carter et moi.

— Je n'arrive pas à m'en remettre, dit-elle. Cette pauvre enfant. Cette pauvre petite chose.

— Je sais, je réponds, me rappelant soudain combien elle était convaincante dans le rôle d'Emily dans la pièce de théâtre *Our Town*.

— Selon vous ce n'était vraiment pas un accident ?

— Nous devons examiner chaque piste, répond simplement Carter.

— Oui, bien sûr, répond-elle, avant de boire à grandes goulées.

— Étiez-vous censée garder Ally ce jour-là ? demande-t-il.

Debbie a fini sa tasse de liquide inconnu. Mais je sens clairement les effluves d'alcool maintenant. *Mais bon. Qui suis-je pour juger ?* j'essaie de me dire. J'ai menti, triché, manipulé. Mendié. Pleuré. Promis. J'étais accro aux jeux d'argent et je sais que l'alcoolisme n'est pas vraiment différent.

— Elle ne venait pas forcément tous les jours de la semaine, dit Debby. Sa mère est aide-soignante et ses horaires sont variables. Elle gardait Ally à la maison autant qu'elle pouvait. Mia est une bonne cliente. Qui paye à l'heure et vient à l'heure. C'est important.

— Mais hier, c'était Luke qui devait emmener Ally ici, n'est-ce pas ?

Debbie fixe sa tasse. Comme si elle espérait qu'il y ait encore du liquide à l'intérieur, quelque part dans le fond, comme dans un puits peut-être pas totalement asséché.

— Oui, dit-elle finalement, après un long temps de flottement.

— Avez-vous appelé les Tomlinson quand Ally n'est pas arrivée ?

— Vous voulez dire juste pour confirmer, dans le doute ? Comme font les écoles ?

— Oui. Je sais que les garderies n'en ont pas l'obligation, contrairement aux établissements scolaires. Mais est-ce que vous avez appelé ?

— Non. Non, je n'ai pas appelé. Ce n'est pas que je m'en fiche, hein. Je tiens beaucoup à mes enfants. Aux enfants de mes clients, elle s'empresse de corriger.

— Oui, je vois ça, dis-je, en repensant à ses jumeaux intenables et au pauvre gamin qu'ils martyrisaient.

Ces yeux restent plantés dans les miens alors qu'elle cherche son téléphone dans sa poche.

— Maintenant que j'y pense, j'ai envoyé un SMS à tous les parents. J'ai quatorze gamins ici, vous savez. Cinq sont les miens, neuf sont ceux des autres. J'ai envoyé un SMS groupé à propos de la balade à la plage qui a été annulée. L'église n'a pas voulu me prêter son bus. Faut dire que je n'ai pas insisté. Ici, vous voyez, ajoute-t-elle en montrant l'écran.

Je regarde l'heure de l'envoi. Dix heures vingt-trois.

Carter passe à la vitesse supérieure.

— Parlez-nous un peu de Luke.

— Exemple typique des voyous de son âge, dit-elle. Il se croit meilleur que tout le monde. Qu'il ait fini avec un trésor comme Mia, c'est un mystère pour moi. Même si, bien sûr, j'ai vécu exactement la même histoire. Justin est exactement comme Luke, juste un peu plus vieux. Plus beau, plus intelligent, mais exactement de la même trempe.

— Ce n'est pas très valorisant, lui fais-je remarquer.

— C'est le but. Croyez-moi, s'il y a une chose que je ne suis pas, c'est malhonnête.

Ce n'est pas la Debbie Manning dont je me souviens. Une fois, elle a pris tout l'argent de la vente caritative de l'association des parents d'élèves en disant qu'elle avait vu un étranger aux cheveux hirsutes et au teint sombre rôder autour des cupcakes. Que c'était sûrement lui qui avait piqué dans la caisse.

— Je sais, je réponds néanmoins.

Elle hoche la tête.

— Luke était comment avec Ally ? demande Carter, pour revenir au sujet qui nous intéresse.

Je suis heureuse qu'il soit là. Tout ce qui m'importe, c'est Ally, mais dès que Debbie ouvre la bouche, j'ai l'impression qu'elle cherche avant tout à protéger son image, plus qu'à nous dire ce qu'elle sait sur les Tomlinson.

— Étonnamment, il l'adorait, dit-elle. Il y a des pères qui arrivent ici en panique parce qu'ils se retrouvent dans le rôle de père au foyer contre leur gré et qui ne font pas la différence entre une timbale et un jouet à mâcher. Luke était agaçant par sa suffisance, mais quand il venait ici, il était très posé. Il s'entendait bien avec moi. Mais ce n'est pas surprenant, je m'entends bien avec tout le monde.

— Les gamins sont intenables, interrompt Brooklyn en émergeant de la maison à travers la pelouse brûlée par le soleil.

— Tu as donné une glace à Jack et Mack ?

— Oui. Et aux autres aussi, dit Brooklyn en hochant la tête.

— Alors c'est quoi le problème ? lance Debbie d'un air visiblement irrité.

— Il fait trop chaud, Debbie. Les gosses ont chaud. Il fait, genre, 1000 degrés à l'intérieur.

— OK, OK, dit Debbie. Je vous rejoins bientôt. J'aurais bien besoin d'un verre de plus de toute façon.

Maintenant, je sais de source sûre que ce n'était pas du café. Malgré les 37° au thermomètre, je lui ai laissé le bénéfice du doute.

Debbie se tourne vers moi.

— Voici Brooklyn Marinucci. Mon assistante superstar.

Je ne peux pas m'empêcher de sourire.

— Connaissais-tu les Tomlinson, Brooklyn ? demandé-je.

Elle repousse ses cheveux par-dessus son épaule, pour les empêcher de coller à son cou transpirant.

— Oui, un peu, pas vraiment.

— Que pensais-tu de cette famille ? ajoute Carter.

— Mia est ce genre de mamans qui se croient meilleures que les autres, parce qu'elle a un diplôme d'infirmière. Fac publique, ajoute-t-elle en levant vers Debbie un sourcil entendu. Quelle grosse blague.

Debbie acquiesce puis disparaît à l'intérieur. Je peux l'entendre ouvrir puis refermer le frigo.

— Tu t'es sentie rabaissée par elle, c'est ça que tu veux dire ?

— Moi non, dit Brooklyn. Mais Debbie... Selon Mia, elle a gâché sa vie en ayant cinq enfants. Alors que Mia, elle, elle dit qu'elle va se faire ligaturer les trompes. C'est commun dans sa famille d'avoir des jumeaux aussi, mais elle ne veut pas prendre le risque. Parce qu'elle a d'autres choses à faire, vous voyez. Je comprends, d'une certaine façon. Tout le monde ici peut comprendre.

Brooklyn grimace et on entend Debbie à l'intérieur qui crie aux enfants de se calmer.

— Debbie a beaucoup de mal à gérer. Mais elle gère. Et je suis là tous les jours.

Je me retiens de mentionner le fait que Debbie boive en pleine journée. Si elle était au volant, je l'aurais sûrement arrêtée. Mais je vois à son regard que Brooklyn sait que les choix de Debbie ne sont pas les plus respectables. J'essaie de rester concentrée sur ce qui nous amène ici.

— Et qu'est-ce que tu pensais de Luke, le père d'Ally ?

— Brooklyn ! appelle Debbie depuis la cuisine. Viens ici, j'ai besoin de toi !

— Il était correct, dit-elle avec un soupir.

— Qu'est-ce que tu veux dire par là ?

— La plupart des pères ici sont des gros tordus, dit-elle en détournant le regard. Comme l'ex de Debbie par exemple.

— Mais pas Luke, ajoute Carter.

— Brooklyn, ramène tes fesses plates par ici, bon Dieu ! Je te paye au-dessus du tarif minimum pour une raison !

— Quelle connasse, murmure Brooklyn dans sa barbe, avant de se diriger vers la porte.

J'ai trente-sept ans, mais je me rappelle ce que c'est que d'être adolescente et je souris à Carter. Pour le coup, elle et moi partageons la même opinion de Debbie.

— Luke est un type correct, nous lance Brooklyn par-dessus son épaule. Un peu ennuyeux, mais gentil.

Ses cheveux, maintenant attachés en queue de cheval, se balancent alors qu'elle s'éloigne. Je me demande si elle sait qu'ennuyeux rime avec vicieux.

Carter et moi restons debout là un instant avant de rejoindre nos voitures.

— Eh bah, me lance-t-il, sacré personnage !

Je ne vais pas le contredire sur ce point.

— Ouais. Elle était déjà comme ça au lycée.

— Pas elle, rétorque-t-il. Brooklyn. Elle a quoi, seize ans ? Dix-sept ans ? Mais elle a déjà tout compris.

— Est-ce que ce n'était pas ton cas aussi, à son âge ?

Carter reste immobile et me sourit. Malgré l'odeur de cigarette qui reste attachée à lui, il est séduisant d'une manière qu'il m'est difficile de décrire. Son visage n'a rien de spectaculaire. Ses yeux, son sourire, son nez, tout est pour le moins banal. Symétrique, mais ordinaire. Et pourtant, quand on le regarde dans son ensemble, toute cette banalité mise bout à bout équivaut à une très belle apparence. Son visage est un peu usé, il a quelques rides çà et là, mais cela ne le rend que plus attrayant.

— Il va nous falloir un mandat pour perquisitionner leurs téléphones et ordinateurs.

— C'est déjà en cours, je réponds.

Je lui souris de nouveau.

— Maintenant qu'on sait ce qu'on cherche, ajouté-je, je veux savoir si ce SMS a bien été reçu par Luke Tomlinson.

— Et ouvert, complète Carter.

— Oui. S'il l'a bien eu, tu ne penses pas que ça lui aurait rafraîchi la mémoire ? Est-ce qu'il ne se serait pas rendu compte qu'il avait oublié sa fille dans la voiture ?

— Tu crois ? Pour moi, il n'y a aucun doute.

CHAPITRE 7

Mercredi 16 août

On est en fin de matinée et il est temps de retourner sur la scène de crime. Nous sommes une petite brigade, donc je m'en charge sans Carter, qui retourne au bureau pour avancer de son côté. Selon le rapport des premiers officiers présents sur place, Jordan Conway était parmi les premières personnes à s'amasser autour de la Subaru quand Luke a appelé à l'aide. Je la retrouve au comptoir du Wendy's juste à côté du Starbucks. Jordan a environ vingt-cinq ans et des yeux verts débordant d'intelligence. Ses cheveux blonds striés de quelques mèches argentées sont attachés proprement avec une pince, pour les empêcher d'entrer en contact avec les burgers et les frites qu'elle emballe pour les clients, bien que son badge indique qu'elle est apprentie manageuse. Son visage avenant laisse entrevoir son inquiétude, qui paraît sincère, dès l'instant où je lui explique qui je suis et la raison de ma venue.

— J'aurais besoin de discuter avec vous.

— Oh, c'est que, je ne sais pas si je peux, dit-elle, en tendant un plateau à un de ses clients. Je ne sais pas si je peux, j'ai bientôt fini et je dois rentrer chez moi.

— Ce ne sera pas long, la rassuré-je, vous n'allez pas avoir d'ennuis.

Ses yeux se plongent dans les miens.

— OK, je finis dans cinq minutes.

— Parfait. Je vais m'installer à une table en attendant.

Elle hoche la tête et je commande un café avant d'aller m'installer. L'endroit déborde de jeunes mères qui peinent à contrôler leurs enfants, qui envahissent l'espace de toute part, renversant les boissons et les frites. Ils rient. Ils pleurent. Ils font des caprices. En les voyant faire, je me dis qu'être inspectrice de police n'est rien comparé aux efforts qu'il faut déployer pour gérer la clientèle d'un fast-food. Les gens entrent, commandent, mettent le bazar et repartent sans même se soucier de remettre leur plateau près des poubelles.Le café est extrêmement mauvais, mais je me force à le boire. Jordan me rejoint un instant plus tard. Elle s'est défaite de son uniforme et porte un jean et un petit pull rose, en maille légère. Cela lui donne des airs de femme sophistiquée. En la voyant ainsi, je me dis qu'elle pourrait sûrement trouver un boulot qui paye mieux, mais je n'ai aucune idée de ce qui l'a poussée à travailler chez Wendy's.

— C'est mon père, le patron, m'explique-t-elle en voyant la surprise dans mon regard. Il est propriétaire de celui-ci et aussi de deux autres, un à Olympia et l'autre à Long Beach. Je prends des cours de management.

Elle pose les yeux sur un petit garçon particulièrement turbulent et pousse un soupir.

— Un jour, tout ceci sera à moi. Quelle chance, hein ?

Nous échangeons un sourire. Je l'aime bien, cette petite.

— Jordan, lui lancé-je, en faisant semblant d'avoir apprécié mon café, vous étiez là quand on a trouvé la petite Ally Tomlinson, c'est exact ?

— Oui, dit-elle d'une toute petite voix. À vrai dire, je n'aurais jamais cru vivre quoi que ce soit de pareil de toute ma vie. On en voit des choses se passer, quand on travaille ici, croyez-moi. Presque autant que dans les bibliothèques municipales. Ma coloc, Charlotte, travaille là-bas. Il y a vraiment des gens trop bizarres.

C'est la première fois qu'on me dit ça des bibliothèques. J'y ferai plus attention la prochaine fois que j'irai avec Emma.

— Racontez-moi ce qu'il s'est passé devant le Starbucks.

Elle réfléchit un instant.

— OK, alors, je sortais du café quand j'ai entendu des cris. C'était Luke Tomlinson. Enfin, je ne connaissais pas encore son nom à ce moment-là, mais maintenant, je sais que c'était lui. Enfin, bref. Je l'ai vu arriver en voiture, à toute vitesse, et se garer brusquement. Comme s'il se passait quelque chose de grave à l'intérieur de la voiture. Puis, il a ouvert la portière et commencé à crier des choses à propos de sa fille.

— Quels étaient ses mots exacts ?

Elle réfléchit de nouveau.

— Ses mots exacts ? Je ne sais pas. Tout s'est passé si vite. Il était en train d'appeler à l'aide. Vous savez, « au secours, aidez-moi, par pitié, quelqu'un, ma fille ne peut plus respirer ».

— Comment décririez-vous son comportement à ce moment-là ?

— Au début, totalement paniqué, dit-elle, d'un air peu à peu plus assuré. Il criait tellement fort, c'était impossible de ne pas l'entendre. Vraiment, j'en ai des frissons rien qu'en y repensant. J'ai fait tomber mon Frappuccino et me suis précipitée vers lui pour voir ce que je pouvais faire. Je me doutais que quelque chose d'horrible s'était passé. Il était paniqué. Je veux dire, vraiment vraiment paniqué. Il a dit qu'il ne connaissait pas les gestes de premiers secours. J'ai dit que moi oui, mais on a eu beaucoup de mal à sortir la petite de son siège auto. C'était bizarre. Il était tellement paniqué qu'il n'arrivait pas à défaire les sangles. Donc j'ai pris les devants.

J'ai un neveu, vous savez. C'est difficile, mais pas tant que ça.

— Vous avez fait un massage cardiaque à la petite ? Parce que lui ne savait pas faire ?

La bouche de Jordan forme une ligne fine, son expression parfaitement neutre. Elle prend une grande inspiration et continue son récit à toute vitesse.

— C'est ça. La formation aux premiers secours est obligatoire en restauration. Au cas où quelqu'un s'étoufferait ou autre. J'ai donc passé un certificat.

— C'est bien, dis-je.

Parce que j'y crois, mais surtout parce que la jeune femme aurait bien besoin de respirer. Elle est visiblement bouleversée.

— Oui, dit-elle, au milieu de son inspiration. C'est vraiment important.

Une mère surprend un bout de notre conversation et invite ses enfants à se déplacer vers une autre table.

— Et ensuite, que s'est-il passé ?

Jordan attend que la famille ait fini de s'installer.

— Après ça, c'était le chaos, m'explique-t-elle en baissant un peu de volume. Des gens déboulaient de partout, c'était une marée humaine. Il y avait une femme qui criait que le bébé était mort, mais j'ai quand même continué jusqu'à l'arrivée des secours. On m'a dit qu'il fallait toujours continuer dans le doute, mais avec un bébé, euh… Ce n'était pas si évident de savoir.

Je sais que Jordan Conway a fait de son mieux, sur ce bout de parking brûlant. Elle n'a pas l'air d'être du genre à abandonner facilement.

— Que faisait Luke pendant ce temps-là ?

Elle hésite. Elle analyse mon expression pour avoir une idée de mes pensées, comme si elle s'apprêtait à dire quelque chose qui ne peut être accueilli qu'avec une grande ouverture d'esprit. Puis elle finit par se lancer :

— Je regarde assez la télé pour savoir que c'est important de se rappeler que tout le monde ne réagit pas de la même façon en état de choc. Certaines personnes n'agissent pas forcément de la manière qu'on attend d'elles, dit-elle.

Elle a totalement raison et elle est attentionnée et perspicace. Le genre de témoin qui peut aider les deux côtés d'une affaire.

— J'aimerais vraiment savoir ce que vous avez vu. N'ayez pas peur, dites-moi.

Jordan attrape une serviette dans le distributeur et tente d'essuyer du ketchup coagulé qui s'est frayé un chemin dans l'interstice entre le mur et la table au revêtement légèrement usé.

Un jour, tout ceci lui appartiendra.

— J'en ai parlé à ma coloc, dit-elle. Je ne pensais pas avoir à en reparler à qui que ce soit, mais j'ai trouvé ça vraiment étrange. Vraiment déplacé.

— Déplacé, c'est-à-dire ? De quelle manière ?

Elle arrête de frotter et roule en boule la serviette à l'aspect ensanglanté.

— Je me sens mal de parler de ça. Ça me semble vraiment déplacé de dire que j'ai trouvé son comportement inapproprié...

— Tout va bien, lui dis-je. J'ai besoin de savoir, Jordan. Vous n'exprimez pas de jugement, vous rapportez simplement ce que vous avez vu.

Oui, je sais, toute parole est un jugement.

Elle était si confiante il y a un instant à peine, mais je la vois qui se ratatine sur sa chaise.

— Continuez, l'encouragé-je.

Jordan balaye la table de sa main, envoyant valser une volée de miettes.

— Je me sens un peu bête de dire ça, répond-elle, en détournant le regard.

— Qu'est-ce qu'il s'est passé ? insisté-je.

— Il n'arrêtait pas de me regarder. Il ne me lâchait pas du regard.

— C'est-à-dire ?

— Il matait mes seins, finit-elle par lâcher. Je vous jure, c'est exactement ce que j'ai pensé. J'ai trouvé ça bizarre, parce que son enfant était littéralement en train de mourir, mais il était en train de me reluquer. Je vous jure que je n'invente pas.

— J'espère bien que non.

— Vous savez ce que c'est, me lance-t-elle. Les gars viennent au comptoir pour commander et j'ai envie de leur dire : « hé, le menu est au-dessus de ma tête, pas ici ! »

Elle désigne sa poitrine. D'une taille raisonnable, mais pas au point de justifier ce genre d'examen intrusif. En vérité, non, je ne sais pas trop ce que ça fait. Je n'ai jamais eu beaucoup de poitrine. Stacy, oui, beaucoup plus que moi ; mais elle a quand même voulu des implants.

Je me rappelle soudain la fois où Stacy m'a dit que j'avais de la chance d'être plus que moyenne, parce que personne ne jalouse les gens ordinaires.

— Je t'envie tellement, Nicole, m'a-t-elle dit, quand elle a épousé Cy. Tu pourras toujours être toi-même. Alors que moi, je dois être idéale.

C'était une pique, bien sûr. Stacy a toujours été très piquante.

— Je vois, je réponds à Jordan. C'est ce qu'il a fait ? Pendant que vous essayiez de ressusciter Ally ?

— Exact. Et après, aussi. Genre... chaque fois que je le regardais, je jure que ses yeux étaient rivés sur mes seins et absolument rien d'autre. C'était vraiment tordu. Je sais que j'ai raison. Même si j'ai essayé de me dire que c'était une erreur, que j'ai mal compris, à cause de, vous savez, l'adrénaline et tout ça.

Jordan attrape une autre serviette dans le distributeur. Je m'attends à ce qu'elle recommence à nettoyer ; mais cette fois-ci, elle essuie une larme qui se forme au coin de son œil.

— Je suis désolée, dit-elle. Mais je voulais vraiment sauver ce bébé. Je ne la connaissais pas, mais elle était si petite. Elle sentait vraiment la mort. Sur le coup, j'ai cru que c'était sa couche, mais maintenant je saurais faire la différence. Je ne sais pas ce que vous en pensez, inspectrice, mais si vous voulez mon avis, j'ai l'impression que ce type n'en avait rien à faire de son enfant. Sa fille était en train de mourir, et tout ce qu'il a trouvé à faire, c'est de fantasmer sur la poitrine d'une inconnue. Je suis désolée, mais c'est ce que je pense.

Elle se lève en disant qu'elle doit retourner au travail. Et je la regarde partir. Je sais qu'elle a terminé pour la journée, mais je ne dis rien. J'ai tellement de peine pour elle. Elle a été traumatisée par les actions de Luke. Et elle devra vivre avec le fantôme d'Ally pour le restant de ses jours.

Tout comme moi.

Alors que je m'apprête à me lever, Jordan revient.

— J'espère que vous allez mettre ce connard en prison à perpétuité, lance-t-elle, avec des yeux non plus tristes, mais fulminants de rage.

Je ne l'aurais pas crue capable d'un tel regard.

— Aucune punition n'est assez bonne pour lui, continue-t-elle. Enfermez-le dans un sauna et faites-le suffoquer. C'est exactement ce que je ferais si j'étais vous. C'est ça que vous devriez faire. Il mérite de ressentir ce qu'Ally a vécu.

Je sais qu'elle n'attend pas de réponse.

— Merci, Jordan, dis-je simplement, ne sachant pas vraiment comment réagir.

Je préfère que les choses se passent selon ce que dit la loi. Évidemment, moi aussi j'ai ce genre de fantasmes, sur ce qui pourrait ou devrait être fait aux pédophiles par exemple. Tout le monde en a. Mais la véritable justice se construit sur des faits. Pas des effusions de haine sur les réseaux sociaux ni des fantasmes sur la façon dont un criminel devrait subir le même sort que sa victime.

Dès l'instant où je retourne dans mon véhicule, j'ouvre les fenêtres et allume la climatisation. J'aurais mieux fait de me garer à l'ombre, sous l'épicéa quelques mètres plus loin, quitte à risquer les taches de sève.

SMS sur mon téléphone. C'est Carter.

Retrouve-moi au bureau. On va voir comment ça s'est passé au travail de Luke hier.

Je démarre la voiture et roule en direction du poste de police. Alors que la chaleur se dissipe, je ne pense jamais à autre chose qu'à Ally.

CHAPITRE 8

Mercredi 16 août

En route vers WinCo, Carter et moi discutons des dernières nouvelles de l'affaire. La mise en examen de Luke est prévue pour l'après-midi et nous savons maintenant que le bureau du procureur envisage plusieurs chefs d'accusation, dont l'homicide involontaire, la mise en danger de la vie d'un enfant, la maltraitance infantile et l'outrage à agent. Un mandat de perquisition a été émis pour ses ordinateurs, téléphones et tout autre appareil électronique qu'il utilise régulièrement, au travail comme à la maison.

— Le téléphone de Mia aussi ?

— Oui, le sien aussi.

— Bien.

— Autopsie demain matin. Il se passe beaucoup de choses.

Les bureaux du WinCo sont au deuxième étage, à l'arrière du bâtiment. J'y ai déjà fait mes courses, mais je ne savais pas que c'était un des pôles régionaux de la chaîne de supermarchés. Le directeur adjoint, Darren Huff, nous guide jusqu'à une salle de conférence réservée aux employés. Il n'a pas grand-chose à ajouter, bien que Luke se soit vanté d'être l'« assistant de l'assistant ».

— C'est un gentil garçon, dit-il. Il travaille bien. Parfois un peu distrait, mais c'est normal à son âge. Ces jeunes, toujours sur leurs téléphones. À regarder Netflix au bureau. Dieu sait ce qu'ils font quand je ne suis pas là. En tout cas, je suis sous le choc. Je n'arrive pas à imaginer que Luke ait oublié son enfant dans sa voiture. Les jeunes aujourd'hui, ils ne sont pas programmés pareil. Internet est en train de ruiner toute une génération.

Il s'arrête pour nous regarder, Carter et moi.

— Je m'emballe, excusez-moi, ajoute-t-il d'un air penaud.

Puis il nous désigne deux hommes à travers la baie vitrée de la salle de conférence.

— Ces deux-là sont des amis de Luke. Gavin est aux achats et Al s'occupe de la distribution. Je leur ai dit qu'ils n'auraient pas de problèmes.

Alors que Carter et moi entrons dans la salle, je remarque plusieurs fois la présence de Luke sur les affiches « employé du mois » qui couvrent les murs. À croire qu'il est vraiment bon dans son travail.

Gavin Wilcox et Al Black sont assis autour d'une grande table en chêne et font exactement ce que leur manageur a dit qu'ils faisaient, c'est-à-dire regarder leurs téléphones. Gavin a le crâne rasé et Al a les cheveux gominés en arrière, dans un style rétro. Tous deux ont une vingtaine d'années. Ils posent leurs téléphones en nous voyant arriver. Gavin se révèle tout de suite comme le plus loquace des deux. Al, quant à lui, semble aussi décontracté que sa coiffure.

— Luke est comme un frère pour nous, explique Gavin. Ce qu'ils disent de lui sur Facebook, ce n'est pas vrai. C'est un type fiable.

Mes yeux se posent sur Al.

— Oui, très fiable, répète-t-il.

— J'ai cru comprendre que vous vous entendiez bien avec lui, dit Carter. On essaie de comprendre ce qu'il s'est passé hier.

— Moi, je n'en sais rien du tout, dit Al.

— C'est possible, je lui réponds, mais peut-être que vous savez quelque chose sans vous en rendre compte. Le moindre détail peut se révéler avoir de l'importance, vous savez.

— C'était un accident, réplique Gavin. Tout simplement un accident. Vous ne cherchez pas à le descendre, hein ?

Je secoue la tête.

— Bien sûr que non. Aussi difficile que cela puisse être, et je sais que vous êtes très proches, c'est important que nous puissions retracer ce qu'il s'est passé.

Un silence pesant s'invite dans la pièce, puis Carter prend les devants.

— Parlez-nous de la journée d'hier. Comment a commencé votre matinée ?

Les deux hommes échangent un regard. Pendant un instant, je me demande s'ils se sont concertés sur leur version des faits. Gavin se lance en premier. Il nous explique que c'était une journée comme les autres, qu'ils ont parlé de sport et de si oui ou non les Seahawks allaient être présents au SuperBowl ou si leurs jours de gloire étaient déjà derrière eux.

— Je suis très fan des Broncos moi-même, interrompt Al.

— Puis on est allé manger au Jersey Mike's vers onze heures quarante-cinq, tous les trois.

Gavin regarde son ami et le silence s'installe de nouveau.

— Qu'est-ce qu'il y a ? demandé-je.

— Non, ce n'est rien, répond Al, en lançant un regard noir à Gavin.

L'ambiance est tendue tout à coup. Je ne sais pas ce que veut nous dire Gavin, mais Al n'approuve pas du tout.

— Une petite fille est morte, leur rappelé-je. Il ne faut rien nous cacher.

— Oui, on a bien compris, bougonne Al.

— Ce n'est peut-être pas grand-chose, mais... commence Gavin d'une voix hésitante, en se balançant nerveusement sur sa chaise.

Il regarde de nouveau son collègue, qui détourne les yeux.

— Mais quoi ? lance Carter. Qu'est-ce qu'il y a ?

Gavin prend une grande inspiration. Et semble pâlir tout à coup.

— OK, murmure-t-il en soupirant. OK. Je sais que ce n'est peut-être rien, mais je trouve ça un peu bizarre. Après avoir mangé, on est passé au magasin de papeterie juste à côté de la sandwicherie. Luke avait besoin de cartouches d'imprimante.

— D'accord. Est-ce que quelque chose s'est passé là-bas ?

Gavin secoue la tête.

— Non.

Il se tourne vers son ami, mais Al refuse de croiser son regard, les yeux toujours fixés sur la table en bois.

— Après ça, continue Gavin, quand on est revenus ici, Luke est allé à sa voiture, pour y ranger les cartouches.

Al n'a pas dit un mot depuis un bon moment. Je me tourne vers lui, ce qui l'encourage à parler.

— C'est-à-dire qu'on n'a pas le droit d'apporter des marchandises d'un autre fournisseur ici, vous comprenez.

— À quelle heure ça s'est produit ? demande Carter.

— Vers midi et demi, répond Gavin.

— Est-ce que vous l'avez vu rentrer dans sa voiture ?

Gavin secoue la tête.

— Non, mais je sais qu'il y est allé. Il s'était garé derrière le magasin, près de la rivière.

— Était-ce sa place de parking habituelle ?

Gavin se tait pendant un instant, comme paralysé. Il est clairement très mal à l'aise. Son visage rougit et des gouttes de sueur commencent à perler sur ses tempes. Il se triture les doigts nerveusement.

— Non, finit-il par lâcher. Il ne s'était jamais garé là auparavant.

— Le parking était plein à craquer, ajoute Al, sur la défensive.

L'aiguille des secondes sur la grande horloge derrière eux fait presque un tour de cadran pendant que les deux hommes gardent le silence. Ils savent qu'Ally était dans la voiture à ce moment-là. Peut-être déjà morte. Ils savent que c'est impossible que leur ami ait ouvert la voiture sans se douter de rien. À moins d'être complètement fou.

— Ça ne veut pas dire grand-chose, vous savez, dit Al pour se rassurer.

Je reste bouche bée. Carter continue pendant que je cherche mes mots :

— Luke aimait-il être papa ?

Son ton est tout ce qu'il y a de plus neutre ; pas une once d'accusation dans la voix, juste purement factuel. Mais visiblement, ça ne plaît pas à Al, qui sait que son ami va avoir de gros ennuis. Il se lève, manifestement furieux.

— Je me casse, dit-il. Vous avez tout faux.

Il jette un regard à son ami, comme pour l'inviter à faire de même, et Gavin se lève d'un bond.

— Ouais, ajoute Gavin. Il l'aimait, sa gamine. Il avait une photo d'elle sur son bureau et tout.

En quittant la salle, nous retrouvons le manageur, Darren.

— Gavin et Al nous ont informés que Luke s'est garé à l'arrière du magasin. Est-ce que vous confirmez ?

— Vous pouvez en être sûrs. Nous avons des caméras dans tous les coins. Pas le choix, avec tous les vols. C'est notre problème numéro un.

Nous nous dirigeons vers la sortie, nous frayant un chemin au milieu des clients qui poussent leurs chariots trop chargés.

— Vous pouvez nous fournir les enregistrements d'hier ? demandé-je.

— Il va vous falloir un mandat, répond Darren. Mais oui, bien sûr, je vais vous préparer ça.

Nous voilà de retour dans la fournaise qu'est l'air extérieur. Je sens la sueur qui dégouline sur mon front alors que nous faisons le tour du magasin, en direction de la rivière Chehalis. En dehors de deux énormes bennes à ordures et de quelques mouettes qui rôdent autour, l'endroit est totalement désert. Je repère un trio de caméras, installées de manière à capter un maximum d'information.

— Est-ce que tu penses à la même chose que moi ? lancé-je à Carter, alors que l'idée me rend malade.

Mon coéquipier prend le temps de balayer les lieux du regard. Sur l'asphalte collant, les mouettes se disputent un emballage de fast-food.

— Tu veux dire qu'il est venu ici pour voir si sa fille était déjà morte ? Si c'est le cas, alors oui.

Je ravale ma salive.

— C'était prémédité.

Carter plonge son regard dans le mien.

— Il avait fait des recherches dessus, dit-il en sortant un paquet de cigarettes de sa veste outrageusement démodée.

— Oui, il y a ça aussi, je réponds. Je me demande si Ally était toujours vivante quand il est revenu. Comme s'il regrettait son geste, soudainement.

J'ai une sale manie de vouloir voir de la bonté chez tout le monde. Depuis toujours. Cela m'a causé un certain nombre de problèmes, aucun doute là-dessus. Mais c'est cette capacité à voir la bonté chez les gens qui me dit que je lutte pour une raison. Et qu'il y a du positif dans toute situation, aussi dramatique soit-elle. Ou du moins, c'est ce que j'en pense. Que presque tout le monde a un bon fond.

— Les gens qui laissent cramer leur bébé dans une voiture

n'ont pas de cœur, dit Carter. Ils n'ont pas de remords. Et pas forcément de vraies raisons non plus. Peut-être qu'il était énervé parce qu'elle a pleuré toute la nuit. Peut-être qu'il a décidé que c'était trop pénible de devoir s'occuper d'elle et de l'emmener à la garderie alors qu'il voulait voir son film.

Nous retournons vers notre véhicule.

— Depuis le temps que je fais ce métier et avec tout ce que j'ai lu sur le cerveau des criminels, m'explique-t-il, j'en suis venu à la conclusion que c'est nous qui leur cherchons une raison. Que c'est nous qui tenons à savoir pourquoi. Alors que les tueurs comme Luke, ils n'y pensent pas plus que ça. Tuer son bébé d'à peine un an ? Il a peut-être juste eu l'idée sur le moment.

Carter a raison concernant certains tueurs. Mais pas celui-là.

— Il a cherché sur Internet pour en apprendre plus sur ce type de décès, lui rappelé-je. Plusieurs jours avant la mort d'Ally.

— Oui, c'est vrai, dit-il simplement alors que nous nous installons dans la voiture.

Il allume instantanément l'air conditionné.

— Mais je ne comprends pas pourquoi il a déplacé la voiture de WinCo vers le Starbucks, ajoute-t-il.

— On ne le saura peut-être jamais. Il y a une partie de moi qui se dit qu'il n'avait pas envie de jouer sa mise en scène au boulot. Ou peut-être qu'il avait envie que des gens soient là pour réagir alors qu'à l'arrière du magasin, il n'y avait personne ?

Je tourne la grille de la climatisation, pour que l'air ne me souffle pas dans la figure. C'est plus froid qu'un vent de novembre. Carter démarre le véhicule.

— Il aurait peut-être dû y penser à l'avance, dit-il.

CHAPITRE 9

M*ercredi 16 août*

La journée a été longue. Interrogatoires. Puis recherches dans les bases de données. Les mandats à lancer. Je suis lessivée. Je dis au revoir à Carter sur le parking et vais chercher Emma. Elle est toujours aussi bavarde, à mon grand bonheur. Alors que nous ouvrons la porte de la maison de mon enfance, pour la première fois, Shelby ne vient pas en courant. Elle est un peu ralentie ces derniers temps, la chaleur lui pompe son énergie. Les propriétaires de teckels ont l'habitude de dire que ces chiens-là dorment vingt-trois heures par jour. Avec Shelby, j'aurais dit seulement vingt-deux.

— Va la réveiller, lancé-je à Emma, qui prend immédiatement la relève pendant que je fouille dans le réfrigérateur.

J'allume la télévision. Un journaliste s'étend sur le sort des sans-abris. Je repense à ces femmes que j'ai rencontrées au refuge lorsque j'étais moi-même à la rue. Je me demande ce qu'elles sont devenues. J'espère que la jeune fille qui a été abusée par son petit ami a réussi à tourner la page et que la femme qui avait un entretien d'embauche le lendemain a décroché le poste. J'espère tout cela et bien plus encore. Pendant un bref moment, nous avons été liées par nos situations qui nous semblaient sans espoir, comme une punition de Dieu.

« Selon les critiques, les camps de sans-abris attirent de plus en plus de gens vers un style de vie pour le moins discutable... »

Les mots du journaliste me donnent envie de vomir. Être sans-abri n'est pas un style de vie, mais une dure réalité, un dernier recours.

Je trouve la boîte de steaks hachés que je cherchais et vérifie la date de péremption. Aujourd'hui. *Parfait,* je me dis, *juste à temps.*

Je fais chauffer le steak dans une poêle chaude avec un peu d'huile d'olive, un oignon haché et une gousse d'ail.

Emma aime l'ail.

Ce soir, je lui cuisine son plat préféré : des spaghettis sans sauce.

J'attrape une brique de jus de fruits pour elle et une bouteille de vin pour moi. Même si je ne vais pas la boire tout entière, bien sûr. Je me sers un grand verre pendant que la vieille hotte au-dessus du fourneau fait de son mieux pour aspirer la vapeur de la viande en train de brunir. Je pense à ma mère à ce moment précis. C'était sa recette. Elle n'aimait pas la tomate, qui risquait de tacher les chemises de papa. Maman n'aimait rien d'autre que la perfection.

Elle devait tellement nous détester, papa et moi. Pour elle, il n'y avait que Stacy qui comptait.

— Emma ? appelé-je. Tu veux du jus de fruits ? Fraise-kiwi.

Je retourne la viande à l'aide d'une vieille cuillère en bois et repense à ma sœur et à la façon dont je vais annoncer à Emma que sa mère est toujours vivante. Je n'ose même pas imaginer pourquoi Stacy s'est soudainement mise à écrire à papa. Il y a forcément une raison à cela. Ses intentions sont toujours bien cachées. Quel que soit ce qu'elle manigance, c'est pour son intérêt personnel – *ça, je le sais.* Mais ce qui la motive sur le coup-là, je n'en ai pas la moindre idée...

Le vin est vraiment délicieux. Si j'étais célibataire et sans enfant à charge, je me demande si je ne serais pas devenue alcoolique. Plus d'une personne dans mon groupe de soutien a échangé une dépendance pour une autre. Noreen, par exemple, fréquente non seulement les Alcooliques anonymes, mais aussi les Narcotiques anonymes, en plus de l'équivalent dédié aux jeux d'argent.

Elle m'a expliqué un jour qu'elle avait toute une foule d'allergies alimentaires qui l'empêchaient de trop manger. « Sinon, j'aurais sûrement ajouté les Boulimiques anonymes à ma collection. C'est une chance, d'une certaine façon. »

Emma m'appelle du salon.

— Tatie-maman !

— Ton jus t'attend ici, je réponds.

— Shelby est bizarre, maman !

Sa voix est chargée d'une telle terreur que j'en fais presque tomber mon verre. J'éteins le feu et me précipite dans le salon. Emma est au sol auprès de Shelby.

— Qu'est-ce qui se passe, mon trésor ?

— Je ne sais pas, dit-elle, en réprimant un sanglot. Elle ne se réveille pas !

J'attrape Shelby et la soulève. Elle est flasque et déborde des deux côtés comme un accordéon. Mais elle respire. Je sens les mouvements de sa poitrine. De la bave mousseuse s'est agglomérée au coin de sa bouche.

— Shelby, réveille-toi ! crié-je.

— Réveille-toi ! répète Emma.

Ma nièce me regarde avec de grands yeux.

— Qu'est-ce qui ne va pas ? Pourquoi elle ne bouge pas ?

— Je ne sais pas. Tout allait parfaitement bien ce matin.

Je soulève les paupières de Shelby. Elle a les yeux révulsés. Emma sur mes talons et la chienne dans les bras, je retourne dans la cuisine, j'attrape mes clés et nous nous précipitons dehors. Le trottoir se dérobe sous moi, j'arrive à peine à marcher. Elle est en train de mourir. Ma chienne est en train de mourir. *Ce n'est pas possible,* je me dis. Cet animal a tout vécu avec moi. Elle connaît le moindre de mes secrets, c'est la seule à qui je puisse faire réellement confiance. Je l'installe sur les genoux d'Emma et démarre la voiture.

Je ne peux pas perdre Shelby. Elle m'écoute et elle m'aime sans condition. Je ne peux pas la perdre.

Cinq minutes plus tard, nous arrivons devant l'enseigne du Dr Kohl, le vétérinaire. Je pousse un soupir de soulagement, il est toujours ouvert.

Emma et moi attendons sagement près de l'immense balance qui sert à peser les grands animaux. Nous restons assises en silence. Dans d'autres circonstances, le poster représentant les différentes races de chiens autour du monde nous aurait totalement captivées. Mais aujourd'hui, c'est à peine si nous le regardons.

Je prie pour que les choses s'arrangent pour Shelby. Je promets que je passerai le restant de mes jours à faire le bien, à aider mon prochain. Je promets de ne plus faire d'erreurs, de ne plus jamais quitter le droit chemin. Je ferais tout, je donnerais tout, pour que Shelby ne meure pas. Avant qu'Emma entre dans ma vie, elle était tout ce que j'avais.

Le docteur finit par nous rejoindre, le visage inquiet, et je crois que je vais laisser couler les larmes que je m'efforce de retenir.

— Comment va Shelby ? demandé-je.

— On va devoir la garder pour la nuit. Vous l'avez emmenée juste à temps.

Je suis tellement perdue dans mes pensées que je ne réalise pas vraiment l'ampleur de ce qu'il vient de me dire.

— Qu'est-ce qui lui est arrivé ?

Dr Kohl nous regarde tour à tour.

— Elle a été empoisonnée. Peut-être de l'antigel ou de la mort-aux-rats, difficile à dire sans une prise de sang. Mais je pense qu'elle va s'en sortir. Il y aura peut-être des séquelles sur le long terme, néanmoins.

Les larmes m'envahissent comme un raz-de-marée et Emma me prend dans ses bras. Je tremble comme une feuille.

— C'est un chien d'intérieur, je réponds. On n'a pas de mort-aux-rats ni d'antigel.

— Elle a ingéré quelque chose, dit-il. Quelqu'un lui en a peut-être donné volontairement.

Cette information me fait tellement froid dans le dos que j'arrête instantanément de pleurer.

— Est-ce qu'elle aboie beaucoup ? demande-t-il. Ça fait un certain temps que je n'ai pas eu de cas d'empoisonnement. Peut-être un voisin qui travaille de nuit et ne supporte pas qu'elle aboie en journée ?

— Shelby n'aboie pas, je réponds. Tout le monde l'adore.

— Je suis assez certain qu'elle a ingéré quelque chose. Elle va s'en sortir, mais fouillez bien chez vous pour trouver ce que c'est.

— Est-ce qu'on peut aller la voir ? demandé-je en attrapant la main d'Emma.

— Oui, bien sûr. Elle est endormie.

Shelby est roulée en boule sur la table d'examen. Emma et moi la caressons doucement et elle couine un petit peu. Je suis soulagée. À croire que Dieu a entendu mes prières. Je plonge le nez dans sa fourrure. Son odeur n'a pas changé et cela me rassure. Elle constitue la moitié de ma famille. Je n'ai qu'elle en dehors d'Emma.

— Ça va aller, ma grande, lui murmuré-je. On vient te chercher demain.

— Oui, ajoute le Dr Kohl. Mais fouillez bien chez vous d'abord. Que ça n'arrive pas une deuxième fois.

Emma et moi retournons toute la maison, sans succès. J'attrape le bol d'eau et la gamelle de Shelby et les frotte sous l'eau chaude pendant de longues minutes. Dans un élan de frénésie, je les récure avec un tampon de paille de fer jusqu'à m'en faire saigner les doigts. *Non, mais qu'est-ce qui m'a pris ?* Après ça, je cherche dans la cour pour voir si Shelby n'aurait pas pu tomber sur du désherbant ou autre. Mais rien. Pas une trace de ce qui aurait pu l'empoisonner ou de la personne qui aurait cherché à le faire.

CHAPITRE 10

Jeudi 17 août

Bien qu'on soit le matin, la pile de courrier posée sur le siège passager est plus ardente qu'un soleil d'après-midi. Je brûle de la regarder, mais je sais que je ne devrais pas. Cela n'entraînerait rien de bon. Et pourtant, elle est là, je n'ai pas le choix. Pas besoin de tout voir pour comprendre que ce morceau de bleu qui pointe le bout de son nez entre deux factures est une autre carte postale de ma sœur à mon père. J'en ai reçu plus d'une demi-douzaine ces derniers mois. Toutes en provenance du Mexique, où ma sœur se la coule douce sans aucune forme de remords.

Je repense à la dernière lettre. Elle me revient en mémoire. Comme une balle en plein cœur. La photo représentait une plage de sable blanc et des silhouettes minces et bronzées disposées comme des hot-dogs sur le grill roulant du 7-Eleven[1] (mes références sont décidément beaucoup moins huppées depuis que je suis rentrée à Hoquiam).

Telle l'assistante d'un magicien, j'ai retourné la carte avec une brusquerie qui ne me ressemblait pas. Là, dans son encre violette caractéristique, il y avait l'écriture de ma sœur, avec des points en forme de cœur sur les i :

Papa,

Tu t'amuses bien, j'espère ? Moi, je m'amuse. Mais j'ai un petit problème cependant. Je suis un peu fâchée contre Nicole. C'est vraiment une g-a-r-c-e. Elle ne me fait pas savoir comment va Emma. Est-ce que je devrais m'inquiéter ? S'est-elle encore fourrée dans ces histoires de jeux d'argent ? Ne lui dis pas que je t'ai dit ça. Elle a toujours été instable. Je ne voudrais pas faire de vagues et l'envoyer au fond du gouffre.

Avec amour,

S
T
A
C
Y
♡

J'ai commencé peu à peu à bouillonner. Pas besoin de s'enflammer tout de suite, mais quand il s'agit de ma sœur, je suis une cocotte-minute. Stacy sait très bien que notre père n'a plus toute sa tête et que c'est à peine s'il comprend les messages d'un biscuit chinois. Du moins, c'est le cas la plupart du temps. Elle sait très bien que c'est moi qui les lis, ces mots. C'est sûrement pour ça qu'elle envoie des cartes postales, d'ailleurs, à défaut de pouvoir mettre une lettre dans une enveloppe transparente. Elle mentionne à peine Emma, parce qu'elle est concentrée sur moi. Tout ça est un jeu pour elle. Elle me fait savoir qu'elle est là, quelque part, et que malgré tout ce qu'elle a fait, elle sait comment me faire chanter de nouveau. Les sociopathes comme ma sœur – car c'est le mot – ne sont peut-être pas capables de comprendre les émotions ni d'avoir de l'empathie, mais ils savent reconnaître l'amour quand ils le voient. Elle sait qu'Emma est tout pour moi. Je me demande comment elle le perçoit. Est-ce que pour elle, je suis une bête de foire ? Une sorte d'animal en cage dont elle observe les mouvements, dans sa blouse de laboratoire parfaitement repassée, résolue à décortiquer les manifestations de ce à quoi ressemble l'amour pour un autre que soi ?

J'attrape la carte postale qui vient d'arriver. Pas de ciel mexicain cette fois-ci. Mais une illustration ancienne, représentant un teckel avec le museau plongé dans une chope de bière. Sous le chien, on peut lire : « C'EST L'HEURE DE LA MISE EN BIÈRE »

C'est un joli dessin, même si le simple fait de le penser m'attirerait des ennuis auprès de la SPA. Les chiens ne devraient pas boire de bière, *je sais, je sais, désolée d'avoir souri.*

En retournant la carte, le sentiment qu'elle n'est pas de Stacy se confirme. Le cachet de la poste indique Bellevue, Washington. Ma sœur est à des milliers de kilomètres de là et même si, à vrai dire, moins de deux-cents kilomètres me séparent de mon ancienne vie, c'est un monde à part qui pourrait tout aussi bien être le Mexique.

Cinq mots remplissent l'espace du message. Et, très étonnamment pour une carte postale, ils sont imprimés :

« Je sais qui vous êtes. »

• • •

Mon soulagement s'estompe et mon cœur se serre. J'aurais presque préféré une autre missive empoisonnée de ma sœur. Mais ce genre de choses, je ne peux pas en rire. Je sais qui est mon bourreau. Un bourreau sans visage. Des gens qui savent que je suis tombée en disgrâce. Ce n'est pas le fait de ne pas pouvoir cacher mes échecs qui m'inquiète. C'est l'idée que quelqu'un se sente obligé de me les rappeler. Rappeler à quelqu'un son moment le plus sombre, c'est montrer les dents dans un sourire, planter un couteau en plein cœur et le faire tourner comme une perceuse. Stacy est joueuse, elle aime me rappeler son statut dans notre famille et dans le monde, et elle aime infliger de la douleur, mais au moins elle a le mérite d'être directe à ce sujet. Alors que cette personne-là, pas du tout.

Je transforme la carte postale en confettis et la jette dans le petit sac poubelle en plastique recyclable qui pend sur la console de ma voiture. J'essaie de ne plus y penser. Mon détracteur anonyme est relégué au second plan dans la liste de mes préoccupations. Pour le moment, ma seule envie, c'est de penser à Ally Tomlinson et à la façon dont elle est morte à l'arrière de cette Subaru. Je revois son petit visage si clairement et je suis soulagée que l'image qui me vient à l'esprit la montre heureuse, vivante. C'est un cadeau dont je suis reconnaissante.

Je me dirige vers le bureau du légiste en sachant très bien que ce qu'il va me dire remplacera cette image.

Comme toutes les autres fois.

Il n'y a que les images de la pire horreur qui persistent.

---

1. Chaîne de supérettes américaine.

CHAPITRE 11

Jeudi 17 août

Le Grays Harbor Community Hospital joue un double rôle dans le cas Tomlinson. Non seulement la mère de l'enfant décédé y travaille comme aide-soignante à l'étage pédiatrique, mais deux étages plus bas se trouvent la morgue et les bureaux du Dr Nigel Beakman, depuis longtemps le coroner du comté. Il fait si frais dans son bureau qu'on se croirait dans un autre pays. Un ventilateur avec un ruban rose pâle rugit de l'autre côté de la pièce, montrant une vélocité semblable à celle d'un moteur à réaction

Le Dr Beakman a une soixantaine d'années et, selon ses propres dires, plus de deux-mille autopsies à son actif. Bien qu'il travaille dans un comté pour le moins reculé, sa réputation le précède et il est connu pour sa rigueur et sa grande compassion.

Son cas le plus célèbre concerne la mort de trois hommes sur une période de vingt ans. Candace Derringer s'en était tirée avec les meurtres de ses deux premiers maris dans l'Idaho ; les médecins légistes de Boise et de Pocatello n'ont pas détecté les métaux lourds – la marque laissée par l'arsenic – dans leurs analyses toxicologiques. Néanmoins, lorsque le mari numéro trois, un dentiste de Montesano, a succombé des suites d'une longue maladie débilitante et douloureuse, c'est le Dr Beakman qui a découvert ce que Candace lui avait fait subir, à lui, mais aussi aux deux autres hommes. Elle avait fait ce que beaucoup font : dépensé tout l'argent de l'assurance jusqu'à avoir besoin de plus. Et puisqu'elle n'avait pas été arrêtée en Idaho, elle n'avait aucune raison de penser que quelqu'un du comté de Grays Harbor l'attraperait. Candace ne se doutait pas qu'un légiste puisse être si méthodique. Pas avant de croiser le chemin de Nigel Beakman. Le coroner qui ne fait pas les choses à moitié.

« Arrêter un tueur en série, a-t-il témoigné au magazine *People,* est la moindre des choses à faire lors d'un lundi après-midi tranquille. »

Le Dr Beakman me salue à travers la fenêtre de la salle d'autopsie. Et lève un doigt pour m'indiquer qu'il arrive tout de suite. Derrière lui, je devine la silhouette du bébé, enveloppé dans un drap vert pâle. À travers le tissu, je distingue la forme de sa petite tête, le léger renflement de son ventre et ses petits pieds. Les outils de ce métier macabre, mais indispensable – scie sauteuse, écarteur de côtes – sont posés à côté d'elle. Il en a fini avec Ally. Elle a été examinée de toutes les manières possibles. Son petit corps est devenu un puzzle qui a été réassemblé et recousu.

— Insuffisance cardiaque, annonce le Dr Beakman en passant la porte. Provoquée par l'hyperthermie.

Il écoute le groupe Mötley Crüe à l'intérieur de la salle d'autopsie, mais le son n'est plus qu'une faible réverbération lorsque la grande porte vitrée se referme. Sans sa blouse, le Dr Beakman ressemble presque à un trentenaire. Je ne doute pas un instant qu'il puisse distancer Al et Gavin depuis le bureau de Luke. Et il mettrait une sacrée raclée à ce ramollo de Tomlinson. Je me demande si c'est le fait de voir autant de corps défiler sur sa table qui est à l'origine de sa quête perpétuelle de forme physique. Au moins une fois par semaine, je l'aperçois en train de courir le long de la rivière.

— Elle est probablement morte vers midi, même si ça reste approximatif, m'explique-t-il en passant une main dans ses cheveux encore écrasés par la charlotte qu'il vient d'enlever.

Il pense que c'est pour ça que je suis venue. Ce qui est le cas, mais seulement en partie. Il y a autre chose que je voudrais savoir.

— Docteur, dis-je en me rapprochant encore davantage du ventilateur, le père dit que lorsqu'il est monté dans la voiture après le travail, il ne l'a pas remarquée tout de suite. Pas avant de commencer à conduire. Alors que les témoins de la scène sont tous d'accord sur le fait que la puanteur était accablante.

— La putréfaction était déjà très avancée à ce moment-là, oui. Immanquable, à moins d'être totalement dépourvu d'odorat.

Je me souviens de l'excuse de Luke.

— Est-ce que, disons, l'odeur d'un œuf pourri ou d'une saucisse de sandwich de petit-déjeuner aurait pu être confondue avec celle du cadavre ? demandé-je.

Le Dr Beakman s'installe dans son fauteuil. Une plaque qui lui a été remise par le Rotary local pour ses services à la communauté est fixée au mur à côté de son diplôme de l'école de médecine. Un petit Husky en peluche, la mascotte de l'université de Washington, est posé sur le meuble derrière lui. Il se penche et secoue la tête.

— Inspectrice, dit-il finalement, je crois que vous connaissez la réponse.

Il a raison. Je ne la connais que trop bien.

— J'avais besoin de l'entendre de votre bouche. Je ne suis pas médecin.

— L'odeur d'un corps en putréfaction, dans une voiture hermétiquement scellée, avec des températures qui montent en flèche pendant l'un des jours les plus chauds de l'année ? Ce serait intolérable, il n'y a pas de doute. Je ne sais même pas comment il a fait pour ouvrir la porte sans s'évanouir. Et encore moins conduire le long de plusieurs rues.

— À quel point pensez-vous qu'il faisait chaud dans la voiture ?

— Difficile d'être précis. Voyons voir... Il faisait 35° ce jour-là... Après environ une demi-heure, je dirais qu'on est monté à 50°. À deux ou trois degrés près.

Cela me semble assez précis.

— Il a garé la voiture vers neuf heures, expliqué-je. Ally était dans son siège auto. Les collègues de travail du monsieur disent qu'il est repassé par sa voiture aux alentours de midi, pour ranger quelque chose qu'il a acheté pendant la pause-déjeuner. À votre avis, quelle était la température à ce moment-là ?

Il prend le temps de réfléchir.

— Peut-être 65°, peu ou prou.

J'essaie d'arrêter les images qui défilent dans mon esprit.

— Elle était morte à ce moment-là, n'est-ce pas ?

Il hoche la tête.

— Oui, c'est plus que probable. La voiture empestait déjà de manière abominable si vous voulez mon avis, je ne vois pas comment il aurait pu manquer ça. Même les anges du paradis ont dû la sentir.

Mon attention reste bloquée sur le mot « paradis ». C'est là qu'irait Ally, ai-je expliqué à Emma.

— Cette petite a souffert, me dit-il. Elle s'est agrippée aux sangles qui la retenaient attachée.

Je sens les larmes me monter aux yeux et détourne le regard.

— Votre réaction est normale, inspectrice. Croyez-moi, je fais ce métier depuis longtemps et quand j'ai des tout-petits à examiner, tout ce que je peux faire, c'est tenter de me rappeler qu'il ne s'agit que d'une preuve que l'enfant est déjà parti.

Je plonge mon regard dans le sien.

— Merci, Dr Beakman. Vos conseils me sont précieux.

— On ne fait pas ça pour l'argent, vous savez. On fait ce métier parce qu'on essaie d'être des gens bien.

Je me dirige vers la sortie et il se lève pour me saluer.

— Le rapport sera prêt dans l'après-midi. Je vous l'envoie dès que possible.

— Merci beaucoup, je réponds, mes mots complètement étouffés par le ventilateur. Ce serait d'une grande aide.

— Nicole, ajoute-t-il, en m'appelant pour la première fois par mon prénom. Je compte sur vous pour faire votre part. Assurez-vous que ce type soit mis hors d'état de nuire. Dites-vous qu'à mesure que la température grimpait dans cette voiture, la petite fille a pleuré et pleuré, jusqu'à ce qu'il n'y ait plus aucune larme dans son petit corps. Il n'est pas de crime plus cruel que celui commis par un parent sur son propre enfant et celui-ci est abominable.

Parce que je ne suis pas loin et parce que je ne peux pas m'en empêcher, je fais un détour par Ocean View pour aller voir mon père. Il est allongé dans son lit, un plâtre sur son bras droit. Le lecteur CD sur sa table de nuit chante doucement *God Only Knows*. Il me regarde avec ces yeux qui étaient autrefois embués de gin, mais qui aujourd'hui sont surtout brumeux et absents.

— Stacy, me lance-t-il, et un sourire se forme sur ses lèvres fines. Revoilà ma fille préférée.

Je ne réponds pas tout de suite. Je commence à regretter cette impasse que j'ai créée entre nous, celle qui veut que je ne le corrige plus. Je me penche pour l'embrasser sur le front.

— Où est ta mère ? demande-t-il. Ça fait longtemps que je ne l'ai pas vue dans le coin.

Du coin de l'œil, je remarque une infirmière qui passe dans le couloir. Et sans savoir vraiment justifier mon geste, je me penche pour murmurer à l'oreille de mon père :

— Maman t'a quitté, papa. Elle te trompait avec le préfet puis s'est cassée en Californie. Elle cherchait la gloire, mais tout ce qu'elle a eu, c'est un cancer. Elle est morte, papa. Et Stacy a tué son mari, Cy. Puis elle a disparu dans la nature. C'est moi qui élève ta petite-fille, Emma. Tu comprends ? Est-ce que tu comprends ce que je te dis ? Je suis Nicole, ta fille aînée. Je suis tout ce qu'il te reste, mais tu me traites comme une moins que rien. Allez à plus, on se voit demain.

Je me retire alors que la chanson touche à sa fin. *Dieu seul le sait,* oui, c'est à peu près ça.

— Comment va-t-il ? me demande une aide-soignante alors que je passe devant le bureau des infirmières.

— Toujours pareil, je réponds. Toujours pareil...

J'allume le moteur et la climatisation fait de son mieux pour me rafraîchir. Sans grand succès, bien qu'elle soit réglée au maximum. C'est facile pour moi de dire des choses à mon père quand je sais qu'il ne comprend rien. Je sais que tout ce qui passe en boucle dans son cerveau est un amalgame de souvenirs et de fantasmes, un mélange mesquin de morceaux choisis de mon enfance à Hoquiam. D'une manière ou d'une autre, il a réussi à faire abstraction de la douleur et à créer une sorte de scénario qui fait de sa femme et de sa fille quelque chose de complètement différent de ce qu'elles sont réellement. Je suis mauvaise langue, je l'avoue. Je devrais être heureuse pour lui. Mais j'ai l'impression d'être un chien qui a pissé sur un beau tapis et mon père me remet le nez dedans chaque fois que je le vois. Les médecins me disent qu'à cause de son alzheimer, son esprit est comme un jeu de Jenga. Les pièces de sa mémoire tombent dans un ordre absurde et inexact. Je sais tout cela. Et pourtant, chaque fois que je le revois, il me fait me sentir encore plus mal et non pas mieux. C'est comme quand maman est partie et que je nettoyais la maison pour rendre service et qu'il se mettait en colère contre moi parce qu'il ne retrouvait rien.

— Ta tasse à café est dans le placard, lui ai-je dit une fois.

— Ne te moque pas de moi, jeune fille, a-t-il répondu en levant la main sur moi.

J'ai posé ma main sur ma joue brûlante et, sans un mot, j'ai couru jusqu'à ma chambre, sautant les marches quatre à quatre pour y arriver aussi vite que possible. Quelques secondes plus tard, Stacy est apparue dans l'embrasure de la porte, prétendant être là pour me réconforter. Elle avait trois ans de moins que moi, mais elle a toujours été une demoiselle je-sais-tout.

— Papa est bourré, m'a-t-elle dit, comme si je n'avais pas remarqué. Il ne le pensait pas, tu le sais bien. Il t'aime, Nic.

J'ai simplement hoché la tête. Continuer cette conversation l'aurait invitée à aggraver mon humiliation et mon embarras maladif à l'idée que mon père m'ait giflée. Je suis restée assise sur le lit, agrippant les bords doux et effilochés de la couverture en chenille qui me rappelait l'époque où maman vivait encore avec nous, quand nous étions toujours une famille. Je n'ai pas pleuré. Je n'ai jamais beaucoup pleuré.

Quelques secondes plus tard, j'ai entendu Stacy en bas dire à papa qu'elle ne savait pas pourquoi j'étais une telle garce. Puis lui qui disait être d'accord avec elle. C'est drôle comme ces choses m'ont échappé pendant tant d'années. Stacy a toujours été un agent double. Dix minutes plus tard, la porte d'entrée s'est ouverte et refermée. Une voiture s'est garée dans l'allée, musique à fond. Ma sœur avait trouvé le moyen de transformer mon malheur en quelque chose dont elle pouvait profiter. Elle n'avait pas le droit de sortir en semaine, mais comme j'avais été soi-disant horrible, elle a obtenu un laissez-passer.

Je me mets en route et brave les embouteillages en direction de l'appartement des Tomlinson. Nous avons obtenu un mandat pour le fouiller. Peu importe ce que j'ai vécu dans mon enfance et peu importe les complications qui me tombent dessus en ce moment, rien n'égale ce qui est arrivé à la petite Ally. J'ai survécu à mon enfance. J'ai eu cette chance. Pas elle. Au lieu de ça, elle a été abandonnée dans une voiture en plein été, sans oxygène, sans aucun moyen de s'échapper. Elle a été victime de la négligence de son père ou de quelque chose de bien pire. Et quand je pense à elle, tout ce que je vois, c'est son visage recouvert d'un drap vert clair, dans le même hôpital où travaille sa mère, à peine quelques étages au-dessus.

CHAPITRE 12

Jeudi 17 août

La résidence Clark Terrace n'est pas si mal, comparée aux autres immeubles d'Aberdeen. Dotée d'une façade fade à colombages blanc crème, elle a l'air récente. Propre. Pas extrêmement attrayante, mais Aberdeen n'a jamais été une ville qui s'en soucie beaucoup. Comme Hoquiam, Aberdeen a été construite dans un souci d'économie. Les mauvaises langues – ou ceux qui n'ont jamais vécu dans une ville industrielle – regarderaient avec dédain ce genre d'endroit où c'est la rentabilité qui passe au premier plan. Les gens qui n'ont pas été élevés ici, où seul le brouillard de l'océan ajoute une note de style au paysage, ne le comprennent pas.

Je repense à mon père. À son odeur de vanilline quand il rentrait de l'usine Harbor Paper, qui fabrique de la vanille synthétique extraite de pâte à papier. Il attrapait une bière et plantait des clous sur l'annexe qu'il construisait. Pas de permis. Pas de plans (le résultat final l'a bien montré). Dès le premier jour, la pluie s'est invitée par les jointures des fenêtres du salon.

Il avait une réserve inépuisable de calfeutrant qu'il injectait dans les fissures chaque saison. C'était vraiment du système D.

Je me gare à côté de la voiture de Carter et descends du véhicule. Tout en conduisant, je lui ai répété ce que j'ai appris du Dr Beakman. Carter n'a presque rien dit pendant l'appel. Je sais qu'il pense à ses enfants. Des cas comme celui-ci ramènent toujours un père ou une mère à ses propres enfants. C'est normal.

Deux jeunes en short de bain et débardeur nous observent depuis un rondin de bois flotté, probablement posé là par les paysagistes. Le gérant, un homme costaud avec un bouc et des bras massifs, qui me font instantanément penser à Popeye, se tient près de la porte avec un passe-partout prêt à l'emploi. Deux officiers ont bouclé l'espace entre le parking et la porte d'entrée de l'appartement.

Carter remarque l'expression sur mon visage, celle qui met longtemps à me quitter quand je reviens de l'autopsie d'un enfant.

— Tout va bien ? demande-t-il.

— Oui, merci.

Il hoche la tête et se tourne vers Popeye.

— Pas besoin de défoncer la porte, dit le gérant en nous laissant entrer. Le dépôt de garantie ne suffirait pas à la rembourser.

L'appartement est le tableau de la vie perdue d'une petite fille. Je me demande si Carter le ressent aussi. Près de la porte d'entrée, il y a un panier avec ses petites chaussures ; et au-dessus, un porte-manteau décoré d'une rangée de marguerites peintes à la main. Une minuscule veste en jean est suspendue à côté d'une plus grande. *Le père et la fille,* je me dis.

Notre mandat est précis. Nous recherchons des ordinateurs, téléphones, tablettes – tout ce qui pourrait fournir des preuves montrant que le père d'Ally l'a délibérément laissée dans la voiture. Alors même que ces mots traversent mon esprit, j'ai du mal à imaginer que quelqu'un puisse être aussi cruel. Aussi insensible. Au point de torturer son propre enfant à mort. Je pense aux différentes façons dont les gens tuent leurs enfants. Les coups me viennent à l'esprit. Le syndrome du bébé secoué. L'étouffement avec un oreiller. Mille façons plus horribles les unes que les autres. Néanmoins, je sais du fait de mes enquêtes précédentes qu'il y a souvent de l'alcool ou des drogues en jeu. Ce qui ne semble pas être le cas ici. Luke était suffisamment sobre pour aller travailler. La plupart des infanticides sont alimentés par la rage : un parent au bout du rouleau, poussé à bout par un enfant qui n'arrête pas de pleurer et refuse de dormir. Plus rarement, il y a ceux qui tuent leurs enfants parce qu'une maladie mentale les y pousse. Comme Andrea Yates par exemple, la mère texane qui a noyé ses enfants un à un parce que des voix dans sa tête le lui ont dicté, en lui disant qu'ainsi elle leur épargnait le mal sur Terre et les envoyait directement au paradis.

En observant l'appartement des Tomlinson, le seul parallèle que je puisse évoquer est le cas d'un homme qui a mis le feu à sa maison pour tuer ses enfants et toucher l'argent de l'assurance. Ce qui m'y fait penser, c'est qu'il a ouvert le gaz, allumé une bougie et attendu que la maison explose. À l'instar du père d'Ally, le tueur était absent de la scène du crime. Ce qui est, j'en suis sûre, la façon la plus lâche de tuer.

Alors que nous nous apprêtons à commencer notre fouille, Mia Tomlinson nous rejoint. Elle porte toujours son uniforme d'aide-soignante. Ses cheveux auparavant strictement attachés volent au vent et son maquillage est étalé sur son visage. Comme dirait mon père, elle a l'air « d'être passée à la machine à laver ».

De la sueur se forme sur ses tempes et coule le long de ses joues.

— L'avocat de Luke m'a dit que vous viendriez ici, dit-elle en posant son sac sur la table basse de l'entrée, avant de venir se planter devant Carter et moi. Vous n'aviez qu'à demander, ajoute-t-elle.

— Nous aurions pu, en effet, mais nous enquêtons pour homicide, madame. Il y a des procédures à respecter.

La bouche rouge de Mia forme tout sauf un sourire.

— Je suis sûr que vous vous y connaissez en procédures, en tant qu'infirmière, ajoute Carter, espérant désamorcer ce qui pourrait mal tourner.

— Oui, répond-elle sèchement. Je voulais juste vous dire que ni Luke ni moi n'avons de choses à cacher. Nous sommes de vrais livres ouverts, mais vous nous traitez comme si nous étions les méchants dans l'histoire. Venir fouiller dans nos affaires sans demander la permission n'arrange rien.

— Écoutez, lui dis-je, je sais que vous vivez le pire moment de votre vie. Que rien ne sera jamais comparable à l'épreuve que vous traversez actuellement. Je le comprends et toute l'équipe aussi, Mia. Mais c'est notre devoir envers Ally que d'enquêter pour découvrir la vérité.

— Je sais que vous pensez que mon mari a fait quelque chose de mal, répond-elle, intraitable. Mais vous avez tort à ce sujet, inspectrice. Et vous ne faites qu'empirer les choses. Mon bébé est mort. Est-ce que vous avez la moindre idée de ce que je ressens ?

Personne ne le peut vraiment. Pas sans l'avoir vécu. Je ne peux pas le nier.

— Je suis désolée, Mia, je n'ai rien vécu de comparable. Je suis sincèrement désolée.

Il n'y a rien de mieux à dire.

— Vous avez tout à fait le droit de nous observer, dit Carter, en lui tendant une copie du mandat. Nous cherchons des objets spécifiques, mais nous sommes autorisés à examiner tout ce qui a été laissé en évidence.

La mère d'Ally s'assied dans une de ces chaises Ikea en plastique blanc qui ont l'air branchées, mais absolument pas confortables.

— D'accord, finit-elle par lâcher. Mais faites vite. Je dois retourner au travail après ça.

Nous commençons par le salon, mélange d'Ikea et de Goodwill[1]. Une immense télévision est accrochée au mur. Elle est si grande qu'elle ne cesse d'attirer mon regard. Une PlayStation et une Xbox juste en dessous, sur un petit meuble blanc. Luke et sa taille de guêpe ont le physique d'un *gamer*, pas d'un coureur, sur ce point-là j'ai vu juste. Également sous la télé, un panier rempli de jouets, de poupées et de peluches. Je me demande lesquelles étaient les préférées d'Ally.

Un Bisounours me regarde en souriant, me ramenant à ma propre enfance. Mes parents nous en ont acheté plusieurs pour Noël, une fois. Stacy s'est approprié les deux qui étaient pour moi, me suppliant de les lui laisser. Et malgré toute l'affection que je leur portais, je les lui ai donnés. L'histoire s'est répétée de nombreuses fois, même à l'âge adulte. Tellement de fois que lorsque je désirais quelque chose, je n'osais pas lui en faire part. Dès l'instant où je commettais cette erreur, je la croisais le lendemain dans le chemisier qui me faisait de l'œil chez Nordstrom, ou avec le chien que je voulais adopter, ou encore dans la voiture de mes rêves.

Le salon des Tomlinson est bien rangé et les jouets rendent la scène macabre.

— Luke ne l'aurait jamais fait exprès, lance Mia. On en a discuté, lui et moi. Nous ne sommes pas stupides, nous connaissons les dangers d'une voiture en surchauffe.

Pas stupides, mais étonnamment clairvoyants.

Carter la pousse à développer.

— Quand en avez-vous discuté ?

— Dès le début de la canicule, répond-elle. On a vu quelque chose aux infos sur les chiens oubliés en voiture et ça nous a fait penser à cette femme à Centralia, qui a laissé son bébé à bord pendant qu'elle allait au bar. Un bien triste accident. Qui nous a fait beaucoup de peine à l'époque.

— Oui, c'était horrible en effet, dis-je.

Mia est absorbée par son téléphone, à regarder des photos d'Ally.

— Mia, lui dis-je en m'approchant, je sais que tout ce qu'on vous demande est difficile à encaisser. Mais vous devez vous souvenir que nous faisons ça pour de bonnes raisons.

Elle lève la tête et remarque ma main tendue.

— Pardon ?

— Votre téléphone, Mia. Je vais devoir le confisquer.

— Vous n'êtes pas sérieuse ? s'exclame-t-elle dans un torrent de larmes. Vous ne pouvez pas me prendre mon téléphone, j'en ai besoin, c'est comme ça que je contacte Luke et il y a toutes mes photos dedans, vous n'avez pas le droit de le prendre !

— Ce n'est pas ce que dit le mandat, réplique Carter.

— Nos techniciens vont copier le contenu de votre téléphone puis vous rendre votre appareil, lui expliqué-je. On peut faire en sorte que vous l'ayez assez rapidement.

— Oui, je le leur demanderai personnellement, ajoute Carter. Pour que vous l'ayez dès demain, d'accord ?

Elle le regarde, puis me regarde, moi. Les yeux humides et enragés. Abattue. J'ai croisé des personnes endeuillées plus d'une fois, je sais que les réactions varient. Certaines pleurent. D'autres sombrent dans le mutisme. D'autres encore ne savent plus parler sans crier.

— Luke et moi avons chacun un ordinateur portable, nous explique-t-elle. Il y a mon MacBook et un vieux Dell qui est au bout de sa vie. Ils sont dans la chambre du bébé. C'était notre bureau avant l'arrivée d'Ally.

Carter reste avec Mia pendant que je m'aventure dans le couloir, décoré de tableaux sans aucune personnalité qui me donnent l'impression d'être dans un motel.

La chambre d'Ally ne m'inspire rien qui vaille. En dehors du berceau convertible qui est maintenant un petit lit, elle n'a rien d'une chambre d'enfant. Un long bureau en formica blanc sous la fenêtre. Et sur sa surface encombrée, les deux ordinateurs portables, une station d'accueil multiport et un écran supplémentaire. Sur le mur au-dessus du lit d'Ally, un poster de Kurt Cobain, héros local et chanteur de Nirvana. Choix étrange pour une chambre d'enfant. C'est très clairement toujours le bureau d'un jeune de 20 ans. C'est à la fois rétro, ironique, et très « Aberdeen ».

J'appelle Carter et il est là en un éclair.

— Je m'occupe de ces deux ordinateurs portables, lui lancé-je.

Il acquiesce.

— Quelque chose d'autre a attiré ton attention ?

J'indique le poster d'un hochement de tête.

— Bizarre, oui, je suis d'accord.

Je suis soulagée qu'il n'ait pas fait de blague sur le fait que la pièce sentirait le déodorant *Teen spirit*[2].

La porte de la chambre principale est ouverte et je m'engouffre à l'intérieur. Carter me suit. C'est propre, comme les autres pièces de la maison. Bien ordonné. Les draps sont d'un violet profond et les couvre-lits sont noirs, ce qui donne l'impression que l'endroit a été décoré par Elvira ou Morticia Addams. Je devine facilement quel côté du lit est celui de Mia, parce que l'heure à laquelle elle a réglé son réveil correspond à celle de son service à l'hôpital. Le côté du lit de Luke, lui, n'a pas d'horloge. Sur sa table de chevet, cependant, se trouve un roman de Neil Gaiman. Pendant un instant, j'en oublie la réalité de mon métier (et de ma vie en général) et me plonge dans la fantaisie. Je me reprends instantanément. Les jeux d'argent étaient de la fantaisie. Vouloir gagner en pariant, c'est partir à la chasse à la licorne.

Alors que je me tourne pour quitter la pièce, je remarque la tête de lit et les poteaux extérieurs qui la soutiennent depuis le sol. Les montants sont usés des deux côtés, comme si quelque chose – ou quelqu'un – y a été attaché.

Ils en font, des trucs, ces deux-là…

Peut-être pas Elvira ni Morticia Addams après tout, je me dis. *Plutôt le Marquis de Sade.*

---

1. Équivalent américain d'Emmaüs.
2. *Smells like Teen spirit* est le morceau le plus connu du groupe Nirvana.

CHAPITRE 13

Jeudi 17 août

Je sais qu'une autre addiction remplace souvent celle qui a été vaincue. C'est comme s'il y avait un ensemble de vices qui existent séparément, mais en réalité forment un tout. Comme les briques d'un bâtiment. Je n'ai pas envie d'être alcoolique, mais je dois avouer que j'apprécie un verre de vin. Ce soir, je suis assise seule dans le salon pendant qu'Emma dort à l'étage. Le sauvignon blanc était en solde. C'est une bonne bouteille, venue de Marlborough en Nouvelle-Zélande. Plus luxueux que ce que j'achète d'habitude. Je ne bois qu'un verre par soir. Parfois, deux.

Dans cette maison, je sens la présence de mon père plus que celle de ma mère ou de ma sœur. L'empreinte que sa tête a laissée sur le vieux fauteuil est un rappel des heures qu'il passait ici, devant la télévision ou le tourne-disque. Les deux ont cessé de fonctionner il y a longtemps, remplacés par l'écran plat que Stacy et Cy lui ont acheté lors d'un de leurs passages, toujours intéressés, à Hoquiam. Au-dessus du fauteuil se trouve une peinture à l'huile – non, à l'acrylique. C'est un paysage marin avec deux surfeurs qui luttent contre les vagues à Washaway Beach, pas loin d'ici. Un camaïeu de bleu gris avec seulement des pointes de rouge sur les planches. On est à peine un cran au-dessus de la qualité Art Mart, mais j'aime comme elle me rappelle papa. Il avait l'habitude de m'emmener seule à Washaway quand Stacy était trop petite pour y aller. Je m'asseyais sur le bois flotté pendant que ses amis et lui jouaient leur propre version de « Washington » des Beach Boys et je les écoutais pendant des heures. Il faisait froid. Gris. Mais il avait l'air si heureux.

Je me demande s'il s'en souvient encore. Probablement pas.

Je sirote lentement mon vin, laissant les notes d'herbe et d'agrumes imbiber ma langue avant d'avaler. Sous la table basse, un petit meuble déborde de vieux magazines, qui dressent un portrait de mon père à l'époque où il avait toute sa tête : la plongée, les motos et, sa passion qui me fait le plus sourire, la menuiserie. Il était si mauvais, on ne trouvait pas pire. Mais il ne se décourageait pas.

Alors que je passe en revue les magazines, je remarque quelque chose pour la première fois. C'est un album photo couleur crème que je reconnais immédiatement. Ma mère l'a commencé avant de nous quitter. La couverture en cuir est éraflée. Il est gravé en relief dans une écriture fantaisiste qui donne l'impression que les personnes en photo à l'intérieur sont aussi royales que les Windsor ou les Kennedy : « Notre Famille ».

Les premières pages sont vierges, à l'exception d'un résidu gommeux indiquant l'endroit où des photographies ont été apposées puis retirées. Je passe mes doigts sur la couverture en cellophane. Je peux m'imaginer ce qu'il y avait là : des photos du mariage de mes parents. Ma mère était la plus belle femme que j'aie jamais vue. Sur ces images, maintenant disparues, elle ressemblait à une star de cinéma ou à un ange. Ou peut-être un mélange des deux.

Je tourne la page et il y a une photo de mes parents debout devant l'hôtel Tokeland sur la baie de Willapa, au sud du comté, où je sais qu'ils ont passé leur nuit de noces. Mon père est grand et beau et son bras enserre la taille parfaite de ma mère. Je ne devinerai jamais son expression à ce moment-là. Quelqu'un – mon père, j'imagine – a supprimé son visage de la photo.

Au fur et à mesure que je tourne les pages, un thème récurrent se dessine. Maman, qui nous a abandonnés pour poursuivre ses rêves, a été supprimée de « Notre Famille ». Je ne peux pas en vouloir à papa. Il faut dire qu'elle l'a blessé jusqu'au fond de son âme.

Maman était une pomme empoisonnée. À l'extérieur : rayonnante et sans aucun défaut. Mais à l'intérieur se cachait un être si vil et égoïste qu'elle était incapable de ressentir la moindre once d'empathie. Je l'ai compris à l'âge adulte et je l'ai toujours su depuis, mais ce n'est qu'à ce moment-là que je comprends réellement qu'il n'existe qu'un mot pour désigner ce genre de mère : sociopathe. Nous n'avons jamais été que des choses, des outils, qu'elle pouvait manipuler à loisir. Tout n'était jamais qu'un jeu pour elle.

Je tourne la page et tombe sur celle qui, depuis des années, passe toujours entre les mailles du filet. Stacy. Elle regarde la caméra avec un visage d'ange. Debout à côté du poney qu'elle a supplié papa d'acheter. Elle est radieuse. Son sourire est un croissant de lune brillant de mille feux dans le ciel nocturne. Bien sûr, elle s'est vite lassée de ce poney. Je me souviens que papa lui a dit qu'un animal de compagnie, c'est un engagement qui dure toute la vie. Candy était un Shetland, brun clair avec une crinière plus foncée, couleur caramel. Elle était douce et ne craignait ni les enfants ni les chiens. Nous la gardions dans le jardin.

Je bois un peu plus de vin et regarde la bouteille. Plus d'un verre, mais moins de deux. Je remplis mon verre à ras bord.

Je me souviens que je suis rentrée de l'école un après-midi. Je m'inquiétais pour Stacy, car elle avait été malade ce matin-là et était restée à la maison. En entrant, j'ai laissé mon sac à dos près de la porte. Stacy et maman étaient là, sur le canapé, à regarder

La Mélodie du bonheur sur notre vieille télé cathodique. « Ne va pas dans le jardin », a dit maman. Stacy a levé les yeux au ciel, puis a froncé les sourcils. « Pourquoi ? », j'ai demandé. « C'est Candy, ma chérie. Candy est partie. »

Ma mère utilisait toujours le mot « parti » comme un euphémisme pour « mort ». Elle avait une façon arrogante, méprisante, de le faire. Quand notre grand-mère est « partie », j'ai cru qu'elle était allée au magasin.

J'ai commencé à pleurer. Je voulais savoir ce qui était arrivé à Candy. Tout en se retournant vers le film, elle m'a dit : « Empoisonnée. Quelqu'un l'a empoisonnée, la pauvre. »

Stacy s'est tournée vers moi. « Elle est morte très vite, Nicole. Elle n'a pas souffert. »

Je n'ai jamais oublié cet échange. Il m'a hantée pendant des années. Je n'ai jamais eu le courage de poser la question, mais, au fond de moi, je savais que c'était Stacy, ou peut-être notre mère, qui s'en était prise à ce poney. Comment Stacy savait-elle que Candy n'avait pas souffert ? Ou combien de temps il lui avait fallu pour mourir ?

Je feuillette les pages de l'album photo. Je sais que je suis l'aînée et que, dans la plupart des familles, le nombre de photos de l'aîné par rapport aux plus jeunes est presque de deux pour un. Dans ma famille, c'est tout à fait l'inverse. Je remarque également que ma mère a pris soin de choisir des photos de groupe sur lesquelles Stacy et elles sont toujours les plus centrales, les mieux mises en valeur. Il m'a fallu attendre mes vingt ans pour me rendre compte que mes yeux ne se fermaient pas automatiquement lorsque l'appareil photo était pointé sur moi, comme je l'avais toujours cru. Ma mère, semble-t-il, aimait sélectionner des images qui me faisaient me sentir mal dans ma peau.

Je suis contente que ma mère soit morte. Elle l'est depuis de nombreuses années maintenant. C'est terrible, je le sais, mais j'espère qu'elle a souffert. Tout le pardon que j'aurais pu lui offrir aurait été accueilli par les yeux froids d'un serpent à sonnette.

Elle ne comprenait pas le concept de don de soi. Elle ne comprenait pas les autres humains. Ceux qui ne sont ni narcissiques ni sociopathes.

La bouteille est déjà finie. Je pose l'album photo et la saisis par le goulot. Pendant un instant, j'ai envie de m'en servir comme d'une batte de baseball. Mais je ne le fais pas. Au lieu de cela, je la porte gentiment dans la cuisine et la dépose dans le bac à recyclage. Je regarde par la fenêtre et me demande si les os de Candy sont toujours là, dans la tombe que papa lui a creusée. Ou s'ils ne sont que poussière.

J'aimerais que mes souvenirs aussi deviennent de la poussière. L'alzheimer de papa est peut-être une bénédiction après tout.

J'entends Emma s'agiter et grimpe les escaliers pour aller la rejoindre. Elle est toujours dans son lit et a enlevé ses draps comme elle le fait chaque nuit. Je la borde légèrement, mais pas trop, juste assez pour qu'elle se sente en sécurité sans avoir trop chaud. Tous les jours je remercie Dieu de m'avoir donné Emma. Je remercie Dieu pour cette chance d'avoir une nouvelle famille, loin du désastre calamiteux qu'était la mienne.

CHAPITRE 14

Vendredi 18 août

C'est le matin et Emma se tient debout dans la cuisine. Elle est le portrait craché de sa mère à son âge. J'espère qu'elle n'a rien hérité d'autre de Stacy. Ses cheveux sont moins roux que quand elle était petite, elle est maintenant réellement blonde, mais ses yeux sont toujours aussi bleus. Et ils scintillent de la même manière que ceux de Stacy. Une lueur démoniaque en moins. Avant de partir chez Carrie-Anne, je jette un œil à son devoir d'école toujours accroché au frigo. Il a été la source de beaucoup d'efforts et de beaucoup d'angoisse au début de l'été. De l'effort pour elle. De l'angoisse pour moi. Je me demande si j'ai bien fait les choses avec Emma. Elle sait que son père est mort. Je n'ai pas su lui mentir sur le fait qu'il a été tué dans une explosion, jugée accidentelle, d'une bonbonne de propane. Je ne lui ai pas dit que sa mère a choisi son amant, Julian, plutôt que de s'occuper d'elle. « Elle part pour un long voyage », ai-je dit il y a trois ans lorsque son monde a basculé. « C'est moi qui vais m'occuper de toi jusqu'à son retour. On va emménager dans la maison de ton grand-père, près de l'océan. »

Tous les soirs, Emma pleurait son père et sa mère. Je ne le prenais pas personnellement. Je me souviens très bien de ce que j'ai ressenti lorsque maman est partie. Comment j'essayais de lui donner raison, en me disant que dès qu'elle aurait tourné un film ou deux ou serait passée à la télé, elle reviendrait nous chercher, Stacy, papa et moi. C'était stupide de ma part.

Très vite, Emma a commencé à m'appeler tatie-maman et à croire que sa mère était en voyage au paradis. Petit à petit, l'histoire dans sa tête s'est transformée et elle a commencé à croire à un accident de voiture, quelque chose avec des conséquences plus dramatiques.

Emma détache les yeux de son arbre généalogique et me sourit d'une manière qui me fait oublier tous les malheurs du monde.

— Tu sais quoi ? me lance-t-elle, les yeux dans les yeux.

— Qu'est-ce qu'il y a, ma chérie ?

— Maman n'est pas au paradis.

Mon cœur fait un bond dans ma poitrine. Je me demande si Dieu m'a entendue dire du mal de Stacy une fois de trop. J'essaie de contrôler mes accès de colère envers ma sœur autant que possible, mais ce n'est pas chose aisée.

— Qu'est-ce que tu veux dire ?

— Je l'ai vue, répond-elle.

Bien que consciente de la vérité, je pose quand même la question :

— Dans un rêve, tu veux dire ?

Emma rêvait souvent de sa mère la première année. Beaucoup moins depuis.

— Non. Pour de vrai.

J'essaie de me mentir à moi-même, de me dire que les enfants ont beaucoup d'imagination. Je prends Emma dans mes bras et l'embrasse sur le front. Alors que nous nous aventurons dans la chaleur du dehors, je fais mine de jouer avec mes clés avant de verrouiller la porte. J'essaie de gagner du temps. De cacher l'inquiétude sur mon visage. *Que lui répondre ? Que répondre à une chose pareille ?*

— Je sais que ta maman te manque, dis-je finalement. Et ton papa aussi. Mais je sais qu'ils veillent sur toi depuis les cieux, Emma.

C'est un mensonge, mais aussi un peu un vœu.

Il s'avère qu'avoir insulté un policier n'est rien comparé aux autres chefs d'accusation dont Luke Tomlinson fait maintenant l'objet. Au matin du quatrième jour, tout a été modifié, passant d'homicide involontaire à meurtre avec préméditation. Je n'étais pas présente pour entendre la nouvelle, mais il se trouve que Nora a une excellente ouïe.

Je croise son regard depuis mon bureau et elle s'arrête pour venir me parler. Elle a l'air assez bouleversée.

— Qu'y a-t-il ? demandé-je.

Nora croise les bras et prend une grande inspiration. Elle se recroqueville sur elle-même, comme un insecte.

— Je vous le dis et vous savez que je n'aime pas parler des affaires en cours, mais sa réaction était complètement exagérée. J'étais à l'extérieur de la prison et je pouvais l'entendre gémir, répéter encore et encore : « vous avez tout faux, vous ne me connaissez pas, je ne suis pas ce genre de type ! »

Nora se tait l'espace d'un instant pour me laisser le temps de digérer l'information.

— Moi, je pense qu'il est tout à fait ce genre de type, dis-je.

— Probablement, répond Nora. Il est évident qu'appliquer la procédure va de soi ici. Mais sincèrement, Nicole, il était intenable, c'était la plus grosse crise que j'aie jamais entendue de ma vie. On aurait dit un enfant de trois ans qui fait un caprice pour un Snickers. Et il ne voulait pas porter l'uniforme qu'on lui a fourni. Il en a fait tout un plat.

— J'imagine très bien.

— Et dans tout ça, poursuit Nora, avec une rage que je ne lui connais pas, il n'a jamais parlé de sa fille. Ni de sa femme, d'ailleurs. Il ne parlait que de lui.

— Il est un peu égocentrique, hein ? lancé-je, sans aucune once de sarcasme.

— Complètement, dit-elle, en se forçant à arrêter d'agiter les bras. Je ne comprends pas. Je ne comprends vraiment pas. Mia a l'air d'une jeune femme tout à fait adorable. Comment elle s'est retrouvée avec un crétin pareil ? Qu'est-ce qui a pu lui plaire chez lui ? Elle trime du soir au matin, donne tout ce qu'elle a pour obtenir son diplôme et avoir enfin un meilleur salaire et elle se retrouve avec un connard égoïste.

Nora s'attarde à l'entrée de mon bureau. Du haut de ses presque deux mètres, elle est assez impressionnante, mais elle n'a jamais l'air de regarder de haut. Au contraire, elle a cette manière de captiver les gens et de les inviter dans son espace. Avec elle, on a vraiment l'impression de parler d'égal à égal. Je la suspecte de vouloir entrer, mais, en vérité, nous n'avons pas le droit de discuter de l'enquête, elle et moi. Nous faisons des métiers qui nous obligent à nous tenir à distance, le seul lien entre nous étant les angoisses qui nous gardent éveillées le soir. Nous avons beau avoir le sentiment d'être amies, cela n'a rien à voir, en réalité. C'est plutôt comparable à la façon dont j'imagine les collectionneurs de timbres ou de papillons communiquer entre eux. Ils peuvent discuter toute la nuit d'un timbre « Abraham Lincoln » ou d'un machaon amazonien, mais cela mis à part, ils n'ont rien à se dire.

J'ai envie de lui demander si Mia a dit quoi que ce soit d'intéressant, mais je sais qu'elle n'ira pas jusqu'à rompre le secret. Elle a une grande conscience professionnelle et sait que cela mettrait en danger la relation de confiance qu'elle entretient avec les victimes. C'est étrange à dire, mais Nora Harper a besoin de ces victimes, plus que d'amis ou d'alliés. Je le comprends. Il n'y a pas si longtemps, j'avais besoin du bruit et des promesses des casinos plus que de mon ancienne vie. Désormais, j'ai mieux conscience des choses qui m'ont aveuglée. Un séisme a autant le pouvoir de vous détruire que de vous sauver.

— Laisser son enfant mourir dans une voiture, lui lancé-je, c'est la pire chose à laquelle je puisse penser. Honnêtement, pour moi, c'est la pire manière de tuer.

Nora hoche la tête silencieusement.

— Même si, selon l'accusé, il n'a rien fait de tel, s'empresse-t-elle d'ajouter.

— Oui, je réponds avec un soupir. Juste un accident. Une grossière erreur de sa part.

Elle soupire elle aussi.

— La plus grosse erreur qu'il fera jamais, je suppose, pour le restant de ses jours.

— On est ici pour tenter d'élucider tout ça, je le crains. Exactement à l'endroit où il va passer le restant de sa vie.

— Tout dépend de vous et du procureur, conclut Nora, en tournant les talons. Je ne peux pas vous aider sur ce point, mais je crois que vous savez ce que j'espère pour lui.

— Je lui souhaite exactement la même chose, je réponds, mais elle est déjà partie.

Mon ordinateur m'alerte que le fait divers est sorti dans la presse. Luke est publiquement accusé de meurtre et la photo prise pendant son arrestation circule. Il fixe l'objectif d'un œil éteint ; mais sa bouche semble former un petit sourire en coin, ou peut-être que c'est moi qui ai cette impression parce que je sais ce qu'il a fait. Et ce qu'il fait, de manière générale.

L'article raconte ce qui s'est passé sur le parking et indique que Luke a effectué des recherches sur ce type de décès juste avant la mort d'Ally. Des amis anonymes des Tomlinson disent être choqués de ce qu'il s'est passé et que la police a tout faux. « L'inspectrice en charge de l'enquête est connue pour ses problèmes. Elle a bâclé certaines affaires par le passé. » L'un d'eux cherche à mettre ma réputation en jeu, mais je n'en ai que faire. Je vaux mieux que ça. Et je n'ai rien à dire pour ma défense. De fait, quand Carter m'a fait entrer dans le service, il m'a dit que la clé de mon avenir serait de tout voir comme la prochaine étape d'une sorte de cure de désintox.

— Ne rejette pas ce que les gens disent de ton passé. Ce ne serait qu'ajouter de l'huile sur le feu. Un feu que tu ne contrôles pas. Comme un pyromane qui calcule mal la quantité d'essence et qui se tue par la même occasion. Ton travail sera reconnu au fil du temps et te permettra de traverser cette épreuve.

Il a raison et je le sais.

Je m'aventure dans la section « commentaires » de l'article en ligne. Ils sont assez unanimes.

« Luke est un monstre. Tuez-le. »
« Mettez-le dans un four. »
« Faites-le cuire au micro-ondes. »
« Faites-lui lécher un aiguillon à bétail. »

Ce dernier est original – peut-être plus approprié pour un pédophile – mais sur Internet, on pousse toujours tout à l'extrême.

Les habitants du comté de Grays Harbor ont beaucoup souffert depuis la fermeture des usines. Plus que n'importe où dans l'État de Washington, ils se sont fait rouler dessus par la crise économique. Il n'est donc pas étonnant qu'ils soient un peuple fervent de justice.

Une femme de Montesano écrit :

« Quelle tragédie. Moi-même j'ai quatre enfants et pas de travail stable. Les temps sont durs, je n'ai jamais connu autre chose que la misère. Mais j'aurais adopté la petite Ally sans hésiter, je l'aurais aimée comme ma propre fille. Il y a des gens qui sont trop égoïstes et qui ne voient rien d'autre que leur reflet dans la glace. Les gens comme Luke. La pire des raclures, si vous voulez mon avis. »

Le regard reptilien de Luke me fixe toujours, à l'écran. *Elle a raison,* je me dis. *La pire des raclures, c'est ce que tu es. Et je vais faire en sorte que tu restes derrière les barreaux le plus longtemps possible. Pour Ally. Et aussi pour Mia.*

CHAPITRE 15

Vendredi 18 août

« L'inspectrice en charge de l'enquête est connue pour ses problèmes. »

Cette phrase me hante une fois de retour à la maison. Les « je sais qui vous êtes » – et autres variantes du même genre – me rappellent toujours ce film de Jennifer Love Hewitt quand j'étais adolescente. La sombre menace qui vient de nulle part, mais qui s'insinue dans votre esprit, jusqu'à ce que vous n'ayez pas d'autre choix que de faire ce que vous auriez dû faire depuis le début. J'évite de chercher mon nom sur Internet, pour la simple et bonne raison que je sais déjà tout ce qu'il y a à trouver. Je sais qui je suis et tout ce que j'ai fait.

La carte postale aussi me hante, même si je me sens idiote de me laisser atteindre par un simple bout de papier. Malgré moi, je me retrouve à fixer l'écran de mon ordinateur, un verre de sauvignon blanc à la main, acheté plus tôt chez WinCo. En tapant mon nom, je trouve ce que tout le monde peut savoir sur moi. La première chose qui apparaît est en rapport avec l'enquête sur le meurtre de Kelsey Chase. Avant ça, je n'étais probablement répertoriée que sur *Classmates.com*[1] ou dans les procès-verbaux du conseil d'administration de mon ancien immeuble à Bellevue. J'avais demandé la permission d'ajouter une petite – et selon moi très élégante – jardinière sur le rebord de la fenêtre de ma cuisine.

« Demande refusée. »

Maintenant que j'y repense, j'aurais dû leur dire que cette jardinière aurait servi à faire pousser des herbes pour les miséreux.

« Demande acceptée ! »

Je passe en revue les informations sur ma personne, de la même manière que quelqu'un l'a fait avant de m'envoyer cette carte. De la même manière que d'autres l'ont fait suite à l'article à propos d'Ally Tomlinson.

« La police de Bellevue désœuvrée devant le meurtre de Kelsey Chase »

L'article sous-entend que nous ne savions pas ce que nous faisions – malgré le fait que mon ex-coéquipier et petit-ami, Danny Ford, ait attesté que tout était parfaitement sous contrôle. Je sais maintenant que c'est parce qu'il était bien plus impliqué dans cette affaire que je ne le soupçonnais et pas dans le bon sens du terme.

Sirotant mon verre de vin, je fais défiler l'article qui reprend les principales avancées de l'enquête et nos soupçons concernant Alan Dawson, inculpé pour violences sexuelles et marié à sa victime de l'époque. Les deux étaient adolescents au moment de sa condamnation pour viol et, bien qu'il ne devrait jamais y avoir de demi-mesure ni de zone grise dans les affaires de viol, dans ce cas précis, c'était ambigu.

Je manque de m'étouffer en voyant le prochain gros titre.

« La veuve de Dawson dit "non" aux allégations de suicide »

Son visage me revient en tête. Je n'avais jamais vu une telle rage dans les yeux de quelqu'un. Bien sûr, elle avait toutes les raisons du monde d'être furieuse contre moi. Même si, à ce moment-là, je ne savais vraiment pas si son mari s'était suicidé ou non. Encore aujourd'hui j'évite de penser à ce qui s'est réellement passé dans sa cellule.

« L'inspectrice démise temporairement de ses fonctions »

Ça y est. Le début du portrait non exhaustif de ma descente aux enfers. J'ai été virée de la police de Bellevue, car, bien que je n'aie pas participé aux machinations de Danny pour contrôler l'enquête à sa guise, j'avais été à ses côtés tout du long. J'étais la branche saine de l'érable que l'on coupe quand même pour sauver l'arbre.

« Ford plaide non coupable »

Une fois de plus, j'apparais à peine, dans une seule phrase.

« Selon le procureur, Nicole Foster, l'ex-petite amie et coéquipière de Danny Ford, serait le témoin principal de ses méfaits. »

« Ford condamné à la prison pour falsification de preuves »

Ils ont mis mon portrait de l'école de police avec celui-ci. Mon père aurait eu tellement honte s'il se rappelait qui j'étais.

« L'inspectrice en charge de l'enquête démissionne, troublée par son addiction aux jeux d'argent »

Pas de photo cette fois-ci. Juste une brève mention qui n'était même pas assez juteuse pour faire la une. Et pourtant. Un cadeau que je dois à Dieu ou au rédacteur de nuit. Celui qui s'est dit que toute publicité était bonne à prendre. Probablement un publicitaire. Pas un être humain. Pas quelqu'un comme moi. Moi, je ne m'excuserai jamais assez pour les erreurs que j'ai commises.

« Deux morts dans l'explosion d'une fuite de gaz à Kirkland »

Ça m'attriste de relire l'histoire de l'explosion qui a tué Cy Sonntag, le mari de ma sœur, et Tomas Vargas, un jeune jardinier de seulement dix-neuf ans, sans aucune famille dans le pays. L'adolescent s'est trouvé au mauvais endroit au mauvais moment... Et au cours des trois années qui se sont écoulées depuis, le fardeau qui pèse sur moi n'a fait que s'alourdir. Je repense tout le temps à Tomas. Il me pèse sur le cœur plus qu'un tas de pierres. J'ai même essayé de retrouver sa famille.

« Cette partie-là était un accident », a insisté Stacy, comme si cela ne constituait pas un second meurtre.

« La fuite de gaz, qui a tué deux personnes, était accidentelle »

Quelqu'un sur les lieux a pris une photo de moi réconfortant Stacy après l'explosion. Mon nom n'apparaît que dans la légende. Je me souviens encore du caractère artificiel de l'étreinte de ma sœur et des larmes qu'elle s'efforçait d'imiter face à d'autres personnes qui, contrairement à elle, ont un cœur. Même maintenant, je l'entends encore me murmurer à l'oreille : « Tu dois me croire, je ne voulais pas que ça arrive ».

Comme si j'étais une idiote.

Je ne lui ai pas répondu. Comment aurais-je pu ? Elle a tendu un piège à son mari. Elle a élaboré un plan qui lui a permis d'obtenir ce qu'elle voulait – de l'argent au-delà de tout ce que nous aurions pu imaginer enfants – et un nouvel amant. *On ne fait pas d'omelette sans casser des œufs*, me suis-je dit ; un adage que notre père utilisait fréquemment lorsqu'un de ses plans tombait à plat. Stacy aussi l'utilisait à tout bout de champ, de manière beaucoup plus provocatrice. Vraiment sans cœur, en vérité.

Et puis, c'est tout. J'ai eu honte. Ma sœur a échappé aux accusations de meurtre. Mon nouveau petit ami, Julian, était de mèche avec elle depuis le début. Moi, j'étais le filet de sécurité, je suppose. Quelqu'un qui volerait à son secours si l'enquête tournait mal. C'est tout ce que j'ai toujours été pour elle. Une chose, un outil à utiliser.

Mais désormais, quand j'y repense, au milieu de toute cette monstruosité qu'est *Stacyland*, ce lieu où elle est une princesse et nous, rien de plus que des Cendrillon ou des valets de pied, il y a quelque chose qui m'empêche de sombrer et me redonne l'envie de vivre.

Emma.

Mon monde entier tourne autour de cette petite fille. Qui est comme moi. Pas dans son apparence, non. Ni même dans sa personnalité. Elle est beaucoup plus lumineuse que moi. Bien dans sa peau. Elle sait voir les choses dont elle peut s'émerveiller, plus que celles dont elle a peur. Mais elle est comme moi, car moi aussi je savais que quelque chose n'allait pas chez ma mère. Je savais qu'elle n'avait pas la capacité de nous aimer vraiment, Stacy et moi.

Emma méritait mieux que ce genre d'éducation – le genre qui fait d'un enfant un accessoire que l'on peut ranger, mettre en boîte, puis abandonner. Non. Je n'allais pas laisser Stacy lui faire ça. Point final.

---

1. L'équivalent américain du site « Copains d'avant ».

CHAPITRE 16

Samedi 19 août

Les dessins animés du samedi matin n'intéressent plus Emma et elle s'assied sur le canapé, l'album photo « Notre Famille » sur les genoux. Une sortie prévue à Ocean Shores avec les autres enfants que garde Carrie-Anne le lendemain a attisé sa curiosité dès l'instant où je lui ai dit que nous possédions toujours un petit cabanon sur la côte, non loin de là. Elle veut y aller, évidemment.

— Les locataires sont partis il y a quelques semaines, je réponds. J'imagine qu'on pourrait y aller et voir s'il y a des travaux à faire.

Elle me regarde et sourit de toutes ses dents alors qu'elle tourne les pages plastifiées. Je me dis que j'aurais dû brûler cet album de famille, mais je n'y ai pas pensé.

— C'est toi et ma maman, là ?

Je m'installe à ses côtés et enroule doucement mes bras autour d'elle. Sur la photo, Stacy et moi et Candy, le poney de Stacy.

— Oui. Elle, c'est ta maman. Et là, c'est moi, dis-je, en pointant du doigt la petite fille que je reconnais à peine.

— À qui était le poney ?

— À elle.

— J'aimerais bien avoir un poney.

Moi, j'aimerais surtout que tu aies une mère digne de ce nom.

— Un jour, peut-être, je réponds.

— Maman était très jolie.

— Oui. La plus jolie fille du comté. C'est ce que grand-père a toujours dit. Et grand-mère aussi. Quand elle était bébé, grand-père et grand-mère allaient se promener dans la galerie du centre commercial avec elle dans sa poussette, juste pour le plaisir de recevoir des compliments.

Les grands yeux bleus d'Emma s'élargissent d'autant plus. Je ne lui dis pas que quand je pense à Stacy dans sa poussette, je pense à *Rosemary's Baby*.

— Est-ce que je ressemble à maman ?

— Oui, beaucoup.

Je lui attrape le menton pour qu'elle me fasse face.

— Tu lui ressembles énormément. Tu es tout aussi jolie. Mais tu es bien plus que ça, Emma. Tu es drôle et intelligente et attentionnée.

Elle sourit et ses yeux se posent de nouveau sur la photo. Je me demande si Stacy serait devenue une meilleure personne si mes parents n'avaient pas autant misé sur son physique. S'ils avaient accordé plus d'importance à sa personnalité.

— Et le poney, il lui est arrivé quoi ?

— Il était vieux et il est mort, je réponds.

— Ça me rend triste. Maman n'était pas du tout vieille quand elle est morte, n'est-ce pas ?

— Non. Pas du tout vieille. Parfois des accidents arrivent et des personnes meurent jeunes, comme ton papa et ta maman.

Emma se tait pour réfléchir.

Et moi aussi, je réfléchis. Je repense à la manière dont Stacy a tué Cy. Je repense à la manière dont j'ai menti en disant qu'elle est morte dans un accident de voiture.

— Papa et maman me manquent vraiment beaucoup, dit-elle, et ses mots me brisent le cœur.

— Je sais, je réponds. Mais ils seront toujours là avec toi. Ici, dis-je, en pointant le doigt vers sa poitrine. Juste là. Pour toujours.

Elle tourne quelques pages de plus et je m'efforce d'ajouter quelques commentaires sur mon enfance à Hoquiam. Sans réelle substance, juste pour combler le silence. C'est le genre de discours que je tiendrais à un voisin, avec juste assez de vérité pour avoir l'air sincère, mais en prenant garde de ne rien dire qui pourrait être retourné contre moi.

— Enfin, elle ne me manque plus autant qu'avant, rectifie Emma. Est-ce que c'est mal, dis ?

— Non. C'est normal. Les souvenirs s'effacent avec le temps.

Elle lit la tristesse dans mes yeux et rétropédale un peu. Pour me faire croire que tout va bien et que je n'ai pas à m'inquiéter, j'imagine.

— Elle n'a pas toujours été gentille avec moi. Elle me laissait tout le temps dans ma chambre, à jouer toute seule.

— Elle était très occupée, dis-je.

Je déteste défendre Stacy, mais quand c'est pour rassurer Emma, je le fais.

— Toi aussi, tu es très occupée, réplique-t-elle en fermant l'album. Mais tu passes quand même du temps avec moi. Tu ne me laisses pas dans ma chambre avec une vidéo. Maman, elle faisait ça. Elle faisait tout le temps ça.

— Et si on sortait manger une glace ? lancé-je, pour clore cette conversation.

Son visage s'illumine. Son sourire est sincère et je sais que ce n'est pas tant l'idée de la glace qui l'enchante. Le reste de la journée se passe comme tous les samedis le devraient. Emma, Shelby et moi passons du bon temps ensemble. En famille. Nous sommes une famille depuis trois ans maintenant. Et je ne laisserai rien ni personne nous enlever ça. Surtout pas Stacy.

CHAPITRE 17

Dimanche 20 août

Pendant la nuit, la météo a changé du tout au tout. Des nuages bas se sont invités au-dessus du Pacifique et l'atmosphère de cocotte-minute a été remplacée par cet air marin qui prend dans son étreinte Aberdeen et Hoquiam avec la même force qu'une grand-mère un peu trop insistante. La température a baissé de presque cinq degrés, à notre plus grand bonheur. Je n'ai pas la climatisation chez moi et le quintet de ventilateurs que j'ai installé n'est pas idéal. Je sais que cette matrice de câbles, déployée en forme de poulpe, représente un gros danger. Au dehors, le paysage est comme une ardoise blanche, avec ce rideau de brouillard typique de la région qui dure le gros de l'hiver. La vague de chaleur qui a tué Ally Tomlinson est terminée.

Je pense au dernier voyage d'Ally à bord de la voiture de son père alors que je monte dans mon propre véhicule. Ce que j'ai vécu hier est une exception. Pas de dimanche quand on enquête sur un homicide. Du moins pas à Aberdeen. Je me demande si Luke avait la radio allumée pendant qu'Ally se débattait, luttant pour sa vie. S'il a mis une chanson de Nirvana pour aller avec l'autocollant sur la vitre arrière. Je me demande laquelle. *All Apologies*[1], j'ose imaginer, mais encore aurait-il fallu qu'il ait un cœur et des sentiments pour cette petite. Quelle idiote je fais. Après avoir déposé Emma chez Carrie-Anne, je traverse l'étendue plate de la ville qui est à l'image du comté de Grays Harbor, en direction des appartements de Clark Terrace. Les places de parking réservées aux Tomlinson sont vides. Mia est au travail. Et Luke est en prison. Je reste assise à observer les environs pendant un instant. Un vieil homme voûté avec une barbe à la Smith Brothers souffle les feuilles sur l'asphalte du parking. Les peupliers perdent énormément de feuilles pendant les vagues de chaleur et la violence du souffleur les fait tournoyer, comme un mini-cyclone, en direction d'une autre place de parking où elles seront le problème de quelqu'un d'autre.

En un sens, j'aurais voulu qu'Ally connaisse le même sort ; qu'on la mette de côté et qu'on l'abandonne aux mains de quelqu'un d'autre, qui l'aurait mieux aimée. Ou juste qu'on la laisse là, sur le parking, dans l'espoir que quelqu'un la voie et vienne la récupérer. L'abandon, dans toute son horreur, lui aurait au moins laissé une chance de s'en sortir. Parmi les millions de choix qu'il aurait pu faire, Luke a réellement choisi la pire des options. *Pourquoi ?* Pourquoi ce serait *ça*, la solution ?

Je reprends ma route et me dirige vers le McDonald's. Y a-t-il pensé de cette façon-là ? Est-ce qu'à aucun moment après l'escale au McDo il n'aurait pu changer d'avis ? Je commande un café au *drive* et tends ma carte de crédit à la caissière à travers la fente de la vitre. Elle m'adresse un grand sourire métallique.

— Passez une super journée ! me lance-t-elle.

— Oui, vous aussi, je réponds.

J'avance jusqu'à la fenêtre suivante. Un jeune homme aux longs cheveux noirs et ébouriffés avec un pansement sur le cou pour cacher un tatouage me tend mon café.

— Faites attention, madame, c'est très très chaud.

En m'éloignant, je me dirige vers le WinCo, retraçant la route que Luke a dû prendre pour aller au travail. La circulation est fluide et en passant devant plusieurs devantures – une épicerie abandonnée, un astrologue et un bar – je me demande si quelqu'un aurait pu voir la Subaru et son rouge flamboyant. Je me gare et sors de la voiture. L'odeur de la rivière me chatouille les narines. Je jette un œil aux caméras. Et je me demande si on peut en tirer quoi que ce soit. Ally était si petite, elle doit être invisible à l'image. S'est-elle endormie paisiblement après le McDonald's ? Ou bien, comme l'a suggéré le Dr Beakman, s'est-elle réveillée, effrayée et affaiblie, avant de pleurer toutes les larmes de son corps pendant ses derniers instants ? Je repense aux sites Internet que Luke a consultés. Tous les conseils qu'il a lus sur comment éviter ce genre de scénario. Évidemment, aucune de ces pages n'avait pour but de fournir un guide sur « comment tuer votre enfant ou votre animal » ; le genre de sites que seuls des terroristes ou des anarchistes mettraient en place pour inciter les plus crédules, les plus stupides et les plus haineux à faire le mal.

« Laissez la fenêtre ouverte si votre chien est dans la voiture. Ne laissez jamais un enfant tout seul. Brisez la vitre si vous voyez un enfant ou un animal enfermé dans une voiture. Chaque seconde compte. »

Luke Tomlinson a prévu son coup. Ce n'est pas possible autrement. Je remonte dans ma voiture et me dirige vers le parking du Starbucks, là où, selon lui, il a remarqué que sa fille n'était pas à la garderie. Là où Jordan Conway s'est précipitée à sa rescousse et où il a hurlé de toutes ses forces en levant les paumes vers le ciel que c'était une erreur humaine.

All apologies

Toutes mes excuses

---

1. « Toutes mes excuses. »

CHAPITRE 18

Dimanche 20 août

Après nous être retrouvés au bureau, Carter et moi retournons à Clark Terrace et nous garons dans l'espace « visiteurs » le plus proche de l'appartement des Tomlinson. Un bouquet de marguerites flétri a été déposé sur le paillasson. C'est calme. Incroyablement triste. Je me demande qui a apporté les fleurs. Des enfants font des tours du parking à vélo et deux chats se terrent à l'ombre d'un buisson près de l'entrée, seule trace de verdure dans le paysage. L'appartement a déjà été fouillé, mais, sait-on jamais, les voisins pourraient nous révéler des informations utiles. J'ai vécu dans un endroit assez similaire avant d'acheter mon appartement à Bellevue, hypothéqué depuis. Les voisins d'une copropriété gardent généralement leurs distances, on se salue de loin et c'est tout. La plupart du temps, on fait semblant de ne pas voir la personne qui, après une soirée arrosée, sort de sa voiture et monte péniblement les escaliers. Mais malgré tout, on écoute. On regarde. On a sa petite opinion sur tout le monde et tout un tas de doléances.

Nous frappons et un homme du nom de Mick Hightower vient nous ouvrir. Il habite au même étage que les Tomlinson. C'est un homme de grande taille et large comme un tonneau. Un panache de poils blancs jaillit du haut de son col de chemise. Je lui explique pourquoi nous sommes là, mais il le sait déjà, évidemment.

— Écoutez, dit-il en entrouvrant un peu la porte sans pourtant nous inviter à entrer, cette enfant pleurait toute la nuit. Toutes les nuits. J'ai dû m'acheter des boules Quies tellement c'était horrible.

— Ça devait être très embêtant, dit Carter.

— J'ai des enfants, répond Mick. Ils sont grands maintenant. Mais, oui, c'était très, très pénible. Très mignonne, cette petite, en dehors de ça. Je n'ai rien contre les enfants. Contrairement à ces deux-là.

— Que voulez-vous dire ?

Il passe ses grandes mains dans ses cheveux clairsemés.

— Rien de précis, dit-il. J'ai juste l'impression qu'ils ne pouvaient pas s'occuper de leur fille.

— Vous pensez ? demande Carter.

— Oui. Je veux dire, qui laisse son enfant pleurer comme ça ? Parfois, je me suis dit qu'être parent, ce n'est plus ce que c'était, que les règles ont encore changé. Comme quand mes garçons étaient petits et que c'est devenu inacceptable de leur donner de la ceinture. Peut-être que maintenant, quand les enfants pleurent, on n'a plus le droit de rien faire.

J'ai envie de lui dire qu'on a toujours le droit de les réconforter, mais je me tais.

— Vous pensez qu'aucun des deux ne s'en occupait ?

— Les avez-vous déjà vus maltraiter Ally ?

Mick réfléchit un moment.

— Je ne vois pas où vous voulez en venir, inspecteurs. Si j'avais vu qui que ce soit faire du mal à un enfant, je n'aurais pas laissé faire. Je leur aurais foutu une raclée. Donc, non, je n'ai jamais rien vu. Tout ce que j'ai vu, c'est un couple d'égoïstes qui ne semblaient pas se soucier de leur fille. Rien de spécifique, à l'exception des pleurs constants.

Je laisse ma carte à Mick et le remercie.

— Le monde court à sa perte, dit-il. Je pensais qu'Aberdeen échappait à la plupart des conneries qu'on voit aux informations. Mais plus maintenant. Quel genre de connard laisse son enfant mourir dans une voiture ? Honnêtement, pour moi, c'est inimaginable. Je ne vais même pas essayer de comprendre. J'imagine que c'est votre travail.

Je prends note de ces informations. Il n'y a rien qu'on puisse réellement utiliser contre Luke, juste un sentiment que j'avais déjà qui se confirme, qui me dit qu'Ally n'a jamais eu aucune chance. Carter et moi frappons à d'autres portes, mais soit il n'y a personne, soit l'habitant dit ne pas connaître les Tomlinson. Dans la voiture sur le chemin du retour, nous restons assis en silence pendant un long moment. J'ai envie de pleurer. Tout ça est désespérant. Pas vraiment l'affaire en tant que telle, mais la réalité de ce qui est arrivé à Ally. Carter semble lire dans mes pensées.

— Je ressens la même chose, Nic. C'est tout simplement triste. Elle était si petite. Un tout petit bébé.

— Oui. Une magnifique petite fille.

— N'importe quelle autre famille aurait été ravie de l'avoir, dit-il.

Moi, je sais que je l'aurais été. Je sais à quel point j'ai de la chance d'avoir Emma. Sa mère ne voulait pas d'elle, sinon elle ne me l'aurait pas confiée. Menaces ou pas. Stacy s'est débarrassée d'Emma comme d'une valise trop lourde, sans aucune trace de remords.

— Dans toutes les affaires de maltraitance sur lesquelles j'ai travaillé, il y avait toujours quelqu'un qui avait remarqué que quelque chose n'allait pas, sans oser le signaler.

— Ouais, dit Carter, en arrêtant le véhicule. Personne n'a

envie d'être la personne qui déclenche l'enquête. Sauf quand on voit quelque chose qui ne peut être expliqué. Comme des bleus sur un enfant.

— J'ai déjà eu un cas où la grand-mère avait vu des bleus et un bras cassé, mais a simplement cru que son petit-fils était sujet à des accidents, parce que c'est ce que sa fille lui avait dit.

— J'imagine qu'elle n'y croyait pas vraiment, réplique Carter.

— Non, probablement pas. C'est toujours plus simple de se mentir à soi-même.

— Qu'est-il arrivé à cet enfant ?

— Il est mort. Tombé dans les escaliers. Poussé par sa mère.

Alors que nous restons assis dans la voiture, sur le parking du bureau, l'air conditionné me fait froid dans le dos. Je pense à tous ces enfants qui ont eu le malheur de naître dans une famille où il y avait un monstre. Qui sont là dehors. Qui essaient d'apaiser leur monstre pour ne pas être frappé ou enfermés dans un placard. Qui se réveillent chaque jour avec l'espoir que quelque chose va changer. Qui repassent en revue toutes leurs actions pour comprendre ce qu'ils ont fait de mal et comment le réparer. Qui se demandent si tous les enfants subissent la même chose, si c'est normal. Ça me frappe si fort que je peine à respirer. L'air froid de la climatisation m'atteint avec une telle force que j'ai l'impression de manquer d'oxygène. Carter pose sur moi ses yeux bienveillants. J'ai envie de lui en dire plus à propos de ma sœur, car il est le seul en qui je peux avoir confiance.

Mais je ne le fais pas.

Mon esprit revient à Emma. Jamais je ne l'abandonnerai. Peu importe ce qui arrive. Elle est à moi. Elle est mon amour.

Et jamais je ne laisserai tomber Ally Tomlinson.

J'ai déjà abandonné une petite fille à son propre sort. Chaque heure que Dieu fait, je repense à Kelsey Chase. Je sais que son souvenir me hantera toujours. Le moteur est éteint désormais.

— Tout va bien ? demande Carter.

— Oui, tout va bien.
C’est un mensonge.
Rien ne va jamais bien.

CHAPITRE 19

Lundi 21 août

Nous sommes le matin du septième jour d'enquête, mais j'ai un rendez-vous que je ne peux manquer sous aucun prétexte. Cela se passe dans une église, mais ce n'est pas exactement à propos de Dieu. Même si c'est là-dedans que je trouve mon salut.

Les visages que je croise dans le sous-sol de l'église méthodiste sont plus abîmés encore que ceux que j'ai connus chez les *addicts* de Bellevue – du temps où mon désir de gagner le gros lot sur une machine à sous dominait chaque heure de ma vie et chacune de mes relations. Contrairement à ceux de mon ancien quartier, ces gens-là ne sont ni docteurs, ni avocats, ni des mères de famille surprotectrices, mais ils l'auraient sûrement été s'ils n'étaient pas nés fils ou fille d'ouvrier. Comme toutes les maladies, l'addiction au jeu sévit, peu importe la classe sociale. Elle entraîne les riches comme les pauvres, les idiots comme les génies, dans un enfer pailleté aux multiples promesses.

C'est un mal qui a la particularité de faire croire aux gens qu'ils peuvent transformer leur vie du tout au tout juste en tirant sur un levier ou en appuyant sur des boutons. Ici, je suis seulement Nicole. Je serais Nicole F s'il y en avait une autre, mais ce n'est pas le cas. Il y a deux Amber en revanche. Avant il y avait deux Désirée, mais l'une d'elles a quitté le groupe. Je souris en regardant autour de moi. Je sais que certaines personnes ici savent que je suis inspectrice de police. Je ne leur parle pas de mon travail, mais Aberdeen et Hoquiam sont de petites villes. Amber C est plus ou moins une amie. Je ne la vois pas en dehors des réunions - ni elle ni personne, d'ailleurs - mais elle a cette manière de me saluer d'un geste de la tête... Et d'arrêter de jouer avec le trombone en métal qu'elle s'amuse à plier, en forme de baleine, de cygne, de bus ou de camping-car, je ne saurais pas dire.

Malgré tous les événements récents, je sais qu'il est important pour moi d'appuyer sur « pause » au moins deux fois par semaine et de faire face à mes démons. C'est d'autant plus vrai aujourd'hui. Car aujourd'hui, c'est mon tour de parler.

— Bonjour.

Les mots que je m'apprête à dire ont pour habitude de rester coincés dans ma gorge, de la même manière que le ferait le trombone d'Amber si j'avais la mauvaise idée de l'avaler.

— Je m'appelle Nicole et je suis accro aux jeux d'argent.

— Bonjour Nicole ! s'exclame en chœur le groupe.

Ce genre de réponse me mettait mal à l'aise autrefois, mais désormais, ce n'est plus qu'une affirmation. Je commence mon récit. Je leur raconte certaines des choses que j'ai faites. Comment je me suis retrouvée à la rue, dans un refuge pour femmes sans-abris à Seattle. Pourquoi je couchais avec le pire pervers narcissique de la planète, parce que je me considérais comme une moins que rien. Ils ont déjà entendu mon histoire de nombreuses fois. Mais la répéter encore et encore aide à en avoir moins honte. Au moins un tout petit peu. Les personnes dans cette église me connaissent peu, mais ils en savent plus que Carter ou mes collègues de travail. Je leur parle de la dernière fois où j'ai failli rechuter et ils m'écoutent poliment en buvant du café dans ces tasses dépareillées qui, bien que propres, n'ont jamais vu la couleur d'un lave-vaisselle.

— Il y a quelques jours, expliqué-je, j'ai trouvé des tickets de loto sur le sol d'un parking.

Nates en a les yeux qui brillent. Le loto, c'était sa drogue. *Plus d'un ticket ?* se dit-il certainement. *Ça fait plus de chances de gagner.* Je le vois à son expression.

— Ils étaient juste là, vous savez. À mes pieds. Quelqu'un a dû les faire tomber en chargeant ses courses.

— C'était le Super Loto de l'été ? demande Nates, avide d'informations, alors qu'il n'a pas le droit de m'interrompre.

Je hoche la tête pour acquiescer.

— Enfin bref, je dois admettre que je les ai ramassés. Quelqu'un les avait perdus. Je les ai posés sur le siège passager de ma voiture.

Nates est quasiment en train de baver.

— Je ne suis pas très loto, dis-je en croisant son regard. Sans vouloir t'offenser.

Je bois une gorgée de café.

— Avant de démarrer la voiture, j'ai remarqué qu'un des tickets était déjà un peu gratté. Et je n'ai pas pu m'en empêcher, je l'ai attrapé et tourné dans tous les sens pour voir si j'arrivais à déchiffrer, s'il y avait le moindre indice que…

— Que ce soit le ticket gagnant ?

Une chose est sûre, ce type aime le loto plus que tout au monde. Il trépigne sur sa chaise.

— Oui, lui avoué-je timidement. J'imagine que c'est ce qui s'est passé, oui. L'idée m'est venue que, oui, peut-être qu'il y avait un million de dollars à gagner. Et que si je grattais ce ticket, ma vie allait peut-être changer. Pour toujours. Mais je n'ai pas cédé à la tentation. Je sais que ça ne veut pas dire que je suis guérie. Je sais que je serai toujours une *addict*. Mais j'essaie de me dire que… si je me comportais comme une héroïnomane avec mes machines à sous, alors ça ne vaut pas le coup de me lancer dans autre chose et d'agir comme une fumeuse de crack. Vous voyez ce que je veux dire ?

Les deux Amber hochent la tête. L'accro au loto aussi. (Amber B et moi, on le surnomme « Loto-Mate » – parce qu'il n'y a que ça qui l'anime.)

— J'ai pris les tickets et je les ai ramenés à la caisse du Safeway. J'ai dit que quelqu'un les avait perdus et que c'était peut-être important, parce que cette personne avait peut-être tout donné pour les acheter. J'ai supplié les employés de ne pas les utiliser.

Le groupe reste silencieux. Loto-Mate croise les jambes et détourne le regard. Ce n'est pas la fin à laquelle il s'attendait, mais c'est la fin qui me laisse croire que ce n'était pas tant l'appât du gain, mon problème. Ma psy me l'a déjà dit, mais je ne l'ai pas écoutée. « Ce n'est presque jamais une question d'argent », m'a dit Melissa Tovar, de ce ton désinvolte et trop ensoleillé qui était le sien. « Ce qui déclenche l'addiction au jeu se trouve au plus profond de vous-même. Vous essayez de combler un vide. »

Quelqu'un d'autre partage son histoire et nous explique comment un tournoi de poker l'a laissé avec une dette de plus de 12 000 dollars. Je me dis : *Dieu merci, je n'ai pas choisi le poker*. Les machines à sous ont le mérite d'être dans des casinos, alors que le poker en ligne, on peut y jouer au boulot ou sur son téléphone.

Amber C vient me voir à la fin de la réunion.

— Je sais que tu n'as pas le droit de parler des enquêtes en cours, mais…

Je hoche la tête et pose le donut périmé qui m'a été offert en guise d'en-cas. Ce n'est pas une bonne idée de le manger, un coup à être malade et à regretter.

— Cette petite fille, continue Amber C, dans cette voiture…

— C'est une enquête particulièrement tragique, oui. Mais je suis désolée, Amber, je n'ai vraiment pas le droit d'en parler.

Elle hoche la tête, posant elle aussi son donut.

Une vraie beauté, cette Amber C. Elle n'a pas encore trente ans et ses épaisses boucles noires se marient à merveille avec ses yeux d'un bleu si intense qu'ils font penser aux piscines géothermiques du parc de Yellowstone. Elle travaille dans un fast-food du centre-ville, nommé Upper Crust. Elle est drôle et solaire. Nous aurions été de très bonnes amies si nous n'étions pas des *addicts*. Mêler relations et addictions ne fait jamais bon ménage. D'autant plus que, comme moi, elle affectionne les casinos. Son truc à elle, c'était le bingo. Et elle jouait bien, en plus – si on peut dire ça comme ça. Une fois, elle a gagné plus de 56 000 dollars avec une seule carte au casino Shoalwater Bay à Tokeland, à moins d'une heure d'Aberdeen. Elle a plus gagné que qui que ce soit que je connaisse, plus que tout le reste du groupe réuni. Mais malgré tout, elle détestait avouer être accro au bingo. « Honnêtement, c'est ridicule, non ? » a-t-elle dit une fois. Le groupe lui a répondu que non, bien sûr que non ; mais je dois avouer que pour la plupart d'entre nous, c'était un mensonge. Je veux dire, *le bingo, quoi*. Qui choisit quelque chose d'aussi nul que le bingo ?

Je lui fais gentiment remarquer qu'elle a une trace de sucre glace sur les lèvres. Elle me dit :

— Merci, t'es une vraie amie. Je, euh… Je ne sais pas si ça a un rapport, mais, euh…

Sa voix n'est plus qu'un murmure et ses yeux semblent troublés.

— Qu'est-ce qu'il y a ? demandé-je. Est-ce que tout va bien ?

— Oui, tout va bien. Écoute, je ne sais pas pourquoi je te raconte ça, mais…

J'attends qu'elle finisse sa phrase. Mais elle ne le fait pas.

— Qu'y a-t-il, Amber ? Qu'est-ce que tu veux me raconter ?

Ses yeux se posent sur le reste du groupe ; les joueurs de loto à tirettes (ce qu'Amber trouve encore plus ridicule que le bingo) croisent son regard.

— Je ne veux pas que les autres entendent, me dit-elle.

Il faut dire que ce sous-sol n'est pas le meilleur endroit où avoir une conversation en privé.

— J'ai besoin d'aller aux toilettes, lui lancé-je. Tu viens avec moi ?

Je n'ai pas accompagné de fille aux toilettes depuis cette fois où quelqu'un avait besoin qu'on lui tienne les cheveux parce qu'elle avait trop bu. Maintenant que j'y repense, c'était Debbie Manning.

Debbie. Elle m'avait probablement *ordonné* de l'assister.

Nous vérifions qu'il n'y a personne dans les cabines. Vides. Pas de pieds. Et soudainement nous nous retrouvons seule à seule, toutes deux face au miroir, à regarder notre reflet plus que la personne à côté de nous. C'est bizarre. Mais j'essaie de faire abstraction.

— Qu'y a-t-il, Amber ? Tu m'as l'air très bouleversée. Est-ce que je peux faire quelque chose pour toi ?

Elle ne répond pas.

— Amber, est-ce que tout va bien ?

Ses yeux commencent à s'embuer de larmes.

— Moi, ça va, dit-elle en butant sur ces mots. Ce n'est pas à propos de moi ; c'est ma sœur, Rachel.

— Je connais Rachel, je lui réponds, en étudiant son reflet dans le miroir.

Elle a l'air de souffrir énormément et ce qu'elle a à me dire n'arrive pas à sortir. Je tente l'équivalent verbal d'une manœuvre de Heimlich, de quoi l'aider à se lancer.

— Je la connais, elle travaillait à la boulangerie et maintenant au rayon fleuriste du WinCo.

Elle tressaillit quand je dis ce nom et son regard se perd au loin.

— Est-ce que ça a un rapport avec Luke Tomlinson ? demandé-je.

Une longue pause. J'entends quelqu'un tirer la chasse dans les toilettes des hommes de l'autre côté du mur. Le son est fort, on croirait les chutes du Niagara. Quand le silence revient enfin, elle dit :

— Oui. Rachel me tuerait si elle savait, mais je pense qu'il faut que tu saches pour l'histoire entre elle et Luke.

— C'est-à-dire ? Quel genre d'histoire ?

J'ai compris ce qu'elle voulait dire, mais je préfère en avoir le cœur net.

— Ils se voyaient depuis un certain temps.

— Se voir, c'est-à-dire ?

— Bah, tu sais, sortir ensemble, quoi.

— Oh. Tu veux dire avant qu'il se marie avec Mia ?

La chasse d'eau de l'autre côté retentit de nouveau.

— Non, dit-elle doucement en fixant son reflet. Pas avant, non. Ils ont commencé après la naissance d'Ally.

Je vois dans son regard qu'elle aime énormément sa sœur. Et je ne peux pas m'empêcher de me demander si sa sœur l'aime aussi. Je ne connais que trop bien cette situation.

— C'est problématique, dis-je, peinant à trouver d'autres mots.

J'aime beaucoup Rachel. Elle fait de très belles compositions florales. Elle sait y faire quand il faut choisir des fleurs. Des hommes, pas tellement.

— Oui, je dois avouer que ça me rendait malade. Chez nous, tout le monde voit Rachel comme la gentille sœur, tu vois. Celle qui n'est pas accro au bingo. Mon père ne s'en remettrait jamais s'il apprenait.

— Quand s'est terminée leur histoire ? demandé-je.

Elle trouve le courage de me faire face.

— Je ne crois pas que ce soit terminé, Nicole. Hier soir, elle m'a dit qu'elle l'aimait encore et qu'elle ne croyait pas ce que les journaux disaient de lui. Elle pense qu'il n'est pas le genre de type qui ferait ça.

— Je vais devoir l'interroger, je réponds. Tu le sais, n'est-ce pas ?

Elle hoche la tête.

— Oui. Je sais. Je lui ai dit que j'allais te raconter et que si tu trouvais ça pertinent, seulement si tu trouvais ça pertinent, tu irais l'interroger. Pour un témoignage, c'est bien ça ?

— Oui.

Alors que nous nous tenons là, debout dans les toilettes des femmes, je me dis que Luke Tomlinson est sûrement l'homme le plus exécrable de l'humanité. Je pense à tout un tas d'autres monstres qui ont tué leur femme ou leurs parents : Drew Peterson, Scott Peterson, les fils Menendez, Erik et Lyle. Charles Manson me vient à l'esprit également. C'est un défilé morbide de tout ce que la testostérone a de pire à offrir. Et Aberdeen a la dernière recrue en date, quelque part dans sa prison.

— S'il te plait, Amber, ne dis pas à Rachel que je vais lui rendre visite.

— Tu as peur qu'elle se défile ?

Je ne le dis pas, mais je le pense : *bingo*.

Le coin fleuriste du WinCo est au centre du magasin. Le paradis pour quiconque a un cadeau à faire, que ce soit pour un anniversaire, une naissance ou quelqu'un qui est malade. Des ballons d'hélium à l'effigie de personnages de Disney amplifient cette impression. Tout semble vous promettre que vous allez repartir avec le sourire. Sauf si, bien sûr, vous venez pour une couronne mortuaire. Ou un bouquet de roses couleur « je te promets que je ne referai plus jamais ça ».

Ou, dans ce cas précis, si vous travaillez ici et que vous êtes sur le point de voir votre histoire avec un tueur présumé révélée au grand jour. C'est le cas de la jeune femme derrière le comptoir, du nom de Rachel Cromwell. Elle ne sait pas encore ce qui s'apprête à lui tomber dessus. Elle a environ dix-huit, dix-neuf ans et elle est plus grande que sa sœur aînée, mais pas aussi jolie. Ses cheveux bruns sont attachés en arrière et tombent élégamment sur ses épaules. Elle est concentrée sur un bout de ruban blanc.

— Bonjour, Rachel, lui lancé-je.

Elle lève les yeux et m'adresse un sourire professionnel, celui que connaissent tous les vendeurs et vendeuses. Mais dès l'instant où elle me reconnaît, il disparaît de son visage.

— Vous n'êtes pas venue acheter des fleurs, n'est-ce pas ? Nous avons de magnifiques hortensias de fin d'été, si ça vous intéresse.

Elle désigne un seau en métal qui ressemble à un cornet de glace débordant de boules de fleurs, dans toute leur splendeur bleu pervenche.

Je secoue la tête.

— Elles sont sublimes, mais ce n'est effectivement pas pour ça que je viens.

Une femme approche et s'attarde près des cactus, sur lesquels on a collé des fausses fleurs, en paille.

Je me reconcentre sur Rachel.

— Est-ce qu'on peut aller discuter quelque part ? demandé-je.

— Je ne veux pas vous parler.

— L'affaire est grave, Rachel. J'ai besoin de votre aide.

— J'ai fait une erreur, répond-elle, mais je n'ai rien fait d'illégal. Et lui non plus. Là, tout de suite, je suis surtout très énervée contre ma sœur. Si vous saviez comme je la déteste.

Voilà qui nous fait un point commun. J'ai pensé ces mots-là à propos de Stacy plus d'une fois. Des milliers de fois, je parie. *Parier*. Pourquoi j'emploie ce mot-là ?

— C'est vraiment important, répété-je. Si vous pensez que

Luke est innocent et que vous tenez à lui, alors vous devez témoigner. Pour lui, pour l'aider.

L'idée d'aider Luke me donne envie de vomir, mais la vérité a toujours de multiples facettes qui la rendent difficile à discerner sans être biaisé. Je suis persuadée que Luke a tué Ally délibérément, mais en fin de compte, c'est le jury et le juge qui en décideront. Rachel pourrait avoir un rôle à jouer dans le processus juridique. J'ai juste besoin de savoir dans quel sens elle va faire pencher la balance.

CHAPITRE 20

Lundi 21 août

Le Starbucks est complètement vide et pourtant les baristas s'affairent à l'intérieur, préparant des espressos pour les clients du drive. Je commande un Frappuccino pour Carter, deux *lattes* (un pour moi et un pour Rachel) et patiente quelques instants, observant la machine verser tour à tour café, glaçons et sirop de chocolat pour concocter la boisson à laquelle Carter est complètement accro. Elle gronde, on croirait une tronçonneuse. Le jazz de hipster en fond ne parvient pas à en couvrir le son. Je me dirige vers une table à l'arrière, près du tableau d'affichage communautaire. Parmi les petites annonces, des services de lavage de voitures et des ventes de charité. Ici, on ne parle de « communauté » que lorsqu'il s'agit de vendre quelque chose. Carter me rejoint et fronce les sourcils.

— Est-ce que j'ai précisé sans crème chantilly ?

— Non, tu ne l'as pas dit.

— J'essaie de limiter un peu mes dépenses, dit-il en se glissant dans le siège à côté de moi.

— Ah bon ? Je n'aurais pas deviné.

Il boit à petites gorgées et je lui répète ce que je sais de Rachel.

— Peut-être que je devrais rejoindre un groupe de parole moi aussi, pour obtenir des pistes.

C'est une blague, évidemment, mais je ne relève pas. Si je l'avais fait, j'aurais suggéré les Boulimiques anonymes. Il y aurait sûrement sa place.

Rachel Cromwell se dirige vers nous. Elle a l'air très nerveuse. Son visage est rouge.

— Est-ce que j'aurais dû venir avec un avocat ? demande-t-elle. Je n'ai jamais fait ça avant, je n'y connais rien.

Je présente Carter et elle lui adresse un rapide signe de tête.

— Je ne saurais pas vous dire si vous avez besoin d'un avocat, je réponds. Si vous avez commis un crime, oui, mais dans ce cas-là, nous allons devoir bouger au poste.

— Je vous ai dit que je n'avais rien fait.

— Exact, je lui réponds. Dans ce cas, pas besoin d'un avocat.

Je lui tends sa boisson et elle se force à sourire. En révélant de jolies dents. Autour de ses poignets, des tatouages de runes scandinaves. Un choix qui me paraît exotique, comparé à ce qu'on voit habituellement ici (c'est-à-dire des tatouages au thème marin ou des bracelets de fil barbelé). *Presque trop sophistiqué pour la plèbe d'ici,* je me dis. Il faut vraiment que je me force à sortir de mes préjugés et de l'image que je garde de ma terre natale.

— Je sais que vous êtes bouleversée par tout ça, lui lancé-je.

Elle déchire l'emballage papier de la paille en plastique vert caractéristique de la marque.

— Nous sommes conscients que ça peut être embarrassant de nous parler de tout ça, ajoute Carter.

Ses mots sont censés la rassurer, mais elle se hérisse à la place.

— L'amour, dit-elle, en soutenant son regard, n'est jamais, au grand jamais, embarrassant.

Toujours plus de jazz ennuyeux en guise d'ambiance.

— Quand est-ce que ça a commencé ? demandé-je.

— Au début, c'était par intermittence. Aucun de nous ne l'avait prévu. C'est arrivé, c'est tout. Une fois, on traînait dans la salle de repos des employés et l'instant d'après, il y a une alchimie qui s'est faite. Comme je vous le disais, ce n'était pas prévu. C'est arrivé, c'est tout.

— OK, dis-je simplement.

Je ne suis pas sûre de ce que je pense d'elle. Elle a l'air intelligente, compétente, mature. Et pourtant, elle a fait la chose la plus stupide qu'une femme puisse jamais faire. Tomber amoureuse d'un *loser*. Enfin, je dis ça… Comme si moi je n'avais pas fait la même chose.

— La première fois, c'était dans la salle de repos, répété-je.

Elle me lance un regard noir puis se tourne vers Carter.

— On n'a pas fait l'amour dans la salle de repos, si c'est là que vous voulez en venir.

Cela m'a traversé l'esprit, mais ce n'est pas ce que je sous-entendais et je le lui dis.

— Pardonnez-moi si la question est indiscrète, mais qu'est-ce qui vous a attirée chez Luke ?

Elle sourit.

— Vous l'avez vu, non ? Il a quelques kilos en trop, c'est sûr, mais en dehors de ça, il est beau gosse. Et il a une super personnalité. Il m'appelait « Mon sucre ». À cause de mon boulot dans la pâtisserie. Même si j'ai changé de rayon, maintenant. Ça me faisait rire. Et on est tombé amoureux l'un de l'autre, voilà. Purement et simplement. Je sortais d'une relation qui s'était mal passée et lui était en plein dans une autre.

— Il était malheureux avec Mia ? demande Carter.

Elle réfléchit avant de répondre.

— Oui. Elle ne s'intéresse qu'à son diplôme d'infirmière. Elle était tout le temps en train d'étudier. Sans penser à son mari et à ses besoins. Une grosse égoïste, si vous voulez mon avis. Mais vous le savez déjà, puisque vous l'avez rencontrée.

Je ne sais même pas quoi répondre à tout ça. Heureusement, Rachel continue sur la lancée, nous décrivant la relation de Luke et Mia comme un « enfer sur terre ».

— À vrai dire, je suis surprise qu'ils aient eu un bébé. Elle n'avait jamais de temps pour Luke. Il devait la supplier s'il voulait avoir un rapport sexuel avec elle, comme à son anniversaire, par exemple. C'est d'ailleurs comme ça qu'elle est tombée enceinte. Le jour de l'anniversaire de Luke.

Je calcule neuf mois à partir de l'anniversaire de Luke. Le calcul n'est pas parfait. L'anniversaire de Luke est en septembre. Alors qu'Ally est née en août. Seul un éléphant aurait eu une période de gestation aussi longue. Rachel nous explique que les choses se sont calmées entre eux ces dernières semaines.

— On se voit toujours. Mais pas aussi souvent qu'avant. Il est très occupé. Les employés de bureau ont plus de travail que nous. Pendant un certain temps, je dois admettre que j'avais un peu l'impression d'être un plan cul. Mais c'était avant que je découvre que Mia lui faisait faire tout le ménage, en plus de s'occuper du bébé, et tout en l'encourageant à gravir les échelons chez WinCo en parallèle.

— Mia n'était pas gentille avec lui ? demandé-je, bien que je sois sceptique.

— Gentille ? s'exclame-t-elle. Luke m'a montré les SMS qu'il recevait d'elle, lui ordonnant quoi faire et quand le faire. Elle le traitait comme un moins que rien, alors que tout ce qu'il voulait, c'était être aux petits soins pour elle.

Elle s'arrête de parler, brusquement. Je profite de cette opportunité :

— Vous êtes amoureuse de lui, n'est-ce pas ?

Elle se raidit et a un mouvement de recul.

— Oui, je suppose. Oui, je suis amoureuse. Je le trouve génial. Il a quelques petits défauts, mais ce n'est pas grave. Rien d'insurmontable. Oui, je l'aime.

— Que vous a-t-il dit sur Ally ? demande Carter. Rien de particulier ?

— Il l'aimait énormément. Il disait qu'elle ne lui apportait que de la joie, qu'elle était la plus belle chose sur terre. Il a dit qu'il essayait de s'habituer à la vie de jeune parent et que c'était vraiment difficile, mais qu'il ne regrettait pas. Il m'a dit des centaines de fois qu'il aurait préféré que ce soit moi qui tombe enceinte et pas elle.

Elle se tait. Elle hésite à en dire plus.

— Continuez, s'il vous plaît.

Je fais de mon mieux pour lui parler d'une voix douce, pour ne pas la brusquer.

— Je ne sais pas, je me sens un peu bête de vous dire ça. Je veux dire, je l'aime toujours, vous savez.

— Continuez, Rachel, je vous comprends, ne vous en faites pas.

— Eh bien... C'est-à-dire que... Aussi génial que ça ait été avec Luke, je savais qu'on ne pourrait probablement jamais être ensemble.

— Il était marié, interrompt Carter.

Elle jette un regard noir dans sa direction.

— Oui, je sais. Mais le mariage, c'est quelque chose de temporaire. Surtout par ici, non ? Au début, je pensais qu'on finirait ensemble. Pour de vrai, je veux dire. Mais il s'est passé quelque chose. Je me suis rendu compte que Luke ressemblait plus à mon père qu'à l'homme de mes rêves.

— Que s'est-il passé ?

Elle lâche un long soupir.

— Mon père ne savait pas rester fidèle. Et je crois bien que Luke non plus.

Je ne comprends pas sa logique. Bien sûr qu'il était infidèle. Il trompait Mia avec elle.

— C'est vrai, il trompait Mia, lui dis-je.

Rachel manque d'éclater de rire, mais elle se retient.

— Il m'a trompée, *moi*, inspectrice. Vous pouvez le croire, ça ? Luke m'a trompée, *moi*.

Je ne vois pas ce qu'il y a d'incroyable, mais je joue le jeu :

— Non ! Sérieusement ?

Elle acquiesce.

— J'ai vu sa voiture près de l'embarcadère de la rivière. Par hasard. Je passais juste par là et j'ai fait demi-tour. J'ai pensé qu'il était juste en train de faire une pause ou quelque chose comme ça.

Sa voix se brise un peu et elle se tait.

— Et ?

— Je ne pouvais pas me garer à côté de lui, il était au bout du terrain et il y avait une autre voiture au milieu. Je suis allée jusqu'à la fenêtre, côté conducteur. Pour le surprendre, vous savez. Il était penché en arrière sur le siège, les yeux fermés. J'étais sur le point de le réveiller quand j'ai vu qu'il y avait une autre fille avec lui.

— La vache, dis-je, en restant dans mon personnage, prétendant être outrageusement choquée. Sérieusement ? C'était qui ?

La sœur d'Amber baisse les yeux et attrape une serviette de table. Elle commence à la déchiqueter pour se passer les nerfs.

— Juste une fille, dit-elle, avec beaucoup d'amertume. Tout ce que je pouvais voir, c'était l'arrière de sa tête entre les genoux de Luke.

— Avez-vous parlé à Luke de cet événement ? demande Carter.

La serviette est désormais réduite en confetti.

— Pas sur le moment, mais après, oui. Il a dit que je faisais erreur, qu'il avait prêté sa voiture à quelqu'un et que ce n'était pas lui que j'avais vu. Il m'a menti sur toute la ligne. C'est ça qui a fait que ça s'est plus ou moins terminé entre nous. Je crois que Luke tient trop à moi pour me briser le cœur. C'est un type bien, vous savez.

Je veux en savoir plus sur sa relation avec Mia.

— Nous allons avoir besoin d'un témoignage écrit, Rachel. Au poste de police.

Elle se crispe.

— Je n'ai vraiment pas envie d'être mêlée à tout ça.

— Je suis désolée de vous le dire, mais vous l'êtes déjà.

— Mais il n'a pas tué Ally ! Pas volontairement en tout cas.

— Pour le moment, c'est une information que nous ne pouvons pas prouver.

Elle me lance un regard suppliant.

— Mais c'est vraiment quelqu'un de bien !

Décidément, ses goûts en matière d'hommes sont encore pires que les miens. Au moins, Danny ne me trompait pas - du moins, pas que je sache.

— Venez avec moi. Je vous promets que tout va bien se passer. Vous n'aurez rien à dire de plus que ce que vous nous avez déjà raconté ici. Une signature, puis vous pourrez rentrer chez vous.

CHAPITRE 21

Lundi 21 août

Après avoir pris le témoignage de Rachel, Carter et moi nous attelons au visionnage des images de vidéosurveillance du McDonald's. La résolution est tellement bonne que j'en tombe presque de ma chaise. On est loin du grain habituel qui empêche d'identifier qui que ce soit. Ils ont vraiment investi dans de la qualité.

— Est-ce qu'on leur commande un truc, pendant qu'on y est ? demande Carter.

— Je ne pensais pas que tu étais fan de McDo.

— Leurs frites sont pas mal, dit-il en haussant les épaules.

Luke apparaît à l'écran, Ally dans les bras. La petite fait de grands sourires et interagit avec tout le monde. À un moment, Luke la porte à bout de bras et la tend comme un ours en peluche en direction du caissier.

— Mais qu'est-ce qu'il fait ? demande Carter.

— Je ne suis pas sûre. On dirait qu'il la montre aux employés du McDo ?

— Mais pourquoi ?

— Je ne sais pas, pour être sûr qu'ils la voient ?

— Alors qu'il compte la tuer d'une minute à l'autre ?

J'avoue que cela dépasse l'entendement.

— Peut-être qu'il tient à montrer à tout le monde qu'il est le parfait papa. Je ne sais pas. Peut-être pour qu'après coup on se dise qu'il n'aurait jamais pu faire ça. Pour qu'on ait des vidéos qui prouvent qu'il l'aimait immensément. Ou quelque chose dans ce genre-là.

Carter fronce les sourcils.

— Oui, peut-être. Qui sait ce qu'un tordu comme lui peut bien penser.

Luke paye par carte puis le caissier commence à remplir le plateau de sa commande.

— Trois Saucisses McMuffin ? s'exclame Carter. Pas étonnant que ce type ait le bide d'un homme de cinquante ans !

Après les burgers, les pancakes. Ally tente immédiatement de s'en emparer et le caissier sourit. Puis le père et la fille tournent le dos à la caméra. Je passe à la vidéo suivante. Sur celle-ci, on voit Ally et son père dans la salle à manger du McDonald's. L'endroit est plein à craquer, ils sont assis à côté d'une immense statue de Ronald McDonald. Ally est dans une chaise haute et dévore ses pancakes pendant que Luke est sur son téléphone, un Saucisse McMuffin à la main. Quelques secondes plus tard, on le voit envoyer un texto. Juste après l'avoir envoyé, il jette un œil en direction du comptoir, probablement au jeune homme qui les a servis. Il sourit et hoche la tête.

— Pas grand-chose à voir sur celle-ci, dit Carter.

— Je suis d'accord.

Nous regardons le reste du petit-déjeuner entre père et fille, puis Luke soulève la petite et ils s'en vont.

— Il n'a même pas nettoyé la table, dit Carter. Quel salaud !

— Je t'avoue que mon attention était sur autre chose.

— Tu détestes vraiment McDo à ce point-là ?

Je souris à mon coéquipier. Il sait ce que je pense de ce genre de franchise.

— Non, c'est juste que je me demande à qui Luke envoyait des textos. Et qu'est-ce qu'il envoyait, surtout ? Ça avait l'air d'être quelque chose. Tu as remarqué cet air absent qu'il avait ? Quand il a versé du sirop sur les pancakes d'Ally sans même la regarder ?

— Ouais. Ça m'étonne qu'il ait réussi à viser, d'ailleurs. Il doit avoir une super bonne vision périphérique.

Je bois une gorgée de café. Il est froid, mais je n'y accorde pas d'importance.

— Oui, il y a ça aussi. Je ne sais pas ce qu'il envoyait, mais ce devait être important pour le fasciner à ce point.

— Son téléphone est toujours au labo, dit Carter.

— Oui. Dès qu'on en saura plus sur son contenu, je m'attends à y trouver des réponses.

Nous regardons la vidéo une seconde fois. Rien de plus ne me saute aux yeux. Carter, néanmoins, remarque quelque chose.

— Il fait une manœuvre dans sa poche.

— Hein ?

— En dehors du moment où il verse le sirop sur les pancakes, le seul moment où il enlève sa main de son téléphone, c'est pour remettre son entrejambe en place.

— Ah, oui. Mon ex aussi faisait ça tout le temps. Lui aussi, c'était un sacré cas.

Avant d'aller me coucher, je prépare mes habits du lendemain. Je reste assez traditionnelle quand il s'agit d'enterrements. Jupe noire, veste noire, chemisier blanc. Je me demande si j'ai l'air d'une serveuse ou d'une hôtesse d'accueil. Je n'espère pas. Je me rends aux funérailles d'Ally pour pleurer la mort d'un enfant. Et pour trouver le tueur, éventuellement.

CHAPITRE 22

Mardi 22 août

Le cimetière de Fern Hill se situe sur une petite colline à deux pas de la rivière Wishkah. C'est un vieux cimetière, avec un mélange de tombes qui rappellent la création d'Aberdeen dans les années 1880. S'il y a des plantes sur la colline, je ne les vois pas. Peut-être ont-elles été victimes de la canicule et qu'elles se sont fondues dans le paysage. Quoi qu'il en soit, Carter et moi restons à l'écart des personnes endeuillées venues rendre hommage à Ally. Je ne doute pas de la sincérité de ceux qui sont là, bien qu'ils ne connaissent ni la fillette ni ses parents. Un enfant mort rassemble toujours beaucoup de monde et c'est le cas ici, très clairement. La mort d'Ally a attiré l'attention de tous les médias locaux jusqu'à Seattle. Le brouillard qui s'est abattu sur Aberdeen est particulièrement présent à Fern Hill. Cela correspond à l'ambiance. Et à mon humeur. Tous les regards sont tournés vers le petit cercueil rose, gracieusement offert par les pompes funèbres. Comme lors d'un mariage, les gens se sont séparés en deux camps distincts. Les employés du WinCo, en habits confortables et chaussures de sécurité, se tiennent à droite du cercueil alors que les infirmières en jupe et les médecins en costume se tiennent aux côtés de Mia. Une femme aux cheveux gris et un homme aux épaules voûtées l'enserrent de part et d'autre, comme une sorte de pergola humaine.

— Ce doit être ses parents, dit Carter.

Ils m'ont l'air trop vieux, mais c'est difficile à dire de nos jours.

— Grands-parents, peut-être ?

Mia nous aperçoit et nous fait un signe de la tête, plus dédaigneux que chaleureux. Elle porte des talons et une robe jaune pâle. Un badge rond avec une photo de sa fille fixé juste en dessous du décolleté. Plusieurs personnes ont le même. Je m'étonne toujours de la rapidité avec laquelle certaines tragédies deviennent un « événement ». Pas toutes les tragédies, bien sûr. Seulement certaines. Mais je serais prête à parier que certains parents font tout pour attirer l'attention – en vain.

Ally est devenue un événement. Je ne dis pas ça pour être méchante, mais c'est la vérité. Sa mort a fait la une des journaux pile au bon moment. Elle est blanche, mignonne et ses parents sont jeunes. Difficile de prévoir quand s'arrêtera « l'engouement », si j'ose employer un tel mot. Ce sera peut-être d'abord régional, puis national. À moins qu'une autre tragédie ne se produise entre temps, avec une meilleure histoire ou une victime plus attrayante.

Je repense à toutes les affaires que j'ai vécues ou observées au fil des ans. Le crime est quelque chose d'imprévisible, comme envoyé par un dieu inconstant.

Carter me propose un chewing-gum, mais je refuse. Je ne voudrais pas être photographiée avec. Lui, ce n'est pas grave si on le surprend en train de mâchonner. Alors que moi, je suis une femme et je sais que les médias ne pardonnent pas. On nous jette au bûcher pour des choses que les hommes font à longueur de temps. Personne ne juge jamais la tenue vestimentaire d'un policier, par exemple. Alors qu'une femme policière va être critiquée pour le moindre détail et traitée d'allumeuse. Ou de lesbienne. Ou de grosse ringarde...

— Il y a beaucoup de monde, me lance mon coéquipier

— Je m'y attendais, je réponds. Ally est dans tous les journaux. Tu as entendu parler des alertes Google ?

Carter fronce les sourcils.

— C'est quoi Google ?

Je décide d'ignorer cette plaisanterie, même si je ne suis pas totalement sûre que c'en est une. Carter s'est habillé pour l'enterrement. Il porte la même veste et le même pantalon que lors de mon entretien d'embauche. Le bouton du col de sa chemise est ouvert, dévoilant le haut de sa poitrine, mais à peine. Je ne lui fais pas de remarque, mais je pense que Carter a perdu du poids.

— Tu es très classe. Ça te change.

Il m'adresse un sourire en coin.

— Vous n'êtes pas mal non plus, inspectrice.

— J'ai mis du mascara et un nouveau chemisier pour l'occasion.

Une voiture de police, gyrophares allumés, mais sans la sirène, remonte silencieusement la colline jusqu'à une place de parking près du temple maçonnique. Immédiatement, une journaliste du Daily World se précipite vers eux, caméra en position. C'est le moment que tout le monde attendait. Luke Tomlinson arrive tout droit de prison. Je regarde Mia se séparer de ses supporters pour accueillir son mari. Elle parle à l'officier tandis que Luke reste planté sur le siège arrière. Je découvrirai plus tard ce qu'elle lui raconte, je n'ai pas de doute là-dessus. Carter dit quelque chose, mais je suis tellement surprise par ce qui se passe ensuite que je ne l'entends pas. Maintenant hors de la voiture, debout face à sa femme, Luke semble sangloter.

— Qu'est-ce qu'il lui dit ? chuchote Carter.

— Je me pose la même question.

Mia regarde l'officier et dit quelque chose. Puis, à peine une seconde plus tard, elle enlace chaleureusement Luke et se penche pour lui murmurer à l'oreille. Carter me donne un coup de coude.

— L'agent ne devrait pas les laisser se toucher.

— Sans blague, je lui réponds dans un murmure.

L'étreinte est rapide, cependant. L'officier est rejoint par son collègue et tous les quatre traversent le parking jusqu'au site funéraire, là où des chaises pliantes ont été installées.

— Approchons-nous, lancé-je à Carter.

Carter me suit et nous nous retrouvons à côté de mon ancienne camarade de lycée, Debbie Manning, et de Brooklyn, son assistante. Les deux se hérissent en nous voyant. Les flics sont rarement les bienvenus aux mariages et aux enterrements.

— Dieu merci, vous avez laissé sortir Luke ! nous lance Debby. Ç'aurait été inhumain de lui faire manquer l'enterrement de sa fille.

Je sens d'ici les vapeurs de vodka.

Moi, je n'ai pas de fille, seulement Emma. Mais j'espère bien ne pas être présente à son enterrement. J'espère qu'elle vivra cent ans et que je serais morte depuis longtemps.

Brooklyn ne dit pas un mot. Elle porte un jean et un *crop top* qui révèle son ventre plat, à rendre jalouse toute femme qui a un jour donné naissance. Je me demande si elle est en congé ou si Debby la paye pour assister aux funérailles. Alors que le vent fait voleter la robe de Debby, les effluves d'alcool m'attrapent de nouveau les narines. Peut-être que Brooklyn est là pour conduire, qu'elle est sa « capitaine de soirée ».

Le prêtre remercie l'assemblée pour sa présence et, à la demande de la famille, on passe *Tears in Heaven* de Eric Clapton, une chanson appropriée à ce genre de tragédie. Je peux voir Mia et Luke trembler sous l'émotion. Alors que je regarde autour de moi, tout le monde pleure. Même Carter a l'air fébrile. Il se détourne pour essuyer une unique larme.

La mort d'Ally est décidément un événement.

Ensuite, la prière. D'abord le Notre Père, puis quelque chose de vaguement non confessionnel. Tout le monde pleure. Le pasteur parle encore un peu, puis tend le micro à Luke. Celui-ci jette un coup d'œil autour de lui et salue d'un mouvement de la tête ses amis de WinCo – dont Rachel, avec qui il trompait sa femme. Elle lui adresse un petit signe de la main et lui sourit.

Je pense que ce n'est pas fini du tout entre eux deux.

— Mon trésor, commence Luke d'une voix étouffée.

Il a la gorge serrée, mais je ne saurais pas dire si c'est du cinéma ou s'il est vraiment bouleversé.

— C'est ma fille. Dans cette boîte, juste là. J'ai fait une très grosse erreur ce matin-là. Une grossière erreur. Ce n'était vraiment pas bien, personne ne peut dire le contraire. Il n'y a aucun moyen de réparer ce que j'ai fait. Je le reconnais.

Mia et Rachel sanglotent en stéréo alors que Luke se lance à fond dans son mea culpa.

— Je n'aurais jamais dû laisser Ally dans la voiture. Je n'aurais jamais dû l'oublier. À chaque instant, j'essaie de me remémorer les événements de ce matin-là. Comment ai-je pu faire une chose pareille ? Alors que je connaissais les dangers des voitures en surchauffe. Tout le monde le sait, il suffit de regarder les infos. Mais ce que les gens ne savent pas, c'est que, parfois, sans qu'on s'en rende compte, on peut faire de très grosses erreurs. Des erreurs bêtes. Même quand on est une personne très bien. Ma petite fille est au Ciel maintenant et je sais que c'est entièrement ma faute. Ma seule consolation dans cette tragédie, c'est de me dire qu'elle est au paradis et qu'elle ne souffrira plus jamais. Elle n'est pas dans cette boîte rose, elle est aux Cieux.

Son bras devient tout mou et le micro pend à ses côtés.

— Son corps est là, reprend-il en levant les yeux vers les spectateurs qui, d'après mes calculs, sont plus de 200. Mais en vérité, elle est là-haut et elle nous sourit à tous de là-haut, reconnaissante d'avoir été libérée de son corps terrestre.

Luke échange un regard avec l'un de nos officiers, qui acquiesce. Puis il s'approche du cercueil et caresse le couvercle.

— Bon sang, me chuchote Carter, il ne va quand même pas l'ouvrir pour en sortir Ally, hein ?

Je ne réponds pas, car je ne suis pas sûre. Je garde les yeux rivés sur la performance de Luke, déroutante à tous points de vue. Une chose est certaine, d'après ce que je vois, Luke Tomlinson est capable d'à peu près tout.

— Ally, mon bébé, les gens ont dit des choses terribles à propos de moi, mais toi, tu connais la vérité. Et c'est tout ce qui compte. Je suis ton papa et tu es mon trésor et on ne laissera personne réécrire notre histoire, surtout pas des gens en uniformes.

Mia regarde le même officier. Puis elle passe son bras autour des épaules de Luke. La journaliste s'approche pour prendre des photos. Je n'ai même pas besoin d'attendre les gros titres du lendemain pour visualiser la une.

Le prêtre récite une nouvelle prière, puis le cercueil est descendu dans le caveau. On jette des fleurs puis de la terre et la foule commence à se disperser. L'officier qui a amené Luke le raccompagne jusqu'au véhicule de patrouille. Mia et ses amis de l'hôpital s'attardent autour de la tombe. Cet enterrement est à la fois tragique et bizarre. Carter et moi nous tournons pour partir, mais quelqu'un me retient par le bras.

— Vous savez qu'il est innocent, me lance Brooklyn alors que Debbie et elle me font face. Vous ne faites qu'empirer les choses pour cette famille. Pourquoi vous ne les laissez pas tranquilles ?

Je me rappelle qu'elle considérait Luke comme un « type bien » parce qu'il n'était pas comme certains des autres pères qu'elle croise à la garderie. Elle est jeune. Elle est naïve.

— Nous ne faisons que notre travail, Brooklyn.

Elle me lance un sourire dédaigneux.

— Je préfèrerais travailler dans une station-service plutôt que de faire un métier qui fait se sentir mal des innocents. Vous êtes vraiment nulle.

CHAPITRE 23

Mardi 22 août

Le soleil est revenu et la chaleur aussi, au point que même l'asphalte commence à fondre. J'ai laissé des traces de goudron partout dans mon bureau, que je sais indélébiles, sur la moquette autrefois impeccable. J'essaie de ne pas y penser. Il y a plus important à gérer pour le moment. Je m'assieds devant mon ordinateur pour relire le rapport d'autopsie une troisième fois, les images de l'enterrement encore fraîches dans mon esprit. Il n'y a rien de plus choquant que l'enterrement d'un bébé. C'est quelque chose d'anormal, d'inconcevable. J'essaie de donner un sens à ce qui s'est passé. Pendant un instant, j'envisage la possibilité que Luke ait juste eu une sorte de gros bug dans son cerveau et oublié sa fille. Je me dis qu'il est possible que le SMS envoyé par la garderie concernant la sortie annulée ne lui ait pas rappelé qu'il avait oublié de la déposer. Les ordinateurs et les téléphones sont toujours au labo, mais je sais qu'ils me mèneront là où l'enquête doit aller. Les données, contrairement aux gens, ne mentent jamais. Il n'y a toujours qu'une seule vérité.

Je bois une gorgée de coca tiède et lutte contre mon envie de visiter les pages Facebook de mes anciens amis d'ici. Mais je sais que c'est un combat que je ne peux pas gagner. Je ne peux pas m'empêcher de regarder. Je fais défiler mon fil. Certains m'ont bloqué, ce qui me fait me sentir extrêmement mal. Mais ceux qui ne l'ont pas fait n'ont pas changé de vie. Je vois des enfants qui ont tellement grandi en trois ans. Des collègues qui ont été promus. Un autre qui lutte contre un cancer. Je vois des morceaux de ma vie mise au rebut, mais je ne peux m'en prendre qu'à moi-même.

Parfois, j'en veux un peu à Stacy. Je me dis que j'ai le droit et que le Ciel me le pardonnera parce que personne sur Terre n'est aussi destructeur que ma sœur. Personne ne va aussi loin dans la quête de ses intérêts personnels. Personne n'est aussi égoïste. Aussi diabolique.

Je déteste Stacy.

Et pourtant elle me manque, de tout mon cœur ; elle, et aussi l'image que j'avais d'elle lorsque nous étions petites. Quand je ne savais pas encore qu'elle était un démon.

Je rafraîchis la page de mon navigateur et reçois un mail du labo. J'ouvre le fichier et commence à le lire. Et trente secondes plus tard, je m'élance dans le couloir en direction du bureau de Carter. Lui aussi a les yeux rivés sur le rapport.

— Putain de merde, Nicole, tu vois ce que je vois ?

— Oui, il a planifié tout ça.

— Plus d'une douzaine de recherches Google pour « mort dans une voiture chaude » et « combien de temps un enfant peut survivre dans une voiture chaude ». Incroyable.

— Et la date, rajouté-je.

— Oui. Il a cherché tout ça le premier jour de la vague de chaleur.

C'est la confirmation de ce que je savais déjà, mais l'image me choque tout autant.

— Luke n'a pas du tout oublié Ally. Il l'a volontairement laissée mourir dans la voiture.

— Et pas seulement. Il est allé la voir au moment du déjeuner pour s'assurer qu'elle était bien morte.

— Ce type est vraiment le plus tordu que la Terre ait jamais connu.

— Oui. Le pire connard de tous les temps.

— Putain de merde.

Je jure rarement et cela fait naître un léger sourire sur le visage de Carter, malgré la gravité du moment.

— Répète un peu que je t'entende bien ?

Je ne le fais pas.

— Et Mia dans tout ça, qu'est-ce que tu en penses ? demande-t-il. Tu n'as pas lu jusque-là, c'est ça ?

— Non, effectivement. Pourquoi ?

— Elle aussi a cherché ça sur Internet. Deux jours après Luke.

— Ah bon ? Sérieusement ?

— Ouaip. Ils doivent se partager le MacBook. Il a deux mots de passe différents. Et le Dell était complètement mort, inutilisable.

— Je ne comprends pas, je réponds. Pourquoi elle aurait fait ça ?

Carter joue avec ses clés. Je remarque pour la première fois l'inscription sur son porte-clés : « Papa n° 1 ». En voyant que je m'attarde dessus, il s'empresse de les ranger dans sa poche.

— C'est ce que nous devons découvrir, lance-t-il.

En apprenant que Mia est déjà de retour au travail alors qu'elle a enterré sa fille ce matin, nous nous rendons à l'hôpital.

— Mia est en pause, nous annonce l'infirmière de l'accueil.

— Chaque personne gère le deuil à sa manière, soufflé-je à Carter.

— Je n'ai rien dit. Pas besoin de me faire la leçon.

Je repense à une affaire sur laquelle j'ai travaillé à Bellevue. La fillette a emmené ses devoirs à l'hôpital alors que sa mère était alitée, en train de mourir d'empoisonnement. La petite n'arrivait pas à croire que c'était réel. Conserver sa routine habituelle lui apportait du réconfort. L'infirmière nous indique que Mia est dans la cafétéria.

— Elle s'installe généralement au fond, près des fenêtres.

La femme, d'environ quarante-cinq ans, a un visage délicat et énormément de douceur dans le regard. J'aurais voulu que les employées qui s'occupent de mon père à Ocean View soient comme elle. Elle n'a probablement jamais mis les pieds dans un salon de tatouage. N'est jamais venue travailler après un week-end de beuverie. N'a jamais souhaité la mort d'un vieil homme parce que c'est plus facile que de s'occuper de quelqu'un qui ne peut plus parler.

— Elle est très solitaire, poursuit-elle. Ça me brise le cœur, pour tout vous dire, vu comment elle doit faire son deuil. Elle n'accepte pas les câlins ni qu'on essaie de lui venir en aide. Ça me fait vraiment de la peine. L'amour est le seul vrai remède à ce genre de choses, vous savez. Elle est très gentille, ne vous y trompez pas, mais très solitaire.

Comme promis, Mia est seule avec son déjeuner.

— Mia, lui dis-je doucement, la réception m'a dit qu'on vous trouverait ici.

Elle pose sa fourchette.

— Vous êtes là pour me fouiller, moi aussi ?

Elle est en colère. Je la comprends. Sa fille est morte. Mais ça n'empêche pas qu'elle ait des explications à nous fournir.

— Luke a effectué des recherches sur ce type de décès avant la mort d'Ally.

— Oui. Je vous l'ai déjà dit, répond-elle sèchement.

Carter me laisse continuer sans rien dire.

— Oui, c'est vrai. Vous avez dit que ce n'était pas des

recherches à proprement parler, mais qu'il était inquiet. Vous ne trouvez pas ça étrange ?

— La météo avait prédit de fortes chaleurs. Une canicule. Qu'est-ce qu'il y a d'étrange là-dedans ?

J'attends un instant. Un interne, un peu plus loin, sourit en direction de Mia. D'un sourire triste. Je sais qu'il sait tout de cette histoire. Tout le monde dans l'hôpital sait que le bébé de Mia est mort et que son mari semble coupable. D'un crime quelque part sur le spectre entre la négligence et le meurtre avec préméditation.

— Mais il n'est pas le seul à avoir fait des recherches Google, n'est-ce pas ?

Nos regards se croisent. Elle est soudainement passée du statut de mère en deuil à celui de possible complice et elle en est consciente.

— Je ne vois pas de quoi vous voulez parler.

Elle tente de jouer l'idiote, mais c'est un échec cuisant. Elle le sait.

— Mia, s'il vous plaît.

Elle regarde son plateau et arrange les couverts comme pour un dîner mondain.

— Il s'est passé tellement de choses, dit-elle avec un soupir.

— Oui, c'est vrai. Il s'est passé beaucoup de choses. Mais vous voyez très bien où je veux en venir, n'est-ce pas, Mia ?

— J'imagine que ça ne joue pas en ma faveur, lâche-t-elle finalement, mais je crois que j'ai vérifié moi aussi. Vous savez, après que Luke a commencé à en parler.

Carter n'arrive pas se contenir. Pas quand il s'agit d'un enfant.

— Vous nous prenez pour des idiots ? Vous nous dites que vous avez fait les mêmes recherches que votre mari, sur la même chose qui a tué votre fille à peine quelques jours plus tard ? Et vous voulez sérieusement que je pense que c'est une coïncidence ? C'est comme ça que le monde fonctionne pour vous ?

Coïncidences après coïncidences ? Moi, je ne crois pas, non. Il y a des gens qui font des choses comme ce que vous et Luke avez fait. De plein gré. Les choses n'arrivent pas comme ça.

Pendant un instant, j'ai presque cru qu'il allait ajouter « ma petite » à la fin de sa réprimande. Je suis soulagée qu'il ne l'ait pas fait.

Mia se redresse d'un bond, outrée.

— C'est la vérité, inspecteur.

Son visage est plus rouge que la voiture de Luke.

— Je vous jure devant Dieu que c'est la vérité. Luke était inquiet à propos de la canicule. Alors, oui, il s'est renseigné. J'étais inquiète moi aussi, alors je me suis renseignée. Ce n'est pas parce que quelqu'un veut savoir protéger son enfant qu'il faut tout de suite penser au pire. Loin de là. Je suis infirmière. Je vois très bien les choses tordues que les gens se font entre eux. Parfois, je les vois avant même qu'elles n'arrivent jusqu'aux gens comme vous. Allez porter vos soupçons ailleurs. Moi, j'ai du travail à faire. Et un mari à faire sortir de prison.

Sa voix était bien plus forte que nécessaire. Elle est soudain devenue le centre d'attention de toute la cafétéria. Quelques infirmières et un médecin jettent des regards dans notre direction. À ce moment-là, Mia Tomlinson est la Norma Rae de son hôpital. Sauf que sur sa pancarte, on ne lit pas « Syndicat », mais « Nous sommes persécutés ».

Carter ravale sa salive. Je commence à m'éloigner. Mais Mia ne peut être arrêtée.

— Et si jamais ça vous intéresse, continue-t-elle en nous pointant du doigt, j'ai une fille à pleurer ! Une fille qui a été cuite vivante, je vous rappelle !

Elle sort en trombe de la cafétéria et nous nous éclipsons, mal à l'aise. Je me tourne vers Carter et lui chuchote à l'oreille :

— Bon bah, ça s'est bien passé…

— Ne m'en parle pas, dit-il alors que nous nous dirigeons

vers la sortie. Par pitié, si par malheur j'avais besoin de me faire hospitaliser, envoyez-moi à Seattle. Je ne passerais pas la nuit, ici.

Même la gentille infirmière nous dévisage quand nous passons devant son bureau. Les rumeurs circulent à la vitesse de l'éclair dans ce genre d'endroits. Fax. Téléphone. Tout ce qu'on peut imaginer.

— Sérieusement, lâché-je, alors que nous traversons la boue noire du parking, soit Mia est une mère incomprise, soit c'est une très bonne menteuse, aussi impliquée que son mari.

— C'est une menteuse, dit Carter. Tu peux me croire, Nicole, j'ai un sixième sens pour ces choses-là. Tu le sais bien.

Pour le coup, je ne peux pas le contredire. Je n'ose pas lui rappeler les autres fois où il a dit la même chose et nous a menés vers des conclusions plus tordues que tout ce qu'on aurait pu imaginer. Mais cette fois, j'ai envie qu'il ait tort. Plus que tout, je veux croire que Mia a fait ces recherches parce que son mari avait piqué sa curiosité.

Je ne veux pas croire qu'elle est complice. Même si je ne suis pas mère moi-même et que je ne suis pas un bon exemple, je sais au plus profond de moi que la maternité est le plus grand des honneurs. Ça m'est évident chaque fois que je regarde Emma dans les yeux.

CHAPITRE 24

Mardi 22 août

Il se fait tard au bureau. Emma est toujours chez Carrie-Anne, au milieu des autres enfants. C'est le cinquième anniversaire de Simone aujourd'hui. Je n'ai jamais été le genre de mère – bien que je ne sois pas la mère d'Emma à proprement parler – qui se réjouit des nuits passées sans son enfant. En vérité, je suis nerveuse quand Emma est hors de ma portée. Je ne veux pas être surprotectrice, mais l'équilibre est souvent dur à trouver. Mes propres parents se sont complètement désintéressés de moi et de Stacy. De moi surtout. Stacy, ça va de soi, est devenue comme sa mère. Je me demande parfois si elle pense seulement à sa fille. Avant de recevoir les cartes postales, j'ai essayé de m'imaginer où l'a menée sa relation toxique avec Julian. J'ai pensé à tous les meilleurs endroits du monde. Stacy a toujours aimé le soleil. Et la plage, parce qu'elle aimait avoir tous les regards rivés sur elle et son minuscule bikini. Elle était très belle, je le lui accorde. Comme la pomme empoisonnée de Blanche-Neige. Comme l'appât d'un pêcheur à la ligne, étincelant d'argent dans l'eau au grand dam des saumons. Comme les prévisions météo pour un mariage en juin à Seattle. Dans ma rêverie, j'ai opté pour une villa mexicaine posée sur une falaise au-dessus d'eaux turquoise, même si, au fond, connaissant ma sœur, je doute que cela satisfasse sa soif d'extravagance – pas quand elle a des millions de dollars à dépenser.

Carter passe la tête à travers la porte entrouverte de mon bureau, dit qu'il va manger un morceau et me demande si je veux venir.

— Bien sûr, je réponds, à sa grande surprise.

Il est vrai que ce n'est pas dans mes habitudes.

— Donne-moi cinq minutes.

— Pour de vrai ? Je ne m'attendais pas à ce que tu acceptes.

— Moi non plus.

— Le Red Lobster, ça te va ?

Le nom ne me dit rien qui vaille.

— Ça m'a l'air chic, je réponds.

Nous prenons sa voiture et je regarde de nouveau son porte-clés, « Papa n° 1 ».

— Comment vont-ils ? demandé-je.

— Qui ça ?

— Tes enfants. Je sais qu'ils te manquent. Je me dis que toi aussi, tu dois leur manquer.

Il hoche la tête d'un air peu convaincu alors que nous pénétrons sur le parking du restaurant. C'est tout nouveau, ce qui explique pourquoi l'endroit est plein à craquer un soir de semaine. Il finit par trouver une place dans la dernière rangée.

— Les enfants vont bien, dit-il. Je leur parle presque tous les jours, même si… parfois, je me demande pourquoi je me donne la peine. Ils n'ont pas grand-chose à me dire, à part me supplier de leur acheter tout ce qu'ils veulent.

— C'est ça d'être le père numéro un, dis-je.

Il sourit, mais d'un sourire forcé.

— C'est vrai. J'imagine. Parfois, j'aimerais pouvoir effacer ma vie et tout recommencer. Parce que j'ai vraiment tout gâché. Je sais que tout est de ma faute. Sherry a un petit-ami maintenant et c'est du sérieux. Bientôt, je ne serai plus qu'un distributeur de billets. Avec de gros problèmes de découvert.

Je donne notre nom à l'hôtesse et nous nous installons sur des tabourets au comptoir.

— Que ce soit bien clair, lancé-je, ceci n'est pas un rendez-vous galant.

Mon ton est plus cassant que je ne l'ai prévu. Je voulais juste qu'il comprenne que pour moi, sortir avec des collègues, c'est terminé. C'est l'une des nombreuses erreurs que je ne veux pas – et que je ne peux pas me permettre de – reproduire. Et vu que je ne rencontre personne d'autre, cela scelle mon destin en tant que tante célibataire d'Emma.

Carter acquiesce.

— Je sais. Tu as toujours été très claire à ce sujet.

Je me sens un peu mal pour lui. Je ne sais pas vraiment ce qu'il s'est passé avec sa femme et quelles sont les erreurs qu'il a commises, mais je ne pense pas qu'il soit un coureur de jupons. Il ne sait vraiment pas draguer.

— Je suis désolée, dis-je. Vraiment, tu es un mec super sympa et ce n'est pas du tout que je pense mériter mieux ou quoi que ce soit. Bien au contraire. C'est juste quelque chose que je ne peux plus me permettre.

— Parce que tu l'as déjà fait une fois.

— Oui. Et on sait tous les deux comment ça s'est terminé.

Je commande un *whisky sour* et Carter, un verre de rosé. *Sérieusement ? Un verre de rosé* ? Mon téléphone vibre et je reçois un message du bureau du procureur. *Merde,* je me dis, mais je me force à garder ça pour plus tard.

Lorsque le serveur revient avec notre commande, il place par erreur le joli vin rosé devant moi et le cocktail ambré en face de Carter. On fait l'échange une fois qu'il est parti.

— Je ne pensais pas que tu étais une adepte du whisky.

Je hausse les épaules.

— Tu peux parler, M. Rosé.

Il sourit, puis on fait ce que les flics font toujours : boire en parlant de l'affaire en cours.

— Tu crois Mia, toi ? demande-t-il.

Le whisky est bon, je vais le savourer. Peu importe combien la journée a été longue et difficile.

— Quelle partie de l'histoire ?

— Le tout. N'importe quelle partie. Elle est aussi louche que Luke, si tu veux mon avis. Je doute fort qu'elle ait fait ce type de recherches juste parce que son mari en avait parlé. Ça ne tient pas debout.

— C'est probablement pour ça que je la crois, répliqué-je. C'est dingue qu'elle se soit renseignée sur le même sujet avant que ça n'arrive, puis qu'elle en parle sans honte dès l'instant où on est allé la chercher à l'hôpital.

Le verre de Carter est déjà vide.

— Tu ne trouves pas ça tiré par les cheveux ?

— Si. Évidemment. Mais justement. C'est tellement tiré par les cheveux que ça pourrait être plausible. Il faudrait qu'elle soit stupide pour nous parler de ça si elle était vraiment impliquée. Et elle n'a pas l'air stupide.

Carter indique au serveur qu'il veut un autre verre de vin. La femme derrière le bar me fait signe, mais je secoue la tête.

— Tu dis ça parce qu'elle est infirmière ?

— Non. Je dis ça parce qu'elle est la mère d'Ally. C'est important, le lien maternel.

Je réalise la stupidité de ma remarque. Ma vision de la maternité et de son importance est complètement déformée par mon besoin inexorable de réparer ma propre vie.

— La table est prête, nous annonce un serveur en chemise blanche et pantalon noir.

Décidément très chic, ce Red Lobster.

Nous nous levons, nos boissons à la main, et suivons le jeune homme jusqu'à une cabine d'angle dans la salle à manger, à côté d'un aquarium géant contenant des homards. Un petit panier de gressins nous attend sur la table. Nous ne sommes même pas assis que Carter en a déjà un dans la bouche.

— Je n'ai rien mangé de la journée, m'explique-t-il, une avalanche de miettes déferlant sur la table et sur sa chemise.

Il est vraiment ridicule. Je pense à épousseter sa chemise. Mais je ne le fais pas.

— Ça me rend malade qu'ils aient laissé Luke aller à l'enterrement, dis-je.

— Sans blague, dit Carter, que le vin détend un peu.

— Oui, je réponds en grignotant un gressin. D'après le procureur, Mia et ses parents ont demandé qu'il vienne. Ils ont dit qu'ils se sentiraient mal si on l'empêchait de venir, d'autant plus s'il est acquitté.

— Il ne sera pas acquitté, dit Carter tout en décortiquant le menu.

— C'est pourtant ce qui s'est passé avec Casey Anthony[1].

— « Non coupable » ne veut pas forcément dire « innocent », tu sais, me lance-t-il en me regardant droit dans les yeux. Je me demande comment est le homard. Tu penses que c'est une bonne idée ou je vais finir empoisonné ?

Carter a le chic pour me faire sourire. C'est une bonne chose. J'ai bien besoin de rire, ces jours-ci.

Tout est calme lorsque je rentre à la maison. Shelby me rejoint dans la cuisine, la queue comme un batteur électrique. Je la prends dans mes bras.

— Viens par là, grosse patate.

Elle me lèche le visage et je ne fais rien pour l'arrêter. J'ai certainement le goût de ces biscuits trop salés dont Carter, avec un tout petit peu d'aide de ma part, a dévoré tout un panier avant que nos plats arrivent. Shelby était censée être un teckel miniature, mais, vu son poids, elle est clairement un teckel standard. Je m'installe dans le fauteuil de mon père près de la fenêtre. C'est un fauteuil en cuir que Stacy et Cy lui ont offert au début de leur mariage. Shelby s'installe confortablement sur mes genoux pendant que je passe en revue le courrier : quelques factures d'eau et d'électricité, un avis m'indiquant que la pension de mon père est presque épuisée... Un exemplaire du magazine *This Old House* retient mon attention tandis que j'en tourne les pages, essayant de m'imaginer ce qui plairait à mon père. Il était le pire des menuisiers qui soit. Il regardait des vidéos, lisait des livres, s'est abonné à des magazines. Mais quoi qu'il fasse, il n'arrivait jamais à quelque chose de bien. Peut-être que, comme moi qui tentais ma chance devant les machines à sous dans l'espoir d'une nouvelle vie, mon père essayait de se réparer lui-même. Peut-être que le bricolage était sa métaphore personnelle.

Je monte à l'étage, m'allonge sur le lit d'Emma et regarde le plafond. Ce même plafond que je fixais pendant des heures quand j'avais son âge. Quand j'espérais encore que ma mère rentrerait à la maison. Je me demande si Emma aussi pense à sa mère quand elle s'allonge ici.

Ally est morte depuis huit jours. Elle a été autopsiée. Pleurée. Enterrée. C'est difficile à accepter et repenser à ce qui s'est passé me fait froid dans le dos. Mais c'est mon travail.

Je passe en revue la chronologie des événements en m'installant dans le vieux fauteuil de mon père, avec mon ordinateur portable et un verre de vin. C'est souvent là que réside la réponse à toutes les questions – entre un point A et un point B. La chronologie est cruciale dans ce genre d'enquête. Je le sais. Tous les flics le savent. Et si la vie n'est jamais vraiment dans les temps – du moins, la mienne ne l'a jamais été –, les procureurs adorent une chronologie bien ficelée. Sans la moindre marge de manœuvre. Du côté de la défense aussi, on s'empare souvent de tel ou tel point précis de la chronologie pour obtenir un acquittement.

— Je n'aurais pas pu faire ça, m'a dit un jour un suspect qui avait tué sa mère avec un morceau de marbre provenant d'une installation qu'il faisait chez elle. J'étais en train de déjeuner quand elle a été tuée. Vingt personnes peuvent en témoigner.

— Peu importe que vous soyez en train de déjeuner à midi trente-sept quand le corps de votre mère est découvert. Elle était morte depuis trois heures. Elle était déjà morte quand vous avez quitté la maison.

— L'heure du décès est imprécise, selon le rapport du légiste, a répliqué l'avocat.

— Pas assez pour que votre client s'en sorte, ai-je aboyé.

Shelby blottie contre moi, je rassemble les éléments les mieux connus de Carter et moi. Certains sont incontestables : on a des images de vidéosurveillance et des paiements par carte bancaire. D'autres sont moins précis, mais l'approximation reste faible. À deux ou trois minutes près.

Six heures du matin, Mia part au travail.

À huit heures trente, Luke et Ally quittent la maison.

À huit heures trente-neuf, ils arrivent au McDonald's, commandent leur repas et mangent.

Huit heures cinquante-cinq : Luke et Ally quittent le McDonald's pour se rendre au WinCo. Vers neuf heures, Luke arrive au travail.

Dix heures vingt-trois : Luke reçoit le message de la garderie à propos de la sortie à la plage.

Onze heures quarante-cinq : Luke et ses collègues quittent WinCo pour aller déjeuner à la sandwicherie Jersey Mike's.

Vers midi trente, Luke retourne à sa voiture pour y ranger les cartouches d'encre qu'il vient d'acheter.

Vers seize heures, Luke quitte WinCo.

Seize heures seize : Luke s'arrête dans le parking du Starbucks, sort de son véhicule et appelle à l'aide, s'écriant que quelque chose ne va pas avec sa fille.

Seize heures trente-trois : Ally est déclarée morte.

Shelby m'attend patiemment devant la porte d'entrée. Elle s'est parfaitement remise et veut sortir. C'est un chien très silencieux, sauf s'il y a des inconnus. J'éteins l'ordinateur et la rejoins. Je l'aime tellement. Tellement que ça me fait presque mal. Les gens qui n'ont pas de chien ne s'en rendent pas compte, tout comme ceux qui n'ont pas d'enfant. Ils ne peuvent pas comprendre ce type d'amour. Ce n'est pas exactement la même chose, évidemment. Mais c'est réel dans les deux cas. Avec le temps qui passe, je vois le bout de son museau s'éclaircir de plus en plus et je ne peux m'empêcher de paniquer secrètement. Elle vieillit. Un jour, elle ne sera plus là. Je lui ouvre la porte et elle me regarde avec ses grands yeux bruns. Avec ce genre de regard qu'elle ne réserve qu'à moi.

— Allez, vas-y, lui lancé-je. Qu'est-ce que tu attends ?

L'empoisonnement et le séjour chez le vétérinaire m'ont vraiment secouée. Shelby a toujours été à mes côtés. Malgré toutes mes erreurs. Mais elle ne sera pas là pour toujours. C'est quelque chose que je redoute.

Alors qu'elle trotte gaiement dans l'obscurité, mes pensées se concentrent de nouveau sur Luke, Ally et la chronologie des événements. Une journée si banale avec des conséquences si horribles…

Luke ne sera jamais capable de se défaire de sa culpabilité. Il était seul dans la voiture avec Ally.

---

1. Casey Anthony est une jeune Américaine qui a été acquittée dans l'affaire du meurtre de sa fille, mais dont le comportement a été vivement critiqué pour, notamment, n'avoir signalé la disparition de sa fillette de trois ans qu'un mois plus tard.

CHAPITRE 25

Mercredi 23 août

C'est un matin comme les autres avant le travail et je vais là où j'essaie de faire l'effort de me rendre chaque mercredi. Mon père est assis dans un fauteuil roulant avec un haut dossier métallique. Il y est attaché, comme Hannibal Lecter. Le tueur en série de fiction était transporté de la même façon quand les gardiens le déplaçaient d'une prison à l'autre. La seule différence, c'est que papa ne porte pas de masque, mais c'est tout comme. Son visage est inexpressif et c'est à peine s'il a prononcé un mot lors de mes dernières visites. Emma a demandé plusieurs fois à voir son grand-père, mais je ne l'emmène pas, je lui dis qu'il ne se sent pas bien. Elle sait qu'il est très malade, mais je ne veux pas qu'elle le voie ainsi, ressemblant à un monstre. La maladie d'Alzheimer est déjà suffisamment effrayante.

Nous sommes assis dans la salle télé où une publicité pour un appareil qui promet de faire frire les aliments sans une goutte d'huile tourne en boucle. Ailes de poulet. Empanadas. Tous les plus grands succès de la friture sont présentés, dans toute la splendeur de leur croustillance, tandis que mon père et un autre homme dont j'ignore le nom – je ne pense pas que lui-même le connaisse – regardent avidement depuis leurs chaises respectives. Mon père a ce fauteuil bizarre. Alors que l'autre type en a un qui est normal.

— Tu te souviens de la fois où tu as mangé dix-mille ailes de poulet en une fois ? lancé-je, alors que la lumière de l'écran se reflète dans les yeux bleus de mon père.

C'est un souvenir inventé, évidemment, avec un chiffre absurde, mais je sais que je peux lui dire n'importe quoi. Je pourrais lui révéler mes plus sombres secrets si je voulais. Les chances qu'ils trouvent ne serait-ce qu'un écho dans son subconscient sont infimes. Cela n'aurait aucune conséquence. Avec cette idée en tête, je lui pose l'une des questions qui m'ont le plus hantée pendant ma vie d'adulte :

— Pourquoi as-tu attendu maman toutes ces années ?

C'est un sujet que je n'ai jamais osé aborder auparavant. Il ne répond pas, les yeux rivés sur les images d'empanadas sans huile qui défilent à l'écran.

— Je me souviens à quel point j'avais envie de te frapper pour avoir cru qu'elle reviendrait à Hoquiam. Auprès de nous. Tu ne sais pas que ton espoir nous a gardées en otage ? Ce n'était pas juste. Est-ce que tu sais, papa, que Stacy et moi, on t'a bêtement cru quand tu as dit que tu étais sûr qu'elle reviendrait ?

« Les empanadas à la cerise sont maintenant cuites. Et maintenant, une incroyable recette de crème de citron ! »

L'assistante de l'animateur, une femme d'âge moyen avec les plus grands yeux que je n'aie jamais vus en dehors d'un personnage de dessin animé, croque dans une empanada et entre en plein orgasme. On croirait que c'est la meilleure chose qu'elle ait mangée de sa vie. Ou alors qu'elle a été kidnappée et retenue dans un conteneur et n'a rien eu de décent à manger depuis des lustres. L'homme à côté de mon père se penche un peu plus près de l'écran et un léger sourire vient se poser sur ses lèvres tandis que sa main glisse à l'intérieur de son bas de pyjama. Ce type-là n'est pas encore mort, visiblement.

Papa, lui, regarde la télé avec des yeux de merlan frit.

— Maman était une vraie salope qui ne pensait qu'à elle, continué-je.

Aucune réaction.

J'envisage de l'attraper par les épaules pour le secouer et le sortir de son crépuscule perpétuel. Mais je ne le fais pas. Pas encore, en tout cas. Je parle à voix basse pour ne pas déranger l'autre dans son activité.

— Elle n'a jamais voulu de toi et elle n'a clairement jamais voulu de Stacy et moi.

Pendant un instant, ses yeux s'illuminent.

— Stacy, murmure-t-il, dans un élan de lucidité.

Évidemment. C'est toujours elle qui l'intéresse.

— Je ne suis pas Stacy, lui expliqué-je, en me rappelant qu'il n'a pas plus de neurones qu'une empanada.

Il répète un mot, c'est tout. Il ne pense pas réellement à quelqu'un. *Il ne pense pas vraiment à elle,* je me dis.

Ce n'est pas que je méprise ma sœur ; bien que Dieu m'ait donné un millier de raisons de le faire. C'est que je n'ai jamais compris comment elle pouvait être favorisée à ce point. La beauté ne fait pas tout. Si ? C'est une sociopathe comme notre mère. Elle n'en a rien à faire des gens. Elle ne pense qu'à elle. Je me dis qu'elle n'a pas toujours été ainsi. Que c'est arrivé après coup. Elle était un gentil bébé, une mignonne petite sœur. Et puis le mal en elle a grandi. Je pourrais réciter à mon père tout le mal que Stacy a semé dans le monde, telle une litanie. J'en brûle d'envie, en vérité. Mais je sais que même s'il arrivait à comprendre ce que je lui dis et à connecter ses deux neurones ensemble, il serait de son côté, à la défendre. Ce serait toujours moi la mauvaise personne dans l'histoire.

Comment peux-tu trahir ta sœur comme ça ? dirait-il. *Mais ma sœur a tué son mari !*

Elle est de ton sang.

Mais son sang à elle n'est que poison !

Sors d'ici. Tu n'es qu'une sale droguée, une vaurienne.

Je sais qu'aux yeux de mon père, je ne pourrais jamais gagner contre Stacy.

Alors je fais ce que j'ai toujours fait. C'est censé venir du cœur, mais c'est un peu comme ramper sur des éclats de verre brisé.

— Tout ce que j'ai toujours voulu, c'est trouver un moyen de te rendre heureux, de t'aider à l'oublier, dis-je. Tu n'en as aucune idée maintenant, je suppose. Tu n'en avais aucune idée déjà à l'époque. Les erreurs que j'ai faites dans ma vie sont les miennes, mais, papa, je voudrais que tu saches que c'est toi qui m'as mise sur ce chemin. C'est toi. C'était de ta faute.

Les larmes me montent aux yeux, mais je ne les laisse pas couler. D'une certaine façon, cette confrontation avec mon père me fait du bien. Je ne lui crie pas dessus, mais c'est cathartique, comme si je suivais une thérapie par cris primitifs ou quelque chose du genre.

— J'aurais pu te laisser dans cet autre endroit à Hoquiam. Un lieu où les rats étaient tellement présents qu'ils avaient des surnoms. Tu serais couché dans ton lit en ce moment même, le pénis gercé dans ta couche sale. Mais je ne l'ai pas fait. J'ai pris l'argent de Stacy et je t'ai payé une place ici, papa.

Il détache ses yeux de la télé.

— Stacy, répète-t-il.

Ce nom a toujours été une sorte de mantra pour lui. Parfois, je me demande si c'est parce que se sentir abandonné par Stacy l'a plus marqué que ma dévotion pour lui. S'il préfère se complaire dans le fait que Stacy lui manque plutôt que d'être heureux que je sois là, dans cette fichue salle télé, à regarder des pommes noisettes frire sans aucune goutte d'huile.

« C'est la magie de l'air chaud », dit le présentateur, tandis que son assistante gémit d'un air tellement obscène qu'elle tourne de l'œil.

Oui, oui, l'air chaud, c'est ça…

Je remarque que quelque chose, un bout d'œuf dur peut-être, est resté collé sur le menton de papa et je l'enlève délicatement. Il lève les yeux vers moi et pendant un instant, j'y aperçois – ou du moins, je crois y voir – un soupçon de reconnaissance.

— Papa, dis-je, m'emparant de ce moment potentiel de lucidité, il y a quelque chose que j'ai besoin que tu saches.

Je l'attrape par les épaules ; ces épaules qui semblaient autrefois les pierres angulaires d'un édifice solide et monumental, mais qui n'en sont plus que les décombres. Il est bourré de défauts. Et pourtant, de toute la famille que j'avais, il était celui qui me paraissait le plus normal. Le plus aimant. Du moins, la plupart du temps.

— Je n'aurais jamais voulu d'un autre père que toi.

Quoi qu'il arrive, je veux qu'il comprenne cette information et qu'il la garde quelque part dans la partie de sa mémoire qui fonctionne encore.

— Quand j'ai enfin compris que maman ne reviendrait jamais, j'ai prié pour que tu trouves une autre femme. Pas une mère pour moi. Ni pour Stacy. Mais quelqu'un qui t'aime, papa.

Ses yeux brillent. Et je m'enfonce dedans, les analysant de toutes mes forces, pour voir si, d'une manière ou d'une autre, ce que j'ai dit a trouvé un endroit où se fixer dans sa psyché.

Mais pas vraiment. Aucune réaction réelle. Mon père se retourne vers la télévision.

Avant que ma frustration ne se transforme en long soupir, une aide-soignante entre dans la pièce avec un plateau de cookies encore chauds. Je sens des notes sucrées de vanille et de chocolat et repense aux longues heures de travail que papa passait à l'usine, à fabriquer de la vanilline, et à la façon dont j'avais hâte de sentir son odeur lorsqu'il rentrait à la maison.

— Quelqu'un veut un biscuit ? demande l'aide-soignante d'une voix douce et chantante.

J'aurais peur que mon père ou l'autre excité s'étouffent avec, mais je ne dis rien. Je me contente de hocher la tête.

Cette fille est nouvelle. Dans tous les sens du terme. Elle a à peine vingt ans et ses boucles châtain sont si belles que je peux dire qu'elles sont au cœur de sa routine quotidienne. Chaque mèche est parfaite, mais avec désinvolture. Cela demande beaucoup de travail d'avoir l'air de ne rien faire.

Elle me sourit.

— Vous devez être Stacy. Votre père parle de vous tout le temps. Il dit que vous êtes quelqu'un de formidable. Et qu'il est très fier de vous.

J'acquiesce, mais je ne dis rien. Évidemment que mon père se vante de Stacy.

— Je m'appelle Sasha Clayton, poursuit-elle. Je suis nouvelle ici et je n'ai pas besoin de vous dire que cet endroit est assez triste, mais quand j'entends des choses sur des gens comme vous, ça me remonte le moral. Votre père et quelques autres m'aident à me rappeler que ces gens ici écoutent toujours et pensent toujours, même s'ils ne savent pas toujours le montrer.

Je ne corrige pas Sasha et ne lui dis pas que je suis Nicole, la sœur de Stacy. Cela n'aurait pas d'intérêt. Je mange un cookie pendant que la femme à l'écran en est à son troisième orgasme culinaire. Moi, ce sont les jeux d'argent qui ont ruiné ma vie. Mais cela aurait aussi très bien pu être la nourriture. J'aurais pu peser quatre-cents kilos ou être morte d'une crise cardiaque. Tous les gens que je connais ont quelque chose qui ne va pas chez eux. Parfois, on ne le voit pas. Un sourire peut dissimuler bien des douleurs. Mais je le sais jusque dans mes tripes, personne ne va réellement bien dans ce bas monde.

Sasha me sourit en emmenant l'autre homme, dont l'érection, étonnamment, soulève toujours son bas de pyjama.

— Au revoir, Stacy. Ravie de vous avoir rencontrée.

— Au revoir, Tasha, je réponds en me trompant délibérément sur son nom.

Je l'admets. Parfois je ne suis pas gentille. Mais j'y travaille.

CHAPITRE 26

Mercredi 23 août

Le labo du poste de police d'Aberdeen n'est clairement pas le plus grand ni le plus avancé. On est loin de ce à quoi j'ai été habituée à Bellevue. Mais, pour compenser un peu, il y a Angelina Marco, qui est absolument brillante. La police de Seattle et la patrouille de l'État de Washington ont essayé de la recruter, mais elle est toujours restée ici. Aussi intelligente qu'elle soit, elle n'a tout simplement pas ce genre d'ambitions. Une fois, elle m'a dit qu'elle préférait les ordinateurs aux gens et qu'elle était habituée à Aberdeen. « Je suis bien où je suis. Je n'ai pas envie de tout recommencer de zéro et de sourire et de faire de la lèche à tout le monde en faisant semblant de m'intéresser à de nouvelles personnes. Je ne suis pas intéressée par les gens. »

Angelina mesure à peine un mètre cinquante. Ses cheveux sont d'un noir bleuté et elle préfère les pantalons de survêtement à toute autre tenue. Elle est mince, mais, noyée dans ses vêtements larges, on se doute qu'elle ne se soucie pas de la mode.

Quand elle s'habille pour le tribunal, elle a l'air d'une personne différente ; une personne qu'elle n'a pas envie d'être.

Carter, qui a l'air d'avoir attrapé un rhume ou peut-être la gueule de bois, m'accompagne pour retrouver Angelina dans la salle de conférence à côté de son bureau. Au mur, un écran plat affiche le contenu du MacBook que nous avons récupéré chez les Tomlinson.

— Le Dell était vraiment mort, nous explique-t-elle. Je l'ai envoyé chez un gars qui fait des miracles, on va voir ce qu'il peut en tirer.

— On ne peut pas juste le redémarrer ? demande Carter en se glissant dans le siège à côté de moi. En général, ça règle tous les problèmes.

Angelina sourit.

— Oui, de temps en temps, mais celui-ci avait rendu l'âme. S'il y a quoi que ce soit de récupérable, on vous le transmettra. Non pas que vous en ayez besoin, dit-elle avec un grand sourire.

Elle a l'air contente.

— Tu as trouvé autre chose, dis-je.

Angelina s'empare de la souris.

— Un trésor, dit-elle. Que nous avons failli manquer parce qu'il était enfoui dans un compte Dropbox crypté. Plutôt dégoûtant, je vous préviens.

Carter et moi sommes tout ouïe. Elle nous dit que les Tomlinson ont visiblement déployé beaucoup d'efforts pour dissimuler certains contenus.

— Les gens oublient qu'il y a un chemin pour tout. Vous pouvez effacer votre historique de recherche, mais en réalité, tout ce que ça fait, c'est vous faire croire que vous l'avez effacé. Si on sait où chercher, on peut retrouver tout ce qui a été fait sur n'importe quel appareil, au clic près. Même chose pour le cryptage. Ce n'est pas si difficile à déjouer quand on sait où regarder.

— Un trésor… répété-je.

Angelina acquiesce.

— Oui. Laissez-moi vous montrer.

Elle nous ouvre le chemin jusqu'à un dossier caché. C'est une série de photos. Qui nous saute aux yeux comme un diable à ressort. Des selfies. Des nus. Des gros plans de parties génitales masculines, parfois flasques, parfois en érection. Carter est mal à l'aise. J'imagine que ce doit être assez gênant d'être assis entre deux femmes à regarder les parties intimes d'un autre homme.

— Je ne sais pas si ça peut servir, dit Angelina, mais je me suis dit que c'était assez signifiant.

— Mais pourquoi les mecs font ça ? dit Carter d'un air dégoûté.

— Je me pose la même question, je réponds.

— Par pulsion, dit Angelina, en nous ouvrant de nouvelles photos. Ils n'arrivent pas à la garder dans leur pantalon et ne peuvent pas s'empêcher de la prendre en photo à la moindre occasion. Dans les toilettes, dans les vestiaires… Tous les hommes sont comme ça.

Elle échange un regard avec Carter.

— Pas tous, dit-il.

— Est-ce que Luke les envoyait à d'autres personnes ? demandé-je. Ou est-ce que c'était juste pour son usage personnel ?

— Pas depuis son ordinateur en tout cas, dit Angelina en relisant son rapport. Je suis assez sûre qu'il les a prises avec son téléphone et qu'elles ont été sauvegardées automatiquement dans son *cloud*.

— Quel gros dégueulasse, dit Carter.

— Ce n'est pas moi qui vais te contredire. Qu'est-ce qu'on a d'autre ?

Angelina se retourne vers l'écran.

— Finissons-en avec les photos, d'abord, vous voulez bien ? Je vous garde le meilleur pour la fin. La cerise sur le gâteau, si j'ose dire.

C'est quand elle dit ce genre de choses que je me dis qu'elle déteste vraiment les gens. Elle a cette manière tordue de passer un bon moment. Mais je lui pardonne, elle est douée dans son travail. Elle nous ouvre un autre dossier, rempli de photos d'Ally.

— Il y en a environ une douzaine.

— C'est bizarre, dis-je. La plupart des parents en prennent des centaines dès qu'il s'agit de leur enfant. Surtout la première année.

— Pour au final ne rien en faire, ajoute Carter dans un soupir. Tellement d'efforts déployés pour quelque chose qui ne sera jamais affiché ni développé.

Je ne dis rien et me contente de hocher la tête. Les photos représentent Ally en compagnie de ses parents, pour la grande majorité. Sur quelques-unes, elle pose seule.

La photo prise lors de son premier anniversaire, avec le gros gâteau rose de WinCo à côté d'elle, me fait l'effet d'un couteau en plein cœur. Son sourire est assorti au gâteau, c'est une magnifique petite fille. Évidemment, on a toujours cette image-là de ceux qui sont morts dans des circonstances tragiques. Mais dans son cas, c'est vrai. N'importe qui aurait voulu d'Ally, l'aurait aimée. Et se serait assuré qu'elle aille à l'école. Puis à son premier rendez-vous. Puis qu'elle danse à son mariage. Toutes ces choses que l'on rêve de faire avec les enfants qu'on aime.

Avant de passer à la « cerise sur le gâteau », Angelina passe rapidement en revue le contenu des boîtes mail du jeune couple.

— Ces deux-là ne sont pas de gros consommateurs d'emails, dit-elle. La plupart de ceux de Luke étaient des spams provenant de sites pornographiques. « Jeune femme cherche à faire des rencontres », ce genre de choses, vous connaissez. En dehors de ça, quelques messages de ses amis et de sa famille, mais rien de pertinent. Je vous ai tout imprimé ici.

— Et pour Mia ? demande Carter.

— À peu près la même chose, sans la partie porno. Elle a échangé des informations avec une de ses amies apprenties infirmières, mais rien d'important. À mon avis, ils utilisent davantage les SMS pour communiquer. C'est le cas de la plupart des jeunes de nos jours.

Je regarde Carter. Il me sourit. Il a l'habitude que je le taquine sur son manque de dextérité en matière de textos.

— Et leurs téléphones ? demandé-je. Tu peux récupérer leurs textos ?

Angelina acquiesce.

— On peut. Enfin, je veux dire, moi je ne peux pas, mais le bureau du procureur est déjà sur le coup. Les informations dont nous avons besoin sont stockées sur les serveurs de la compagnie de téléphone et cela va prendre un peu de temps d'en obtenir le contenu. Les prestataires téléphoniques, c'est vraiment les pires. Ils crient à « l'atteinte à la vie privée » dès que ça les arrange, mais vendent les infos de leurs clients à tour de bras. Je déteste ce genre de choses.

À vrai dire, Angelina déteste beaucoup de choses.

— J'ai lu les rapports, je sais que Mia a indiqué que Luke avait fait des recherches sur les morts d'enfants dans des voitures.

— Mia aussi, dis-je. Elle a dit qu'ils étaient tous les deux inquiets à ce sujet.

— Exact, dit Angelina. Il y a eu plusieurs recherches dans les jours précédant la mort d'Ally.

— Combien ? demande Carter.

— Trop pour que ce soit de la simple curiosité. Quatorze, pour être exacte.

Elle a toute notre attention, mais elle marque une pause quand même, pour faire durer le suspense.

— Il y a un résultat en particulier que vous devriez voir.

— Les articles de presse ? On les a déjà vus.

— Non, réplique Angelina. Une vidéo. Les mots-clés qui ont mené là étaient assez inquiétants.

— C'est-à-dire ? Qu'est-ce que c'était ? demande Carter.

Elle nous regarde tour à tour.

— « Est-ce qu'un bébé qui meurt dans une voiture surchauffée fait du bruit ? »

Carter se lève d'un bond. Son visage passe du dégoût à la rage, mais il reste silencieux. Nous connaissons la dépravation des gens comme Luke. On en croise souvent dans notre travail. On lit des études de cas. Parfois, ce genre de choses passe même à la télévision. Nous sommes rarement surpris.

Mais à cet instant, nous le sommes.

— Dans une vidéo YouTube, un détective de Plano explique ce qui, selon lui, arrive au corps humain, ici le corps d'un enfant, à ce genre de températures. Elle a été regardée plusieurs fois.

Elle se rend sur la vidéo pour la lancer. Mais je n'ai pas besoin d'entendre les mots. Le Dr Beakman m'a déjà raconté combien Ally avait souffert dans cette Subaru.

— On ne sait pas lequel d'entre eux a accédé à la vidéo ? demande Carter.

— Non. Pas vraiment. J'ai regardé l'heure de la journée et, à en juger par ce que Nicole m'a dit sur les horaires de travail des Tomlinson, je dirais que Luke était probablement celui qui a fait la requête. Les recherches se passaient surtout le matin.

Je pense à Ally à ce moment-là. Assise dans sa chaise haute, pendant que son père était penché sur son ordinateur, en train de prévoir comment la torturer.

— Prêts pour la cerise ? demande Angelina.

Sa remarque me prend au dépourvu.

— Ce n'était pas tout ?

Elle secoue la tête en souriant.

— Non. Vous allez voir, c'est un gros morceau.

Elle clique sur un lien dans l'onglet « Historique » et un site commence à s'afficher.

— Qu'est-ce que c'est ? demande Carter.

— Le site préféré de Luke, il semblerait. Son pseudo, c'est « Big Guy ».

— Pas étonnant, dis-je.

— Le concept est simple, nous explique-t-elle. C'est assez similaire à Reddit et d'autres types de forums qui étaient populaires avant Facebook. Avec des fils de discussion qu'on peut déplier. Comme vous le voyez, le nombre de réponses est indiqué pour chacun d'eux. Les plus récents sont affichés en haut et les sujets qui sont passés de mode descendent vers le bas la page. Le site s'appelle Kidzzz.

— Qu'est-ce que c'est ? demande Carter. Un repère de pédophiles ?

— Pas exactement. Ce site est destiné aux parents qui auraient préféré ne jamais avoir d'enfants. Ceux dont les enfants ont ruiné leur vie. C'est la plus grosse bande de pleurnichards et de râleurs que j'aie jamais vue.

— Est-ce qu'ils disent vouloir faire du mal à leurs enfants ?

— Non. Du moins, je n'ai pas pris les commentaires de cette façon. Il s'agit surtout de parents qui regrettent l'époque où ils n'avaient pas à s'occuper d'emmener leur progéniture au foot et d'autres choses du genre. Qui disent que c'est difficile de s'occuper d'un enfant qui a des coliques à deux heures du matin ou que payer l'université de l'enfant leur a coûté leur retraite. On y couvre tous les aspects de la parentalité. Du plus cru au plus banal. Mais je peux vous dire une chose : personne sur ce site ne se vante de ses enfants et de combien il les aime.

Elle fait défiler la page jusqu'au message le plus récent de Big Guy sur un fil intitulé : « Elle me baise plus ».

— Joli titre, lancé-je.

Angelina me lance un regard entendu, puis clique sur le message et se met à lire :

— « Avant la naissance du bébé, ma femme était une vraie chaudasse. Je la prenais de toutes les façons que je voulais. On faisait des trucs sales, des trucs hardcore. Je bande rien qu'à y repenser. Mais regardez-moi maintenant. Je passe ma vie à changer des couches. Ça a besoin d'être nourri. Ça a besoin de ci et ça. Et maman est trop absorbée par sa carrière pour se soucier de notre vie de couple. J'aurais dû la faire avorter quand elle m'a supplié de garder le bébé. Je suis vraiment stupide. Le catholicisme, c'est vraiment de la merde. »

— Il appelle Ally « ça ». Quel connard.

Carter explose.

— Quel abruti ! Et quel débile surtout ! Changer des couches ? Comme si c'était difficile. Moi, j'ai adoré chaque minute de ma vie de père. Peut-être pas la partie couche, c'est vrai, mais, nom d'un chien, ce type est vraiment tordu !

— Plus que tordu, dis-je, sans avoir réellement de mot pour exprimer mon opinion.

Rien au monde ne me révulse plus que Luke Tomlinson.

— Et Mia ? demandé-je. Elle aussi postait sur ce site ?

Angelina secoue la tête.

— Pas que je sache.

Elle me tend un classeur et une clé USB.

— Tout est là. Tous les détails, ainsi que des impressions en rapport avec l'affaire. Certaines photos prouvent aussi que ce type est un idiot fini. N'hésitez pas à fouiller ou à poser des questions si vous en avez.

Carter et moi la remercions.

— Il n'y a pas de quoi, dit-elle. Assurez-vous que ce salopard ne sorte jamais de prison, c'est tout ce qui m'intéresse. Ce type est vraiment la pire merde que le monde ait jamais connue. Et le pire, si vous voulez mon avis, c'est que je pense que tout le monde le sait.

— Comment ça ? demandé-je.

Elle m'adresse un grand sourire.

— Peut-être qu'il y a deux cerises sur ce gâteau de merde finalement. Une de ses recherches Google favorites, c'était : « Comment survivre en prison ».

— Sérieusement ? demandé-je.

— C'était quand ? ajoute Carter.

— Deux jours avant la mort d'Ally.

— Voilà qui est de mieux en mieux, dit Carter.

— Ou de pis en pis, je réplique. Ça dépend de comment tu vois ça.

— Si jamais ça vous intéresse, dit Angelina en posant une main sur le classeur, Luke a appris pas mal de petites astuces qui pourraient l'aider derrière les barreaux. Il sait qu'il ne faut jamais cafter et pas trop faire de lèche aux gardiens. Toujours enlever son pantalon avant d'aller aux toilettes, ne jamais tenir tête à un gardien, rester entre personnes de la même couleur, ne jamais montrer ses émotions, et… quoi d'autre ? Prier de vivre assez longtemps pour revoir la lumière du jour.

— Que de bons conseils, lâché-je avec un brin d'ironie.

— C'est quoi cette histoire de pantalon ? demande Carter.

Angelina hoche la tête.

— Oui, moi aussi, ça m'a surprise. Apparemment, c'est parce que la plupart des agressions entre prisonniers se passent aux toilettes. Il faut s'asseoir pour voir les autres venir et ne pas avoir de pantalon pour ne pas prendre le risque de trébucher dessus en s'enfuyant. Honnêtement, c'est un bon conseil.

— Je suis d'accord, je réponds.

— Je vous laisse. Amusez-vous bien avec les photos.

Elle quitte la pièce et Carter se rassied pour éplucher le classeur avec moi. Il a une odeur différente aujourd'hui. Un nouveau shampooing, peut-être. Carter n'est pas du genre à s'asperger d'eau de Cologne. Mais il sent bon. Je ne lui fais pas remarquer. C'est juste une pensée qui me traverse l'esprit.

— Ce type est complètement malade, dit-il.

— Oui, ça, c'est une certitude, je réponds en tournant les pages. Angelina a vraiment fait du bon travail.

— Oui, elle est vraiment douée. On a énormément de chance de l'avoir. C'est la meilleure de notre équipe.

— Elle est toute seule, on n'a pas d'équipe.

— Oui, mais même si elle était à la tête d'une team de dix personnes, elle serait quand même la meilleure.

Je tourne les pages jusqu'à la section intitulée « Photos personnelles » et retrouve le pénis de Luke dans toute sa splendeur.

— *Beurk,* je ne comprendrai jamais pourquoi les mecs font ça.

— Moi, je ne le fais pas.

— Je ne veux pas dire tous les mecs, Carter. Mais sérieusement, qu'est-ce qui les pousse à prendre des photos de leur bite comme ça ?

— Tu ne prends jamais de selfies ?

— Pas de ma chatte !

— J'imagine que ça les excite, dit-il.

— De prendre la photo ou de l'envoyer ?

— De l'envoyer, évidemment. Ils trouvent ça cool quand ils reçoivent des photos de femmes dénudées et j'imagine que... Comme je te dis, je n'ai pas d'expérience là-dedans, ce ne sont que suppositions... J'imagine qu'ils se disent que c'est pareil dans l'autre sens ? Que ça fait plaisir aux femmes de recevoir ça ?

— Ça, j'en doute fortement.

Je repense à Danny Ford.

— Crois-moi, je parle d'expérience, j'ai eu un copain qui prenait tout le temps des photos de lui et qui pensait que ça me faisait plaisir de les voir. Je crois qu'il voulait juste frimer, en vérité. Certainement qu'il les envoyait à plein d'autres filles en même temps.

— Probablement.

Je continue :

— Juste pour que tu saches, aucune femme n'a envie de recevoir ce genre de choses. Ou du moins, pas en tant que photo de profil sur un site de rencontres. Ce n'est juste pas OK du tout.

Je jette un œil aux photos. Il y en a sept de son pénis. Parfois en érection, parfois pas, mais toujours en gros plan. Aucune photo de son visage. À croire qu'il savait que ce n'était pas son point fort.

— Nic, me dit soudain Carter, on ne sait même pas si c'est vraiment son pénis.

— Comment ça ? Tu voudrais que ce soit qui ? répliqué-je en levant les yeux du classeur.

Carter se balance sur sa chaise, mal à l'aise.

— OK, OK, c'est probablement le sien. Mais à part nous dire qu'il est encore plus pervers qu'on ne le pensait, qu'est-ce que ça a à voir avec notre enquête ?

— Ça, on ne le saura pas tant qu'on n'a pas découvert ce qu'il a fait de ces photos.

— Tu crois qu'il serait allé jusqu'à les poster sur ce site bizarre ? Kidzzz ?

— Non, pas de photos postées là-bas, dis-je, en consultant le classeur.

— Il les a envoyées à qui, alors ? Il ne les a pas prises pour les garder pour lui, ça, c'est sûr.

— Il faut qu'on récupère son téléphone au labo.

CHAPITRE 27

Mercredi 23 août

Lorsque je vais la voir à l'hôpital, Mia Tomlinson est assise seule dans une des salles « familiales » de l'hôpital – et non dans son repaire habituel près des fenêtres de la cafétéria. Elle a l'air plus solide qu'avant, les pieds fermement plantés dans le sol. Lorsque je lui parle de Rachel Cromwell, elle lâche dans un élan de dégoût :

— Quelle connasse.

Je ne réponds pas, du moins pas immédiatement avec des mots. J'essaie de garder une expression neutre et professionnelle. Intéressée et empathique, néanmoins. Pas trop encourageante. Je veux voir où cette discussion va mener maintenant que je lui ai dit que Luke avait une maîtresse. La conversation semble plus décontractée que nos précédentes, mais je garde à l'esprit qu'elle vient de perdre sa fille. Je déteste avoir à annoncer ce genre de nouvelles à la mère d'un bébé mort, mais ce que Mia savait de la liaison de son mari pourrait se révéler crucial dans l'affaire.

— Il n'a jamais su garder sa bite dans son pantalon. Ça me

rend malade de me dire qu'il était dehors avec cette allumeuse pendant que moi, je me tuais à la tâche pour gagner notre pain. Mon Dieu. Mais quel imbécile.

Elle me regarde silencieusement pendant un instant, puis ses yeux se posent sur la fenêtre et le paysage urbain à extérieur. Les nuages flottent bas au-dessus d'Aberdeen.

— Il devrait pleuvoir ce soir, dit-elle.

— Oui, c'est ce qu'on dit.

De nouveau, un long silence.

— Comment allez-vous ? demandé-je, en essayant de teinter ma voix de compassion.

— Je vais bien, dit-elle. Mais je sais pourquoi vous me dites ça, inspectrice. Je ne suis pas stupide, vous savez.

— Je vous raconte ça parce que ça pourrait avoir son importance. Ça pourrait avoir une certaine pertinence dans l'enquête.

Ses yeux restent rivés sur la fenêtre.

— Vous êtes ici pour juger Luke. Je l'ai très bien compris. Vous êtes ici parce que vous voulez que je vous dise quelque chose qui vous aidera. J'ai perdu ma fille et maintenant vous voulez m'enlever mon mari pour toujours. Vous n'avez vraiment pas de cœur.

Je m'attendais à ce qu'elle le prenne mal, mais pas à ce point. Je m'étais dit que si, moi, j'avais été à sa place, si, moi, j'avais eu la chance d'être mère - d'être mère pour de vrai - j'aurais tout fait pour punir celui qui a fait du mal à mon enfant. Peut-être aurais-je appris à le pardonner si ce qui s'était passé était un accident ; mais, pour être honnête, cela aurait sûrement pris des millions d'années.

— Croyez-moi, je sais que peu importe ce que Luke faisait derrière mon dos, ça n'avait rien à voir avec ce qui est arrivé à Ally. Je veux dire, OK, beaucoup d'hommes sont infidèles, mais ça ne veut pas dire que...

Elle s'arrête pendant un instant.

— C'est juste comme ça que les choses fonctionnent maintenant. Vous êtes trop vieille pour comprendre.

Je me hérisse intérieurement, mais ne lui laisse pas voir. Oui, c'est vrai, je suis un peu plus vieille. Mais pas tant que ça. Pas assez pour être sa mère, pas même selon les standards d'Hoquiam. Sans le savoir, Mia vient de m'apprendre beaucoup de choses sur elle-même. Luke et elle sont vraiment faits l'un pour l'autre. Ils n'aiment que la personne qu'ils voient dans le miroir.

Ally. Pauvre petite Ally. Ses parents n'en avaient rien à faire d'elle. Ils n'avaient pas envie d'avoir un bébé. Luke batifolait et Mia était si concentrée sur sa carrière qu'elle semble presque heureuse de savoir que Luke avait des distractions qui ne l'impliquaient pas.

— Écoutez, dit-elle. J'aime mon mari. Je l'aime comme il est, malgré tous ses défauts. C'est un crétin et un chaud lapin, qui ne s'intéresse qu'à ses jeux vidéo et à ses collègues de bureau, mais c'est mon mari. Ça ne veut pas dire que je lui donne un laissez-passer pour tout, croyez-moi. Quand je le verrai au parloir ce soir, je vais le faire pleurer comme un bébé. Il va s'en prendre plein la figure, ça je vous le promets. Et pour ce qui est de la fleuriste, qu'elle aille se faire voir. Je m'en fiche. J'aime Luke.

— Juste pour que ce soit clair, demandé-je, parce que je ne suis vraiment pas sûre de comprendre, vous voulez dire que vous n'étiez pas au courant de sa relation avec Rachel ? Mais que maintenant que vous savez, ça n'a plus d'importance ?

Mia joue nerveusement avec son badge. Ma question touche un point sensible.

— Encore une fois, dit-elle, c'est sûrement générationnel. Les gens de mon âge ne s'accrochent pas à la fidélité autant que vous. Les mecs trompent leurs copines, leurs femmes… Tout le monde le sait, ce sont des animaux. Mais peu importe. On le sait et on passe à autre chose. Ça arrive.

Nous parlons encore quelques minutes, mais elle ne me dit rien de pertinent et finit par me quitter pour retourner au travail.

— Écoutez, je sais que vous faites juste votre boulot. Et je suis désolée si j'ai été dure avec vous. Parfois, les tragédies, c'est juste ça. Un accident stupide, une erreur bête. Ce n'est pas toujours un acte malveillant.

Une fois Mia partie, j'appelle Carter pour lui dire comment l'entretien s'est passé. Je tombe sur son répondeur et lui laisse un court message.

— Elle est dans le déni, dis-je. Je ne pense pas que nous allons obtenir beaucoup plus d'elle. Je retourne au bureau. À plus tard.

Un jeune infirmier entre dans la salle au moment où je me lève pour partir. Son badge m'apprend qu'il s'appelle Trevor Johns. Il est jeune, petit, chauve et porte des lunettes moitié métal, moitié plastique. Il a un physique vraiment ingrat, mais il a de beaux yeux. D'un bleu profond et pleins d'une émotion indiscutable. De l'inquiétude et de l'angoisse, je dirais.

— J'ai vu Mia partir, me lance-t-il. Vous êtes l'inspectrice en charge de l'affaire, c'est bien ça ?

Je me présente et il s'attarde un peu avant de refermer la porte derrière lui.

— J'aime bien Mia, dit-il. Enfin, dans la limite du raisonnable.

Il se tait et a un mouvement de recul. Il hésite à continuer. Je peux voir que ses mains tremblent légèrement et quand son regard croise le mien, il les range instantanément dans ses poches.

— Trevor, dis-je, je sens que vous êtes troublé. Est-ce que je peux vous demander ce qu'il y a ? Vous savez que c'est important, n'est-ce pas ?

Il avale sa salive.

— Oui, je sais. Je ne voudrais pas causer de problèmes, mais je n'ai pas très bien dormi. En fait, pas du tout. Pas depuis qu'Ally est morte. Je n'arrête pas de me poser des questions et j'ai l'impression que je devrais en parler à quelqu'un. À vous, je suppose. Je ne pense pas que j'aurais eu le courage de vous appeler. Mais de vous voir ici… C'est comme si Dieu m'envoyait un signe, de vous dire ce que j'ai à dire.

— Très bien. Dans ce cas, je vous écoute.

Nous prenons place côte à côte à une table.

— Qu'est-ce que Dieu vous encourage à me dire ?

Invoquer Dieu peut sembler manipulateur, mais je suis croyante. La prière a joué un grand rôle dans mon processus de sevrage. Pour moi, croire en une puissance supérieure n'a jamais été une béquille, mais un échafaudage. C'est la foi qui m'a permis de tenir bon quand j'en avais le plus besoin.

Pendant un instant, Trevor me parle des habitudes de Mia au travail. Il dit qu'elle est toujours la première à vouloir prouver son mérite, mais qu'il ne faut surtout pas compter sur elle pour féliciter la réussite des autres.

— Le jour où Ally est morte, on distribuait des prix pour les employés les plus méritants. Elle est arrivée en retard et elle a agi comme si ça la dérangeait d'être là. C'est assez représentatif de son caractère.

— Mais vous pensez que ça s'inscrit dans quelque chose de plus global, n'est-ce pas ?

— Mia n'aimait pas être mère. Je veux dire, elle n'aimait vraiment, vraiment pas ça. Elle m'a dit une fois qu'elle aurait préféré que sa fille ne soit jamais venue au monde. Elle a dit qu'Ally l'avait ruinée, elle, son corps, ses ambitions. Son style. Et que Luke et elle étaient vraiment dégoûtés d'être parents.

Trevor se tait, attendant ma réponse. Mon silence l'aide à se lancer plus avant, il lui confirme que ce qu'il a à dire est important. Nécessaire, même.

— Elle m'a dit que l'arrivée d'Ally l'avait forcée à changer l'ordre de ses priorités contre son gré. Elle a dit que si Luke pouvait s'occuper du bébé, ça irait, mais qu'elle, elle avait son diplôme. Et pour ce qui est du temps libre, eh bien… Il fallait dire adieu aux fêtes et aux sorties, parce que, je cite, « l'alien que j'ai pondu crie toute la nuit ».

— L'alien ? répété-je. Elle parlait d'Ally ?

— Oui. C'est ce qu'elle m'a dit. Pour sa défense, j'ai cru à une blague sur le moment. C'était plutôt rigolo comme façon de parler. Elle a continué tout le long de la pause, c'est devenu un tic, elle disait qu'elle avait l'impression d'être « l'hôte », comme dans les films, et que seule Sigourney Weaver pouvait la sauver. Sur le coup, j'ai beaucoup rigolé. Comme tout le monde. Mais après ça, je ne sais pas… C'était bizarre, ce qui s'est passé après. Ce qu'elle a fait.

— Que voulez-vous dire ? Qu'est-ce qu'elle a fait ?

Trevor croise les bras et se serre si fort que j'ai l'impression qu'il se fait un câlin à lui-même.

— Revenir au travail tout de suite après. Alors que sa fille était morte la veille. Puis travailler le jour même de l'enterrement, aussi. Qui fait ça ?

— Certaines personnes ont besoin de s'accrocher à leurs routines pour soutenir le deuil, lui dis-je. Il faut les comprendre. Une énorme partie de leur vie part en poussière, et leur seul moyen de garder un peu de stabilité, c'est de s'accrocher à tout le reste.

— Ce n'était pas juste ça, réplique-t-il. Je suis allé la voir pour lui adresser mes condoléances, peut-être la prendre dans mes bras, et lui dire que j'étais désolé parce que… eh bien, je l'étais…

Les larmes commencent à couler. Il fait comme si de rien n'était et pleure sans un son. Il a l'air intensément blessé.

— Quelle a été sa réaction, Trevor ?

Ses lèvres bougent, mais c'est plus un tressaillement qu'une réelle tentative de former des mots.

— Dites-moi. S'il vous plaît.

— Ça semble fou. Tellement… faux. Mia m'a dit… Elle m'a dit… De ne pas être triste, que tout allait bien se passer. Qu'elle allait obtenir son diplôme et qu'il fallait voir le bon côté des choses, Luke n'allait plus être obligé de changer des couches. Elle a dit que tout irait bien ! Ally venait de mourir et c'est comme si ça n'avait aucune importance pour Mia !

Son histoire me donne la nausée. Je savais Mia Tomlinson ambitieuse. Je pensais qu'elle était comme moi et beaucoup d'autres filles du comté, à la recherche de quelque chose de plus grand. Je sais qu'elle aime son mari. Et bien que je n'arrive pas vraiment à concevoir ce qui lui plaisait chez lui, je sais que personne dans mon entourage n'a jamais compris non plus mon attirance pour Danny Ford, mon dernier petit ami en date. Probablement le dernier. Pour toujours. Mais si ce que Trevor dit est vrai, Mia portait un masque. Un masque fragile tout au mieux. Elle se faisait passer pour quelqu'un qui se souciait des autres – une infirmière – et pour une mère qui tenait à sa fille ; une femme qui travaillait dur à son diplôme d'infirmière afin que son mari puisse s'occuper de leur enfant. *Le cœur sur la main, cette Mia, vraiment.*

Trevor se ressaisit.

— Vous n'allez pas lui répéter ce que je vous ai dit, n'est-ce pas ? Par pitié, dites-moi que non. Je dois travailler avec elle et elle a le don de faire passer les gens pour des moins que rien. Une fois, elle m'a dénoncé à l'infirmière en chef pour avoir volé dans le distributeur automatique. J'ai eu un avertissement écrit. Mais je n'avais pas vraiment volé. Un paquet de Doritos était resté coincé et en mettant mes pièces, j'en ai eu deux. Mia s'est énervée parce que, selon elle, j'aurais dû lui en donner un. C'est pour ça qu'elle m'a dénoncé.

Si l'histoire de Trevor laisse entrevoir une rancune entre eux deux, elle suggère aussi quelque chose de plus. Mia Tomlinson est une femme qui sait obtenir ce qu'elle veut.

De retour à mon véhicule, je reçois un appel de Rick, qui s'occupe des pièces à conviction.

— On a bien reçu les images de vidéosurveillance du WinCo. C'est en cours d'analyse. Ce sera prêt dans la matinée.

Je le remercie et fais attention à ma vitesse alors que je roule.

Je ne voudrais pas être ce genre de flic qui esquive une amende en montrant son badge. Mon esprit divague et je me perds dans ce scénario hypothétique.

— *Mais j'ai un meurtre à élucider !*

— *Bien essayé, inspectrice.*

— *Mais, pour de vrai !*

— *Oui, oui, c'est ça. On a tous des meurtres à élucider.*

CHAPITRE 28

Mercredi 23 août

Elle est de retour. Je le sais. Je le sens. Ma sœur est un monstre qui ne meurt jamais. La laisser partir n'a fait que repousser l'échéance. Elle allait forcément revenir. J'aurais pu faire les choses différemment. J'aurais pu *tuer* Stacy. Je me perds dans mes pensées alors que je me dirige vers chez Carrie-Anne. J'imagine qu'il existe une partie de moi qui ferait le même genre de choses horribles que ma sœur sans une once d'hésitation. Les chiens ne font pas des chats et nous avons les mêmes parents. Le même sang pourri venu de notre mère. Et le même sang teinté de couardise de notre père, qui l'a toujours laissée faire tout ce qu'elle voulait sans lever le petit doigt. Nous cochons exactement les mêmes cases. Nous avons grandi dans le même environnement morose où le ciel bleu semblait si rare que nous vivions la majeure partie de l'été sans espérer le moindre rayon de soleil. Ciel gris. Air lourd. Ambiance glauque au possible. Le poids d'Hoquiam et de tout ce qui s'y est passé nous étouffait comme un oreiller pressé sur notre visage. Je pourrais tuer Stacy. Je pense que je le pourrais. Réellement.

Si je le faisais, je serais débarrassée d'elle pour toujours. Je ne passerais plus ma vie à regarder par-dessus mon épaule. Je n'aurais plus peur qu'elle vienne se glisser dans le lit d'Emma comme un scorpion et la tue d'un baiser empoisonné. Si Stacy n'était plus là, je pourrais enfin respirer. Tuer Stacy me rendrait libre. Même si ça pourrait aussi m'envoyer en prison.

Je sors de la voiture pour aller chercher Emma. Le chien d'à côté, un spitz nain insupportable, jappe comme s'il voulait me punir de mes pensées impies. Comme s'il savait que j'étais dangereuse. Pas une bonne personne. Comme s'il savait que je réfléchis à tuer ma sœur. J'aime les chiens. Mais pas celui-là ; du moins, pas à ce moment précis. Celui-ci voit clair dans mon jeu. Je regarde cette boule de poils qui aboie. Tuer Stacy ferait de moi une meurtrière. Je deviendrais le genre de vermine que j'ai passé ma vie à essayer d'éliminer. Je repense à Cy. Et à Tomas. À Kelsey. À Julian. Je pense à tous les cadavres que ma sœur laisse dans son sillage. J'essaie de me persuader que l'assassiner sauverait des vies. Que ce serait un acte humanitaire, en quelque sorte. La bonne action à faire ; par compassion. Non seulement Emma et moi serions libérées d'elle, mais toutes les âmes sans méfiance qui auraient pu rencontrer Stacy dans le futur seraient également épargnées.

Emma s'illumine quand elle me voit.

— Salut, ma belle.

— Carrie-Anne dit qu'on peut aller à la plage demain, si tu es d'accord.

Je la serre de toutes mes forces, comme si c'était la dernière fois. Ce qui est bien possible, si Stacy est réellement dans les parages…

— Évidemment que je suis d'accord, je réponds.

Carrie-Anne apparaît derrière Emma.

— Nous approchons de la fin de l'été et j'ai pensé qu'une journée à la plage serait une bonne façon de le célébrer. Tu peux venir aussi si tu veux, Nicole.

Je secoue la tête et repose les pieds d'Emma sur le sol.

— J'aimerais bien, mais je ne peux pas me permettre de prendre des jours de congés.

— Oui, j'imagine. L'affaire Tomlinson, c'est vraiment quelque chose… dit Carrie-Anne à voix basse.

— Emma est au courant de tout ça, je réponds, face à son regard inquiet.

— Oui. J'imagine que tous les enfants le savent. Les chaînes de télévision de Seattle se sont emparées de cette histoire. Ils adorent nous dépeindre comme une bande d'abrutis du fin fond de l'océan, encore un niveau en dessous des fabricants de gnole de contrebande du Kentucky.

Je souris.

— Je ne dirais pas non à un peu de gnole.

— Je vais chercher la recette sur Internet, me lance-t-elle avec un sourire en coin. Les caisses de la garderie vont se vider quand les enfants vont retourner en classe. Je vais avoir besoin d'une activité secondaire, ça va sans dire.

— Je fermerai les yeux là-dessus, je réponds.

J'observe l'armoire à fusils derrière elle. La plupart des armes ont disparu et ont été remplacées – non sans ironie, je me dis – par des poupées *Precious Moments*. L'armoire est fermée à clé et je ne me suis jamais inquiétée de sa présence dans la garderie. Mais soudain, des idées me viennent. Je pourrais tirer sur Stacy pendant la chasse au canard sur les bords de la Wishkah. Et crier à l'accident. Mais bien sûr, aucune de nous deux n'a jamais eu pour habitude de chasser le canard.

Carrie-Anne demande à ses enfants de se calmer, Emma et moi lui disons au revoir, puis nous rentrons à la maison. Alors qu'elle me raconte tout ce qui s'est passé ce jour-là, je continue à imaginer comment tuer sa mère. C'est comme une chanson entraînante, je n'arrive pas à me sortir cette idée de la tête.

Nous passons devant un Safeway avec des cerises en vente sur son panneau d'affichage. Je me dis que je pourrais faire une tarte – avec un treillis de pâte sur le dessus, parce que Stacy n'y toucherait pas sinon – et la saupoudrer de cyanure. « Fais-toi plaisir, prends une grosse part, je lui dirais. Je me joindrais bien à toi, mais je suis un régime sans gluten maintenant. »

Une voiture s'insère dans le trafic et freine brusquement pour laisser un ivrogne traverser la quatre voies. Je pourrais renverser Stacy avec la voiture. Non. Ce serait trop compliqué et je me ferais prendre. « Quelle est la probabilité que vous renversiez votre propre sœur ? dirait l'enquêteur. Je ne savais pas que c'était elle », je mentirais.

Lui tirer dessus. L'empoisonner. La heurter avec ma voiture. Ce ne sont que les premières idées qui me viennent à l'esprit. Noyade. Overdose. Une corde autour du cou. Je suis sûre que bien d'autres me viendront en tête quand Emma sera endormie et que je serai allongée dans mon lit, cherchant désespérément un moyen de la sauver d'une vie atroce avec sa mère.

Shelby nous accueille à la porte.

Je pourrais donner Stacy à manger à un alligator. Si j'en avais un.

Alors qu'Emma se dépêche d'entrer, j'attrape Shelby et la couvre de baisers. Mon Dieu, comme j'aimerais que Stacy ne soit jamais revenue. Mon Dieu, comme j'aimerais que mon esprit soit libéré des pensées hideuses qui y circulent.

— Macaronis au fromage ? lancé-je à Emma.

— Les bonnes pâtes, hein ? répond-elle du tac au tac.

Les « bonnes pâtes », ce sont celles orange fluo, déjà prêtes dans leur boîte bleue. J'ai fait l'erreur d'en préparer à partir de zéro une fois, avec du gouda fumé et du panko sur le dessus. C'était délicieux pour moi. Pour Emma ? Pas tant que ça.

— Oui, dis-je. Les bonnes pâtes.

Je pourrais plonger la tête de Stacy dans une casserole d'eau bouillante. Je pourrais mettre sa tête dans le four. Je pourrais mélanger des morceaux de verre pilé à ses pâtes.

Tuer Stacy est le seul moyen de se débarrasser d'elle pour

toujours. Et pour le bien d'Emma, c'est la bonne chose à faire. C'est aussi probablement le seul moyen de me sauver, moi. Mais me sauver n'est pas une raison suffisante pour tuer ma sœur.

L'eau bout, Emma et Shelby s'asseyent dans la cuisine pendant que j'ouvre la boîte et verse les pâtes dans la casserole.

— Tatie-maman, me lance Emma, j'aurais vraiment voulu que tu viennes à la plage avec nous demain.

— Moi aussi, ma chérie. Mais tu sais que je n'ai pas le choix. Si je le pouvais, tu sais que je viendrais.

— C'est juste que l'été est presque fini. Et on n'a presque rien fait. On n'est allé nulle part.

Je viens m'asseoir à côté d'elle après avoir réglé le minuteur. Elle est assise sur le sol, la tête de Shelby sur sa cuisse.

— Je sais, dis-je, en la prenant dans mes bras. Je suis désolée, je fais le genre de travail qui empiète beaucoup sur la vie. La plupart des gens peuvent partir en vacances. Moi, je dois attendre qu'il y ait une accalmie, un trou dans les enquêtes. Mais il n'y a pas eu beaucoup de trous, dernièrement.

— M. Hanson ne peut pas se débrouiller tout seul ? J'aimerais retourner à Seattle !

Je secoue la tête.

— Pas tout de suite, ma belle. Désolée. Mais je te promets qu'on y retournera quand les choses se seront calmées. Pour de vrai. Promis juré.

Ses yeux bleus s'emplissent de déception et mon cœur se serre. Le minuteur sonne et je me relève.

— Promis juré ? répète-t-elle.

— Juré, craché.

Plus tard dans la nuit, ma prédiction se réalise. La chanson tourne en boucle, encore et encore, mais ce n'est pas une chanson. C'est un hymne qui me hurle de me débarrasser de ma sœur. En la tuant. Parce que c'est la bonne chose à faire, sans l'ombre d'un doute. Même si c'est mal, je fais avec. Je bois du vin et réfléchis à ce qui pourrait arriver. Dans certains scénarios, je m'en sors et tout va bien. Emma grandit, intelligente, parfaite, belle et aimée. Elle n'aurait pas besoin de connaître la trahison de sa mère ni de savoir comment une vie avec elle l'aurait privée du vrai bonheur. Mais dans d'autres scénarios, je me fais prendre et Emma devient pupille de l'État. Ses deux parents seraient morts. Je serais jugée et condamnée. Elle ne me pardonnerait jamais. Parce qu'elle ne connaît pas sa mère comme je la connais. La seule bonne chose si je me faisais prendre, c'est que Stacy serait morte et – à moins qu'elle ne soit une version féminine de Freddy Krueger ou de Michael Myers – partie pour toujours. Ce serait bien.

J'aperçois mon reflet dans mon verre à vin. Je souris. Ce n'est pas un sourire heureux, mais un sourire de satisfaction étrange. Mais je vois quelque chose d'autre dans mes yeux. Cela me fait un peu peur alors que je pose le verre sur le dessous-de-plat en céramique que j'ai fabriqué à l'école, pour ma mère. Je me demande qui est cette femme dans mon reflet. Qui est cette femme qui tuerait sa propre sœur ?

Est-ce vraiment toi, Nicole Foster ?

Est-ce que je sais encore qui je suis ?

CHAPITRE 29

Jeudi 24 août

Chaque matin, ça me réveille comme un tambour. Comme des coups de marteau à l'intérieur du crâne. Ça fait neuf jours. Neuf jours qu'Ally a été tuée.

Dieu merci, les images de vidéosurveillance que m'a fournies Darren Huff, le directeur adjoint du WinCo, sont numériques. Enfin quelqu'un à Aberdeen qui n'est pas resté bloqué au siècle dernier. C'est une bonne chose ; étonnante pour la région, mais qui va énormément nous faciliter la tâche.

Carter est enfermé dans son bureau, le téléphone vissé à son oreille et s'occupe d'un problème familial. Je ne saurais dire si c'est à propos d'un de ses enfants ou si c'est son ex-femme qui tente une nouvelle fois de l'anéantir. Selon lui, c'est ce qu'elle a fait. D'abord une liaison, puis des promesses de réconciliation, puis un huissier de justice. Puis le divorce. Je sais qu'il y a toujours deux versions à chaque histoire, mais puisque je travaille avec Carter, je suis de son côté. Je me dois de l'être. Entre coéquipiers, on a besoin de ce genre de confiance inconditionnelle. Pas de questions à poser. Ou du moins, jamais à voix haute.

Je connecte la clé USB à mon ordinateur et télécharge la vidéo. Je fais une avance rapide jusqu'à arriver à peu près à l'heure du déjeuner. Le parking arrière est vide, en dehors de la Subaru de Tomlinson. C'est calme. L'angle n'est pas parfait. J'ai envie d'essayer de voir si Ally a essayé de se débattre pour sortir de la voiture, mais c'est impossible en réalité. *C'est sûrement pour le mieux*, je me dis. Je ne voudrais pas que Mia assiste à la torture de sa fille en plein tribunal devant tout un jury d'inconnus. Aucune mère ne devrait endurer ce genre de télé-réalité d'un autre genre.

Je fais défiler les images en accéléré jusqu'à repérer du mouvement. C'est Luke. L'image est loin d'être parfaite, mais je suis sûre que c'est lui. Il passe devant les arbres qui bordent le parking. Sa démarche est lente, délibérée. Je mets l'image en pause et vérifie l'heure. Douze heures trente-huit. Ce qui correspond peu ou prou au témoignage des collègues, Gavin Wilcox et Al Black, partis manger avec Luke au Jersey Mike's. Je ralentis la vidéo pour la voir image par image. Le regard de Luke oscille de gauche à droite alors qu'il s'approche du véhicule. Il pose un sac sur le siège avant. Penche un peu la tête du côté conducteur. Je me demande s'il voit Ally. Ou l'entend. Son mouvement est si fugace qu'il serait difficile de soutenir qu'il a vraiment vu sa fille.

Et puis, l'inattendu se produit. Luke regarde quelque chose dans l'angle mort de la caméra. Il porte sa main à sa bouche. Impossible de dire s'il parle ou s'il reste silencieux, mais il me semble évident qu'il y a quelqu'un d'autre sur les lieux. Luke se retourne et regarde la Subaru, puis regarde à nouveau ce que j'estime être une autre personne. Il dit quelque chose, mais je n'arrive pas à lire sur ses lèvres.

Mon cœur bat la chamade. Je ne m'attendais pas à une telle chose.

Luke fait quelques pas vers la voiture, puis fait volte-face. Ses poings sont maintenant serrés. Il semble très en colère. Contre quelque chose ou quelqu'un.

Carter passe sa tête dans l'entrebâillement de la porte.

— Tu es blanche comme un linge. Tout va bien ?

— Viens, regarde ça.

Il s'assied et je fais pivoter l'écran dans sa direction.

— Regarde. Juste là. Tomlinson parle à quelqu'un.

Carter écarquille les yeux.

— Sérieusement ? Mais qui ?

— Je n'en ai aucune idée.

— Tu peux lire sur ses lèvres ?

— Non. Mais je suis sûre qu'il parle à quelqu'un. Et il a l'air en colère. Très en colère, même.

Je clique sur les icônes indiquant le contenu enregistré par les deux autres caméras. Les images défilent, mais je ne vois rien d'autre qu'un parking vide et une mouette aux prises avec ce qui semble être un rongeur mort.

— WinCo aurait peut-être besoin d'un dératiseur, lance Carter.

— C'est nous les dératiseurs, je réponds. On va coffrer cette vermine de Tomlinson.

Carter se lève pour s'installer en face de moi. Il se masse le cou de ses grandes mains noueuses pour éliminer, j'imagine, les tensions dues à sa discussion avec son ex-femme.

— Ça ne me regarde pas, dis-je, mais si jamais tu veux en parler...

— Ça ne te regarde pas.

Je comprends la réaction de Carter. Je sais qu'il n'aime pas être vu en position de vulnérabilité. Il tient à ce que je le voie sous son meilleur jour. Et l'échec de son mariage a beaucoup meurtri sa fierté.

— Je sais, lui dis-je. J'essaie juste de te faire comprendre que je tiens à toi. Tu sais, j'ai traversé beaucoup de moments difficiles dans ma vie et je sais que si j'avais eu un vrai avocat, et pas quelqu'un qui m'a lestée avec du plomb au lieu de me donner un gilet de sauvetage, je me serais sortie du pétrin beaucoup plus vite.

Je parle de Stacy, bien sûr.

— J'apprécie tes conseils, dit Carter. Mais, sans vouloir t'offenser, je ne suis pas toi.

Les traits de son visage sont crispés, je sais que j'ai touché un point sensible.

— Je m'en sors par mes propres moyens, continue-t-il. Et je souhaiterais arrêter là cette conversation. C'est d'accord ?

— D'accord.

— À mon avis, Luke parlait à un de ses collègues ou peut-être à Rachel Cromwell, dit-il, pour revenir au sujet qui nous intéresse.

Moi, je n'en suis pas si sûre.

— C'est possible, j'imagine que c'est le cas. Mais j'imagine mal Rachel ou les collègues de WinCo nous avoir caché ça. Ce serait très suspect et ça ne leur ressemble pas.

Carter réfléchit un instant.

— Oui, tu as raison. Mais à qui d'autre pourrait-il parler ?

— C'est ce qu'il va nous falloir découvrir.

Je baisse les yeux vers mon téléphone. Un message d'Ocean View : « Votre père a demandé à vous voir. »

— Il se passe quelque chose avec mon père, annoncé-je nerveusement à Carter. J'y suis déjà allée hier et on me demande de revenir.

— Tu devrais y aller, répond-il. C'est peut-être grave.

Je hausse les épaules. Je n'en ai vraiment aucune idée.

CHAPITRE 30

Jeudi 24 août

Une jeune aide-soignante, Sammy-Jo selon son badge, se précipite vers moi alors que je passe devant un groupe de femmes en fauteuil roulant. Elles ont la tête pendante, comme si quelque chose de très intrigant se passait sur leurs genoux. Son sourire est si large qu'on croirait que son visage s'apprête à se déchirer en deux.

— Stacy ! me lance-t-elle, d'une voix débordante d'enthousiasme.

— Je m'appelle Nicole, je réponds.

— Oh, désolée, répond-elle, confuse. Je voulais juste vous dire que votre père a adoré le chocolat mexicain. Toute l'équipe aussi, d'ailleurs. C'était si généreux de votre part.

Je lève un sourcil interrogateur.

— Vous devez faire erreur, je ne vois pas de quoi vous parlez…

— Oh, excusez-moi, je suis stupide, s'écrit-elle après un moment de flottement. Stacy, c'est votre sœur, c'est ça ?

Oui, malheureusement.

— Elle n'est jamais venue voir notre père, répliqué-je. Elle vit à l'étranger.

Sammy-Jo secoue la tête si fort que ses boucles d'oreilles bleu turquoise menacent de se détacher de ses lobes.

— Mais si, je vous assure. Votre père l'adore.

— Mon père a un alzheimer et pense que Harrison Ford est président, rétorqué-je.

Sammy-Jo s'illumine.

— Si, si, elle est venue, elle a même signé dans le registre. Je vais vous montrer, suivez-moi. Je l'ai vue, elle vous ressemble beaucoup. Vous êtes jumelles ?

— Non.

Je la suis jusqu'au bureau d'accueil. Je sais que je suis censée signer à chaque visite, mais je ne le fais jamais. Je ne comprends pas l'intérêt. Mon père ne sait pas qui je suis. Et le personnel me connaît. Enfin, tout le monde, sauf Sammy-Jo, visiblement.

— Là ! me dit-elle en pointant fièrement du doigt une signature sur la page d'émargement. Stacy Chase, c'est bien votre sœur ?

L'air s'enfuit de mes poumons avec une telle force que je me dis que tout le monde à Ocean View peut entendre mon souffle. *Elle est là. Elle est réellement là.* Dans cette écriture de fille trop sûre d'elle, tourbillonnante à l'excès, qui, selon elle, lui donnait l'impression de signer des autographes, il y a son nom. Et celui de Julian aussi. Je ne le savais pas, mais ma sœur n'est pas seulement revenue dans les parages, elle l'a fait avec un nouveau nom de famille. Ma sœur. Mon adversaire. Mon amour. Ma rivale détestée. Le sang empoisonné de ma lignée. Quand j'essaie de parler, mes mots sont à peine un murmure :

— Elle est de retour, dis-je.

J'ai senti sa présence, comme une ombre, mais maintenant elle est réelle.

— Je ne m'entends pas très bien avec ma sœur non plus,

m'avoue Sammy-Jo, pour atténuer ce moment terriblement gênant. Elle monopolise la salle de bain alors qu'elle sait que je dois partir au travail ! Être en retard est une infraction grave ici. Parfois, je me dis que ma sœur fait exprès de me mettre en retard parce qu'elle est jalouse de mon travail.

— Ce n'est pas tous les jours facile d'être sœurs, lui dis-je.

Elle ferme le registre.

— Elle a laissé un mot pour vous, ajoute-t-elle, comme si elle venait de s'en souvenir. C'est dans la chambre de votre père. Épinglé sur le tableau en liège.

La chambre de papa est silencieuse. Il est endormi. Ou peut-être mort. Je guette pendant une seconde un léger soulèvement du drap qui recouvre sa poitrine rabougrie. Il bouge. Il est bien vivant. Les poils sur son menton sont comme de petites aiguilles blanches. Cela me met hors de moi que le personnel ne le garde pas rasé de près. Papa y tenait particulièrement. Même quand il travaillait de longues heures à l'usine, il ne partait jamais sans avoir l'air propre sur lui. J'ai vu à quoi ressemblaient les autres pères qui faisaient le même travail. Je savais que lui faisait très attention à son apparence parce qu'il a épousé ma mère. Parce qu'il savait qu'elle était la plus belle femme d'Hoquiam – ce qui n'est peut-être pas grand-chose par rapport au reste du monde, mais c'était le cas. Pour être à la hauteur d'une si belle femme, il fallait qu'il soit fort, propre, soigné. Beau. Il n'avait pas son charisme, mais il savait que s'il voulait la garder, il devait se montrer à la hauteur, lui fournir un bon cadre, en quelque sorte. Elle était le diamant. Lui, la bague en or.

Ce tableau en liège, censé aider mon père à se souvenir, ne sert vraiment pas à grand-chose. Emma et moi avons fouillé la maison à la recherche de photos, de vieilles places de concert – les Rolling Stones à Seattle ! – de ses vieilles clés de voiture, tout ce qui pouvait déclencher un souvenir quelconque. J'y ai mis des photos de ma mère, de Stacy, d'Emma et de moi dans une rangée tout en haut. J'ai pris soin de sélectionner la pire photo de ma sœur que j'ai pu trouver ; une quête qui n'a pas été facile. Elle avait rendez-vous avec un garçon qu'elle m'avait volé. Papa a pris la photo et appuyé trop tôt sur le bouton, la capturant dans une position étrange avant qu'elle n'ait fini de se lever et de prendre la pose. Ses yeux sont à moitié fermés. J'adore ce cliché.

Sous les photos de familles, des images de notre maison et de notre jardin. Il y a même l'étiquette de son casier à l'usine. De temps en temps, je rajoute de nouvelles choses, pour voir si ça réveille quelque chose en lui. Mais c'est peine perdue.

Et maintenant, au milieu de tout ça, épinglé au-dessus d'une photo de notre maison décorée pour Noël, se trouve un cadeau que je ne m'attendais pas à recevoir. C'est une enveloppe blanche, qui m'est adressée. L'écriture est indéniablement celle de ma sœur. Je m'assieds sur le bord du lit de mon père. Il remue. Je prends une grande inspiration et remarque que mes doigts tremblent lorsque j'ouvre l'enveloppe et en retire le contenu. Pendant un instant, j'ai l'impression qu'une ombre me recouvre de part en part. Un frisson. Une sorte d'obscurité qui, je le savais, reviendrait un jour me traquer. Stacy est comme les psychopathes dans les films d'horreur. Elle peut disparaître, parfois longtemps, mais elle reviendra toujours. Avec Stacy toujours vivante, descendre seule à la cave ne sera jamais quelque chose de sûr.

Chère Nic,

Tout d'abord, chaque chose en son temps. Je ne vais pas te créer de problèmes. Je pourrais, mais tu sais que je ne suis pas comme ça. J'ai été absente pendant quelques années maintenant et je pense que cela a fait de moi une meilleure personne. J'ai grandi. J'ai fait des erreurs et j'en suis désolée. Du moins, je le suis pour la plupart d'entre elles. J'ai vécu au Mexique et, pour tout te dire, les choses ne se sont pas passées comme je l'avais prévu. Je suppose qu'on peut dire que j'avais mal calculé comment serait ma vie après la mort de Cy.

Après le meurtre de Cy, je pense tout bas.

Papa bouge sa jambe et je tapote son pied. Une infirmière passe devant la porte ouverte et je jette un coup d'œil dans sa direction. Elle me sourit chaleureusement. Elle pense que je partage un moment émouvant avec mon père, alors qu'en réalité, c'est à ma sœur que je pense. Les larmes dans mes yeux ne sont pas dues à de la tristesse, mais à de la terreur.

Je continue ma lecture.

Nic, je veux que tu saches que j'apprécie tout ce que tu as fait pour Emma. Je vois comment elle grandit. Je veux lui rendre visite. Je veux qu'elle sache que je l'aime toujours et que même si je n'ai peut-être pas été la meilleure mère qui soit, j'ai fait de mon mieux. Quand j'y pense, nous n'avons pas eu le meilleur modèle maternel, toi et moi, hein?

Elle a raison. Notre mère était totalement narcissique. Nous n'étions importantes pour elle que lorsque nous étions assez jeunes pour être habillées et montrées à ses amis et admirateurs. Un peu comme des chiens de concours. Mais aussi terrible que ma mère ait pu être, elle n'était pas une criminelle, pour autant que je sache. Ce n'était pas quelqu'un qui se fait de l'argent sur la mort d'un enfant. Ni une tueuse. Alors que ma sœur, elle, a fait toutes ces choses et pire encore, je le sais depuis très longtemps. Et pourtant, malgré tout ce mal qui suinte d'elle, je continue à vouloir la laisser entrer dans ma vie. Je continue à penser à la joie que j'ai ressentie quand je l'ai vue pour la première fois, à la sortie de la maternité. Ma magnifique petite sœur.

Je suis ici pour quelques jours encore. J'ai pris une chambre au Quinault Beach Resort + Casino. Je ne te causerai pas de problèmes. Tu dois me croire. Je suis dans la chambre 322. Viens me voir. Je veux que tu amènes Emma aussi. Elle a besoin de savoir que je vais bien. J'imagine que je lui manque terriblement.

C'était le cas, oui. Les premières semaines après que Stacy me l'a confiée, Emma était dévastée. Elle savait que son père était mort. Elle savait que sa maison avait été détruite. Que son monde entier était parti en fumée. Elle aimait sa mère. Donc oui, Stacy lui manquait énormément. On aime toujours sa mère, quoi qu'il arrive. J'étais dans la pire des positions à l'époque. Je me suis demandé si j'avais réellement pris la bonne décision en prenant Emma sous mon aile. Mais il faut dire que ma sœur me l'a refilée avec plaisir, comme on cède un objet. Elle était empêtrée dans toute une série de drames dont elle était responsable. Et elle voulait juste être libre.

Et la voilà de retour. Je savais que ce jour finirait par arriver.

Rappelle-toi qu'aucune de nous deux n'est parfaite.

Tout le monde mérite une seconde chance.

Avec amour,

S
T
A
C
Y
♡

. . .

« Avec amour ». *Comme si tu avais déjà connu ce mot.*

Sur le chemin du retour, je sens la bile monter dans mon estomac. Ma sœur est comme ces couteaux de lancer dans les numéros de magie qu'on regardait à la télé. L'assistante se tient aussi immobile qu'une statue et les couteaux frôlent sa joue avant de se planter dans la toile de fond. On soupire de soulagement à chaque lancer. L'assistante semble calme, mais au fond, les spectateurs savent qu'il y a toujours une chance que le magicien trébuche, tousse ou commette une erreur qui pourrait se révéler fatale. Stacy est comme ces couteaux. Et moi, je suis la fille qui essaie de ne pas cligner des yeux. Je repense à toutes les choses qu'elle a faites. Je pense à son mot, tentative timide de réconciliation, mais qui s'en prend ouvertement à mon plus grand échec.

Elle a réservé une chambre au casino. Certes, c'est le plus bel endroit de la région et, oui, Stacy a toujours exigé les plus belles choses. Jamais de steak si le homard est au menu, jamais une voiture d'occasion. Mais je sais qu'elle a prévu son coup. Elle a choisi le Quinault parce qu'elle sait que je devrai passer par le casino pour la rejoindre.

Sérieusement, Stacy ? Tu as vraiment cru que tu allais m'avoir comme ça ? Je suis plus forte maintenant. Plus intelligente aussi. Je peux le faire parce que je dois le faire. Je dois le faire pour Emma.

CHAPITRE 31

Jeudi 24 août

Les gouttes de pluie frappent mon pare-brise comme des bombes à eau lancées par une foule de préados alors que je me gare devant chez Carrie-Anne après cette longue journée. Mes essuie-glaces n'ont pas servi depuis des semaines, il y a une tache d'huile de moteur sur la vitre et une couche de saleté s'est accumulée sous les lames en caoutchouc. Je nettoie du mieux que je peux et n'essaie pas d'éviter les gouttes de pluie lorsque je cours vers la porte pour aller chercher Emma. Ma chemise et mon pantalon sont trempés.

— Tatie-maman ! carillonne Emma en me rejoignant à la porte. Il y a quelqu'un qui harcèle Carrie-Anne !

Je suis très étonnée par l'emploi de ce mot.

C'est alors que Carrie-Anne apparaît et m'invite à l'intérieur. Carrie-Anne est une personne qui n'a pas froid aux yeux. Je l'ai rencontrée à l'église après une de mes réunions des Joueurs anonymes, la première semaine de mon retour à Hoquiam. Elle était là pour mettre en place un club de lecture. Nous sommes devenues amies grâce aux romans policiers. C'est une vraie amie. Que j'aime de tout mon cœur.

— Qu'est-ce qui se passe ? demandé-je, affolée.

— Ton petit éléphant a de grandes oreilles.

Je m'agenouille pour parler à Emma.

— Chérie, va chercher ton cartable, on se retrouve dans le salon. Il y a Scooby-Doo à la télé.

— Je suis trop grande pour Scooby-Doo ! C'est pour les bébéééś !

— Tu as sept ans, Emma, c'est un âge parfait pour Scooby-Doo. On passera au TacoTime sur le chemin du retour. Si tu es sage. D'accord ?

— D'accord. Je serai sage.

Elle s'enfuit et je croise le regard de Carrie-Anne. Elle a l'air inquiète. Effrayée. Carrie-Anne n'est jamais effrayée. C'est une dure à cuire. Quelqu'un qui peut gérer dix enfants à la fois avec plus de sang-froid d'un chef de brigade commando. Elle m'invite à la suivre jusqu'à la cuisine et s'appuie contre un évier rempli de vaisselle en plastique coloré. Sur le rebord de la fenêtre, il y a une rangée de noyaux d'avocats qui ont été percés avec des cure-dents et immergés dans l'eau. Il y a aussi des patates douces, dans une installation similaire.

— Je suis désolée, dit-elle. Je n'aurais pas dû utiliser ce mot devant les enfants.

— Ce n'est pas un gros mot, je réponds.

— Mais c'est un vilain mot. Un mot qui fait peur, Nicole. Je suis vraiment désolée.

— Ça s'est passé aujourd'hui ?

Carrie-Anne tripote nerveusement sa chemise tie-dye – c'était la première activité de cet été, apprendre à teindre du tissu. Le lave-linge l'a quelque peu décolorée et le sèche-linge l'a fait rétrécir, mais elle la porte quand même pour faire plaisir aux enfants.

— Pas seulement aujourd'hui, dit-elle. Hier aussi.

Elle se tait et demande aux enfants de se calmer avant de continuer.

— J'ai vu cette voiture dehors. Une location de chez Avis. Au début, ça ne m'a pas inquiétée, je me suis simplement dit que les Ferguson avaient des invités. Mais quand j'ai vu Suzanne, elle m'a dit que ce n'était pas le cas et qu'elle n'avait aucune idée de qui ça pouvait être.

— Qu'est-ce qui te fait dire que c'est un harceleur ?

— OK, ce mot est vraiment ridicule. Le truc, c'est que la voiture n'est là que quand on va jouer dehors. Une femme était assise au volant et nous regardait. Ça m'a un peu perturbée, mais comme ce n'était pas un homme, je ne me suis pas sentie menacée. C'est peut-être bête de ma part. Je ne suis pas sûre, mais je pense qu'elle était là avant-hier aussi.

— Tu as retenu la plaque d'immatriculation ?

Carrie-Anne secoue la tête.

— J'ai vraiment besoin de lunettes, Nicole. Il faut que j'arrête de le nier. C'est à peine si j'arrivais à voir l'autocollant Avis.

— Quelle marque de voiture ? Quelle couleur ?

— Je dirais une Lexus ou ce genre de SUV haut de gamme. Beaucoup trop belle pour quelqu'un du coin. La couleur ? Euh...

Elle lève les yeux au ciel, pour réfléchir.

— Quelque chose entre l'argent et le taupe ? J'imagine que pour une voiture comme ça, on dit « champagne », ou quelque chose du genre.

— Washington, sur la plaque ?

— Non. Californie. Enfin, je crois. Peut-être Caroline du Nord. Comme je te disais, je vois vraiment mal.

— Tu as prévenu la police ?

— Non. Je ne pensais pas que c'était important. Je ne me suis rendu compte de la gravité de la chose que lorsqu'Emma et les autres enfants se sont énervés parce que j'ai utilisé le mot « harceleur ». Mon Dieu, je suis tellement stupide, Nicole.

— Non, lui dis-je, tu es juste prudente. Et la prudence, c'est bien. Mais, rends-moi un service, s'il te plait.

— Oui ?

— Si la voiture se montre demain, prends des photos. Y compris de la plaque.

— Oui, bien sûr. Ce sera fait, compte sur moi. J'ai été bête, j'aurais dû le faire dès aujourd'hui.

Je lui adresse un sourire chaleureux.

— Bon allez, il est temps pour moi d'emmener Emma au TacoTime, lancé-je. J'ai tellement de chance de l'avoir.

— C'est frites et bâtonnets de poisson ici. Tu ne veux pas rester dîner ?

— Je déteste les bâtonnets de poisson. Ça me rappelle mon enfance. On a engouffré de telles quantités de « Captain Iglo » qu'il faisait pratiquement partie de la famille. J'apprécie le geste, mais, ce soir, ce sera tacos pour moi.

Comme à son habitude, Emma est une vraie pipelette, y compris pendant que je passe commande. Quand ma voiture était encore neuve, je me suis promis que personne n'aurait le droit de manger dedans, mais avec un enfant de sept ans et le besoin de se faire plaisir de temps en temps, cette règle est très vite passée à la trappe. Emma mord de toutes ses forces dans son taco, envoyant de la laitue et du fromage valser dans tous les sens. Nous en rions à gorge déployée. C'est drôle comme ce genre de choses qui m'auraient dérangée par le passé de la part d'un autre passager me font sourire quand c'est ma nièce qui les fait. Ma belle, sage et idiote de nièce.

— J'ai cru que c'était toi, la dame, dit-elle.

— Quelle dame ?

— Celle qui harcèle Carrie-Anne.

Carrie-Anne n'a pas mentionné ce détail. Ne voulant pas m'imaginer le pire, j'essaie de me dire que l'esprit d'Emma est celui d'une enfant de sept ans influencée par Scooby-Doo (bien qu'elle soit persuadée d'être « trop vieille pour regarder »).

— Tu l'as vue ? demandé-je.

— Ouais, dit-elle en croquant dans son taco. Elle voulait que je vienne dans sa voiture.

Mon cœur bat à toute allure, mais j'essaie de rester calme. Je pose mon Coca light et regarde Emma tandis que nous roulons, quittant la route des yeux le temps d'une seconde. Assez longtemps pour digérer ce qu'elle vient de me dire.

— Tu es allée la voir ?

Emma secoue la tête et avale une autre bouchée de son taco, qui est devenu une salade sur ses genoux.

— Non, dit-elle. On doit rester dans la cour. C'est la règle numéro un ou peut-être numéro deux.

Carrie-Anne a beau avoir une vue abominable, elle sait gérer les enfants et leur sécurité.

— Est-ce qu'elle t'a dit quelque chose, cette dame ?

— Non, dit Emma. Elle m'a fait signe de venir vers elle, mais je ne l'ai pas fait.

— Tu as dit que tu pensais que c'était moi.

— Oui, je l'ai cru pendant une demi-seconde. Mais quand je l'ai mieux regardée, j'ai su que ce n'était pas toi. Elle te ressemblait juste un peu, tatie-maman.

— Tu me le diras si tu la revois, OK ? C'est important.

Elle acquiesce.

— Oui, tatie-maman.

Je prends une grande inspiration et me mens à moi-même. J'essaie de me dire que c'est une coïncidence. Je repense à ce que Mia m'a dit et je sais qu'elle a raison. C'est la nature de mon travail que de toujours chercher les explications les plus sombres. Un étranger qui demande son chemin est forcément quelqu'un qui veut cambrioler une maison. Une personne qui demande à voir des chatons est un criminel prêt à bondir. Un professeur qui s'intéresse de trop près à ses élèves est forcément un pédophile.

Alors que parfois, ces personnes sont sincères et veulent simplement adopter des chatons, demander leur chemin ou aider leurs élèves à exceller.

Quand nous rentrons à la maison, Emma prend un bain et je lui sors son pyjama. Elle émerge de la salle de bain comme un petit caneton humide, en claquant des dents comme le font parfois les enfants, même s'ils n'ont pas si froid que ça. Je l'aide à s'essuyer avec une serviette.

— Je suis contente qu'il pleuve, dit-elle.

— Oui, ça faisait un bon moment, je réponds, tandis qu'elle s'habille.

— Notre pelouse est toute morte. J'ai mal aux pieds quand je marche dessus. Alors que chez Carrie-Anne, l'herbe est verte parce qu'elle laisse tourner l'arrosage toute la journée.

— Carrie-Anne est intelligente, dis-je en évitant une remarque sur sa consommation d'eau.

— Oui et très gentille aussi.

Je borde Emma et elle s'endort avant même que j'éteigne la lumière. La journée a été longue pour tout le monde.

En bas, j'ouvre une bouteille de vin qui, je l'espère, durera trois jours. C'est mon objectif. Je ne veux pas être de ces personnes qui boivent seules chez elles tous les soirs. Je sais bien que c'est ce que je fais, mais je ne peux pas m'arrêter. Pas vraiment. Pas quand mon cerveau est un stand de tir. Emma m'a donné le genre de but que je n'aurais jamais pu imaginer. C'est drôle ; je savais que je l'aimais quand je l'ai enlevée à ma sœur, mais je n'avais aucune idée de la profondeur de cet amour. Même s'il était déjà fort à l'époque, il s'est démultiplié avec le temps. Il a grandi de manière exponentielle. Les mères mourraient pour leur enfant. Et moi aussi, je mourrais pour Emma. Je suis sa protectrice. Quiconque essaie de s'en prendre à elle devra d'abord me passer sur le corps. Je ne la laisserai jamais tomber. Jamais.

Un verre de vin à la main et les pieds posés sur le bureau, j'allume la télé pour voir la fin du journal télévisé sur une des chaînes de Seattle. Les visages à l'écran me font sursauter. Je pose le verre et appelle Carter. *Non, mais sérieusement ?*

— Tu as vu les infos ?

— Bonsoir à toi aussi, Nicole. Non, je n'ai pas vu. Mais j'ai entendu dire qu'ils ont interrogé Rachel et qu'elle a raconté sa liaison avec Luke.

— Pourquoi tu ne m'as pas appelée ?

— Je viens de l'apprendre, à l'instant. Le procureur me l'a dit.

Je remarque que ma main est crispée autour du téléphone et relâche ma prise. Voilà qui ne m'arrange pas. Le procureur me fait des cachotteries. Je sais que je ne pèse pas lourd dans la police d'Aberdeen. J'aurais dû être à Bellevue, mais je me suis plantée royalement. Mais malgré tout, je ne peux pas m'en empêcher.

— Pourquoi ils ne m'ont pas appelée ?

— Parce que j'ai dit que je te transmettrai, répond Carter.

Son ton suggère qu'il sait que je suis énervée, bien que je fasse de mon mieux pour le cacher. Je ne suis pas très douée pour dissimuler mes émotions. Je suis, comme j'aime me le rappeler chaque jour, un travail en cours. Et le progrès est lent.

— Il y a une version web de l'histoire sur le site de la chaîne d'infos locale. Mais il n'y a pas grand-chose dessus. Juste une phrase d'accroche pour le reportage qu'ils comptent diffuser. Ça commence à vingt-trois heures.

— OK. Carter, fais-moi plaisir, la prochaine fois, envoie-moi un SMS. Tu sais envoyer des textos, n'est-ce pas ?

Bon sang, je déteste les mots qui viennent de sortir de ma bouche. Je laisse le stress m'atteindre et c'est Carter qui en fait les frais.

— Je suis désolée. Je ne voulais pas dire ça, ajouté-je.

— Ce n'est pas grave, répond-il. On a tous les deux beaucoup de choses à gérer en ce moment.

Je lui souhaite une bonne nuit et regarde la télé en buvant du vin, sachant très bien qu'à vingt-trois heures, cette bouteille pour trois jours sera terminée. Je ne suis pas ivre, mais pas loin. Un jeu télévisé. Un épisode de *Chopped.* Un peu de surf sur les chaînes. Et ça y est, il est vingt-trois heures. Rachel Cromwell apparaît à l'écran, mais elle n'est pas seule. Un message de Carter apparaît sur mon téléphone : « Putain de merde ! »

En effet. Au côté de Rachel, Mia Tomlinson.

— Je suis ici pour soutenir Mia, dit Rachel en croisant le regard de la mère d'Ally.

Rachel porte un top en broderie anglaise qui lui donne des airs de jeune fille sage. Mia, quant à elle, porte un blazer ajusté avec un badge « Souvenez-vous d'Ally » sur le revers de son col. Ce n'est pas vraiment une interview. Plutôt une conférence de presse. Pas de questions. Juste Rachel qui parle pendant qu'un photographe et une journaliste couvrent ses propos.

— J'ai eu une liaison avec Luke Tomlinson, dit-elle. Je sais que j'ai mal agi. Je savais qu'il était marié. Il ne m'a pas menti à ce sujet. Il m'a dit que sa femme était froide avec lui, que c'était une mégère qui le forçait à tout faire à la maison, y compris à s'occuper de leur fille, Ally. Mais je sais que c'était un mensonge maintenant.

Ses yeux se tournent vers Mia, puis reviennent à la caméra.

— Luke Tomlinson m'a avoué à au moins une occasion qu'il ne voulait plus être père. Il n'aimait pas le travail que cela engendrait. Il m'a dit qu'il espérait « qu'elle fugue ou quelque chose comme ça ». Je lui ai répondu que les bébés d'un an ne fuguent pas et il m'a dit : « Alors, je ne sais pas, quelque chose d'autre. N'importe quoi qui fasse qu'elle ne soit plus là. »

Ces mots, de nouveau. « Plus là. »

Je reçois un texto de Carter.

Putain de merde !

Tu l'as dit. Putain de merde, c'est le mot. Personne ne voulait de cette petite. Ni Luke ni Mia.

Il est foutu.

Ça, c'est sûr.

• • •

Pendant les dernières secondes du reportage, je remarque l'expression satisfaite de Mia. Comme depuis le début, il y a quelque chose qui semble factice dans son attitude. Elle a l'air tendue, mais pas d'une manière qui laisse entendre son désespoir en tant que mère ou en tant que femme. Elle se penche pour parler au micro et la chaîne en or autour de son cou cliquette contre l'appareil, produisant un son atroce.

— Je n'ai rien à dire de plus, si ce n'est l'immense choc que je ressens. Je suis fière de Rachel et n'ai aucun ressentiment envers elle. Rien de tout cela n'était de sa faute et j'applaudis son honnêteté. Le monde a besoin de femmes fortes comme Rachel Cromwell.

L'interview est terminée et la bouteille est vide. Je me traîne dans les escaliers jusqu'à mon lit.

Le matin, je le sais, viendra bien assez tôt.

CHAPITRE 32

Vendredi 25 août

Je n'arrive pas dormir et la lumière du jour arrive trop vite. Non pas que j'aie envie de dormir. Pas vraiment. Je n'ai jamais été très douée pour le sommeil. C'est une perte de temps. Et il y a aussi les cauchemars, qui m'ont hantée toute ma vie. Quand j'y repense, avec le recul, je me dis que ce qui m'a attirée dans les casinos, c'était d'avoir une excuse pour ne pas fermer les yeux. L'énergie. Les gens aspirés par ce kaléidoscope de couleurs et de promesses. Les effluves d'espoir et de déception dans l'air. Les lumières clignotantes. L'impatience. Toutes ces choses qui me stimulaient et me faisaient oublier les monstres qui me visitaient la nuit. Sauf qu'à un moment donné, cette distraction est devenue une addiction. Qui m'apportait un certain soulagement, je l'admets. Gagner. Perdre. Y retourner. Répéter le processus, encore et encore.

Il est six heures du matin, je suis douchée et habillée pour la journée. Emma dort et je m'assieds sur le bord de son lit pour la regarder. Je sais qu'elle a été le remède à mon problème, même si la psy dit que la thérapie et les réunions sont responsables de ma guérison. *C'est bien. Croyez ce que vous voulez. Moi, je sais.*

— Réveille-toi, lui murmuré-je.

Ses yeux s'ouvrent lentement et elle regarde le réveil Félix le Chat qui était déjà là du temps où Stacy avait son âge.

— Il est trop tôt, grogne-t-elle.

— Je t'emmène au McDo avant d'aller chez Carrie-Anne.

— Je n'aime pas McDo, dit-elle en se retournant avant de s'enfoncer dans un cocon de couvertures.

— Tu aimes les pancakes, rétorqué-je.

Et je la surprends à sourire. Elle sait que j'ai touché le point sensible. Elle aime vraiment les pancakes. Pas les toasts (ça, c'est ce que moi, je préfère, mais pour elle, « c'est un sandwich avec rien dedans »). Ni les gaufres, « trop sèches, pas bonnes ». Mais les pancakes… Voilà qui sait parler à son âme.

— OK ! dit-elle, en sautant du lit comme une gymnaste olympique. Je suis prête dans deux minutes !

— Brosse-toi les dents ! lui lancé-je.

— Je sais, je sais, je ne suis pas un bébé, répond-elle.

Elle se dirige vers la salle de bain et j'attrape Shelby pour lui faire descendre les escaliers et l'emmener faire son affaire, ce qu'elle fait quasiment sur commande maintenant. Cinq minutes plus tard, Emma est prête à partir.

Emma et moi mangeons à la table où Ally et Luke se sont installés. C'est intentionnel. Je veux vivre la scène du point de vue de Luke. Emma avale une bouchée de son pancake.

— Ils sont vraiment bons, dit-elle.

Je ne lui fais pas remarquer qu'elle parle la bouche pleine. Elle n'a pas besoin que je lui fasse constamment la leçon.

— Oui, tu as raison, je réponds, en en piquant un bout dans son assiette.

— Hé ! Mais ce n'est pas juste !

— Oui, très très bon, dis-je en mâchonnant, j'en prendrais bien une part de plus.

Emma fait la grimace.

— OK, dit-elle en levant les yeux au ciel, prétendant être outrée. Une bouchée de plus et c'est tout !

Quand nous nous levons pour partir, j'allume la fonction chronomètre de mon téléphone. Notre chronologie est fausse, je le sais. Je veux bien qu'il ait fallu plus de temps à Luke pour installer Ally dans son siège auto, mais ça n'explique pas pourquoi il a mis autant de temps à faire le trajet entre le McDonald's et le WinCo. Une grand-mère peu familière avec les boucles et les boutons-pression d'un siège auto pourrait mettre un peu de temps à installer l'enfant, mais Luke était un père expérimenté. Non, cela ne tient pas debout. Il emmenait Ally à la garderie depuis des mois.

— On va faire un petit test, expliqué-je à Emma alors que nous quittons le parking pour nous engager sur la route.

— Quel genre de test ?

— Je me demande juste combien de temps on met à aller quelque part en partant d'ici.

— Où ?

— Au supermarché WinCo.

Emma ne dit rien. Elle sait ce que je suis en train de faire. Carrie-Anne laisse la télé allumée toute la journée, elle est donc au courant de l'affaire. Et, bien qu'ils soient passés à autre chose depuis, les médias de Seattle ont fait de cette histoire leur poule aux œufs d'or, montrant sans arrêt des images du WinCo. Le service des relations publiques de la chaîne de magasins a dû détester ce genre de publicité.

Je sais que Luke et Ally sont arrivés au McDonald's à huit heures trente-neuf. Seize minutes après – huit heures cinquante-cinq –, Luke et Ally ont quitté le fast-food pour WinCo. Il est arrivé et s'est garé là-bas, à l'abri des regards, à neuf heures neuf.

Je retourne mon téléphone pour ne pas regarder le chronomètre. Je veux conduire comme si tout était normal. Si je rate un feu, ce n'est pas grave. Le trafic est plus fluide à cette heure de la matinée de toute façon. Mais dans ce type d'affaires, chaque détail compte.

Emma parle de l'école et de sa nouvelle maîtresse qui, selon Carrie-Anne, est très gentille.

— Elle est vraiment bonne en arts plastiques, dit-elle. Je pense que je vais beaucoup l'aimer.

— C'est bien, je réponds. Moi aussi, j'aime les arts plastiques.

Emma m'a dit plus tôt cet été qu'elle voulait être artiste plus tard. Mais à vrai dire, à cet âge-là, ça change tout le temps. L'an dernier, elle voulait travailler pour une chaîne de télé-achat (merci Carrie-Anne !) et avant cela, elle disait vouloir être officière de police. Je ne sais pas si c'était sincère ou pour me faire plaisir. « Je veux être comme toi », m'a-t-elle dit.

Quand nous arrivons à WinCo, je me gare, retourne mon téléphone et appuie sur « Stop ». Il nous a fallu huit minutes et vingt-deux secondes, peu ou prou. Alors que si on en croit les caméras de surveillance du McDonald's et du WinCo ce matin-là, Luke a mis presque quatorze minutes.

— Tout va bien ? demande Emma.

— Oui, oui, dis-je, même s'il est évident sur mon visage que quelque chose ne va pas. Je t'emmène chez Carrie-Anne maintenant. Merci d'avoir fait cette petite course avec moi, Emma.

Elle sourit.

— Merci à toi pour les pancakes.

— La prochaine fois, je commanderai ma propre assiette, dis-je.

— Bonne idée, répond-elle.

En chemin vers chez Carrie-Anne, je pense à ces six minutes

de trop dans la chronologie. Il n'y a qu'une seule explication possible. Luke s'est arrêté quelque part en chemin.

Carter et moi retournons voir Angelina Marco. J'explique à mon coéquipier ma petite expérience de ce matin. Il hausse les sourcils d'un air surpris, mais, pour l'heure, c'est à Angelina d'occuper le devant de la scène. Penchée sur son ordinateur, elle se bat contre notre équipement du siècle dernier pour faire fonctionner le projecteur. *On aurait vraiment besoin d'une petite mise à jour,* me dis-je.

— Qu'est-ce qu'on a de nouveau ?

C'est à peine si elle lève la tête.

— Vous verrez, dit-elle en mâchonnant une pastille pour la gorge.

Angelina nous a déjà fait comprendre qu'elle n'aimait pas les gens, mais je sais qu'elle aime mettre en scène ses révélations, faire en sorte que ce soit un vrai spectacle. J'échange un regard avec Carter et je me dis qu'il pense la même chose que moi.

— Il y a des bonnes et de moins bonnes nouvelles aujourd'hui, finit-elle par annoncer.

Elle me regarde dans les yeux.

— Le téléphone de Mia a été formaté. Vide, revenu aux paramètres d'usine. Rien à en tirer.

— Mais il reste toujours des traces de ce qu'il y avait dessus, non ? Ça ne suffit pas à tout effacer, si ?

Elle secoue la tête.

— Si, malheureusement. Rien. *Nada.* Vide de chez vide. Ce n'est vraiment pas difficile à faire. Allez voir sur Internet. Des gens vident leur téléphone tous les jours, pour les revendre de seconde main. Ce n'est pas crypté, c'est juste... Vide. Une ardoise blanche, effacée.

— OK. On était surtout intéressés par le téléphone de Luke de toute façon, dit Carter.

— Oui, c'est là que sont les bonnes nouvelles, dit Angelina. Dans ce cas précis, je pense que vous avez tout ce qu'il vous faut pour vous assurer que ce connard finisse ses jours en prison.

— Encore mieux que le contenu de son ordinateur ?

Elle acquiesce.

— L'ordinateur, c'était déjà pas mal, mais son téléphone... C'est vraiment quelque chose. De quoi vous donner la chair de poule. J'ai sélectionné quelques éléments en particulier qui me paraissent pertinents, mais je ne voudrais pas faire votre travail à votre place.

Carter et moi échangeons discrètement un regard. Nous avons déjà discuté des ambitions d'Angelina. Elle répète que grimper les échelons ne l'intéresse pas, mais devenir cheffe d'équipe semblerait assez logique dans son parcours professionnel. Elle pourrait très bien devenir notre supérieure si elle le désirait.

Nous regardons l'écran tandis qu'elle déplace sa souris pour ouvrir les fichiers. La première chose qu'elle nous montre est un échange de SMS entre Luke et un contact dénommé « Suc ».

LUKE

Je veux sortir d'ici. Je m'ennuie à mourir.

SUC

Moi aussi. J'en ai plein le cul.

LUKE

Ce soir, c'est moi qui t'en mets plein le cul. Tu débauches quand?

SUC

Je ne sais pas. Peut-être plus tard. Peut-être jamais.

LUKE

J'ai envie de t'huiler et de te faire rouler par terre.

SUC

Ça me tente bien.

• • •

Pour terminer la conversation, Luke envoie une photo de son pénis. Je commence à me dire que j'ai tellement vu son organe que je saurais l'identifier en baissant son pantalon. Ça me fait froid dans le dos. Je regarde Angelina. Je ne sais pas trop quoi dire, mais je tente quelque chose :

— Un échange de *sextos* plutôt ennuyeux, si vous voulez mon avis.

Carter me donne un coup de coude, gentiment.

— Je ne savais que tu avais de l'expérience dans ce genre de choses.

Je secoue la tête.

— Oh, non. Pas vraiment. Mais bon, quoi qu'il en soit, on savait déjà que Luke était un obsédé sexuel.

— Oui, ça, c'est sûr, dit Angelina. Mais ce n'est pas ça le plus important ici. Même si, bien sûr, ce sera à vous d'en décider. Regardez l'heure et la date de l'envoi.

— Où ça ? demande Carter.

Angelina bouge le curseur pour nous montrer le nom du fichier. J'ai envie de vomir quand je réalise ce qu'elle sous-entend. Carter, lui, n'a pas l'air de comprendre.

— L'anniversaire d'Ally, lui expliqué-je. Ce connard s'amusait à envoyer des *sextos* pendant l'anniversaire de sa fille. Un an. Le premier anniversaire de sa fille.

— C'est même pire que ça, dit Angelina.

— Ah bon ? demandé-je en manquant de m'étouffer. Il va me falloir des anti-reflux.

Elle commence à ouvrir le prochain fichier.

— Attends, demandé-je. Tu ne vas pas nous dire qui est Suc ?

Elle grimace.

— Non. Téléphone prépayé. Désolée. Mais regardez ça. Assieds-toi, c'est pas mal.

Elle sort un flacon d'antiacides de sa poche et me le tend. Je mets deux pastilles dans ma bouche et me demande comment quelque chose qui a un goût si affreux peut réellement aider quelqu'un à se sentir mieux. C'est comme mâcher un bâton de craie.

— Une série de textos envoyée depuis le McDonald's, le matin de la mort d'Ally.

— Je me demandais ce que ce con faisait sur son téléphone, marmonne Carter.

Moi, je ne dis pas un mot. Je ne peux pas.

LUKE

Tu es sexy.

SAM

Y a pas plus sexy que moi.

LUKE

Tu veux qu'on se retrouve près de la rivière plus tard?

SAM

Ouais. Ça fait trop longtemps.

LUKE

Oui.

SAM

Quelle heure?

LUKE

Je vais au cinéma après le travail. On se retrouve après?

. . .

Ma bouche peut à peine bouger.

— Par pitié, dis-moi que Sam n'a pas, elle aussi, un téléphone jetable.

Angelina tripote le cordon d'alimentation. On a vraiment besoin de nouveaux équipements. À Bellevue, nous avions tout ce dont nous pouvions rêver, et même plus. Alors qu'ici, les moyens sont particulièrement limités. Comme dans la plupart des petites villes. Ici, le mot d'ordre, c'est : « Faites au mieux ». Ce qui est suffisant quand il s'agit de petits délits, mais pour un meurtre, pas vraiment.

— Non, répond Angelina. Encore une fois, je ne veux pas vous dire comment faire votre travail, mais, dans ce cas précis, vous pourriez simplement appeler le numéro ou questionner la compagnie de téléphone. C'est un numéro local. Luke parlait tout le temps de sexe, c'est vraiment affolant.

Angelina affiche la prochaine série de textos à l'écran.

— Ce SMS a été envoyé dans l'après-midi. Selon votre chronologie, cela correspond à peu près au moment où Luke est retourné à sa voiture après le déjeuner. Un numéro local également. Pas un jetable. Youpi. C'est une bonne nouvelle.

LUKE

Tu me manques.

MARI

Je suis toujours en colère contre toi.

LUKE

Tu ne peux pas rester en colère contre moi pour toujours.

MARI

Je peux. Tu me fais vraiment chier.

LUKE

Allez, bébé, calme-toi un peu. On peut toujours passer de bons moments.

MARI

Non. J'en ai fini avec toi.

LUKE

Mais je suis libre maintenant. On peut faire tout ce que tu voulais, c'est OK maintenant.

MARI

Je n'y crois pas trop. Je ne te fais pas confiance.

LUKE

On peut le faire sur la banquette arrière.

MARI

Arrête de me prendre pour une conne. Tu me traites comme si j'étais une pute. J'en ai marre de le faire dans ta voiture. Je mérite mieux que ça. Je ne suis pas un objet.

LUKE

Tu sais que c'est compliqué. Mais c'est en train de changer, je te promets. C'est du passé tout ça.

MARI

Tu t'es servi de moi.

LUKE

Je t'aime. Tu es tellement sexy. Putain, je te désire tellement.

MARI

Va te faire foutre. Je n'aurais jamais dû te faire confiance. Ne me rappelle plus jamais.

LUKE

J'ai tout fait pour toi.

MARI

Au revoir, Luke.

— On dirait que Luke a eu une journée difficile, dit Carter, sans la moindre trace d'ironie.

— C'est un homme très occupé, on peut dire ça. Il ferait mieux d'avoir un autre passe-temps que le sexe, si vous voulez mon avis. Peut-être la pêche, ça lui irait bien.

Angelina et moi rions, bien que rien dans cette affaire ne soit amusant. Rire est une libération dans ce genre de moments.

— Je ne sais pas, je finis par répondre. Il a l'air aussi chanceux que mon père quand il pêchait la morue sur le quai de Westport.

— Comme je vous le disais, dit Angelina, il y a toute une quantité de messages sexuels entre Luke et plusieurs femmes. Ceux que j'ai sélectionnés ici sont pertinents pour votre chronologie. D'autres le sont peut-être aussi, mais j'ai du mal à discerner en quoi. Je vous ai tout mis sur une clé USB.

Elle rassemble ses affaires et part. Carter et moi restons seuls.

— Moi, c'est à peine si j'arrive à avoir un rendez-vous galant, dit Carter. Alors que lui, faut croire que toutes les femmes tombent à ses pieds. Comment ça se fait ?

— Tes standards sont peut-être trop hauts, je réponds.

— On va dire ça. C'est vrai que je ne me laisse pas séduire facilement.

Je lui adresse un petit sourire gêné.

— Ce n'est pas grave, on a tous nos défauts.

Un vent de malaise s'élève dans la pièce. Je ne connais que trop bien ce sentiment. Je nous invite à rester concentrés sur l'affaire.

— Nous devons découvrir qui sont ces trois-là, dis-je. Suc, Mari et Sam.

— Appelons-les, dit tout simplement Carter. Ce sera plus rapide et moins cher.

N'ayant rien à perdre, je compose le numéro de ladite « Suc » et tombe sur sa boîte vocale. Je reconnais tout de suite la voix. C'est Rachel Cromwell, la fleuriste du WinCo. Je me rappelle alors que Luke l'appelait « Mon sucre » et qu'elle trouvait ça mignon, sans ironie aucune. Elle n'a pas mentionné à quel point son amant – un homme marié – était torride ni son penchant pour l'envoi de photos de son anatomie. Elle-même n'en a pas envoyées – du moins, pas à notre connaissance. C'est quelque chose que je respecte chez elle.

Je parcours la liste des amis de Mia et Luke. Aucune Mari et aucune Sam. « Sam » pourrait signifier « Samantha ». Est-ce que « Mari » serait un diminutif de « Marianne » ? Peut-être, peut-être pas. J'appelle Mari tout de suite après. Comme avec Rachel, je tombe sur la boîte vocale. Mais cette fois-ci, je ne reconnais pas la voix.

— Bonjour. Ici l'inspectrice Foster de la police d'Aberdeen. Je vous rassure, vous n'êtes pas inquiétée. Mais j'aurais besoin que vous me rappeliez au plus vite.

Je lui épèle deux fois mon numéro et raccroche. La prochaine sur ma liste, Sam. Une fois de plus, répondeur. Je laisse un message similaire.

— À croire que personne ne veut répondre à un appel de toi, plaisante Carter.

— Seule une mère morte de trouille parce que son enfant n'est pas rentré le ferait. Quand leur smartphone leur indique que l'appel provient de la police locale, les autres préfèrent sûrement écouter mon message pour savoir de quoi il s'agit avant de décrocher. Je comprends que ce ne soit pas rassurant de recevoir un appel de la police.

— Les cartes de visite glissées dans le montant d'une porte, ça ne marche pas beaucoup mieux, dit Carter. Chaque fois que j'en laisse une et que je relance avec une deuxième visite, on me dit quelque chose comme : « Le vent a dû l'emporter » ou une autre foutaise dans le même genre.

— Qui dit encore « foutaises » de nos jours ? demandé-je.

— Moi, dit-il, voilà qui.

Il me sourit.

— Tu es d'un autre temps, dis-je avec un soupir exagéré avant de poser les yeux sur la une du journal.

Il y a une photo de Luke et Ally, un cliché que je n'ai encore jamais vu. Il est imprimé sur un t-shirt porté par une jeune femme. En dessous de la photo, il est écrit en lettres majuscules : JUSTICE POUR ALLY. ARRÊTEZ LES TUEURS DE BÉBÉS !

Je grimace. Bien que je méprise Luke Tomlinson, je sais que, quelle que soit la durée de sa peine, son séjour en prison sera court. Les hommes qui s'attaquent à leurs propres enfants ne font jamais long feu.

CHAPITRE 33

Vendredi 25 août

Pendant que Carter travaille sur une affaire de disparition sans rapport avec la nôtre, je retourne à WinCo et retrouve Rachel Cromwell derrière son comptoir. Le sourire chaleureux qu'elle adresse à son client se dissout dès lors qu'elle me voit apparaître. J'attends qu'elle ait fini d'encaisser le monsieur. Il achète un bouquet avec l'inscription « Bon rétablissement, maman ».

— Qu'est-ce qu'il y a encore ? Je vous ai tout dit. Vous ne pouvez pas venir ici et me questionner à nouveau. Je risquerais de perdre mon travail. Depuis que mon patron est au courant pour Luke et moi, il répète que c'est mauvais pour les affaires. Mais moi, je compose des bouquets, c'est tout. Je fais quelque chose qui rend les gens heureux. Vous voulez me faire perdre ça ?

Je la laisse finir. Elle a besoin de s'exprimer.

— Je ne suis pas là pour vous causer des problèmes, dis-je.

— Vous êtes là pour des fleurs, alors ?

— Malheureusement, non, Rachel. Je suis là pour mettre les points sur les « i ». Ça ne prendra que quelques minutes.

— Si mon patron vous voit, je vais me faire virer. Je ne plaisante pas. Ça lui fait de la mauvaise pub tout ça. Voir le nom de son magasin associé à un bébé mort, à tort ou à raison, ça fait fuir les clients.

— Accordez-moi juste une minute, je vous en prie.

Elle scrute les alentours d'un air anxieux.

— OK. Dans la pièce du fond. Mais faites vite.

Je la suis alors qu'elle disparaît derrière un grand étalage de tournesols. Elle se retourne et me fait face alors que la porte se referme.

— Qu'est-ce que vous me voulez cette fois-ci ?

— Vous m'avez dit que c'était fini entre Luke et vous.

— C'est le cas, dit-elle.

— Avez-vous été en contact avec lui les jours précédant la mort d'Ally ?

Elle croise les bras.

— Pas vraiment. Je veux dire, je l'ai vu ici, évidemment. Mais on ne s'est pas parlé. Pourquoi vous me demandez ça ?

Je fais mine d'ignorer sa question. Elle n'est pas essentielle à l'affaire et je ne voudrais pas qu'elle perde son emploi.

— Vous a-t-il envoyé des photos de son corps ? Vous savez, de ses parties intimes ?

Elle reste silencieuse pendant un moment.

— Oui. Il l'a fait.

Elle écarquille soudain les yeux, paniquée.

— Vous avez vu les photos ?

— Des photos de Luke ? Oui.

— Et de moi ?

Je secoue la tête.

— Non. Je n'ai pas de photos de vous, Rachel. En avez-vous envoyé à Luke ?

Elle baisse les yeux et je crois qu'elle est gênée. Mais quand elle les relève, je comprends que c'est de la peur.

— Quelques-unes, dit-elle. Peut-être une douzaine. Je ne sais pas. Oh, mon Dieu, j'ai tellement peur que ça fuite. C'était une erreur. Il avait insisté pour que je le fasse.

Je lui montre l'échange de textos entre Luke et ladite « Suc ».

— Oui, dit-elle, c'est moi. Je me sens tellement bête d'avoir fait ça.

— Je ne suis pas là pour vous juger, lui dis-je. Je veux juste confirmer que c'est bien vous.

— Oui. C'est moi. Mais c'était bien avant ce qui s'est passé avec Ally. Je ne peux pas faire partie de cette affaire. Si vous m'y mêlez, je vais perdre mon travail.

Je suis désolée pour elle, mais malheureusement, c'est déjà le cas.

— Vous en faites déjà partie, je réponds. Vous êtes passée à la télé. Ça n'aide pas l'affaire, vous savez, d'aller voir la presse comme ça.

Rachel se tripote les cheveux nerveusement.

— C'est Mia qui me l'a demandé, finit-elle par dire. C'est une amie de longue date, je l'ai connue bien avant de rencontrer Luke.

— Je vois.

Rachel me regarde droit dans les yeux.

— Vous n'avez aucune de mes photos ? Pour de vrai ?

— Nous ne les avons pas, répété-je en voyant son visage reprendre de ses couleurs. On dirait que Luke les a effacées de son téléphone. Et il ne les a pas sauvegardées sur un *cloud* ou autre. Du moins, pas d'après ce qu'on sait à ce jour.

Les larmes lui montent aux yeux et elle les essuie avec sa blouse à fleurs.

— Merci, inspectrice.

Elle n'a nul besoin de me remercier, mais je laisse couler comme si je le méritais. J'ai besoin d'autres informations de sa part. Une pièce de plus du puzzle en particulier, la plus importante.

— Connaissez-vous une Mari ? C'est avec un « i », pas un « y ».

— Mari qui ? demande Rachel. Nous avons quatre Marie qui travaillent ici. En plus d'une Marianne et d'une Marie-Louise.

— Une fille que Luke fréquentait ?

Elle laisse échapper un rire nerveux.

— Mon Dieu, non. Les Marie que je connais sont trop vieilles. Dans les trente ans, voire plus.

Moi qui commençais à aimer cette fille…

— Luke n'a jamais mentionné Mari ? Ou peut-être Samantha ?

Rachel réfléchit.

— Notre relation n'était pas si profonde, inspectrice. Enfin, ce n'était pas juste pour le sexe non plus, mais on ne se parlait pas de nos autres relations. Je savais qu'il était marié, je ne pensais pas qu'il avait autre chose à côté. Je ne savais pas qu'il y avait une autre fille.

Après ce bref échange, j'appelle Carter depuis ma voiture.

— J'ai vu Rachel Cromwell, expliqué-je. Elle a peur que des photos d'elle nue circulent sur Internet et que toute la ville la voie d'un nouvel œil.

Mais Carter n'a aucune sympathie pour elle.

— Elle n'aurait pas dû prendre ces photos et les envoyer si elle ne voulait pas en assumer les conséquences. Personne n'a eu un père digne de ce nom par ici ? Moi, j'ai dit à mes filles de ne jamais faire une chose pareille. Ça peut sembler être une bonne idée sur le moment, même si j'avoue que je ne vois pas comment, mais après – boum ! – tu es une star d'Internet et pas pour les bonnes raisons.

— Message reçu, dis-je.

— OK, je vais descendre de mes grands chevaux maintenant.

Tant mieux. Parfois, Carter en fait un peu trop. Mais là tout de suite, ce n'est vraiment pas le moment.

— Je n'ai rien trouvé sur Mari. C'est d'elle que nous avons le plus besoin. Mais Rachel n'a aucune idée de qui sont Mari et Samantha.

— OK. Je vais voir ce que je peux faire. Je vais fouiller les relevés téléphoniques. Peut-être que quelque chose va me sauter aux yeux, qui sait. Qu'est-ce que tu fais, toi ?

— Je retourne à la fourrière. Je te rejoins dans un petit moment.

— Qu'est-ce qu'il y a ? demande-t-il.

— Quelque chose que j'ai à faire. Quelque chose dont je dois être sûre.

— À propos de l'enquête ?

— Oui, mais ce n'est pas grand-chose, vraiment. Je veux juste vérifier quelque chose qui m'est passé par la tête.

Je sais que j'ai l'air évasive, mais ce n'est pas mon but. C'est juste que je me pose toujours ces questions sur Ally et Luke. Est-ce qu'il aurait vraiment pu la rater dans la voiture ? Ne pas l'avoir vue sur la banquette arrière ?

CHAPITRE 34

Vendredi 25 août

Le siège auto d'Ally est toujours au laboratoire de la police scientifique, mais j'en emprunte un autre de la même marque à Carrie-Anne avant de me rendre à la fourrière. Il a quelques années de plus que le modèle utilisé par les Tomlinson, mais une brève vérification en ligne m'indique que la taille et les caractéristiques sont les mêmes. La seule différence, c'est la couleur. J'emprunte également la grande poupée Corolle de Simone qui, à dix centimètres près, fait presque la même taille qu'Ally. Je peux arranger ça en lui mettant un bonnet.

Luke a prétendu qu'il ne pouvait pas voir sa fille dans le siège auto.

Je n'invite pas Carter parce que je sais qu'il va dire ce que je ne veux pas entendre. « Ça ne pèsera rien, au tribunal ». Je le sais bien. Mais je sais aussi que si on recroise Luke, on pourra lui parler de ce test. Évidemment, on a le droit de mentir à l'accusé, mais mentir n'a jamais été mon style. Amplifier la vérité, en revanche…

Le gardien du parking, un jeune homme, a une Thermos gris métallisé qui me rappelle celle de mon père et un livre de géométrie qui, lui, ne me rappelle personne dans la famille. Il est assis dans un petit cube transparent qui lui sert de bureau, à l'entrée de la fourrière. Je lui montre mon badge et il me fait signe d'entrer.

La Subaru est posée toute seule à l'extrémité du terrain. Elle a été examinée sous toutes les coutures. À l'intérieur, l'odeur de mort est toujours bien présente. Une odeur que rien ne peut atténuer. La banquette arrière devra être remplacée, sinon personne ne rachètera jamais cette voiture.

Je mets le siège auto en position. Je place la poupée de Simone à l'intérieur, tournée vers l'arrière du véhicule, comme l'était Ally. J'ajoute le petit bonnet sur sa tête et l'étire au maximum. Pour lui donner un peu de relief supplémentaire, je le fourre avec des mouchoirs.

Une fois derrière le volant, j'ajuste le rétroviseur et m'étire vers le haut. Luke est beaucoup plus grand que moi. Je me dis que vu sa taille, il devait complètement voir Ally. Ma petite expérience est tout sauf scientifique, je le sais bien. Et pourtant, quand je me regarde dans le miroir, j'aperçois le petit bonnet blanc, qui ne manque pas d'attirer mon attention. Je tourne légèrement la tête comme pour regarder la circulation derrière moi, ce que Luke a forcément fait. Là encore, le bonnet, comme un drapeau blanc.

Mon téléphone vibre. C'est Carter.

— Ouais.

— Comment ça se passe ?

— Très bien. J'essayais juste de voir si Luke était vraiment incapable de voir Ally sur la banquette arrière. Un petit test. Et comme je sais très bien ce que tu en penses, je tiens à dire que je *sais* que ce ne sera pas recevable au tribunal. Mais ça peut être un bon moyen de faire pression plus tard.

— Bonne idée, dit-il. Qu'est-ce que ça donne ?

Je regarde à nouveau le bonnet blanc sur la tête de la poupée.

— Il n'a pas pu manquer Ally, Carter. C'est totalement impossible.

— L'odeur aussi était immanquable, réplique-t-il. Je suis d'accord avec toi, il n'a pas pu ne pas la voir. Je me demande s'il l'a entendue crier.

Je ne réponds pas. L'idée de ce qu'a vécu ce bébé dans cette voiture est trop dure à supporter pour moi.

— Tu es toujours là ? demande Carter.

— Oui, oui. Qu'est-ce qui se passe ? Pourquoi tu m'appelles ?

J'entends la circulation autour de lui et le bruit qu'il fait quand il tire sur sa cigarette. Il est dehors.

— Luke veut parler.

— Ah bon ?

L'adrénaline me fait l'effet d'un double espresso.

— Ouais, dit-il. Il dit qu'il en a marre de ce que tout le monde raconte sur lui et qu'il veut nous révéler certaines choses.

— En présence de son avocat, j'imagine ?

— Oui, mais c'est une bonne chose. Ce sera mieux pour nous quand il paraîtra au tribunal. On n'aura pas droit à cette connerie de « je n'étais pas représenté » qu'on retrouve dans presque toutes les affaires de nos jours.

— Il veut faire ça quand ?

— Cet après-midi. Tu as fini à la fourrière ? Tu as besoin d'aide ?

— Non. Je n'ai besoin de rien. Je serai bientôt de retour.

J'extirpe la poupée du siège auto et la tiens dans mes bras comme un bébé avant de les ranger tous deux dans mon coffre.

Ally, je pense secrètement en faisant semblant de la bercer, *je te promets qu'on va faire en sorte que ton père paye pour ce qu'il t'a fait. Je te le promets.*

Après onze jours passés le nez dans cette affaire, ma détermination est plus forte que jamais.

CHAPITRE 35

Vendredi 25 août

Luke Tomlinson porte mieux sa combinaison de prisonnier que son uniforme du travail. À cause des tongs qu'il a aux pieds, on le croirait paré pour la plage. Et la combinaison lui va comme un gant : elle n'est pas distendue au niveau du ventre comme la chemise qu'il portait lorsqu'on l'a arrêté. *Ouais, c'est vraiment la tenue parfaite pour lui,* je me dis. Espérons qu'il ne porte rien d'autre pour le restant de ses jours.

Assis derrière la grande table en métal, il nous observe alors que Carter et moi entrons dans la salle d'interrogatoire. Son avocat, un dénommé Thom Russo, se lève d'un bond, comme un diable à ressort.

— Je n'approuve pas cette réunion, nous lance l'homme.

Dommage pour toi, je pense silencieusement. Thom a une bonne cinquantaine d'années et sa calvitie donne l'impression qu'il a une kippa de couleur chair en permanence vissée sur la tête. C'est si drôle que je n'arrive pas à en détacher mon regard.

— Nous sommes ici à la demande de Luke, annoncé-je.

— C'est exact, ajoute Carter. Ce n'est pas nous qui sommes à l'origine de cet entretien.

— Je sais, dit Thom en haussant les épaules.

Il lance un regard noir à son client.

— Allez-y, dites-leur ce que vous avez à dire.

Les yeux de Luke sont injectés de sang. Il faut croire qu'il a du mal à dormir. J'imagine que tuer sa fille peut avoir cet effet-là. Il pose ses mains sur la table et les chaînes de ses menottes cliquettent comme celles d'un fantôme.

— Je n'aime pas ce que les gens disent de moi, explique-t-il.

Bienvenue au club, j'ai envie de rétorquer.

— On ne peut pas contrôler les médias ni l'opinion du public, je lui réponds. Est-ce que c'est de cela qu'il s'agit ?

Luke regarde Carter.

— Comment vous sentiriez-vous si quelqu'un vous accusait d'avoir tué votre enfant ?

— On sait que vous êtes coupable, Luke, lance Carter sans une once d'hésitation. À vous de m'expliquer ce que vous ressentez.

— C'était un accident, je vous jure. J'aimais Ally. Jamais je n'ai souhaité qu'une telle horreur lui arrive. Vous devez me croire.

— Les images ne mentent pas, répliqué-je. Nous avons des vidéos.

Mais Luke ne me regarde pas, ses yeux sont toujours rivés sur mon homologue masculin. L'avocat, quant à lui, consulte ses messages sur son téléphone. Soudain, le visage rondouillard de Luke vire au cramoisi, une teinte au moins aussi foncée que l'orange de sa nouvelle garde-robe.

— Je ne l'ai pas vue ! affirme-t-il. Je ne l'ai *pas* vue ! La vidéo ne peut pas vous dire si je l'ai vue ou non.

— On vous voit retourner à votre véhicule à l'heure du déjeuner, Luke.

Je veux qu'il me regarde. Mais il le fait pendant une demi-seconde seulement. Je déteste les types comme lui, qui parlent à mon collègue comme si je n'existais pas.

Je renchéris :

— Vous avez ouvert la porte de la voiture, Luke.

— Inspecteur Hanson, dit-il en m'ignorant complètement. Avez-vous déjà commis une grave erreur ?

Carter ne répond pas tout de suite. Il marque une pause pour pousser Luke à développer sa pensée. Mais comme Luke ne dit rien de plus, il parle :

— Écoutez, nous sommes venus ici parce que nous pensions que vous aviez quelque chose à nous dire.

Il se lève pour partir et je fais de même.

— Attendez ! nous arrête Luke.

Le ton de sa voix a radicalement changé. Il a l'air effrayé. *C'est bien*, je me dis. Il a raison de l'être.

— Vous devez m'aider. Je ne suis pas en sécurité ici.

Il lance un regard anxieux vers le couloir qui mène à sa cellule.

— Le gars à côté de moi m'a surnommé « le tueur de bébés ». C'est un drogué. Un voyou. Mais il est bien au-dessus de moi dans la chaîne alimentaire ici. Je vais me faire planter à la première occasion.

— Il fallait y penser avant de tuer votre fille, je réponds.

C'est bien fait pour toi, j'ai envie d'ajouter. Luke se met à pleurer à chaudes larmes.

— C'était un accident ! C'était… Je l'ai oubliée dans la voiture et il faisait chaud, c'est tout. Ce sont des choses qui arrivent. Vous le savez. On voit tout le temps ce genre de trucs aux infos. C'est arrivé à Ally, c'est vrai, parce que j'ai oublié de la déposer à la garderie. J'ai merdé. J'ai merdé grave. C'était une grossière erreur.

Carter et moi faisons mine de partir. Et Thom Russo se tourne vers son client, le visage sévère. Il y a quelque chose de paternel dans son expression irritée.

— C'en est assez maintenant, Luke. Vous avez dit ce que vous aviez à dire. Nous avons terminé, lance-t-il avec un regard dans notre direction.

Luke essaie de se lever, mais Thom le force à se rasseoir.

— Ils n'écoutent pas ! hurle Luke, sa voix comme du papier de verre. Ils ne m'écoutent pas !

— Vous avez été entendu, réplique Carter, d'une voix plate, sans émotion.

— On se reverra au tribunal, ajouté-je avec un petit sourire.

Ce n'était pas une bonne idée.

— Espèce de salope ! me lance Luke. Vous n'êtes qu'une sale merde accro aux jeux d'argent. Tout le monde le sait. Tout le monde sait que vous avez foutu en l'air l'affaire de la fille de Bellevue. Vous vous pavanez comme ça avec vos airs de madame Je-sais-tout, mais, en vérité, vous êtes une grosse merde.

En dépit de tout bon sens, je lui réponds.

— Oui. J'ai commis certaines erreurs, Luke. Mais je n'ai jamais tué personne. À ce jeu-là, c'est vous qui gagnez.

Alors que Carter et moi quittons la pièce, j'entends Luke parler de moi à son avocat. Il lui raconte toutes ces choses qui, je le sais, pourraient m'être reprochées au tribunal. Combien j'étais instable. Comment j'ai fini dans la rue. Comment j'ai jeté par la fenêtre une carrière prometteuse, en perdant tout mon argent au casino. Je hais toutes ces choses que j'ai faites. Et j'y repense tous les jours. Mais je sais que ce qui a entraîné ma chute m'a rendue plus forte. Penser autrement, ce serait admettre la défaite. Je suis rentrée à la maison, à la recherche d'un nouveau départ pour Emma et moi ; et c'est là ma victoire.

— La vache, marmonne Carter, quelle perte de temps.

— Oui, dis-je en hochant la tête. Les larmes étaient pour lui, pas pour sa fille.

— Complètement sociopathe, c'est sûr.

Carter sait que les mots de Luke m'ont touchée là où ça fait mal.

— Ne te laisse pas atteindre par ce qu'il t'a dit.

J'inspire profondément et laisse échapper un soupir.

— Il a raison sur certains points. J'ai fait des erreurs. Donc, oui, je sais que les gens peuvent se tromper. Mais aller au casino et perdre jusqu'au dernier centime n'était pas une erreur irrémédiable. J'assume ce que j'ai fait, j'en assume les conséquences et je mène une vie différente à présent. En un sens, c'est grâce à ça.

— Oui. Je l'ai compris à la minute où tu es venue pour l'entretien. Je savais que Nicole Foster avait été mise à terre, mais qu'elle s'était relevée et qu'elle n'allait plus jamais laisser ça se reproduire.

Non seulement Carter dit la bonne chose au bon moment, mais il le fait sans avoir pitié de moi.

J'aime ça.

CHAPITRE 36

Vendredi 25 août

Notre réceptionniste, Chadwick Meeker, me convoque à l'accueil à peine plus de vingt minutes après notre entretien avec Luke.

— Quelqu'un veut vous voir, inspectrice. Vous lui avez laissé un message.

Je traverse le hall et surprends Carter en train de discuter avec une des archivistes.

— On a eu une réponse à un de nos messages, lui dis-je.

— Mari ou Samantha ? demande-t-il en s'éloignant de la jolie fille, que je ne connais pas.

Une nouvelle probablement.

— Je ne sais pas. Elle m'attend à la réception. On se retrouve dans la salle d'entretien dès que tu en auras fini ici ?

Carter a l'air embarrassé. Et l'archiviste exaspérée. Je me sens mieux soudainement. À l'accueil, un jeune homme en uniforme de chez McDonald's est assis près d'un ficus triste qui a perdu ses feuilles, comme s'il pensait que l'automne était déjà arrivé à l'intérieur. Je lance un regard confus à Chadwick.

— C'est Sam, me dit-il.

Sam. Il n'y a donc pas de Samantha.

Je le reconnais grâce à la vidéo. C'était lui derrière le comptoir. Il a une vingtaine d'années et le crâne rasé pour le style, pas pour cacher une calvitie. Des bracelets en cuir et autres chaînes en argent ornent son poignet. Il se lève pour venir me rejoindre.

— Qu'est-ce qui se passe ? demande-t-il.

À vrai dire, je n'en suis pas totalement certaine, mais je ne laisse rien transparaître.

— Vous êtes un ami de Luke Tomlinson ? demandé-je.

Il hoche la tête.

— Ouais. On est amis. Pas vraiment proches, mais je le connais. Il est venu au restaurant le matin où sa fille est morte dans la voiture.

De la sueur commence à perler sur son front. Il se mordille les lèvres et fait tout pour éviter de croiser mon regard. Sa main balaye son front d'un geste rapide, comme s'il ne voulait pas que je voie à quel point il est nerveux. Il s'inquiète de ce que je sais.

— Nous interrogeons tout le monde en ce moment, dis-je pour tenter de le rassurer. Les gens qu'il connaît et tous ceux avec qui il a été en contact.

— Je ne le connais pas si bien que ça, dit-il.

Je ne veux pas qu'il sache que je ne connais pas son nom de famille.

— Suivez-moi, on va aller discuter autour d'une table si vous le voulez bien.

Alors que nous nous asseyons, Carter me lance un regard perplexe. Je sors le dossier comprenant les échanges de textos avec Luke et le pose sur la table. Je suis surprise. Sam n'était pas une Samantha.

— Sam, lancé-je, j'aurais besoin que vous me confirmiez l'orthographe de votre nom de famille.

— Underwood. Comme dans *Carrie au bal du diable.*

Je note.

— On vous a vu parler avec Luke, dit Carter. Sur les images de vidéosurveillance de ce matin-là.

Sam baisse les yeux, fait mine de chercher à se souvenir.

— Oh, oui. Il voulait plus de beurre pour les pancakes de la petite.

— Je comprends. Il n'y a jamais trop de beurre, dit Carter, pour détendre l'atmosphère. Le beurre, c'est la vie.

— Vous n'avez parlé de rien d'autre ?

Sam réfléchit de nouveau. Ses gouttes de sueur viennent s'écraser lourdement sur la table. Il les essuie aussitôt.

— Non, je ne crois pas.

Je me lève, mon dossier à la main.

— Sam, vous savez que nous sommes en plein milieu d'une affaire de meurtre, n'est-ce pas ?

— Oui, je sais. Je regarde la télé. Et je lis aussi le journal.

— Bien. Y a-t-il quelque chose que vous pouvez nous dire qui nous aiderait dans cette affaire ? Il faut qu'on sache absolument tout sur Luke Tomlinson. Le moindre détail. Une petite fille est morte, dois-je vous le répéter ?

Sam joue avec ses bracelets pour se passer les nerfs.

— Comment avez-vous eu mon numéro ? finit-il par demander.

J'ai de la peine pour lui. J'ai vraiment de la peine pour lui.

— Vous étiez dans les contacts de Luke, dis-je.

Sam reste silencieux. Il réfléchit. Ses pensées ont l'air de défiler à toute vitesse dans sa tête.

— Vous n'allez pas en parler à mes parents, hein ?

— Pour Luke et vous, vous voulez dire ?

J'ouvre le dossier et lui montre la copie de leur conversation SMS.

— Non, nous ne le ferons pas, je reprends. Mais je me dois de vous demander : que se passait-il exactement entre vous deux ?

Sam porte ses mains à son visage. Il est sur le point de craquer.

— C'était un plan cul, avoue-t-il timidement. On n'était pas amants ni rien. C'était juste un truc occasionnel. On s'est rencontré en ligne et on se retrouvait de temps en temps au bord de la rivière ou bien chez moi quand mes parents étaient absents. Pour du sexe. Rien d'autre. Sans pression.

— Nous ne savions pas que Luke était bisexuel.

— Je ne pense pas qu'il se souciait du genre de ses partenaires. Il cherchait juste l'exaltation d'un « moment torride » – c'est comme ça qu'il appelait ça – pour ensuite rapidement passer à autre chose. Je pense qu'il m'a inclus dans une sorte de rotation qui incluait plusieurs autres gars. Mais surtout des filles. Il m'a dit qu'il « baisait sans discrimination ». Ses mots, pas les miens.

Sam renfile son bracelet, maintenant en lambeaux, et prend une grande inspiration.

— Vous parlait-il de sa fille ? demandé-je.

— Un peu. On n'a jamais beaucoup parlé, mais d'après ce dont je me souviens, il m'a dit qu'il l'aimait beaucoup, même si elle pouvait être pénible.

— Vous a-t-il parlé de son mariage ? demande Carter. De sa femme ? Des problèmes qu'ils rencontraient dans leur couple ?

Sam secoue la tête.

— Pas vraiment. Il a dit qu'elle travaillait beaucoup. Qu'elle ne semblait pas s'intéresser à lui autant qu'avant. Elle avait d'autres priorités, je pense. Je n'ai pas vraiment écouté, je l'avoue. Je n'étais pas là pour l'écouter me raconter sa vie et on n'était pas là pour jouer aux cartes, si vous voyez ce que je veux dire.

— Vous deviez vous voir pour faire l'amour. Le jour où Ally est morte.

Sam redevient silencieux. Il passe en revue les événements de cette journée, se demandant si sa relation avec Luke a eu une influence sur ce qu'il s'est passé.

— Ouais, dit-il. Mais ça ne s'est pas fait. Et je ne savais rien de ce qui allait arriver, si c'est là où vous voulez en venir. Il n'aurait quand même pas fait passer le sexe avant elle. Parfois, il l'emmenait, après la garderie.

— Sérieusement ? demande Carter, essayant de contenir son dégoût manifeste.

— Non, ce n'est pas ce que vous croyez. Elle n'a jamais rien vu. On était prudent. On la mettait devant la télé pendant qu'on faisait notre truc. Je ne suis pas un pervers. Et Luke non plus. Il aimait beaucoup le sexe, mais à ce que je sache, ce n'est pas illégal tant que c'est entre adultes consentants.

— Étiez-vous amoureux de Luke ?

Il lève les yeux au ciel.

— Non. Je l'aimais bien. Il était amusant. Aventureux. Il me parlait de choses qu'il aimait faire, certaines assez extrêmes. Moi, je suivais, je découvrais des choses. Je suis assez *vanille*[1], d'habitude, quand il s'agit de sexe. Mais pas Luke. Ce type était prêt à tout.

Prêt à tout. Je me souviens alors de l'appartement des Tomlinson et de l'état de la tête de lit.

Une chose est sûre, ce type ne semble pas avoir de limites.

Pendant que je raccompagne Sam Underwood à la réception, il me supplie une dernière fois de ne rien dire à ses parents.

— Sam, lui lancé-je, je suis désolée, mais si ça arrive jusqu'au tribunal et que le procureur a besoin de vous pour sa plaidoirie, il n'y aura pas de négociation possible. Vous devrez témoigner. Et dans ce cas-là, j'imagine que vous aurez malheureusement à en parler avec vos parents.

— Ils ne comprendront pas.

— Les temps ont changé, lui rappelé-je.

— Partout sauf ici, réplique-t-il, tout en traversant le parking en direction de sa vieille Toyota complètement rouillée.

Il n'a pas complètement tort. Aberdeen et, par extension,

Hoquiam sont restées assez fidèles à leurs racines conservatrices. Cela n'a rien à voir avec la politique ; c'est plutôt dû au type de travail que les hommes font pour subvenir aux besoins de leur famille. Bûcheron. Meunier. Pêcheur. Du travail viril. Mon père était de cet acabit. Pour lui, un mec n'avait pas intérêt à être « léger dans ses mocassins », pour reprendre ses propres mots.

Je retrouve Carter dans son bureau. Il a l'air aussi décontenancé qu'il l'était quand Sam a révélé sa relation avec Luke.

— Je ne comprends pas, dit-il en écrasant son paquet de chips. Je ne comprends vraiment pas. Pour lui, un trou est un trou. Tant qu'il peut la mettre quelque part…

— Ça semble être à peu près ça, oui.

Il se penche en arrière sur sa chaise.

— Gay, hétéro, bi, trans. De nos jours, on ne sait plus qui est quoi.

Je m'assieds en face de lui. La journée a été longue. Déroutante aussi.

— Oui, les choses évoluent, dis-je.

Carter jette son paquet de chips à travers la pièce et celui-ci tombe dans la poubelle. L'espace d'un instant fugace, sa confusion se transforme en sourire satisfait.

— Quand les gens comprennent qui ils sont, ils ne restent donc pas forcément dans leur voie ?

— Je ne suis pas experte, avoué-je.

Un euphémisme ; et d'ailleurs, je n'ai pas fait l'amour depuis des années.

— Luke est peut-être juste un obsédé, je reprends. Ou peut-être qu'il est pansexuel.

Carter a l'air complètement confus.

— Pan quoi ?

— Pansexuel, dis-je. C'est le terme pour dire qu'une personne peut être attirée par n'importe qui, quel que soit son genre.

Carter secoue la tête et se lève pour aller chercher un autre paquet de chips. *Il ferait mieux de manger un vrai repas,* je me dis.

— Le monde devient si confus, dit-il. Je ne juge pas, hein. Vraiment pas. C'est juste que je ne sais plus dans quelle case on doit mettre un gars banal. On dirait que tout le monde doit forcément être défini par quelque chose de spécial.

— Toi, tu es spécial, lancé-je pour le taquiner. D'une manière prévisible et complètement binaire. C'est ce que j'aime chez toi, Carter. Avec toi, je n'ai jamais à m'inquiéter. Je sais toujours où tu veux en venir et je n'ai jamais à deviner où nous en sommes. C'est une bonne chose.

Il sourit et une lueur de soulagement s'invite dans son regard, au milieu d'un visage exténué, mais magnifique.

— Oui, dit-il, j'imagine que c'est le cas.

---

1. « Simple », « conventionnel », dans le jargon des sexualités plurielles, fétichistes ou BDSM.

CHAPITRE 37

Vendredi 25 août

Carter est assis à son bureau et fouille dans ses papiers avec les gants de baseball qui lui servent de main. De la musique country, du genre qui me hérisse le poil, joue en fond sonore. Il est passé au thé *chai* et le parfum de cannelle et de noix de muscade emplit l'espace. *Pas le bon arôme pour ce genre de musique,* je me dis. Mais en même temps, cela a le mérite de couvrir son odeur de cigarette.

— Tu as l'air crevée, me lance-t-il.

— Sérieusement ? C'est tout ce que tu as à me dire ?

Il baisse les yeux.

— Désolé. Je voulais juste dire que tu as l'air fatiguée.

— Fatiguée n'est pas beaucoup mieux, je réponds. Mais, oui, je suis fatiguée, en effet. Toujours les mêmes problèmes de sommeil.

— Tu devrais consulter, dit-il en me dégageant une place pour que je puisse m'asseoir sans avoir à regarder par-dessus sa montagne de documents.

J'ignore sa suggestion, même si je sais qu'elle part d'une bonne intention. Le manque de sommeil n'est que le cadet de mes soucis ; aggravés par ma sœur, mon père et aussi par l'affaire. Je choisis de me concentrer sur l'enquête.

— Six minutes, dis-je. C'est le temps supplémentaire que Luke a mis pour aller du McDonald's au WinCo.

— Ce n'est rien, six minutes, répond Carter.

— Pour moi, écouter six minutes de country, ça ressemble à une éternité, répliqué-je.

Il éteint la musique.

— Six minutes de plus. Et alors, Nic ?

Je ne sais pas pourquoi, mais je sais que c'est signifiant.

— Il s'est passé quelque chose sur le chemin, Carter. Quelque chose l'a retardé. Il y a des feux, oui, mais il aurait fallu qu'il se les prenne tous.

— Ils sont programmés de façon précise sur ce tronçon, dit-il, l'air soudainement plus intéressé.

— Tu as raison. Il n'a pu s'arrêter qu'à un seul. Ce qui ne correspond pas du tout à un retard de six minutes.

— Il a fait une escale. C'est ce que tu penses.

— Exact. Prends tes clés. C'est toi qui conduis.

— Pour aller où ?

— Du McDonald's au WinCo.

— Je me prendrais bien un « McJ'sais-pas-quoi » à la saucisse, dit-il.

Bien qu'il ait commenté ma mine fatiguée, je me retiens de lui dire qu'il ferait mieux de commander un blanc d'œuf « McRégime ».

— Qu'est-ce qu'on cherche ? demande-t-il.

— Les endroits les plus probables où Luke Tomlinson aurait pu s'arrêter et pourquoi il l'aurait fait.

• • •

Carter mange son burger pendant qu'il conduit et que je scanne la route en quête d'un point d'arrêt potentiel.

— Il aurait pu se garer n'importe où par ici, dit Carter. Si Ally avait besoin qu'il change sa couche par exemple.

Je sais que c'est possible, mais je ne pense pas que c'est ce qui s'est passé.

— Il l'aurait dit, rétorqué-je.

— Pas s'il voulait nous faire croire qu'il l'avait oubliée. Qu'elle s'était endormie.

Il n'a pas totalement tort. Ce que nous a dit Luke n'était probablement qu'un tissu de mensonges. J'indique les panneaux qui bordent la route.

« Stationnement interdit à tout moment »

— Il ne risquerait pas de se faire verbaliser par un de nos agents alors qu'il est en route pour tuer sa fille, dis-je.

— Oui, c'est vrai. Mais bon, dans cette affaire, plus rien ne me surprend, à vrai dire. Quel fils de pute.

Carter aime laisser libre cours à sa colère de temps en temps. C'est une bonne chose, c'est sain. Plus que le burger qu'il vient d'engloutir.

— Arrête-toi ici, lui ordonné-je alors que nous nous approchons d'un Red Apple Market abandonné, malheureusement victime du succès du nouveau WinCo.

Voilà qui ne manque pas d'ironie.

Un panneau collé à l'intérieur d'une des fenêtres nous indique ce qu'il arrive à une épicerie après sa mort :

« Nirvana — Le paradis de la ganja »

— Encore un, s'exclame Carter.

J'ai envie de lui dire que l'industrie de la marijuana s'est développée comme une mauvaise herbe (sans mauvais jeu de mots) depuis que l'État de Washington en a légalisé l'usage récréatif. Mais je me tais. Certains mots ont une meilleure saveur quand on ne les prononce pas.

— Eh oui, dis-je tout simplement.

Carter se gare à côté d'une rangée de bennes à ordures gigantesques, chacune surchargée des débris d'une entreprise en faillite. Nous descendons du véhicule et regardons autour de nous – à la recherche de quoi ; je ne sais pas vraiment. Finalement, je lève les yeux.

À côté de la première benne à ordures se trouve un panneau signé « American Security Services » avec un avertissement qui est pour moi une lueur d'espoir :

« Souriez ! Vous êtes entré sans autorisation et allez être poursuivi en justice. »

Je fais ce qu'un panneau m'indique de faire : je souris. Et Carter aussi.

Le temps de rentrer au bureau, nous avons reçu un message de la part de l'ASS[1] (malheureux acronyme). Ils nous indiquent qu'ils possèdent des images de vidéosurveillance prises sur les lieux et les conservent sur un serveur.

Je les appelle immédiatement.

— Nous aurons besoin d'une assignation à comparaître, m'indique la femme au téléphone d'une voix si faible que je sais que, si j'insistais, elle me donnerait sûrement les fichiers tout de suite.

Mais je ne le fais pas. De nos jours, suivre les procédures est devenu plus important que de faire avancer les choses.

— Très bien, dis-je. On va vous envoyer ça.

Carter sort pour une « promenade », ce qui, je le sais, est un nom de code pour dire « pause clope ». Et je range mes affaires. Pour moi aussi, cette journée est finie. J'ai besoin de voir ma sœur. Une bonne fois pour toutes.

---

1. « Ass » signifie « fesses » en anglais.

CHAPITRE 38

Vendredi 25 août

M*erde.* J'aperçois Mia Tomlinson debout au milieu du parking du poste de police. Elle a les yeux rivés sur moi alors que je cherche désespérément Carter. Pas de sourire poli lorsque nos regards se croisent. Juste le regard froid et dur de quelqu'un dans une colère noire. Quelque chose me dit que ce n'est ni à propos de son mari ni à propos de son bébé mort.

— Inspectrice Foster, me lance-t-elle en se précipitant vers moi, je devrais vous dénoncer pour harcèlement. D'ailleurs, je pense que je vais le faire.

— Je ne vois pas de quoi vous voulez parler, Mia.

— Je sais que vous avez posé des questions sur moi, m'annonce-t-elle, les dents serrées.

— C'est mon travail, je réponds. J'essaie de comprendre ce qui est arrivé à Ally.

— Mais vous savez ce qui lui est arrivé ! dit-elle en me fusillant du regard. Luke l'a *oubliée* dans la voiture. C'est tout. Il n'y a rien à comprendre. Pas la peine d'en parler à mes collègues, mes voisins et Dieu sait qui pour tout savoir sur ma vie. C'est moi la victime dans cette histoire.

— Parlons-en à l'intérieur, dis-je en l'invitant à me suivre.

— Non, je ne veux pas en parler. Je veux que vous sortiez de ma vie. Mon travail est très, très important pour moi. Je ne vais pas laisser des gens comme vous me faire honte en disant que je suis un monstre d'être retournée travailler après la mort d'Ally.

Trevor a dû craquer et lui raconter ce qu'il m'a dit.

— Personne n'essaie de faire honte à personne, Mia. Votre travail est important pour vous. Eh bien, le mien l'est aussi pour moi. J'essaie seulement d'aller au fond des choses pour qu'on puisse aller de l'avant en sachant qu'on a fait tout ce qu'on pouvait.

Mais Mia ne croit pas un mot de ce que je lui dis.

— Trevor est un fieffé menteur. Il m'en veut parce que j'ai repoussé ses avances à la fête de Noël. Quel monstre ! Il ferait n'importe quoi pour se venger. Quel sale type !

— Il n'a rien dit de tout ça.

— Pourquoi l'aurait-il fait ? C'est un sac à merde. L'hôpital est plein de gens qui font semblant de se soucier des autres, alors qu'en vérité, ils n'aiment que le drame de tout ce qu'il se passe autour d'eux. Il est petit, chauve et gros. Insignifiant. Un *loser*.

— C'est peut-être vrai, dis-je, mais puisque vous êtes là, jouons cartes sur table.

— Demandez-moi ce que vous voulez, mais après, c'est terminé. Je ne vous parlerai plus sans un avocat. Non pas que j'aie quelque chose à cacher, mais parce que vous me fatiguez. *Déso pas déso,* comme on dit de nos jours.

— Trevor m'a dit que vous n'aimiez pas être mère.

À cet instant, Mia pète les plombs, ce qui ne m'étonne guère.

— Vraiment ? demande-t-elle. Et vous allez vraiment croire ce qu'il vous a dit ? C'est juste un connard jaloux. J'aimais ma fille. Elle était tout pour moi. Je n'avais pas prévu de tomber enceinte, c'est vrai, mais quand c'est arrivé, j'étais heureuse que ce soit le cas. Ally était un rêve devenu réalité.

— Trevor m'a dit que vous traitiez Ally « d'extra-terrestre », dis-je en étudiant son visage.

Elle fait un geste de la main, exaspérée.

— Oui, c'est vrai. J'ai dit ça. C'était une blague. Elle ressemblait à un *alien* quand elle est née. Tous les enfants sont un peu bizarres quand ils naissent. Vous n'avez jamais vu les têtes de cônes à la maternité de l'hôpital ? Les nouveau-nés ne ressemblent pas à ceux des pubs, inspectrice.

— Oui, j'imagine que vous avez raison, je réponds, même si je me souviens très bien d'avoir vu Emma à l'hôpital, dans le petit berceau de la chambre privée de Stacy à Bellevue.

Je n'avais jamais rien vu de plus parfait, de plus joli que ce petit bout de chou rose. Carter revient de sa « promenade » pile à ce moment-là et nous rejoint.

— Votre coéquipière me cause des problèmes au travail, dit Mia en s'approchant de lui. Il doit bien y avoir des lois sur le harcèlement de la mère d'un enfant mort. S'il n'y en a pas, alors je vais lancer une pétition pour en obtenir une.

— Personne ne harcèle personne, dit Carter.

Mia croise les bras sur sa poitrine.

— Écoutez, dit-elle, vous pouvez me dire tout ce que vous voulez sur le fait que vous devez suivre toutes les pistes ou je-ne-sais-quoi pour obtenir la vérité, mais vous la connaissez déjà, la vérité. C'était un accident. Un putain d'accident. Mon mari a fait une bourde. Une énorme bourde dont nous souffrons terriblement et dont nous souffrirons toujours.

J'ignore sa diatribe moralisatrice. C'est aussi faux que les implants mammaires de ma sœur.

— Votre voisin dit que vous faisiez à peine attention à Ally et qu'elle pleurait jour et nuit.

— Mick Hightower ? demande-t-elle.

Mais je ne lui réponds pas.

— C'est forcément lui qui vous a dit ça, siffle-t-elle. Pour votre information, Mick est un pédophile. Sérieusement. Si vous aviez fait vos recherches sur lui, vous l'auriez trouvé en quelques clics. Il est en colère parce qu'on lui a dit de garder ses distances, parce qu'on savait qui il était. Grâce à Internet, Dieu merci. Vous devriez y chercher quelques trucs de temps en temps. Ça pourrait vous aider à résoudre certaines affaires. Mais pas celle-ci. Celle-ci est déjà résolue. Il n'y a rien de plus à comprendre.

Puis, comme si quelqu'un avait appuyé sur un interrupteur, le comportement de Mia change du tout au tout. C'est si soudain que c'en est presque effrayant. Elle se met à pleurer. Pas un simple filet de larmes ; non, un véritable torrent accompagné de gémissements à tout rompre.

— Mon bébé est mort. Ma petite chérie est morte ! Et personne ne m'aide ! Vous ne faites qu'empirer les choses. Je comptais sur vous. Je suis tellement stupide d'avoir compté sur vous. J'aurais dû savoir que personne ne se soucierait d'Ally. Elle n'était pas riche, elle n'était pas issue d'une classe privilégiée. Personne dans ce monde ne se soucie des travailleurs acharnés que nous sommes.

Une femme qui promenait son chien devant le poste de police s'élance vers nous. Elle est âgée, mais pleine d'entrain. Ses yeux sont noirs comme ceux d'un bonhomme de neige. Et ses mains sont nouées comme des racines de myrte.

— Que faites-vous à cette pauvre fille ? demande-t-elle en se rapprochant de Mia.

Son chien lève la patte devant la voiture de Carter et urine sur la roue avant.

— Ma chérie, dit-elle à Mia, je sais qui tu es. Je suis tellement désolée pour ce que tu traverses. Moi aussi, j'ai perdu un bébé, quand j'étais à peine plus âgée que toi. L'un de mes jumeaux est mort d'une malformation cardiaque.

— Merci, murmure Mia, toujours en pleurs.

— Au lieu de vous en prendre à une mère endeuillée, vous

devriez vous efforcer de mettre fin à cette tragédie. Nous en avons tous assez de cette persécution d'un jeune couple qui a simplement fait une erreur.

— C'est une sacrée grosse erreur, madame, lui fait remarquer Carter. Nous faisons simplement ce que les citoyens d'Aberdeen nous ont engagés à faire. C'est-à-dire notre travail.

Je reste silencieuse. Mes erreurs n'ont pas besoin d'être racontées ici.

— C'est bien beau tout ça, mais à un moment donné, il faut arrêter, continue la femme. Laissez tout ça reposer. Laissez la pauvre Ally reposer en paix.

Elle prend Mia dans ses bras.

— Sois forte, lui dit-elle avant de reprendre son chemin.

Mia finit par nous laisser tranquilles. Je dis à Carter que je le retrouverai plus tard.

— J'ai des affaires personnelles à régler.

Il me regarde.

— Écoute cette dame, toi aussi, me lance-t-il.

— Hein ?

— Sois forte.

Je souris. Je le serai.

Je le suis déjà.

CHAPITRE 39

Vendredi 25 août

Ce qu'il s'est passé avec ma sœur me ronge à petit feu depuis plus de trois ans. Ce genre de secrets provoquent probablement le cancer. Je ne veux pas d'un cancer. Je veux rester en bonne santé. Je veux faire ce qui est juste, même si je sais avoir fait quelque chose d'horrible. Si ma sœur court toujours en liberté, c'est à cause de moi. J'aurais pu la dénoncer. Parfois, je me dis que j'aurais *dû* le faire et que, si je l'avais fait, je serais une personne plus heureuse maintenant.

Mais ce n'est pas vrai. Si j'avais dénoncé Stacy pour ses crimes, je n'aurais pas Emma. Pire encore, Emma aurait peut-être finalement été élevée par une mère en conditionnelle si vile que la mienne ressemblerait à une princesse Disney en comparaison. Je me répète encore et encore que tout ce que j'ai fait, c'était pour Emma. Parce qu'elle méritait tellement plus qu'une redite de ma propre enfance.

Je me suis un peu menti à moi-même. Peut-être même beaucoup. Évidemment que lorsque j'ai pris Emma sous mon aile, c'était pour arranger les choses pour moi autant que pour elle.

Mais quand j'y repense maintenant, quand je regarde en arrière, je sais qu'en la sauvant, c'était moi que je sauvais. Bon Dieu. Ça me semble si égoïste maintenant. Appeler Stacy à l'hôtel cette nuit-là pour lui en parler était la chose la plus effrayante que j'aie jamais faite. Non pas que j'aie craint que ma sœur me fasse du mal, bien qu'elle soit capable de tout, mais parce que je savais que je me condamnais à cacher la vérité pendant toute ma vie.

Un secret de cette ampleur a des conséquences sur toutes les strates de la vie. Même si c'était par amour pour Emma – de faire en sorte qu'elle soit sous ma responsabilité et que ma sœur parte –, c'était aussi le début d'une immense déception. J'ai dû mentir aux enseignants. Mentir à mes amis, même si, « heureusement », il en restait peu dans ma vie à ce moment-là. J'ai dû inventer une histoire de mère qui ne pouvait plus s'occuper de son enfant et me l'a confiée dans un acte d'abnégation. Avec le temps, lorsque les gens supposaient que j'étais la mère d'Emma, je ne les corrigeais plus. Quand elle a commencé à m'appeler tatie-maman, j'ai secrètement espéré qu'elle laisserait un jour tomber le mot « tatie ».

Et maintenant, comme mon père aimait à le dire quand il pouvait encore former des phrases, « les poules sont rentrées au poulailler ». Comme elles le font toujours. Je savais au fond de moi que cela finirait par arriver. Stacy. Stacy est de retour. Elle est ici parce qu'elle veut quelque chose. Pas d'argent, je n'en ai pas. Pas Emma, elle n'a jamais voulu d'elle. Elle est de retour parce qu'elle aime une chose par-dessus tout : se délecter de pouvoir blesser son prochain. C'est drôle comme je peux voir les choses plus clairement depuis qu'elle est partie. C'est comme si la crainte qu'elle apparaisse un jour et ruine ma vie s'était évanouie. Mon Dieu, je suis tellement stupide. Stacy est de retour.

Et je vais faire tout ce qui est en mon pouvoir pour m'assurer que ses plans soient court-circuités une fois pour toutes. Voilà. Je l'admets. Je veux qu'elle parte pour de bon.

• • •

Le trajet jusqu'au Quinault Beach Resort & Casino n'est que de trente kilomètres, mais c'est quand même une trotte, dans la mesure où il faut serpenter à travers les bosquets de sapins déformés par la météo peu clémente du littoral. Je m'imagine tous les scénarios possibles. J'essaie de deviner ce qu'elle veut. Je réfléchis à lui dire ce que je pense vraiment d'elle et du genre de créature qu'elle est devenue. Je repense à comment les choses étaient avant de déraper totalement, de manière incontrôlable. C'est comme si nous avions toujours été destinées à en arriver là. C'était toujours elle qui déclenchait la chose, mais je lui rendais la pareille, à ma manière, moins directe, plus passive-agressive. Une fois, elle m'a tellement énervée que j'ai utilisé sa brosse à cheveux préférée pour nettoyer les toilettes. C'était un acte mesquin, je le sais. D'une maturité absolument incroyable. J'avoue que je me sentais mieux quand je la regardais se brosser les cheveux après, et se réjouir de leur perfection dans le miroir à main qu'elle utilisait comme un périscope pour me regarder. Je ne lui ai jamais avoué. Peut-être que je lui dirai maintenant. Comme si ça l'intéressait.

Lorsque je me gare devant l'hôtel, je cherche des yeux la voiture de location de Stacy, mais je ne la trouve pas. Elle a certainement engagé un valet pour garer sa voiture ailleurs. Ma sœur ne manque jamais une occasion d'avoir des serviteurs. Les doigts crispés sur le volant, je reste assise à regarder le casino. Je n'y ai pas mis les pieds depuis trois ans. Lorsque le bureau y a organisé une soirée de team-building, j'ai prétendu être malade et ne suis pas venue. Carter connaissait la vérité. Probablement d'autres aussi. Personne n'ose me dire en face ce qu'il sait de moi et de la nature des événements qui m'ont ramenée à Hoquiam, mais je peux le voir dans leurs yeux parfois. Ce mélange de pitié et de dédain. Je fais semblant de ne pas le voir. C'est la seule façon d'aller de l'avant.

J'essaie d'enlever mes mains du volant et d'éteindre le moteur, mais je suis incapable de bouger. Je suis paralysée. *Tu peux le faire,* j'essaie de me dire. *Il ne s'agit pas de toi. Ni vraiment de Stacy. C'est pour Emma. Fais-le pour Emma.*

Une voix dans ma tête me dit que Stacy m'a convoquée au casino pour me rappeler que je suis faible. Je me demande si elle me regarde depuis sa chambre.

Mes doigts lâchent enfin prise et j'ouvre la portière. L'air du Pacifique est comme une haleine de chien, chaude et humide. Je me dirige vers l'entrée et l'énergie du casino se répand autour de moi. Les lumières. La fumée des cigarettes. Un couple aux jambes musclées et bronzées en sort avec une expression si exaltée que je ne peux que supposer qu'ils ont gagné. L'homme en est presque étourdi. La femme dit quelque chose à propos d'une nouvelle voiture. Ils ont gagné gros. Je connais ce sentiment.

Le hall d'entrée fait allusion aux Indiens de la côte qui possèdent et dirigent le Quinault. Des poutres en sapin foncé soutiennent le plafond et le mur principal est fait de pierres empilées. Les tapis sont riches en décoration, mais dans des couleurs sobres. C'est un endroit qui évoque le Nord-ouest, mais pas trop. C'est d'un ennui qui est presque de bon goût. Quelques images historiques accrochées discrètement çà et là. Un côté du hall d'entrée mène aux ascenseurs. De l'autre, une immense arche, un vide conçu pour attirer les gens dans le casino. Je ne tourne que légèrement la tête. Je me force à ne pas regarder. Mais je le fais quand même. Les jolies lumières et les visages souriants essaient de m'aspirer, mais je sais que ce n'est qu'un leurre. Ces gens boivent des cocktails gratuits et pensent qu'ils ont une chance. Une chance de se payer un voyage à Hawaii ou un lifting. De refaire leur salle de bain ou d'acheter une nouvelle voiture.

Je ne suis plus cette personne. Je le sais. Je ne le suis tout simplement *plus.* Et pourtant, je ne peux pas m'empêcher de regarder, là-bas, de l'autre côté de l'arche. De la sueur coule le long de mes flancs. La bile remonte dans mon estomac. Mon cœur s'emballe.

J'emmerde ce casino.

J'emmerde Stacy.

CHAPITRE 40

Vendredi 25 août

Je frappe à la porte de la chambre de Stacy, au troisième étage. Bien que les cliquetis et autres bourdonnements du casino soient étouffés, ils sont insidieux et je ne peux m'empêcher de les percevoir. Ils me distraient un peu. L'adrénaline continue de monter, me criant de rester sur mes gardes. Me rappelant jusqu'au fond de mon être que ma sœur est un cobra. Prête à frapper au moment où je m'y attendrai le moins. La porte s'ouvre. Et je vois ses jolis yeux, leur froideur caractéristique. Ses cheveux ne sont plus blonds et ça me surprend. Ils sont colorés et coupés au carré, c'est-à-dire à peu près comme moi depuis que je fais ce métier.

— Professionnel, m'a-t-elle dit quand j'ai adopté ce look, mais pas du tout sexy.

— Les flics ne sont pas censés être sexy, lui ai-je rétorqué.

— Ils le sont à la télé, a-t-elle dit avec un petit sourire sinistre. Enfin, ceux qui ont de l'importance.

• • •

Je la dévisage. Elle est bronzée. Mince. Séduisante malgré la coupe de cheveux, qui lui sied bien mieux qu'à moi.

— Oh, mon Dieu, dit-elle en s'approchant de moi. Je savais que tu viendrais, Nicole.

Elle me serre dans ses bras et j'ai l'impression d'être un poisson pris au piège des pinces d'un crabe. Elle tend la tête pour regarder derrière moi.

— Tu l'as emmenée ?

— Non, dis-je en me ressaisissant. Je ne l'ai pas avec moi.

Son regard ne change pas, mais je peux voir les fines lignes qui tracent le contour de ses lèvres se pincer.

— Et pourquoi ? demande-t-elle.

Je laisse échapper un soupir. Je ne vais pas la laisser me manipuler. C'est moi qui ai les cartes en main. Emma est à moi.

— Parce qu'elle pense que tu es au paradis, comme Cy.

Stacy referme la porte derrière moi.

— C'est ce que tu lui as dit ? Mais qu'est-ce qui t'est passé par la tête ? Pourquoi as-tu fait ça, Nic ? Je ne suis pas morte. Tu sais très bien que je ne suis pas morte !

J'ai envie de lui dire que je pensais qu'en le disant, ça deviendrait vrai. Mais je ne le fais pas.

— Je sais, dis-je tout simplement. Je ne savais pas quoi lui dire d'autre. C'était pour son bien, Stacy. Tu le sais mieux que quiconque.

Elle tire sur son pull qui, je le sais, vaut plus qu'une semaine de salaire au sein de la police d'Aberdeen. Je remarque un ensemble de chaînes en or autour de son joli cou tacheté de soleil. J'ai toujours jalousé son cou. Je suppose que j'étais envieuse de sa beauté dans sa globalité. Ma sœur est plus âgée aujourd'hui, mais je vois toujours l'adolescente qui me dominait littéralement de sa perfection lorsqu'elle descendait les escaliers pour rejoindre le salon de notre maison familiale. Elle tourbillonnait dans la pièce, rappelant à notre père qu'elle était la flamme qui volerait le cœur de tous les papillons de nuit.

Pour les dévorer vivants et les brûler vifs, me dis-je maintenant.

Je regarde autour de moi. La pièce est immense ; une suite avec un piano à queue. J'ai envie de lui dire que je ne savais pas qu'elle jouait, mais je me retiens. Aucune trace de Julian dans les environs, mais je pose quand même la question :

— Tu es seule ?

Elle me conduit jusqu'au bar.

— Sans Julian, tu veux dire ?

— Oui. Il n'est pas là ?

Elle attrape une bouteille de sauvignon blanc dans le seau à glace. Une bonne bouteille. Stacy est prévisible. Ça pourrait jouer en ma faveur.

— Non. Je suis désolée. Et c'est peut-être dur pour toi, parce que je sais que tu avais des sentiments pour lui, mais…

— Il s'est joué de moi, dis-je en lui coupant la parole.

Julian était un traître, tout comme elle. Il m'a entraîné dans la toile de ma sœur, parce qu'il savait qu'il le pouvait, parce qu'elle l'y a forcé.

— J'ai abandonné mes sentiments pour lui il y a longtemps. Où est-il ?

Elle nous sert chacune un verre de vin. Dans un geste grandiloquent. On dirait qu'elle veut que nous portions un toast à quelque chose. J'avale le contenu de mon verre sans lui laisser le temps de m'inviter à trinquer. Stacy est de retour. Ce n'est pas quelque chose que je veux fêter.

— C'est assez triste, dit-elle, sans avoir l'air triste le moins du monde. Et je sais ce que tu vas dire.

Je vois immédiatement où elle veut en venir.

— Il est mort, n'est-ce pas ? demandé-je, les yeux dans les yeux.

Elle détourne le regard puis se lève pour aller se poster à la fenêtre, qui donne vue sur le ressac du Pacifique.

— Un accident de bateau, dit-elle.

J'ai envie de rire. Mais je ne le fais pas. On ne rit pas quand on est face à un requin.

— Que s'est-il passé ? demandé-je, même si je sais très bien qu'elle va me mentir.

— Nous vivions non loin de Puerto Vallarta. Oh, mon Dieu, tu aurais adoré notre maison. Au bord de l'océan, du sable blanc à perte de vue… Paradisiaque vraiment, un rêve devenu réalité.

Elle marque une pause, les yeux rivés sur le paysage.

— C'est drôle de se dire que c'est le même océan, alors que c'est si différent ici. C'est sinistre. Sombre. Froid. Rien à voir avec notre maison à Puerto Vallarta.

Je ne lève pas les yeux au ciel, mais Dieu sait que j'en ai envie.

— Que s'est-il passé, Stacy ? demandé-je en insistant légèrement.

Elle boit à petites gorgées. La bague en diamant de son mariage avec Cy a disparu, remplacée par une pierre encore plus grosse, entourée de rubis rouge sang. Ça lui correspond bien.

— Nous étions partis en mer et je lui avais bien dit que le bulletin météo annonçait une tempête potentielle, mais il ne m'a pas écoutée. C'était un accident bizarre. Vraiment. Le genre de choses qu'on ne penserait pas possibles.

Je n'arrive plus à me retenir.

— Comme l'accident bizarre qui a tué Cy, hein ?

Elle continue à siroter son verre de vin. C'est presque comme si elle ne m'entendait pas.

— Tu es vraiment méchante quand tu t'y mets, Nic. Ce n'est pas juste.

Oh, mais tu ne m'as jamais vue vraiment méchante. Mais crois-moi, c'est sur le point de changer si tu essaies de m'enlever Emma.

— Désolée, dis-je, bien que je ne le sois pas le moins du monde.

— Ce n'est pas grave, dit-elle. Je vais beaucoup mieux maintenant. Ce qui ne veut pas dire que ça n'a pas été difficile pour moi. Je suis une battante, tu sais, une survivante.

Ouais. Tu survis comme les cafards après une guerre nucléaire, me dis-je.

— Qu'est-il arrivé à Julian exactement ?

— Je n'ai rien vu, raconte-t-elle. J'étais à l'intérieur alors que lui était sur le pont. J'ai entendu un bruit sourd. C'était assez brutal. Je l'ai appelé, mais il n'a pas répondu. Et quand je suis arrivée, il n'était plus là. Ils ont retrouvé son corps le jour suivant. Il s'était cogné la tête, avait perdu connaissance et s'était noyé.

Elle est un peu agitée. Sa main tremble et elle se frotte les yeux. Mais je ne vois aucune trace de larmes. Je connais par cœur ce genre de cinéma. Puis elle change de sujet, comme si de rien n'était :

— On va dîner ?

— Non. Je ne suis pas là de gaité de cœur.

— Et pourquoi donc ? demande-t-elle en mimant un air surpris, alors qu'elle s'installe dans un des fauteuils qui se font face.

— Je ne te fais pas confiance, Stacy.

Elle fait tournoyer son vin.

— C'est bien ce que je me disais.

— Après ce que tu as fait ? lancé-je.

— Nous, me corrige-t-elle. Après ce que *nous* avons fait.

J'ai envie de la frapper.

— Il n'y a pas de « nous » qui tienne. C'était toi.

— Tu savais ce que j'allais faire.

Je secoue la tête et pose mon verre. Si je n'étais pas là pour Emma, je serais déjà dehors, dans ma voiture.

— Je t'ai dit de ne pas le faire, dis-je.

— Mais je l'ai fait et tu le savais. Et tu n'as rien dit à personne. Cela te rend aussi coupable que moi. Tu es aussi coupable que moi, Nic. C'est ce que je dirai si on me le demande.

Elle me menace. Mais je ne dois pas me laisser submerger par mes émotions. Stacy est comme un feu qui n'existe que pour chercher plus de carburant. Elle veut exploser et me blesser, mais je refuse d'être son kérosène. Je ne dis rien de plus à propos de Julian.

— Qu'est-ce que tu veux ? demandé-je, en faisant de mon mieux pour adoucir ma voix.

— Je veux voir ma famille. Ma sœur me manque. Mon père et ma fille aussi. Est-ce que c'est si difficile à comprendre ?

Elle essaie de m'amadouer avec sa voix comme un chœur de violons, mais cela ne fonctionne pas. C'est une bonne actrice, je veux bien l'admettre. Mais moi, je connais la véritable Stacy.

— Tu essaies toujours d'insinuer que je n'ai pas de sentiments, poursuit-elle. Et c'est hyper blessant, Nic. Vraiment.

Je prends place dans le fauteuil en face d'elle. Il est couleur sang de bœuf et fait de cuir. J'ai l'impression d'être avalée vivante. J'indique que mon verre est vide et Stacy se lève pour aller le remplir ainsi que le sien.

— Tu es allée voir papa, lancé-je alors qu'elle se rassied. Tu m'as espionnée. Et je sais que tu traînais autour de la garderie pour espionner Emma. Comment as-tu su qu'elle était là-bas ?

— Le personnel d'Ocean View m'a laissé mettre à jour la fiche de contact de papa. C'était très gentil de leur part. J'ai vu le numéro de la garderie comme point de contact potentiel au cas où quelque chose arriverait à papa pendant la journée.

— C'est très aimable à toi, dis-je, non sans ironie.

— Tu as fait un travail formidable avec Emma, dit-elle. C'est une fille extraordinaire. Ça se voit.

— Tu ne peux pas l'avoir, dis-je en jouant cartes sur table.

— Mais je suis sa mère, rétorque-t-elle.

— Je ne dis pas que tu ne l'es pas. Mais ça ne veut pas dire que tu peux reprendre sa garde. Enfin, Stacy, tu sais comme moi que tu ne la veux pas vraiment.

Elle plonge les yeux au fond de son verre, mimant un regard triste.

— Tu me connais vraiment mal. Tu ne me connais pas du tout.

— Je te connais, Stacy. Crois-moi, je te connais.

Elle bat des cils, comme pour pleurer.

— Tu ne peux pas savoir ce que c'est, tu n'as jamais eu d'enfant à toi. Tu n'as jamais eu de mari. Emma m'a manqué chaque seconde que j'ai passé sans elle. Elle me manque terriblement. C'est encore plus dur depuis que Julian est mort.

Je sais qu'elle ment. Elle ne s'est jamais souciée que d'elle-même. Elle a toujours pris du plaisir à s'approprier ce qui apportait du bonheur aux autres. Que ce soit un petit ami, un travail, un mari ou un enfant ; pour elle, c'est du pareil au même. Ce n'était pas forcément évident dès sa naissance – son comportement sociopathe n'est apparu que plus tard –, mais je sais que Stacy ne peut pas s'en empêcher, que c'est dans sa nature. L'influence de notre mère a seulement façonné ce qu'elle était déjà à l'intérieur. Ça doit être horrible de construire sa vie uniquement en ravageant celles des autres. Je ne veux même pas y penser. Parce que plus j'y pense, plus j'ai envie d'avoir de la peine pour elle.

— Je lui ai dit que tu étais morte, lui rappelé-je.

— Eh bien, c'était une grave erreur, réplique-t-elle. Comment suis-je morte, au fait ? Qu'est-ce que tu lui as dit ?

— Accident de voiture.

C'est la vérité. C'est ce que j'ai dit à Emma. Sur le moment, cependant, j'ai pensé que j'aurais mieux fait de dire qu'elle était morte dans l'incendie de sa maison. Le visage brûlé au point d'être méconnaissable. Lentement et douloureusement.

— Pas très original, marmonne-t-elle.

— Tout n'a pas besoin d'être exagéré, Stacy.

— Mais moi, j'aime ce qui est exagéré.

Nous restons assises en silence pendant un moment. C'est

notre jeu de toujours. Elle réfléchit à un moyen de me blesser. Et moi, je réfléchis à un moyen de la tuer, pour de vrai cette fois-ci.

— J'ai le droit de voir ma fille, me dit-elle enfin. Pas de la façon dont je le fais actuellement. Elle est à moi. Je pourrais simplement aller la chercher et quitter la ville.

— Il faudra d'abord me passer sur le corps, je réponds.

Elle me regarde fixement.

— Ça me fait tellement de peine quand tu me parles comme ça, Nic.

Traduction : « merci pour l'idée, sœurette, mais je l'avais déjà en tête ».

— Tu ne peux pas l'avoir, Stacy. Tu sais très bien que, comme tu t'es lassée de notre poney, puis de Cy, puis de Julian, tu vas te lasser d'elle. C'est ce que tu es et c'est ce que tu seras toujours.

Le verre de Stacy est complètement vide. Et ses ongles manucurés grattent l'accoudoir.

— C'est ce que tu penses de moi ? Waouh. Tu es vraiment cruelle, Nicole. Et moi qui pensais que c'était toi la plus gentille de nous deux. Tout le monde t'a toujours vue comme ça, tous les gens qui nous ont vues grandir. Mais tu as cette face cachée qui est vicieuse, Nicole. Je ne me laisserai pas intimider, sache-le.

C'est une déclaration à mourir de rire, mais je ne réponds pas en conséquence.

— Quand est-ce que tu t'en vas ? demandé-je pour en venir à ce que je veux vraiment savoir.

Stacy se penche dans ma direction.

— Après avoir vu Emma. Pas avant. Ensuite, je partirai.

Une fois de plus, j'ai l'impression de me faire avaler par mon fauteuil.

— Et de quelle façon suis-je censée faire en sorte que ça arrive ? Elle pense que tu es morte.

Stacy hausse les épaules.

— Ça, c'est ton problème, pas le mien.

Elle a raison. Je n'ai fait qu'empirer les choses. Mes plus

belles intentions n'étaient qu'une erreur bêtement enveloppée d'espoir.

— Tu veux seulement la voir ? demandé-je.

Ses yeux se plantent dans les miens. Je manque de tourner la tête, mais je ne le fais pas.

— Je l'ai vue. Mais je veux lui parler. Ne jouons pas à ce jeu-là, Nic.

— Tu n'es pas là pour me la prendre ? demandé-je, laissant transparaître la faiblesse de ma voix.

Une grave erreur, je le sais. Je suis en train de la laisser m'atteindre. Elle va gagner, comme elle le fait toujours.

— Non, dit Stacy. Je te le promets.

— Je vais avoir besoin de temps, dis-je. Pour défaire quelque chose qui pourrait être très traumatisant.

— Combien de temps ? aboie-t-elle.

— Un jour ou deux. Peut-être plus. Je ne sais pas. Je n'ai jamais imaginé que tu reviendrais.

Je n'ai jamais *voulu* que tu reviennes, ai-je envie de dire en vérité, mais je ne le fais pas.

— C'est bien. Je vais passer du temps avec papa en attendant. Jolie maison, Ocean View. De bonne qualité. Très chère.

— Merci, je réponds. C'est grâce à ton cadeau que j'ai réussi à la lui payer.

— Je sais. Mais ce n'était pas un cadeau, Nicole. Tu m'as extorqué cet argent.

— Parce que j'en avais besoin.

— Et maintenant, c'est moi qui ai *besoin* de voir ma fille. Je dirais que nous sommes quittes.

Nous n'avons jamais été « quittes ». Pas une seule fois dans notre vie. Ma sœur a toujours été un parasite et moi, j'ai toujours été l'hôte, et ça a toujours été comme ça.

— Bien, dis-je en m'extirpant de l'emprise de mon fauteuil.

Je suis énervée, mais je ne le montre pas. Le vin se mélange à la bile dans mon estomac perturbé.

— Je dois y aller maintenant. Je travaille pour gagner ma vie, contrairement à toi.

— J'ai suivi l'affaire sur laquelle tu travailles, dit-elle. Je ne pense pas qu'il existe quelqu'un de plus horrible que ce Luke Tomlinson. Ce qu'il a fait à cette petite fille est inadmissible. Certaines personnes sont vraiment des monstres.

— Oui, je réponds, d'une voix à demi blasée. Certaines personnes sont des monstres.

Comme toi, terminé-je silencieusement.

Je laisse ma sœur dans sa suite et retourne dans le hall. Les portes de l'ascenseur s'ouvrent et le revoilà qui me fait signe. Le casino. Je n'arrive pas à détourner le regard. C'est comme un accident de voiture, du genre qui laisse des traces de sang sur la chaussée et attire l'attention des passants. Les lumières clignotantes de l'ambulance et des voitures de police qui arrivent pour ramasser les morceaux. On sait qu'on ne devrait pas regarder, mais on ne peut pas s'en empêcher. On ne peut simplement pas. C'est juste impossible. Les lumières du casino, c'est la même chose. C'est un désastre qui m'aspire. Je n'ai rien pour me retenir et m'empêcher d'y entrer. Je faiblis. C'est comme si j'étais une marionnette dont Stacy tire les ficelles depuis toujours. Chaque partie de moi vibre jusqu'au fond de mon être. C'est mieux que n'importe quel orgasme. Je me sens belle. Sexy. Mouillée. Et pourtant, ce qui déferle dans mon corps n'a rien à voir avec un être humain. C'est la machine *Double Diamonds* qui me fait de l'œil. Elle me reluque depuis l'autre côté du casino.

Satanée Stacy.

La femme à la réception prend ma carte de crédit.

— 100 dollars, lui dis-je, en sachant très bien que si je perds, je me retrouverai de nouveau devant elle, à dépenser toujours plus.

Elle est belle, avec sa peau hâlée et ses cheveux noirs qu'elle porte longs pour avoir le physique qui va avec le thème du lieu.

— Que la chance soit avec vous, répond-elle.

Oui, j'en aurais bien besoin, je pense.

Alors que j'avance vers la machine, mes pieds s'accrochent au tapis. C'est comme des sables mouvants. Du papier tue-mouches. Non, un piège à colle pour les rats. Quelque chose me ralentit alors que je me dirige vers la cacophonie de sonneries et de lumières clignotantes propres à mon ancien amour ; les machines à sous. Mes yeux parcourent la grande salle : les hommes aux tables de cartes, des jolies filles à leur bras ; la foule plus âgée, un Collins dilué à la main, qui est simplement là pour passer le temps plutôt que pour changer de vie. Et les gens comme moi ; penchés sur les machines à sous ou à la table de keno, persuadés qu'ils ne sont qu'à un coup d'une nouvelle voiture. Ou d'une nouvelle maison. Ou des vacances de leurs rêves. Voire d'une nouvelle vie. Un recommencement total ; une solution à toutes les erreurs qui peuvent être réparées par un afflux d'argent.

La sueur suinte par tous les pores de ma peau. Mon mascara a coulé et je le tamponne avec un mouchoir tandis que je m'installe à côté d'un homme qui appuie frénétiquement sur le bouton de sa machine comme s'il était sur le point de jouir. Ses yeux sont fixes. Il a la bouche ouverte. Il a l'air aussi désespéré que je le suis.

Je pourrais appeler quelqu'un du groupe. Je pourrais jeter à la poubelle la carte qui me permet de jouer. Je pourrais me lever et partir. Je pourrais. Je sais que je le peux. Puis je l'entends.

La voix de Stacy.

Elle est là dans ma tête.

Tu es toujours si prévisible, Nicole. Tu as toujours fait ce qu'il fallait. Tu es même devenue inspectrice de police. Mais, de toi à moi, qu'est-ce que ça t'a apporté ? Rien. Absolument rien.

Je passe la carte dans l'ouverture. Je sens un frisson me parcourir le bras. *Te voir si prévisible est un plaisir pour les gens comme moi,* continue-t-elle. *Nous aimons que les gens soient simplets, papa et moi. On n'a jamais aucun doute sur le fait que vous ferez la bonne chose. Mais quand vous faiblissez, c'est d'autant plus doux.*

J'appuie sur le gros bouton rouge et la machine se met en marche. J'ai envie de serrer mes jambes l'une contre l'autre pour sentir les vibrations qui me traversent. Mon rythme cardiaque s'accélère et le sang afflue vers mon visage. C'est comme chevaucher un amant invisible. Un amant sans nom, que je contrôle. Ce n'est pas lui qui a le dessus sur moi. Je ne suis pas allongée sur le ventre, à l'entendre me dire : « Vas-y, c'est ça que tu veux, salope, hein ? ». Oui, ça fait du bien, mais c'est bizarre, presque anonyme, quand je ne peux pas voir le visage de mon amant et que je le sens seulement se soulever et entrer en moi, avec sa voix rocailleuse qui me dit que j'en veux plus.

Tu aimes ça, hein ?

Tu en veux plus, hein ? C'est pour ça que tu es là.

Tu veux que je te la mette plus profond ?

Oui, vas-y, continue, j'y suis presque.

Je vais jouir, je vais jouir.

La machine ne fait pas ça. Elle reste passive jusqu'à ce que je lui ordonne de se mettre en mouvement. Ce n'est pas moi qui m'allonge docilement, le visage collé contre le couvre-lit d'une chambre d'hôtel, à simuler me tordre d'extase pendant qu'un type que j'ai ramassé sur le sol du casino agit comme si son sperme était un cadeau de Dieu.

Tout ça pour moi ? Merci beaucoup !

Ici, devant cette machine, c'est moi qui commande. Je ne devrais pas être ici. Mais Dieu, que ça m'a manqué. Cela m'a manqué d'avoir le contrôle sur l'incontrôlable. Je suis fiévreuse. J'ai l'impression que je pourrais m'envoler en direction du plafond, faire un saut périlleux puis atterrir comme une plume sur cette même chaise en vinyle orange.

Premier tour, rien. Deuxième tour, pareil. Troisième, encore perdu.

Un homme, deux machines plus bas, se tourne sur son siège et me regarde.

— On ne gagne jamais sur celle-là, dit-il avec une grimace de dégoût. Tu ferais mieux de changer pour celle qui est juste là. Conseil d'ami.

Je lui lance un sourire poli. Il est là depuis un moment. Donc il sait de quoi il parle.

— Très bien, dis-je. Merci du conseil. Et toi, la chance te sourit ?

— Pas vraiment, dit-il en haussant les épaules. Je veux dire, à la fin, il faut bien qu'on perde de toute façon. Si on gagnait à tous les coups, les Quinault finiraient par nous scalper.

— Ils ne font pas ça, je réponds, en m'asseyant à côté de lui. Tu mélanges tes peuples indigènes. Le scalpage c'était plutôt à l'est. Et pas si commun, en vérité. Les clans de la côte nord-ouest ne faisaient pas ça.

Il acquiesce. C'est un bel homme. La quarantaine je dirais, même si, plus je vieillis, plus j'ai tendance à croire les gens de mon âge plus jeunes qu'ils ne le sont. Ses sourcils touffus auraient bien besoin d'être taillés. Ses dents sont légèrement de travers et je sais à la façon dont il baisse la mâchoire quand il me parle qu'il en est un peu gêné. Je sais aussi qu'il espère avoir de la chance ailleurs que sur sa machine à sous.

— Je m'appelle Cal, dit-il. Je viens de Portland. Tu séjournes à l'hôtel ?

Portland. Pourquoi ne suis-je pas surprise ? Avec un t-shirt pareil – *Pabst Blue Ribbon*[1], vintage – et son jean en denim foncé, il ne peut venir que de Portland. Ses baskets en cuir noir sont si neuves que j'imagine qu'elles ont été sorties de leur boîte pour la première fois ce matin. Comme je ne réponds pas tout de suite, il cache sa nervosité en faisant semblant de s'intéresser à la machine devant lui. Je suis si perturbée et si seule, mais pas si perturbée et pas si seule. Peu importe à quel point ma sœur me met en colère, peu importe l'amertume que je ressens quant à l'état actuel de ma vie et aux choix que j'ai faits, je ne vais pas laisser mes sentiments empirer les choses. Je l'ai déjà trop fait par le passé. Je sais qu'un étranger et une chambre d'hôtel de casino ne suffiront jamais à combler ma solitude. Cette solitude que je ressens au plus profond de mon cœur.

— Oui, je réponds. Mon mari et moi nous sommes disputés. Je l'ai laissé seul dans la chambre pour qu'il se calme. Je vais remonter dans quelques instants.

Cal a l'air déçu.

— Oh. Désolé de vous avoir importunée, madame.

Je hoche la tête et regarde à nouveau l'écran devant moi. Les diamants réclament un autre tour. Mais je refuse. Je reprends la carte qui me sert à jouer et la donne à Cal.

— Tiens. C'est ton jour de chance, lui dis-je. Cet endroit n'est pas fait pour moi.

Il prend la carte et hoche la tête. Sans un mot. Ou du moins, je n'en entends pas. Je me lève et me dirige vers la sortie. À travers la pulsation des lumières, le mélange d'alcool et de sueur, le sentiment palpable d'espoir et de déception qui émane autour de moi. Je hoche la tête en passant devant la jeune femme aux longs cheveux noirs. J'en ai fini avec tout ça.

Dès l'instant où Stacy est réapparue dans ma vie, j'ai su qu'elle n'avait qu'un seul but en tête. Toujours le même. Stacy prend son pied dans le malheur des autres.

Mais j'en ai fini avec Stacy. Pour de vrai, cette fois-ci. Cette fois-ci, c'est terminé.

---

1. Bière bon marché prisée par les *hipsters*.

CHAPITRE 41

Vendredi 25 août

Je suis épuisée. Cette longue journée n'est toujours pas terminée. Il est onze heures passées quand Carter et moi retournons au Red Lobster et nous installons au bar. Il a accepté de m'y retrouver parce que, eh bien, c'est Carter ; il perçoit le stress dans ma voix malgré tous mes efforts pour le cacher. Il commande une bière, cette fois-ci, et moi, un verre de vin. Je fais de mon mieux pour m'empêcher de penser que c'est en train de devenir « notre endroit » ou quelque chose du genre. Même si j'aime beaucoup Carter, j'ai appris de mes erreurs. C'est la seule partie de moi que je sais solide : le fait de savoir que plus jamais je ne tomberai aussi bas.

Cependant, après avoir revu ma sœur, j'ai bien besoin d'un ami à qui parler. Pas d'une épaule pour pleurer, non. Je ne suis pas une pleureuse. J'ai seulement besoin de quelqu'un qui sache m'écouter.

— Ma sœur est de retour, lâché-je alors que nos boissons arrivent.

— Oh. Pour de vrai ? dit-il en commençant sa bière.

De la mousse s'accroche à sa lèvre supérieure. Je n'y prête pas attention. Je bois à petites gorgées.

— Oui. Elle a pris une chambre au Quinault.

Carter connaît bien mon passé. Bien que je ne lui aie pas raconté les détails les plus sanglants, il sait très bien quelle est ma relation avec elle.

— Qu'est-ce qu'elle veut ? demande-t-il.

Il a bien compris de quel genre de créature on parle. Il ne demande pas comment elle va. Ni comment s'est passée notre réunion. Il sait que quelqu'un comme Stacy ne réapparaît que pour obtenir quelque chose. Ou quelqu'un, dans le cas présent. Il sait que ma sœur est comme une pomme empoisonnée. Jolie à l'extérieur - séduisante, même - mais pourrie jusqu'au fond de l'âme.

Carter sait lire entre les lignes. C'est ce qui fait de lui un bon ami et un grand enquêteur. Il écoute et observe pour analyser ensuite.

— Emma, dis-je. Elle veut Emma.

Je pose mon verre et remarque que ma main tremble un peu.

— Je pensais qu'elle n'était pas du genre très maternel, répond-il.

C'est un euphémisme.

— Elle ne l'est pas. Elle dit qu'elle veut juste la voir. Lui parler. Je ne sais pas pourquoi. Elle n'a pas spécifiquement dit qu'elle voulait l'éloigner de moi, mais ma sœur est du genre vicieuse, tu le sais.

— C'est toi qui as la garde d'Emma légalement, n'est-ce pas ?

— C'est un peu plus compliqué que ça. Je suis sa tutrice. C'est légal, mais la vérité, c'est que ma sœur peut révoquer ma tutelle à tout moment. C'est l'arrangement que nous avons trouvé après la mort de son mari, elle en était folle de rage.

Il sait que c'est un mensonge. Ma sœur ne voulait pas de sa

fille et était absolument ravie de s'en débarrasser. Et Carter est un bon détective. Il perçoit certaines choses même quand elles ne sont pas évidentes.

— Alors quel est le problème ? demande-t-il.

— Le problème, c'est que j'ai menti à Emma. Je lui ai dit que sa mère était morte. Je ne voulais pas qu'elle l'attende, parce que j'étais persuadée que Stacy ne reviendrait jamais.

— Et pourtant elle est revenue.

Il fait signe au serveur de remplir nos verres.

— Elle ne va pas rester ici, rétorqué-je. Elle essaie juste de retomber sur ses pattes après la mort de Julian.

Carter connaît le nom, même si je ne pense pas l'avoir déjà mentionné. Je ne voulais pas qu'il sache qu'après Danny Ford, j'ai enchaîné sur un amant encore pire : Julian Chase.

— Qu'est-il arrivé à Julian ? demande-t-il en étudiant le menu.

J'attends un peu avant de parler. Si je portais des lunettes, je les enlèverais en beauté avant de faire ma grande révélation. Pour l'effet.

— Il est mort en mer, dans un accident de bateau au Mexique, dis-je avec juste assez d'ironie dans la voix pour que Carter comprenne mon propos.

— Laisse-moi deviner, dit-il en secouant la tête. Ta sœur était seule avec lui quand l'accident s'est produit.

— C'est ce qu'elle dit.

— Crevettes Tempura ? demande-t-il en me montrant l'application sur son téléphone.

— OK, je réponds. Mais je ne reste pas dîner.

— Quelle femme malchanceuse, s'exclame-t-il. Déjà veuve deux fois à moins de 35 ans.

J'ai envie de lui dire ce que j'en pense. De lui raconter des choses sur notre enfance. Les questions jamais réellement résolues sur ce qu'était vraiment ma sœur. Mais je ne le fais pas. J'ai toujours été gênée par la vraie nature de ma sœur, par cette couche de laideur qui se cache sous son apparence parfaite, éblouissante comme un soleil. Je plonge mon regard dans les yeux de Carter. C'est étrange comme il peut y avoir quelque chose de si profond dans les yeux de quelqu'un. Il m'observe si intensément que j'ai l'impression qu'il voit jusqu'au fond de mon âme. Je détourne le regard.

— Je ne veux pas perdre Emma.

— Mais tu ne peux pas aller contre la loi, dit-il alors que le serveur apporte les crevettes.

— Et si elle dit qu'elle veut reprendre Emma ?

Il attrape une crevette et la trempe dans du miel.

— Alors tu devras la rendre, pas le choix. Mais vraiment, Nic, tu ne sais pas ce qu'elle veut. Ce n'est peut-être pas ça.

Mais je sais parfaitement ce qu'elle veut. Ma sœur veut me faire du mal. Les gens, y compris sa propre fille, ne sont pour elle que des choses qu'elle peut manipuler à loisir pour arriver à ses fins tordues.

— Je ne la lui laisserai pas, répété-je.

Pendant un long moment, Carter ne dit mot. Il regarde la mousse au fond de son verre comme si c'est là qu'il allait trouver une solution. Il mange une autre crevette. Par politesse, j'en attrape une aussi. Il n'y en avait que quatre dans la commande.

— Tu pourrais la dénoncer, dit-il, en gardant les yeux baissés.

— La dénoncer pour quoi ?

— Pour avoir tué son mari, Cy Sonntag.

— L'affaire a été classée comme accident, répliqué-je, alors que mon pouls s'accélère.

— Oui, je sais. Mais tu pourrais la dénoncer quand même. Tu sais qu'elle l'a tué. Je veux dire, ce n'est pas vraiment comme ça que tu t'es retrouvée avec Emma, si ?

J'ai la tête qui tourne. Alors que je n'ai bu que deux verres. Je garde mes coudes plantés sur le dessus du bar pour ne pas tomber. Je me laisse engloutir par la vérité de ce que vient de me dire Carter Hanson.

— Oui, je réponds, tout simplement.

— Alors, dénonce-la. C'est ce que tu dois faire.

Je ne dis pas un mot de plus, parce que je ne peux pas. Je ne peux pas lui dire que j'étais au courant des plans de ma sœur pour tuer Cy. Je ne peux pas lui dire qu'elle m'a montré comment elle allait faire et que quand elle l'a fait, j'ai utilisé le meurtre de Cy pour lui arracher Emma. C'était mal. Je le sais. J'ai entaché le caractère sacré de mon badge pour la vie d'une petite fille.

J'aime mon travail. Parce que je veux aider les gens. Mais je sais que si je dis la vérité, je vais perdre tout ce qui compte pour moi. Je vais perdre Emma.

— Dénonce Stacy, répète-t-il.

— Je ne peux pas.

Je lui mens. Je lui sors une phrase qui, je le sais, sonne on ne peut plus faux :

— Même si je ne lui pardonnais jamais ce qu'elle a fait, j'aime ma sœur. D'une manière étrange, certes, mais je ne peux pas lui faire ça. Je ne peux pas l'envoyer derrière les barreaux.

— C'est une meurtrière, dit-il. Tu le sais.

— Oui, mais c'est aussi la mère d'Emma, je réponds, sur la défensive, sans vraiment réaliser à quel point je me suis emportée.

J'avale d'une traite le reste de mon vin. Je ne sais pas pourquoi je me sens obligée de faire ce que j'ai toujours fait. Mentir pour ma sœur. Lui trouver des excuses.

— Il y a aussi du bon chez elle, Carter, dis-je, bien que ce soit difficile d'être convaincante.

Ma voix vrille d'une manière qui transforme cette affirmation en question. Carter se penche vers moi et pose sa main sur mon épaule. C'est un geste compatissant. Pas une tentative de drague.

Aussi célibataire et désespérée que je sois, je sais faire la différence.

— Je te connais, Nic, dit-il. Je sais que tu feras ce qu'il faut.

J'ai envie d'un autre verre, mais quand le serveur me demande, je refuse. J'ai besoin d'avoir les idées claires. Je dois décider de ce qu'il convient de faire et, surtout, ce qu'il m'en coûtera de le faire.

CHAPITRE 42

Samedi 26 août

La maison est sombre, une fois chez moi. Pas un bruit. Mais mes pensées turbinent à toute vitesse alors que je regarde une photo de Julian sur mon ordinateur. Il est si beau. Ses yeux brillent d'une intensité que je connaissais si bien. Je me rappelle ce regard qu'il m'a lancé lorsqu'il m'a « trouvée » au refuge pour sans-abris et m'a ramenée chez lui. J'étais si stupide. Si crédule. J'ai pris sa trahison pour de la sympathie. À présent, je regarde la photo publiée sur le site du *Puerto Vallarta Daily News*. L'article est bref. Comme le sont beaucoup d'articles aujourd'hui, dans un monde où la plupart des gens ne savent pas se concentrer plus de deux secondes. Il correspond à l'histoire que m'a racontée ma sœur ; à une exception près – et pas des moindres. *Oui,* ils faisaient de la voile. *Oui,* il est tombé par-dessus bord, s'est cogné la tête et s'est noyé. Mais la mer, cependant, était calme. Stacy a parlé d'une tempête. Elle m'a menti dans l'idée de me convaincre qu'il s'agissait d'un accident. Peut-être devait-elle trouver quelque chose de plus convaincant que ce qu'elle a dit aux autorités mexicaines, qui sait ? Elle a peut-être eu quelqu'un pour l'aider. Elle a toujours été douée pour faire faire le sale boulot par quelqu'un d'autre.

Je repense à Marilyn Morton, qui était sa meilleure amie au lycée. Stacy se servait d'elle pour voler dans les magasins, constamment. Marilyn a fini par se faire prendre au Nordstrom de Tacoma, mais n'a jamais dénoncé Stacy. J'ai déjà entendu ma sœur crier sur Marilyn, au téléphone. « Personne ne te parlera plus jamais, Marilyn. Si tu caftes, t'es finie, tu m'entends ? Tu es mon amie seulement parce que tu es stupide et utile. Je peux te rendre la vie impossible. Tu te souviens de Donna Lewis ? »

Je suis sûre que Marilyn s'en souvenait. En tout cas, moi, je m'en souviens. Donna Lewis était la meilleure amie de ma sœur au collège. Et, comme Marilyn, elle était en admiration totale devant Stacy, au point de devenir son esclave. Je doute que ma sœur ait jamais eu une seule relation d'égal à égal avec qui que ce soit. Elle était la star. Les autres n'étaient que des figurants sans nom et sans visage, dont le seul but était de la rendre plus belle et plus intelligente en comparaison. C'est drôle comme c'est clair pour moi à présent. À l'époque, quand quelqu'un parlait de son comportement, mon père répliquait : « C'est Stacy, elle est comme ça. »

Je me demande si les Bundy aussi ont dit : « C'est Ted, il est juste comme ça », quand il a été reconnu coupable de plusieurs meurtres.

Je ne sais pas exactement ce qui a conduit à l'incident qui a mis fin à la vie de Donna. Je sais que Stacy et elle se sont disputées, violemment, à propos d'un garçon de la même école. Je crois que Stacy ne s'intéressait même pas à ce gars, mais elle voulait s'assurer que Donna ne finirait pas avec lui. Le lendemain de leur grosse dispute, Donna a avalé toutes les pilules de sa mère et est morte d'une overdose. Je me rappelle à quel point tout le monde était choqué.

Tout le monde sauf Stacy.

— Je savais que cette fille était faible, a-t-elle dit à l'époque.

— Tu es vraiment horrible, ai-je répondu.

Elle a haussé les épaules.

— Tu peux appeler ça comme tu veux, mais c'est la vérité. Ce n'est pas parce que quelqu'un est mort que ça change son caractère pour en faire tout à coup une personne extraordinaire. Donna était une bonne à rien.

Stacy n'a jamais pleuré ses amis. Ce qui ne veut pas dire qu'elle ne pleurait pas. Elle pleurait seulement quand ça servait son but. Aux funérailles de Donna, elle a pleuré comme jamais. Des larmes comme le barrage de Grand Coulee. Monsieur et madame Lewis ont passé tout leur temps à la réconforter.

Elle adorait être au centre de l'attention. Comme toujours.

J'observe plus avant la photo de Julian. Il était intelligent, riche et charismatique, mais cela ne suffisait pas à Stacy. Je vais faire l'idiote et je ne lui demanderai pas ce qu'il s'est vraiment passé. Car je le sais déjà. Elle s'est débarrassée de lui parce qu'elle a obtenu ce qu'elle voulait. Comme avec Donna. Comme avec Marilyn. Comme avec Cy.

Je m'imagine sa performance de théâtre lorsqu'elle a dû donner sa version des faits aux autorités, quand ils sont venus la chercher en mer après l'appel d'urgence. Je l'imagine verser des torrents de larmes, dans une agonie magnifique, alors qu'elle raconte ce qu'il s'est passé sur ces eaux bleues iconiques. La façon dont elle s'est retournée après avoir entendu un bruit sourd. Comment elle a essayé de rejoindre Julian, mais le courant était trop fort. J'imagine qu'elle portait un bikini à fines bretelles, du genre qui glissent « accidentellement » vers le bas alors qu'elle se réfugie dans les bras d'un des policiers. Même dans les affres d'une crise de larmes, qui déforme son beau visage, ma sœur sait se mettre les hommes dans la poche. Au lieu de penser une seule seconde à l'arrêter, on voudra l'inviter à dîner. Et elle accepte de bon cœur, si elle pense que c'est dans son intérêt.

J'éteins l'ordinateur. Je connais ma sœur et elle me connaît. Elle sait que j'ai cherché l'article sur la mort de Julian. Mais je ne le mentionnerai pas. Et elle non plus. Tant de choses dans notre relation sont fondées sur des non-dits et des cachotteries. J'ai appris il y a longtemps à ne pas lui poser trop de questions. Pas tant de peur qu'elle m'envoie paître, plus ou moins violemment, mais qu'elle me dise des choses que je ne pourrais pas entendre. Bien que je ne puisse l'expliquer, une partie de moi aime toujours Stacy. Veut toujours l'aimer. C'est ma sœur. Je ne souhaite pas en apprendre trop parce que, malgré tout, je désire toujours l'aimer.

Ça me frappe à présent. Alors que je me dirige vers mon lit, et un sommeil qui ne viendra certainement pas, je me dis que ma sœur est la face cachée du proverbe qui prétend que « me connaître, c'est m'aimer ».

En me réveillant, je décide que ce samedi se déroulera comme si de rien n'était. C'est peut-être mon dernier avec Emma. Je vais la chercher chez Carrie-Anne, où elle a passé la nuit. *Trop de nuits*, je me dis, en la serrant de toutes mes forces dans mes bras. Nous passons au supermarché (pas au WinCo). On regarde Food Network. Je propose de regarder un film, mais elle n'a pas envie. Je dis que je dois passer voir mon père.

— Pour lui c'est pareil si tu y vas aujourd'hui ou demain, dit-elle.

Elle n'a pas tort.

— C'est vrai. Je peux y aller demain.

— On reste à la maison aujourd'hui, m'intime-t-elle avec beaucoup de sérieux et cette moue sur son visage qui m'attendrit plus que tout.

Elle réfléchit. Je peux voir que son cerveau turbine à toute allure.

— Si tu veux, je réponds. C'est toi qui décides.

— Et tu ne regardes pas ton téléphone comme tu fais d'habitude.

Elle est perspicace, cette petite. Et elle me connaît trop bien.

— Non, pas aujourd'hui. Aujourd'hui, je suis toute à toi.

Son expression change et son visage s'illumine. Puis elle s'installe avec moi sur le canapé et m'enlace dans ses bras. Je prends une grande inspiration, pour capturer son odeur et graver pour toujours ce moment dans ma mémoire. Shelby devient jalouse et essaie de se faire une place entre nous deux, mais je ne la laisse pas faire.

— Je sais que tu retournes travailler demain, mais on va faire comme si ce n'était pas vrai, d'accord ?

Je dépose un baiser sur son petit front.

—D'accord. On va faire comme si ce n'était pas vrai.

CHAPITRE 43

Dimanche 27 août

J'arrive à peine respirer. Elle m'a eue.

J'ai peur, j'ai peur jusqu'au fond de mes entrailles. Je veux que papa sache quel genre de progéniture il a engendrée. Combien sa fille est pourrie jusqu'à la moelle.

On est dimanche matin et je m'assieds à côté de lui dans sa chambre à Ocean View. Nous sommes seuls. Emma est dans la salle télé. Je lui épargne ce genre de spectacle. C'est ce que font les mères. Et je suis sa mère, à ma façon. Les yeux de papa sont des fentes ouvertes sur la vacuité du plafond. Je ne suis pas sûre de ce qu'il comprend, si tant est qu'il comprenne quoi que ce soit. Parfois, je perçois un mouvement de tête, qui indique – du moins je l'espère – qu'il a conscience de notre conversation. Il n'a pas parlé depuis des jours, mais cela s'est déjà produit auparavant. L'alzheimer est une maladie progressive, mais sa manifestation cruelle connaît des hauts et des bas. Certains jours, il prononce des phrases qui correspondent presque à ce que je lui dis. D'autres fois, il débite quelque chose qui n'a aucun sens dans ce contexte, mais qui est cohérent en tant que déclaration. Le plus souvent, il s'agit de ma mère ou de ma sœur. Parfois, je me demande si j'ai été complètement effacée de sa mémoire. Quelle ironie. C'est moi qui viens le voir. C'est moi qui lui ai dit que, malgré tout ce qu'il m'a fait, je serai toujours là. Je comprends ; aucun parent n'est parfait. En comparaison, mon père était infiniment plus décent que ma mère, alors, à défaut d'avoir connu autre chose, il devient le père que je voulais.

Je me tourne vers la porte. Il n'y a personne aux alentours.

— Stacy a tué Cy, lui chuchoté-je à l'oreille, car je ne voudrais vraiment pas qu'on me surprenne à lui dire des choses pareilles.

Ses yeux s'ouvrent un peu. Ou du moins, je le crois.

— Et elle a probablement tué Julian aussi, continué-je, même si je sais que mon père n'a jamais connu Julian Chase.

Je ne lui dis pas à cause de qui elle s'est mise à faire le mal, je dis simplement que c'est ce qu'elle est.

— Elle a tué notre poney, Candy. Tu sais qu'elle l'a fait.

Un battement de cils.

— Elle n'a jamais été normale, papa. Elle est comme maman. Pour elle, il n'y a que *Stacyland*.

« *Stacyland* » était un mot que mon père avait inventé, même si je ne pense pas qu'il y voyait une connotation aussi sombre que moi à l'époque.

— Elle veut récupérer ta petite-fille, papa.

Je le serre par les épaules. Je veux qu'il m'écoute. Je veux que quelqu'un qui comprend vraiment ma sœur saisisse l'importance de ce que je dis.

Il laisse échapper un peu d'air, mais ce n'est pas vraiment une réponse.

Je serre plus fort – pas assez fort pour lui faire des bleus, mais presque.

— Bon sang, papa. Elle est dangereuse. C'est une psychopathe. Nous devons l'arrêter. C'est nous qui devons le faire, nous qui savons qui elle est.

Mon père grimace sous la pression de mes doigts, mais ça ne

veut pas dire qu'il réagit à mes paroles. Son cerveau a été réduit en fromage blanc. Quand j'essaie de m'imaginer à quoi ressemble l'intérieur de sa tête, je vois quelques synapses qui fonctionnent encore, mais qui se noient dans toute cette matière grasse qui embourbe son esprit.

— Papa, j'ai besoin de ton aide. J'en ai besoin pour protéger Emma.

Lui en parler est ridicule, je le sais.

Et puis j'entends sa voix. Une jolie voix, mais qui, pour moi, évoque des ongles sur un tableau noir. Les pneus qui crissent sur le béton lors d'un accident de voiture.

— Comment va-t-il aujourd'hui ?

Je me tourne vers la porte et mon cœur se brise en mille morceaux. Stacy a décidé de se montrer. Sa présence rend la pièce encore plus froide qu'elle ne l'était déjà. Je me force à lui lancer un sourire vaguement chaleureux. Elle est vêtue d'une robe chasuble blanche – du Kate Spade, à première vue. Son sac à main est blanc lui aussi. En guise de boucles d'oreilles, des diamants en forme de larme. Une pour chaque mari décédé, je suppose. Je me demande depuis combien de temps elle m'observe. Et ce qu'elle a entendu, le cas échéant.

Ma sœur est belle et très chic, si bien que naturellement, elle attire les regards partout où elle va. Je remarque deux infirmières qui passent devant la porte ouverte pour l'observer. À Aberdeen, à ce moment-là, elle est une attraction. Un ange tout vêtu de blanc. Probablement quelqu'un de célèbre. De certainement très riche. Une autre infirmière passe et manque de se tordre le cou pour mieux voir l'étonnant visage de ma sœur.

— Papa et toi semblez être en pleine conversation, dit Stacy en me rejoignant au chevet de notre père.

Je décrispe mes mains, toujours sur les épaules de papa, et ajuste le drap autour de son cou. Ma sœur me dénoncerait pour maltraitance envers une personne âgée si elle le pouvait. Je reconnais qu'en le contraignant à m'écouter, je l'ai empoigné avec plus de force que je ne l'aurais dû.

Elle se penche sur lui et dépose un baiser sur son front. *Le baiser de la mort,* ne puis-je m'empêcher de penser.

— Il n'est plus vraiment avec nous, dis-je. Je suis surprise de te voir ici. Je sais que tu es déjà passée l'autre jour.

— Tu viens ici tout le temps, Nicole. C'est aussi mon papa, tu sais.

Papa. Son mot favori quand il s'agit de me manipuler.

— Oui, c'est vrai, dis-je, Stacy me faisant maintenant directement face.

Ses yeux sont braqués sur moi comme des lasers. Elle me transperce, cherchant une faiblesse à exploiter, comme une tique qui essaie de s'enfoncer le plus profondément possible dans ma chair.

— Tu es magnifique aujourd'hui, dis-je, car je connais ses faiblesses aussi bien qu'elle connaît les miennes.

— La robe est froissée, réplique-t-elle dans une grimace, mais je n'ai rien pu y faire. J'ai fait virer le valet, comme ça plus personne n'aura à subir une telle incompétence.

C'est le Quinault, je pense silencieusement. *Pas le Four Seasons.*

Papa laisse échapper un gargouillis et Stacy agit comme s'il approuvait, comme s'il la félicitait de s'être « ainsi défendue » et d'avoir fait virer un pauvre bougre.

— Tu sais, dit Stacy, tu as toujours été la vraie favorite de papa.

Mon regard passe de son visage à celui de notre père. Je sais que c'est faux. Stacy était sa préférée comme elle était la préférée de tout le monde.

— Merci, je réponds.

Cela semble la faire taire pendant un instant.

Elle caresse les mains noueuses de papa, déformées par une vie de dur labeur à l'usine.

— Quand est-ce que je pourrais voir Emma ? demande-t-elle.

— J'ai besoin de plus de temps. Je n'ai pas encore eu l'occasion de lui en parler, Stacy. C'est énorme, comme nouvelle. Même toi, tu peux le voir, non ? Ce doit être fait de la bonne façon, avec beaucoup d'attention.

Pas une once d'émotion dans son regard. Elle est sans pitié, comme un requin.

— Elle va te détester pour lui avoir menti, dit-elle. Tu n'aurais jamais dû faire ça. Ce n'était pas intelligent. Et encore moins digne d'une inspectrice.

— J'ai fait ce que je pensais être juste, rétorqué-je. Après tout, tu as assassiné son père.

Je lâche ces mots comme un coup de couteau. Pas assez fort pour la secouer, mais c'est le mieux que je puisse faire.

— Tu ne devrais pas dire ça, dit-elle, les lèvres pincées, et j'ai l'impression d'entendre un sifflement envelopper chaque mot.

— Mais c'est vrai, répliqué-je en la provoquant d'autant plus. Tu sais comme moi que c'est vrai.

Le visage de Stacy est maintenant dur comme du béton.

— Si tu me trahis, je te ferai tomber avec moi, dit-elle en baissant un peu la voix. Emma n'aura alors plus personne. Plus aucune famille. Rien.

Elle s'arrête et tapote du bout du doigt sur la tête de notre père.

— Peut-être que ce vieux pot en terre cuite sera toujours vivant, mais on ne peut pas vraiment compter sur lui de toute façon, hein ?

— Personne ne te croira, Stacy.

Elle passe sa main à travers l'anse de son sac et le porte à son épaule.

— Je suis extrêmement convaincante. Tu le sais, Nicole. Je veux voir Emma dès demain.

— Mais je travaille. Je suis sur une grosse enquête.

— OK. Après le travail, alors. À notre cabanon d'Ocean Shores.

Stacy se lève pour partir. Une infirmière se tient devant la porte et ma sœur manque de la faire tomber en la bousculant hors de son chemin. Je me demande ce qu'elle a entendu. Pas grand-chose, j'espère. Dans tous les cas, elle aura des choses à raconter sur Stacy. Comme tout le monde. Comme d'habitude, ma sœur ne passe pas inaperçue.

CHAPITRE 44

Dimanche 27 août

Il est à peine dix-sept heures et notre dîner dominical est déjà terminé – un plat mijoté un peu triste. Pour nous consoler, Emma et moi décrivons à tour de rôle le meilleur dessert du monde. Elle a rejeté mon idée, inspirée d'une recette vue la veille sur Food Network : une tarte aux pommes trempée dans du caramel et recouverte de crème glacée.

— Beurk, dit-elle. Trop gluant.

— Le gluant, c'est bon, je réponds.

— Non. Je veux des crêpes au chocolat avec de la crème fouettée et une cerise.

— Évidemment que c'est ce que tu veux. Et pourquoi pas des bananes coupées en rondelles par-dessus ?

Elle fait la grimace. Pas besoin de mots pour comprendre son avis sur la question, mais elle l'exprime quand même à voix haute :

— Les bananes, c'est dégoûtant. C'est trop mou. Beurk.

— C'est vrai, dis-je. Tu n'aimes pas tout ce qui est mou. Je sais.

Je suis dans l'instant présent, mais je ne peux m'empêcher de penser à sa mère et de me demander s'il s'agit des derniers instants que nous passons ensemble. Je n'ai aucune idée de la façon dont je vais gérer cette rencontre. Je lui souris et je ris, mais au fond, je m'interroge au sujet de ce qui ne va pas chez moi. Je me demande si je suis comme ma sœur, tordue et dérangée. Mais pas autant que Stacy, parce que je sais tout rationaliser et me dire que je fais la bonne chose.

Mais peut-être que Stacy aussi se rassure de cette manière.

On sonne à la porte et je laisse Emma et Shelby dans la cuisine. La table est libre et Emma sort une boîte de crayons de couleur pour me montrer à quoi ressemblent les crêpes idéales.

J'ouvre la porte pour aller voir qui nous rend cette visite-surprise.

— Désolé de venir te déranger chez toi, dit Debbie Manning. Je me suis souvenue de ton adresse du lycée et je me demandais si tu habitais toujours là. On était amies, tu sais, c'est pour ça.

Elle porte un short bien trop court et un haut rose vif, qui rappellent ses années lycée. Son style n'a vraiment pas changé.

— C'est surtout Stacy et toi qui étiez amies, rétorqué-je, sans préciser que c'était le cas de tout le monde en ville.

Stacy a toujours été la reine des abeilles, dès son plus jeune âge.

— Quoi de neuf, Debbie ?

Debbie a l'air contrariée.

— Y a celle-là qui veut te parler, dit-elle en se retournant.

Derrière elle, Brooklyn, son assistante. Qui n'a pas l'air très contente d'être là. Ses bras sont croisés par-dessus son t-shirt et j'ai l'impression qu'il faudrait deux hommes pour les lui remettre le long du corps. Elle est visiblement bouleversée.

— Je n'ai rien à voir avec ce qui est arrivé à Ally, m'annonce-t-elle.

Je ne comprends pas de quoi elle parle et ma confusion se lit sur mon visage.

— Vous m'avez appelée, explique-t-elle.

— Non, je ne crois pas.

— Si, dit-elle en me tendant son téléphone.

Je me souviens alors de son nom. Ce n'est pas à une Mari ni une Marianne que Luke envoyait des textos. Le nom dans le téléphone de Luke était une abréviation du nom de famille de Brooklyn : Marinucci.

— On peut entrer ? demande Debbie, mais je sais qu'elle n'attend pas vraiment de réponse. Elle m'a fait écouter ton message, alors je lui ai dit de ramener ses fesses ici.

Je les fais entrer toutes les deux et pendant qu'elles s'installent, je passe un coup de fil rapide à Carter.

— Ne commence pas sans moi, dit-il. C'est peut-être elle la clé du problème. Et rappelle-toi de la ménager, ce n'est encore qu'une ado.

— Bien reçu.

Je vais voir Emma et lui explique que j'ai du travail.

— Deux personnes sont ici et je dois leur parler.

— OK, dit-elle sans lever les yeux de son dessin de crêpes.

— Ça a l'air très appétissant, dis-je. On aurait presque envie de manger le papier.

Elle sourit et se concentre de plus belle.

— Vous voulez boire quelque chose ? Un soda, un café ? lancé-je à Debbie qui attend dans l'autre pièce.

— Une bière si tu as.

Naturellement.

— Rien pour moi, merci, dit Brooklyn d'une voix timide.

Quelques minutes plus tard, Carter arrive, vêtu d'un jean et de ce qui semble être une chemise de cowboy. Il ne lui manque que les bottes. Voilà donc à quoi il ressemble en dehors de ses heures de service. Intéressant. Pas désastreux, mais assez déroutant. Pendant que Debbie sirote sa bière, Brooklyn me confie qu'elle aussi sortait avec Luke Tomlinson. Elle s'assied sur le canapé à côté de Debbie, jambes et bras croisés, tel un origami humain. Ses cheveux sont relevés en un chignon désordonné. Un pendentif formant la moitié d'une pièce de monnaie repose sur sa peau bronzée. Ses yeux sont charbonneux et ses lèvres rouge cerise. Elle essaie de paraître plus âgée, mais elle fait son âge, c'est-à-dire seize ans. Elle est venue de son plein gré et je ne lui fais pas remarquer que ses parents devraient être présents. *Debbie,* je me dis, *remplit ce rôle.* Elle est un peu ivre, mais elle est là, jouant de nouveau Emily dans la pièce *Our Town,* un air inquiet sur le visage.

— Je n'ai rien à voir avec ce qu'il a fait à Ally, répète Brooklyn.

Carter se met à la contredire. Il joue le rôle du méchant flic. Ce qui fait de moi le gentil flic. Je préfère être la méchante ; histoire de libérer un peu toute cette colère refoulée qui me vient des différents aspects de ma vie.

— C'est un peu difficile à croire, Brooklyn, dit-il, d'un air un peu dédaigneux. Tes textos disent le contraire. Tu voulais qu'il mette Ally à l'écart.

— Vous ne pouvez pas croire ça, dit-elle en se tournant vers Debbie pour du soutien moral.

Mais Debbie, comme à son habitude, est concentrée sur sa bouteille de bière maintenant vide.

— Je ne suis pas comme ça, poursuit Brooklyn. Je suis quelqu'un de bien.

— Une bonne personne ne couche pas avec un homme marié, réplique Carter.

Je sais qu'il repense à sa propre situation en prononçant ces mots.

— C'est très mal des deux côtés, ce genre de relation, reprend-il. Mais j'imagine que personne ne te l'a appris.

Je lance un regard exagéré à mon coéquipier. Il faut qu'il arrête maintenant. Brooklyn a beau être naïve, elle est mineure et techniquement une victime. Il comprend le sous-entendu et, à juste titre, se calme un peu.

— Laisse-la parler, lui lancé-je. Elle est venue ici pour nous aider. N'est-ce pas, Brooklyn ?

La jeune fille hoche la tête.

— Oui. Parce que je savais que vous découvririez tout sur l'histoire entre Luke et moi. Ces textos étaient très embarrassants pour moi.

— Mais tu les as envoyés, non ? De ton plein gré ? Est-ce que tu savais que c'était avec lui que tu correspondais ?

— Oui. Mais c'était une sorte de jeu de rôle. Juste pour le fun.

— Mais vous étiez en relation, n'est-ce pas ?

Brooklyn libère ses cheveux de son chignon. Elle secoue un peu la tête pour les inviter à tomber sur ses épaules.

— Je n'aime pas ce mot, dit-elle. Ça me semble stupide. Genre, on a juste fait l'amour. Pour s'amuser. C'est tout. Ce n'est pas comme s'il y avait grand-chose à faire dans cette ville. Luke était à fond sur moi, mais moi, je ne m'intéressais pas tant à lui que ça. Ce n'était rien. Ce n'était pas comme si on allait se marier ou quoi.

— Parce qu'il était déjà marié, dit Carter, incapable de résister.

À travers cette fille de seize ans, c'est comme s'il exorcisait tous les mots qu'il aurait envie de hurler à son ex-femme.

Brooklyn joue avec son pendentif.

— Vous, les vieux, vous êtes restés bloqués sur de vieilles règles, dit-elle. Pas la peine de déverser votre haine.

J'offre à Debbie une deuxième bière et demande à Carter de venir m'aider dans la cuisine, pour imposer à cet entretien une pause bien nécessaire.

— Arrête de laisser ton passé influencer ton travail, lui chuchoté-je.

Avant qu'il n'ait le temps de répondre, Emma s'interpose pour me montrer son dessin. Je lui lance un sourire approbateur.

— Beau travail, ma chérie.

Carter est rouge, mais silencieux maintenant. Je lui tends la bouteille de bière.

— Donne ça à Debbie et n'oublie pas qu'il s'agit du meurtre d'une petite fille. Pas de toi et de ta rancœur envers ton ex-femme.

Quand nous retournons dans le salon, Debbie a son bras enroulé autour de Brooklyn.

— Elle a raison, tu sais, me lance mon ancienne camarade de lycée. Les temps ont changé, Nic. Les relations des jeunes ne sont pas comme celles qu'on a connues quand on avait leur âge. L'amour est une notion beaucoup plus fluide maintenant.

C'est une remarque étrange venant de Debbie, mais je me contente de hocher la tête.

— Brooklyn, lancé-je, peux-tu nous parler un peu de ces textos ? De quoi vous discutiez, Luke et toi ?

— Juste de sexe, répond-elle de but en blanc. C'était un plan cul. Enfin, c'est comme ça que vous appelez ça, les gens de votre génération.

Elle semble s'être un peu enhardie depuis que Carter et moi nous sommes éclipsés pour notre petit aparté dans la cuisine.

— Votre conversation parle du fait qu'il soit « libre », dis-je.

— Oui. Et alors ?

— Libre dans quel sens ? Libéré d'Ally ?

Brooklyn rit.

— Non ! Pas d'Ally. De Mia. Il allait quitter Mia.

— La quitter pour être avec toi ?

— Non, la quitter parce qu'il en avait marre d'elle. Pour son propre bien-être. Il ne l'aimait plus, Mia. Elle n'était pas faite pour lui.

Je me demande quelle est la place de Sam Underwood et de

Rachel Cromwell dans tout ce bazar, mais je ne mentionne aucun des deux noms.

— Très bien, dis-je simplement. Donc selon toi « être libre », ça faisait référence à sa femme et non pas à sa fille ?

Brooklyn échange un regard avec Debbie, puis me fait face de nouveau.

— C'est ce que j'ai dit, inspectrice. Je peux y aller maintenant ? Je n'ai rien fait. Je n'ai rien à voir avec cette histoire.

Carter prend la parole d'une voix étrangement paternaliste :

— Tu as menti à l'inspectrice Foster quand elle vous a interrogé à la garderie. Tu as dit que tu ne connaissais pas Luke en dehors du travail. Même si tu as mentionné que c'était, je cite, « un type bien ». Est-ce que ce n'est pas ce que tu as dit ?

— C'est vrai, dit Brooklyn en haussant les épaules. Mais je ne suis qu'une enfant, à peine assez âgée pour conduire. J'avais peur. Je ne savais pas quoi dire. Je ne pensais pas que vous pourriez comprendre des gens comme Luke et moi. On n'est pas comme vous. On sort de la norme. On est dans cette zone grise de la sexualité que vous ne pouvez pas comprendre. On aime le sexe parce que c'est amusant, sans réelle signification.

— Merci pour l'éclaircissement, dit Carter.

— *Pfff*, lâche Brooklyn. Je peux voir sur votre visage que vous ne comprendrez jamais. Ce n'est pas grave. Tant mieux pour vous. Vous vivez dans votre monde, je vis dans le mien.

— As-tu également menti sur l'endroit où tu étais entre neuf et dix heures du matin le jour de la mort d'Ally ?

Brooklyn regarde Debbie. J'ai l'impression de percevoir une certaine tension entre elles, mais je n'en suis pas sûre.

— J'étais au travail, dit Brooklyn en se levant pour partir. Qu'est-ce que vous insinuez ? Je baisais le gars. C'est tout. Il n'y a rien à comprendre. Jamais je ne ferais du mal à un enfant. J'aime les enfants, mon travail consiste à en prendre soin.

Debbie acquiesce.

— Oui. Brooklyn est formidable avec les enfants. Elle était là à huit heures, comme elle l'est tous les jours. N'essayez pas de nous la mettre à l'envers.

Debbie s'attarde une seconde alors que Brooklyn se dirige vers la voiture.

— Elle est confuse, me murmure-t-elle. Lâchez-la un peu. Ses parents sont morts dans un accident de voiture quand elle avait six ans. Mais c'est une fille bien qui a bon cœur. Elle a un peu expérimenté niveau sexualité, c'est vrai. Comme nous quand on était à la fac.

Je ne suis pas allée à l'université avec Debbie. Et je n'ai rien « expérimenté » non plus.

— Je ne savais pas pour ses parents, dis-je.

— C'est dur pour elle, dit Debbie. Ne lui gâchez pas la vie en la mêlant à un truc dont elle n'a aucune idée de l'ampleur.

Debbie a fini de dire ce qu'elle avait à me dire. Je referme la porte et fais face à Carter.

— Je n'en reviens pas de ce qu'il vient de se passer, dis-je.

— On apprend de nouvelles choses tous les jours. Faut croire que je me fais vieux.

Carter est plus âgé que moi, mais pas de beaucoup.

— Ne m'en parle pas, je réponds. Quelle époque ! !

— Je pense toujours qu'elle nous ment, réplique-t-il. Et pas juste parce qu'elle est ce qu'on pourrait appeler une croqueuse d'hommes.

Je souris. « Croqueuse d'hommes ». Quelle drôle d'expression.

— Je suis d'accord. Elle nous cache quelque chose.

Emma sort de la cuisine avec son dessin terminé.

— Waouh, dit Carter, c'est vraiment très beau !

Elle sourit et me montre son œuvre.

— Il a raison, dis-je. C'est la plus incroyable pile de crêpes que j'aie jamais vue. Et la cerise sur le dessus, waouh ! Ça a l'air délicieux.

— Je vais en faire un deuxième, s'exclame Emma en retournant à la cuisine et à sa collection de crayons de couleur.

Le stress de l'affaire et de la rencontre avec Brooklyn s'évapore le temps d'un instant. Pendant une seconde, le monde tourne rond. Emma en est la preuve. Elle est plus que tout pour moi. C'est pourquoi je me battrai jusqu'à la mort pour elle. *Si on m'y contraint.*

Plus tard, j'écoute Emma prendre son bain. Elle barbote dans une eau savonneuse, sans se douter le moins du monde que sa vie est sur le point de basculer une fois de plus. Je l'entends sortir de la vieille baignoire à pieds. Quelques minutes plus tard, elle est à mes côtés, enveloppée dans une serviette blanche et brandissant une brosse à cheveux.

— Tes cheveux sentent la lavande, dis-je en brossant ses boucles blondes.

— Oui. J'aime ce shampooing.

Alors que je continue de brosser, je suis reconnaissante qu'elle ne puisse pas voir mes yeux embrumés.

— L'école recommence bientôt, dis-je.

— Pas besoin de me le rappeler. L'été est presque terminé.

— Ça a été un bon été. Tu ne trouves pas ?

— J'ai beaucoup aimé notre voyage à Seattle.

— Ruby Beach, c'était très sympa aussi, dis-je.

Elle hoche la tête et j'essaie de trouver mes mots tout en défaisant les nœuds. Je navigue dans des eaux incertaines.

— Est-ce que tes parents te manquent ? demandé-je.

Elle réfléchit un instant.

— Ils me manquent tous les jours, mais je sais qu'ils sont tous les deux au Ciel et que là-bas tout va bien.

— Je vois, dis-je.

La brosse va et vient sur sa chevelure, tout en douceur.

— Oui, reprend-elle, Carrie-Anne m'a dit qu'une fois au paradis, on revoit tous ceux qu'on aime et on est tous parfaits.

— Toi, tu es déjà parfaite, lui dis-je.

Elle se tortille dans sa serviette, un peu gênée.

— Si un jour tu meurs dans un accident de voiture comme ma maman, tu n'arriveras pas au paradis toute blessée et tout ça.

— C'est bon à savoir, dis-je. Tant mieux.

— Papa et maman me manquent, admet-elle finalement. Mais je sais qu'ils seraient heureux que tu t'occupes de moi. Et de Shelby. Ils seraient heureux de savoir que nous avons Shelby.

Dans une synchronicité parfaite, Shelby nous rejoint. Elle est assez âgée maintenant, mais elle a toujours une ouïe très fine. Il suffit de prononcer son nom et elle arrive, même si elle est à l'autre bout de la maison. Emma se retourne et me regarde. Ses yeux sont immenses et emplis d'une sagesse plus grande encore.

— Tu pleures, dit-elle. Qu'est-ce qui ne va pas, tatie-maman ?

— Je suis heureuse, c'est tout, dis-je dans un mensonge.

Le mensonge de trop, je me dis. Bonnes intentions ou pas, chaque mot de plus ressemble à une trahison.

— Moi aussi je pleure quand je suis heureuse, dit-elle. Quand je regarde un film aussi.

Je pose doucement la brosse à cheveux.

— Oui. Je sais.

Les cheveux d'Emma sont humides, mais ils ne frisottent pas. Je la serre dans mes bras et respire toute sa douceur de lavande. Elle est déjà parfaite. Et le sera toujours. Je prends une grande inspiration et essaie de me concentrer sur ce que j'ai à faire. Stacy m'a chargée d'une mission terrible. Je ne vois pas comment je peux dire à Emma que sa mère est toujours en vie. Ce serait trop confus. Trop blessant.

La maison est muette comme une tombe. Emma est endormie. Je m'allonge sur le sofa, les yeux rivés sur le plafond. Il y a une fuite au niveau de la baignoire. *Super.* Les images de cette journée se bousculent dans ma tête dans un nuage désordonné. Je m'accroche à un coussin comme à une bouée de sauvetage. Mon esprit dérive vers ce qu'il cache de plus sombre, vers des pensées que je sais fondamentalement mauvaises, mais je ne peux pas m'empêcher de me rendre à l'évidence. En cet instant, mes pensées les plus sombres sont la seule solution.

Tuer Stacy est le seul moyen pour qu'elle ne revienne plus jamais traumatiser Emma. Ce serait définitif. Irrévocable. Mais ça me laisserait avec du sang sur les mains, et bien que j'aie déjà fait tout un tas de choses dont je ne suis pas fière, je ne suis encore jamais allée jusque-là. Une partie de moi se dit qu'avec le sort d'Emma en jeu, je pourrais le faire. Une autre dit que c'est juste un mensonge que je me raconte parce que j'ai toujours voulu que Stacy disparaisse pour toujours. C'est vrai. Je ne peux pas le nier. Mais je ne peux pas non plus nier que je suis plus forte que je ne l'aie jamais été. Je sais que c'est le cas, malgré tout ce qu'il se passe dans ma vie. Je sais que le chaos que ma sœur amène avec elle est un virus qu'elle répand autour de moi chaque fois qu'elle me met le grappin dessus.

La tuer serait absolu.

J'essaie de me mettre à l'aise sur le vieux canapé de cette maison où nous avons grandi, où j'admirais tout chez elle avant de découvrir son vrai visage. La vieille horloge à coucou que mon père a achetée sur un marché aux puces égrène le temps aussi bruyamment qu'un marteau-piqueur. Mais Emma dort à poings fermés à l'étage et Shelby se blottit contre moi. Je renonce à l'idée d'un deuxième verre de vin, car des pensées comme celles qui m'animent actuellement nécessitent d'avoir les idées claires.

Si je la tuais, je ne vaudrais pas mieux qu'elle. C'est vrai, oui, mais elle serait morte.

Ding-dong.

Le petit oiseau de bois émerge de sa porte en haut de l'horloge. Il me fait sursauter. Ça me fait sortir de mes pensées. La plupart du temps, je déteste cette horloge, mais à cet instant précis, je lui suis reconnaissante pour son mécanisme délicieusement ennuyeux. Je retourne le vinyle sur le tourne-disque. Je lance les dés. Je transforme mes pensées en quelque chose qui se rapproche plus de qui je suis.

Je pourrais la dénoncer.

C'est une pensée qui fait son chemin dans mon cerveau pendant un petit moment. Elle renferme deux choses que je ne peux pas nier. Premièrement, si je la dénonce, elle sera arrêtée pour meurtre. Mais, deuxièmement, si je la dénonce, moi aussi j'irai probablement en prison.

— *Vous saviez ce qu'elle préparait,* diront-ils.

— *Non, je ne le savais pas,* je dirais. *Je ne le pensais pas.*

— *C'était votre devoir en tant qu'officière de l'arrêter.*

— *Mais c'est ma sœur.*

Le débat pourrait s'éterniser longtemps, mais à la fin je perdrais. Je mériterais de perdre. Ce qui est arrivé à Cy et à ce jardinier était de ma faute. J'ai fait confiance à Stacy. Lui faire confiance est une des pires erreurs que j'aie commises dans ma vie. Pire que les jeux d'argent. Pire que Danny Ford.

Une autre des conséquences presque certaines si je dénonçais Stacy, c'est qu'Emma se retrouverait sans aucune famille. Elle deviendrait pupille de l'État, passant constamment d'une famille d'accueil à une autre. Tout ce qui est parfait chez Emma à ce moment précis serait défiguré, mis à mal par le mélange éclectique de personnes qui accueillent des enfants, parfois par pure bonté d'âme, parfois par cupidité.

Oui, tuer Stacy serait le plus facile à faire. Et je pourrais même m'en sortir sans que cela se sache. Mais pour combien de temps ? Avouer à Emma que sa mère n'est pas morte est une chose. Lui dire qu'elle est morte *assassinée par moi* en est une autre. Jamais je ne pourrais assumer une chose pareille. Et je passerais le restant de mes jours hantée par la pensée que, aussi dangereuse et vile que ma sœur ait pu être, je me suis donné le luxe d'être à la fois le juge, le jury et le bourreau. De manière totalement égoïste. Plus pour moi que pour défendre cette petite fille que j'aime pourtant de tout mon être.

Shelby se réveille et je la pose sur mes genoux. Elle s'étire et s'allonge mollement, joyeusement. Son ventre est satiné et chaud. Cela m'apaise de la caresser. Souvent, la bonne chose à faire est la plus difficile. Tuer Stacy serait facile. La dénoncer, presque impossible. Je déplace un peu Shelby pour pouvoir atteindre mon téléphone et commencer une liste de ce que je dois faire pour arranger les choses. La liste est courte, avec seulement quatre éléments qui nécessitent mon attention.

1. Dire au revoir à papa.
2. Prendre des dispositions au cas où Emma se retrouverait sans moi ni sa mère – parce que tout est possible dans cette situation.
3. Regrouper tous mes biens sur un seul compte, au nom d'Emma.
4. Trouver un moyen de ramener Stacy à Bellevue, pour que je puisse la dénoncer à la police.

Le dernier point sera le plus difficile. Je sais que les soldes du Nordstrom n'ont plus l'attrait qu'elles avaient pour elle lorsque nous étions plus jeunes. Elle est riche. Elle a vu du pays. Elle n'a plus rien à faire à Hoquiam, Washington. Je l'imagine installée dans sa chambre au Quinault, les yeux rivés sur son téléphone, à contempler des photos de personnes magnifiques et d'objets à vendre. À traiter les images comme s'il s'agissait d'un Tinder de la mode, glissant vers la gauche ou vers la droite, selon ce qui lui plairait ou pas. Elle est le pur produit d'une enfance passée dans une ville où tout semblait hors de portée. Si elle est revenue, c'est pour une raison. Qui implique Emma. Peut-être qu'elle lui manque et qu'elle désire être une mère. Mais j'en doute. C'est possible, mais peu probable. Mais possible. Elle pourrait aussi bien être ici pour une autre raison. Un endroit où se cacher, peut-être ? Qui sait dans quoi elle s'est fourrée depuis qu'elle a fait sauter sa maison et s'est enfuie avec Julian Chase ? Avec elle, plus rien ne m'étonne.

Je planifie la journée de demain. Voir papa, dire à Carrie-Anne que j'ai besoin d'elle pour garder Emma pendant que je vais à Seattle, passer à la banque pour faire des arrangements financiers et, enfin, m'assurer qu'Emma aura un avenir, quoi qu'il advienne.

Nous débarrasser de sa mère. C'est peut-être la seule chose que je puisse lui offrir en cet instant.

Je m'imagine en garde à vue puis en prison. J'essaie de retenir ce sentiment. Je me sens seule. Stupide. Mais je suis aussi une héroïne, j'ai sauvé Emma. Je me demande si Stacy sera dans les parages avec moi. Si je la croiserai à la cantine ou dans la cour. M'adressera-t-elle un sourire avant de conspirer avec une codétenue pour me tuer ? Je joue tous les scénarios possibles dans ma tête, encore et encore, jusqu'à avoir l'illusion de pouvoir les maîtriser, jusqu'à pouvoir me dire que je pense pouvoir vivre avec l'une ou l'autre issue. D'une manière très réelle – trop réelle –, je me dis que je n'ai pas le choix.

Et même si cela semble très puéril et me ramène à notre enfance, dénoncer ma sœur est la seule chose que je puisse faire.

Shelby saute du canapé et nous rejoignons toutes les deux la chambre d'Emma. Les rideaux que j'ai installés quand nous avons emménagé sont ouverts et un rayon de lune tombe sur elle comme une douche de théâtre, au milieu de ce triste spectacle qu'est ma vie. Elle est magnifique. Avec sa bouche couleur fraise et sa peau couleur pêche. Elle est parfaite, allongée en étoile de mer sur son lit. Le vieux lit de ma sœur. Je la recouvre du drap et m'assieds près d'elle un moment pour la regarder dormir. Je me demande si c'est notre dernière nuit passée ensemble.

Je ne dis pas les mots à voix haute, mais je compose ce que je lui dirais si j'avais le courage de le faire.

Je m'en vais. Je dois m'occuper de quelque chose d'important. Ce sera difficile à comprendre pour toi et plus encore à expliquer pour moi. Ta maman a fait de mauvaises choses et j'étais au courant. Cela signifie que j'ai aussi fait de mauvaises choses. J'ai besoin de tenter d'arranger ces choses, Emma. J'ai besoin que tu sois forte pour moi. J'ai besoin que tu comprennes que, quoi qu'il arrive, ce que je fais, c'est parce que je t'aime plus que tout. Te voir ici, dans la pièce où j'ai grandi, me donne de l'espoir, me rappelle qu'un nouveau départ est possible. Ce sera un nouveau départ pour toi. Et peut-être pour moi aussi. Dors, mon trésor. Tu seras toujours dans mon cœur. Je t'aime plus que tout au monde, pour toujours.

Je me penche vers elle et pose un doux baiser sur sa joue. Elle remue à mon contact. Mais je ne veux pas qu'elle se réveille tout de suite. Je ne veux pas qu'elle me voie pleurer.

Au beau milieu de la nuit, je me réveille en sursaut. Je suis en nage. Et j'ai envie de vomir. Je pousse cette grosse bouillotte de Shelby et me fraye un chemin jusqu'à la salle de bain. Je m'assieds sur les toilettes. Plus rien ne va dans mon corps. Tout ça me rend malade. Je me relève et tire la chasse. Je m'avance vers le miroir. La veilleuse papillon qu'Emma m'a offerte pour mon anniversaire projette une lueur bleutée sur mon visage. Je me demande si je serai la même si j'en viens à réaliser mes plus sombres fantasmes, à écouter ce qu'il y a de plus vil en moi.

CHAPITRE 45

Dimanche 27 août

La cafetière que j'ai utilisée dans la matinée repose sur le comptoir et je garde les yeux rivés dessus, comme sur une télévision. Je pourrais m'enfuir. Oui. Je pourrais aller chercher Emma et Shelby et remplir la voiture avec tout ce que j'arrive à caler dans le coffre et sur la banquette arrière. Je pourrais. Peut-être que je devrais le faire. Je ne vois aucun avantage à ce qu'Emma et sa mère soient réunies, même pour un court moment. Stacy est une vipère et je ne peux pas lui faire confiance. Je me sentirais forcée de faire l'agent secret, assise dans un coin à ne rien faire, prétendant lire un magazine tout en observant le moindre de leurs mouvements, épiant chacune de leurs paroles. Mais même si je pouvais faire ça, même si Stacy l'autorisait, il reste le problème d'expliquer à Emma que sa mère n'est pas morte en réalité. Comment faire sans admettre être la menteuse que je suis ? J'ai inventé une histoire avec laquelle je pensais pouvoir vivre. Je pensais que ça épargnerait à Emma la douleur de se demander où sa mère était partie. Que ça lui éviterait de savoir que sa mère avait choisi l'argent et la liberté plutôt que de s'occuper d'elle. Je réalise à présent que c'était impossible. Stacy ne pouvait pas disparaître. Jamais complètement. Elle allait persister comme la puanteur dans la Subaru de Luke.

Seigneur, aidez-moi. Sortez-moi de cette situation.

Je pense à mon père, seul dans sa chambre à Ocean View. Il est parti dans tous les sens du terme, sauf en ce qui concerne son corps physique. Il m'a dit plus d'une fois que « l'enfer est pavé de bonnes intentions ». C'est la vérité. Je le vois si clairement maintenant. Mentir à Emma partait d'une bonne intention. Je voulais seulement la protéger des atrocités qu'a commises sa mère.

Mon Dieu, ce que j'aimerais pouvoir rembobiner le film.

Plus tard dans la nuit, je pose ma tête sur l'oreiller. Je pense à combien j'aime cette petite fille, de tout mon cœur, et pourtant, mes rêves me ramènent toujours dans ces mêmes lieux sombres habités par ma sœur.

Dans mon rêve, Stacy est un volcan, fumant, et je regarde à l'intérieur, pour voir si je perçois le moindre signe de vie dans ses yeux cristallins. Elle est assise sur une chaise en velours bleu, avec le Pacifique derrière elle, à travers la fenêtre de sa suite au Quinault. Elle a passé commande au service d'étage. Une bouteille de vin avec une étiquette française, du genre qu'on trouve sous clé dans les épiceries, est posée dans le seau à glace. Pas le genre de vin que moi, je pourrais me payer. Stacy a toujours eu le goût du luxe. Des pinces de crabe de Dungeness entourent une salade qui semble avoir été pensée pour Instagram.

Pinces. Stacy. Si précisément approprié, je me dis.

— Tu es pâle comme un linge, me dit-elle. J'ai commandé ton plat préféré.

— Je ne suis pas là pour parler de la pluie et du beau temps, je réponds. Mais merci du compliment.

Elle ne réagit pas à cette pique. Stacy ne mord jamais à l'hameçon. On n'a pas à le faire quand on tend le piège. Ou quand on *est* le piège.

— As-tu empoisonné Shelby ? lui lancé-je.

Elle se tourne vers moi et croise ses jambes. Mon Dieu, que je la déteste avec ses chevilles parfaites.

— Je ne vois pas de quoi tu parles.

Je ne sais pas ce qui m'a pris de lui en parler. Je m'étais promis de ne pas le faire. Je savais qu'elle mentirait à ce sujet. Mais je ne peux pas m'en empêcher.

— C'est toi qui m'as envoyé la carte postale avec le teckel.

Elle se met à sourire et se tourne vers le vin.

— Tiens, sers-toi.

Je secoue la tête.

— Je sais que c'est toi qui l'as envoyée. Ou bien tu as demandé à quelqu'un de le faire, je ne sais pas. Mais c'était toi, n'est-ce pas ?

— Tu dois vraiment me détester, Nic, dit-elle en changeant de sujet comme elle le fait toujours.

Je m'installe sur le siège en face d'elle. Comment cette fille que j'ai tant aimée est-elle devenue un tel monstre ? Ma petite sœur. Ma jolie petite sœur. Je me demande si c'est le sang de notre mère et le cœur brisé de notre père qui ont forgé cette créature à la fois si belle et sans âme.

— Je sais que tu as tué Candy aussi.

— Mon poney ? s'exclame-t-elle en faisant l'innocente. J'admets ce que j'ai fait à Cy, mais je n'avais pas le choix, Nicole. Mais toi, tu sous-entends que je suis un monstre qui tue tout et tout le monde sur son passage. Il faut vraiment que tu arrêtes de regarder des séries Netflix.

Je lui rappelle qu'il n'y a pas que Cy.

— Tu as aussi tué Tomas Vargas.

Elle se replace sur son fauteuil. C'est subtil, mais je perçois l'agacement dans ses yeux.

— Tu es cruelle, Nicole. C'était vraiment un accident. Tu le sais bien. Écoute, j'essaie de faire amende honorable. Je veux aller de l'avant et arranger les choses entre nous. Pour Emma.

J'ignore cette tentative de m'amadouer.

— Stacy, il y a vraiment quelque chose qui ne va pas chez toi. C'est grave.

Je sens les larmes me monter aux yeux.

— Je sais que ce n'est pas entièrement de ta faute. Je ne sais pas pourquoi tout ça t'est arrivé. Je ne sais ce qui a fait que tu es comme ça. Mais tu as besoin d'aide, Stacy. Et en ce qui concerne Emma, tu ne pourras jamais la récupérer.

— Je suis riche, dit-elle, sans une trace d'émotion. Si c'est toi contre moi au tribunal, tu n'y survivras jamais, tu le sais.

— Je pourrais dire aux gens ce que tu as fait, répliqué-je.

Elle secoue la tête et ses boucles d'oreilles en diamant, de la taille d'une pièce de monnaie, reflètent la lumière dans toute la suite comme une boule disco.

— Non, répond-elle. Non, je ne pense pas que tu ferais ça. Tu ne voudrais pas qu'Emma sache ce que tu penses de sa mère. Elle se retournerait contre toi. Elle saurait que tout ce que tu lui as raconté n'était que mensonges. Un accident de voiture ? Si peu imaginatif, Nicole.

Elle ne s'arrête pas là. Stacy-volcan va toujours plus loin.

— Maman t'a toujours trouvée plus que banale, dit-elle en servant deux verres de vin. Elle avait l'habitude de dire qu'elle avait de la peine pour les gens comme toi, qui étaient dans la moyenne. Quel intérêt de vivre si l'on n'est pas remarquable ?

Elle me tend un verre et je m'imagine en arracher le pied pour le lui enfoncer dans la gorge. Mais non, à la place, je me contente de boire ; et de laisser son poison se déverser en moi.

— Tu ne prends pas de crabe ? demande-t-elle.

Je bois mon verre d'une seule traite, réalisant que certains vins sont en fait meilleurs que d'autres.

— Tu ne pourras jamais me battre en quoi que ce soit, continue-t-elle. C'est toujours moi qui vais gagner.

Je trouve le courage de lui tenir tête.

— Je t'ai laissée gagner quand nous étions petites. Je t'aimais tellement, Stacy. Tu étais mon bébé, à moi, après le départ de maman.

Elle croise de nouveau ses jambes acérées comme des ciseaux.

— Tu n'aurais pas dû faire ça, Nic. Peut-être que les choses auraient été différentes. Peut-être que moi, j'aurais été différente. C'est peut-être à cause de toi que je suis devenue ce que je suis.

— Tu ne peux pas garder Emma, dis-je.

Elle me regarde droit dans les yeux.

— Je peux si je le veux, dit-elle, alors qu'à l'extérieur, les vagues cognent sur le bois de grève blanchi par le soleil.

— Je ne te laisserai pas l'avoir, Stacy.

— Mais je suis sa mère, Nicole. Contrairement à toi. De plus, je n'ai jamais dit que je voulais la reprendre. Je suis très occupée, j'ai d'autres choses à faire. Tu fais semblant d'être sa maman pour le moment et je n'en ai rien à faire. Je suis venue ici pour la voir. Pour lui parler. Pour lui faire savoir que ma disparition n'est pas du même acabit que celle de notre mère.

Pendant un instant, je crois avoir trouvé l'humain derrière le masque de ma sœur. Mais c'est Stacy qui me parle. Je chasse cette idée de mon esprit.

— Tu ne peux pas, lui dis-je. Ça va la perturber.

— Oui, Nicole. Mais c'est comme ça, tu vas devoir lui dire que tu lui as menti. Ce sera difficile pour toi.

— Donne-moi jusqu'au week-end prochain, supplié-je.

— Tu as déjà eu bien assez de temps.

— Par pitié. Quelle différence ça fait pour toi, quelques jours de plus ?

— Dit la fille qui n'a pas à vivre dans un tel taudis.

Elle fait un geste dédaigneux pour désigner sa suite couverte de tapisseries et tissus luxueux. Pas exactement une page d'*Architectural Digest* ou de *Town & Country*, mais certainement pas un taudis.

— Comparé à la maison dans laquelle nous avons grandi, c'est-à-dire celle dans laquelle je vis avec Emma, c'est le Taj Mahal ici, répliqué-je. Tu es sûre que c'est tout ce que tu veux ? Lui parler, rien de plus ?

Stacy caresse le pied de son verre.

— Tu sais que je ne mens jamais, dit-elle avec un rire qui se veut ironique.

CHAPITRE 46

Lundi 28 août

Carter et moi nous serrons autour de mon ordinateur pendant que je presse « play » sur la vidéo envoyée par l'American Security Services (ASS, je ne m'en remettrai jamais). Cela fait treize jours qu'Ally est morte dans la Subaru de son père. L'image montre la zone près des bennes à ordures où nous nous sommes arrêtés après avoir retracé l'itinéraire de Luke. J'essaie d'avancer la vidéo jusqu'à l'heure de son arrivée, c'est-à-dire neuf heures du matin.

— Ça risque de prendre un moment, dis-je. Le fichier ne me laisse pas faire avance rapide.

— Peut-être qu'Angelina saurait le faire mieux que nous. Je vais la chercher.

Pendant que Carter disparaît dans le hall, je reste là et regarde d'un œil tout en passant en revue les papiers. À ce rythme-là, il faudra plus de quarante minutes pour arriver au moment qui nous intéresse. C'est une bénédiction d'avoir reçu ces images, pour d'innombrables raisons, mais il y en a une que j'apprécie plus que toutes les autres : ça me permet d'oublier

Stacy pendant un moment. Je peux presque sentir ma poitrine devenir suffisamment légère pour respirer.

Carter revient avec deux tasses de café.

— Très bonne idée, la caféine, dis-je. Merci.

Il s'assied et rapproche un peu sa chaise pour mieux voir la vidéo à l'écran.

— Angelina est occupée sur autre chose, m'explique-t-il. Elle sera là dans un instant.

— Neuf heures du matin, dis-je.

— Luke et Ally ont quitté le McDonald's il y a cinq minutes pour WinCo, dit-il.

— Exact. Un trajet qui lui prendra environ quatorze minutes.

L'image ressemble à une image fixe.

— Tu es sûre que ça enregistre la scène ? demande Carter. Rien ne bouge.

— Sauf ce rat, dis-je en tapotant du bout de mon doigt sur l'écran.

Il fait sa toilette juste devant la première benne, près d'une des roues.

— Qu'il est mignon, dit Carter en se penchant.

Il est maintenant neuf heures trois minutes.

— Toujours rien, dis-je, sentant la déception s'installer. On aurait peut-être dû compter plus large.

— Rien ne dit qu'il s'est arrêté là, réplique Carter.

— Il s'est arrêté quelque part. J'en suis sûre. Personne ne peut conduire aussi lentement.

Au moment précis où Angelina entre, la Subaru de Luke est visible. Mon cœur se serre.

— Besoin d'une aide technique ? demande-t-elle.

Je porte mes deux mains à ma bouche.

— Luke s'est arrêté ici. Putain de merde.

Angelina se penche pour voir par-dessus mon épaule.

Une autre voiture s'est arrêtée. Je la reconnais immédiatement.

— Qu'est-ce qu'elle fait là ? m'exclamé-je.

Mon regard croise celui de Carter.

— Putain.

— C'est qui ? demande Angelina, visiblement pas autant au fait de l'affaire que Carter et moi.

J'inspire un grand coup, car je me rends compte que j'ai oublié de respirer.

— C'est la voiture de Mia Tomlinson.

— Waouh, dit Angelina. Ça change vraiment tout, n'est-ce pas ?

Nous observons Mia, reconnaissable entre mille, sortir de sa voiture et s'approcher de la Subaru. Elle porte sa blouse d'aide-soignante ; le motif *Titi et Grosminet* qu'elle portait ce jour-là lorsqu'elle est venue défendre son mari contre les accusations qui pesaient sur lui. Ses cheveux sont relevés en chignon. Ses doigts s'agitent dans les airs pendant qu'elle parle.

— Mon Dieu, comme j'aurais voulu une trace audio, dit Carter.

Instinctivement, je cherche le bouton du volume, bien que l'enregistrement n'ait pas de son.

— De quoi lui parle-t-elle ? demandé-je. Qu'est-ce qu'elle fait là ?

Nous regardons Mia et Luke en silence. La caméra filme Mia qui regarde Ally sur la banquette arrière, mais on ne voit pas du tout le bébé. Elle est trop petite, mais elle est là. Nous le savons. La conversation semble houleuse, bien qu'on ne puisse pas voir le visage de Luke, seulement celui de sa femme.

— Quoi qu'elle lui dise, elle n'y va pas de main morte, fait remarquer Carter.

— Certainement pas.

Mia se tourne pour repartir et regarde les environs. D'après l'heure de la vidéo, elle est là depuis deux minutes. Alors que j'ajoute ce chiffre sur ma chronologie, je remarque un détail surprenant.

— Elle voit la caméra.

— Joli, s'exclame Carter. Je me demande comment elle va nous expliquer ça.

— Elle faisait partie de tout ça depuis le début, s'exclame Angelina qui, comme nous, n'en croit pas ses yeux.

Je hoche la tête.

— Oui. Il va falloir faire preuve de prudence. Elle ne sait pas que nous le savons.

— Comment est-ce qu'elle a pu s'éclipser de son travail sans se faire remarquer ? demande Carter

— Trevor a dit qu'elle était arrivée en retard à une fête du personnel ce matin-là.

— Exact. Ça n'a pas dû lui prendre longtemps de faire l'aller-retour.

— Dix minutes à tout casser, dis-je. En comptant les deux minutes passées sur place. Mais on ne sait toujours pas pourquoi elle était là.

Angelina attrape son téléphone.

— Je vais envoyer un message à ma sœur, Elena. Elle est sourde et lit très bien sur les lèvres.

— Je ne savais pas qu'elle était sourde, dis-je.

— Oui, ça ne se voit pas du tout, hein ? J'oublie tout le temps. Pour moi, c'est simplement Elena. Elle est née comme ça et nos parents nous ont toujours élevées de manière à ce que l'on considère ça comme une caractéristique, pas plus importante que la couleur de cheveux. Ce n'est pas quelque chose qui la définit.

Elle envoie un message et à peine une seconde plus tard, en reçoit un en retour.

— Elle sera là dans un instant, dit Angelina. Elle travaille dans un cabinet médical sur Douglas Street. Gardez à l'esprit que la lecture sur les lèvres n'est pas une science exacte, mais elle est plutôt douée. Elle comprend mieux que la plupart des gens. Cette vidéo me paraît de suffisamment bonne qualité pour être interprétée.

. . .

Elena ressemble tellement à sa sœur qu'on croirait qu'elles sont jumelles, mais ce n'est pas le cas. Elena est plus jeune de trois ans. Ses cheveux sont noirs et elle les porte en un joli carré qui leur donne du volume. Contrairement à Angelina qui – au travail, du moins – ne porte que des pantalons de survêtement, elle est habillée d'une jupe et d'un chemisier. Elle nous salue alors qu'Angelina fait les présentations en langue des signes américaine. Tout en traduisant, Angelina échange un regard avec moi, puis regarde de nouveau sa sœur. C'est un rappel subtil de ce qu'elle nous a expliqué avant que nous nous réunissions dans la salle de conférence pour regarder la vidéo avec l'aide d'Elena.

— Rappelez-vous, nous a-t-elle dit, même lorsque je signe, il est très impoli de ne pas regarder ma sœur. On s'adresse directement aux personnes sourdes. Oubliez qu'elle communique à travers moi. Regardez juste Elena. Comme je vous le disais, la lecture sur les lèvres n'est pas une science exacte. Souvent, on ne comprend que la moitié de ce qu'on voit. Ce qui peut être plutôt bien, en un sens. Mais quand vous parlez à Elena, prenez votre temps et articulez.

Les yeux d'Elena sont fixés sur mes lèvres.

— Merci d'être venue, lui dis-je, en me sentant bête, car j'ai eu le réflexe de parler bien trop lentement et plus fort que la normale.

Je me reprends.

— Comme a dû l'expliquer votre sœur, nous allons regarder des vidéos. Dont le contenu est, je me dois de le rappeler, confidentiel. Nous sommes en plein milieu d'une enquête. Vous n'avez le droit de parler à personne de ce que vous avez vu ici. C'est d'accord ?

Elena prend place et hoche la tête. Affirmatif. Elle signe quelque chose à sa sœur et Angelina traduit.

— Je n'en parlerai à personne.

Je remarque qu'elle ne dit pas « elle ne dira rien » ; elle interprète pour sa sœur, comme on le lui a appris.

Angelina allume le projecteur et pour une fois, Dieu soit loué, il fonctionne parfaitement. La vidéo démarre. En utilisant à la fois la langue des signes et de la voix, Angelina nous dit qu'elle a réussi à faire fonctionner l'avance rapide. Elle passe immédiatement à la première image dans laquelle Mia apparaît à côté de la voiture de son mari. Elena récupère des lunettes dans son sac à main. Elle se penche en avant. Nous restons toutes les trois rivées à l'écran, jusqu'à ce que Mia remonte dans sa voiture et s'en aille, la voiture de Luke à sa suite. Elena fait signe à sa sœur. Et Angelina hoche la tête.

— Regardons encore une fois, dit-elle.

Je retiens mon souffle alors que nous commençons un deuxième visionnage. Je repense à Mia et à la façon dont elle s'est comportée à l'enterrement. Je repense aux voisins et aux collègues qui disaient d'elle qu'elle s'intéressait plus à sa carrière qu'à son bébé. Je n'ai pas voulu y croire parce que – comme me l'a dit Mia en tête à tête – ça avait vraiment l'air de réflexions malvenues de gens qui jugent une femme parce qu'elle travaille trop au lieu de rester à la maison s'occuper des enfants. Elle a dit avoir fait les mêmes recherches Internet que son mari, parce qu'ils étaient inquiets. Peut-être même obsédés par cette idée. Des affaires similaires étaient passées aux infos, il est vrai.

Je repense à Luke Tomlinson, détestable en tout point, et incapable de la garder dans son pantalon. Mia semblait parfaite en comparaison ; la proverbiale « meilleure moitié » d'un couple, bien que torturée et complexe, amère concernant certaines des choses qui l'empêchaient de réaliser ses rêves. Mais ce n'est pas une carrière d'infirmière qui pousse au meurtre, c'est quelque chose de beaucoup plus sombre.

Sur l'écran, Mia commence à parler à Luke.

Elena fait signe à sa sœur de mettre la vidéo en pause et

Angelina s'exécute. Elena commence à signer et Angelina traduit.

— Elle dit : « Ne fais pas ça. Ne me fais pas ça. »

— Mia était là pour arrêter son mari, murmuré-je.

Je croise le regard de Carter. Il est tout aussi horrifié que moi. Angelina rejoue la même séquence et maintenant que je connais les mots, moi aussi j'arrive à lire sur les lèvres de Mia. Angelina signe de nouveau.

— On passe à la partie suivante de la conversation ?

Elena acquiesce et sa sœur lance la vidéo. Elle arrête lorsque Mia se tait pour reprendre son souffle.

— « C'est quoi ton problème, Luke ? Tu es fou ? Quel genre d'homme es-tu pour faire une chose pareille ? Arrête ça tout de suite ! »

— Tu as raison. Elle était là pour l'arrêter, lâche Carter d'une voix à peine audible. Je ne l'ai pas vu venir. Je ne me doutais pas une seconde qu'elle savait ce qu'il préparait.

— Mais si elle était si inquiète que Luke fasse ça, je réponds, alors pourquoi n'a-t-elle pas appelé la garderie pour s'assurer qu'Ally était bien arrivée en sécurité ?

Pendant que nous parlons, Angelina signe à sa sœur. Elena nous fait un geste de la main et indique la vidéo sur l'écran.

— Elena pense-t-elle qu'elle s'est trompée ? demandé-je, en me disant que la lecture labiale n'est peut-être pas exacte.

— Non, dit Angelina. C'est que ça ne s'arrête pas là.

Elle appuie sur « play » et la vidéo redémarre. Elena se lève et se rapproche de l'écran en posant ses mains sur ses tempes. Quand elle se retourne, elle nous regarde tous. Ses yeux sont emplis de larmes. Angelina se lève.

— Qu'est-ce qu'il y a ?

Les mains d'Elena s'agitent dans les airs.

— Tu es sûre ? demande Angelina.

Elena acquiesce.

— Mia dit : « Fais-le. Tu dois le faire maintenant. Soit tu le fais soit tout le monde saura pour toi. Tu n'as pas envie que tout le monde l'apprenne, hein, Luke ? Alors maintenant, fais-toi pousser une paire et agis. »

— Quelle salope, lâche Carter. Elle n'était pas du tout là pour l'arrêter.

— Non, murmuré-je. Elle était là pour s'assurer qu'il aille jusqu'au bout. Elle l'a suivi.

Nous restons assis en silence, déboussolés.

Notification sur mon téléphone. C'est ma sœur. Je sais que je ne peux plus fuir. Malgré le fait que sa présence ait transformé ma vie en Titanic, il n'y a plus rien d'autre à faire que de la dénoncer. Ce qu'elle compte faire, difficile à dire. Elle pourrait engager un avocat coûteux. Elle pourrait gagner le procès. Elle pourrait m'attraper avec ses pinces de crabe et m'entraîner avec elle. Dans tous les cas, l'amour de ma vie, Emma, sera entre de bonnes mains. Je regarde Carter.

Ses bonnes mains à lui.

N'oublie pas, je veux la voir aujourd'hui.

Je sais. Après le travail. Je suis sur une grosse affaire.

Ne pense même pas à m'arnaquer. Je peux être vicieuse.

Voilà l'euphémisme du siècle, il va être difficile d'en trouver un plus vrai.

Le chalet d'Ocean Shores. J'y serai. Et Emma aussi. Je te le promets.

Bien. Je serai là.

Après le travail.

Je lève les yeux en direction d'Elena et de mes collègues. Ils m'ont vue envoyer des messages à ma sœur. Je vire au rouge cramoisi.

— Désolée. C'est ma sœur. Des problèmes familiaux.

Je me tourne vers Angelina.

— On peut montrer à Elena la vidéo de WinCo ?

— Bonne idée.

Cette vidéo-ci est beaucoup moins cinématographique. Elle montre simplement Luke qui se dirige vers son véhicule en disant quelque chose à quelqu'un hors champ. Au début, on a pensé que ce pouvait être Rachel Cromwell, puisqu'elle travaille là aussi. Mais elle dit ne pas avoir revu Luke depuis leur rupture.

Encore une fois, Elena se concentre et prend sa tâche très au sérieux. Mais contrairement à la première vidéo, son visage ne laisse transparaître aucune émotion. Lorsque le clip est terminé, elle nous regarde, puis regarde sa sœur. Elle signe. Angelina transforme les gestes de la main en mots :

— « Mon Dieu, je n'aurais pas dû faire ça. Seigneur, sauvez-moi. »

J'échange un regard avec Carter.

— Il se parle à lui-même. Il n'y a personne.

— Oui et il est plein de remords, dit Angelina.

J'en ai l'estomac noué. Je suis dégoûtée par le couple Tomlinson.

— Pas assez pour sauver sa fille, je réponds amèrement. Si ce qu'a dit le légiste est vrai, elle était peut-être encore en vie à ce moment-là.

Pendant un moment, nous restons tous les quatre perdus dans nos pensées, trop écœurés pour en parler.

— Il peut démentir tout ce qu'il veut, dit finalement Carter. La vérité est que c'est lui qui a laissé Ally mourir dans sa voiture.

Angelina prend la parole.

— C'est un gros porc et un tueur. Mais c'est la mère qui était derrière tout ça. Je sais que ce n'est pas mon domaine, mais la vidéo ne ment pas.

Je remercie encore une fois Elena pour son aide puis me tourne vers Carter.

— Allons la chercher.

— Oui, dit-il. Je crois qu'il n'y a rien de mieux à faire. D'une certaine façon, c'est la meilleure nouvelle de ma journée. Voire de toute la semaine. De toute l'année, même.

— Puisque c'est si proche, pourquoi ne pas faire un petit détour par la prison et rendre visite à Luke ?

Carter sourit jusqu'aux oreilles.

— Je n'attends que ça.

Mon téléphone sonne et je jette un œil à mes textos. Ocean View. Mon père est encore tombé.

— Appelle le bureau du procureur. J'ai une course qui ne peut pas attendre, lancé-je à Carter.

— Est-ce que tout va bien, Nicole ? Ça doit être important, on est en train de boucler l'affaire, là.

— Mon père est mal en point, dis-je. Il faut que j'aille le voir.

C'est un peu un mensonge. Il y a quelque chose que je dois lui dire, en vérité, mais j'ai peur de manquer de temps.

CHAPITRE 47

Lundi 28 août

À la banque sur Pacific Avenue, je demande à la jeune fille de l'accueil de me conduire jusqu'à mon coffre-fort. Madeline, comme l'indique son badge en lettres majuscules, est toute de noir vêtue avec une chaîne en or autour du cou. Sa voix est douce comme une plume et ses jambes élancées comme de jeunes pousses de sapin. Elle et moi faisons la causette pendant qu'elle me conduit à l'entrée de la chambre forte et tape le code. Je me demande combien de personnes discutent de la pluie et du beau temps alors qu'ils s'apprêtent à faire face à leur avenir de la pire des manières possibles. Madeline me remercie d'être cliente de la banque et se tourne vers la sortie. Je l'arrête d'un geste de la main.

— J'ai besoin d'un témoin pour ma signature

— C'est que… Je n'ai jamais fait ça, dit-elle d'un air embarrassé, mais j'imagine que je peux le faire.

— Vous serez parfaite, lui dis-je dans un sourire.

Madeline a l'air surexcitée. On croirait qu'elle s'apprête à courir un marathon. Je tourne la clé, attrape la boîte et la pose sur la table au centre de la pièce. Le couvercle s'ouvre facilement. Ce dont j'ai besoin se trouve au-dessus de la pile d'objets que je garde pour me rappeler les erreurs que j'ai faites. Ma carte du casino Lucky Eagle se laisse entrevoir, mais je n'y touche pas. Elle est rouge vif, comme un panneau « Stop ». Je sens mon estomac se nouer. La psy qui m'aide à vaincre ma dépendance m'a dit de garder certains objets en souvenir de mes pires moments. Au cas où j'aurais besoin d'un choc pour me rafraîchir la mémoire.

« Pour ce qui est des autres addictions, m'a-t-elle dit, je demande à mes clients d'effacer toute trace de leur ancienne vie : alcool, attirail de drogue, magazines pornos et autres. On recroise facilement ce genre de chose dans la vie quotidienne. Mais quand on est un joueur de casino et que l'activité est centrée sur un lieu spécifique, ce n'est pas la même chose. Gardez un souvenir afin de ne jamais, jamais oublier comment en essayant de gagner, vous avez tout perdu. »

Je sors l'enveloppe qui contient mon testament, écrit ici, à Aberdeen, lorsque je suis revenue m'occuper de mon père en tant que tutrice légale. Mais c'était déjà à Emma que je pensais par-dessus tout à ce moment-là. Toutes mes possessions, aussi modestes soient-elles, lui reviendront. Mais je n'avais alors jamais exprimé ce que je souhaitais pour elle au cas où il m'arriverait quelque chose. Cela me semblait déplacé alors que je mentais à tout le monde sur la mort de sa mère. Je lui ai menti à elle. J'ai menti à mon avocat. Et je me suis menti à moi-même, par-dessus le marché.

Je sors le bout de papier avec tout le jargon que j'ai recopié d'un site de conseils juridiques. *Je peux le faire. Je sais que c'est la bonne chose à faire.* Sous le regard de Madeline, j'ajoute les mots sur la dernière page. J'inspire un grand coup. Je me sens bien. *Je me sens bien.* À la dernière ligne, j'écris le nom de la personne à qui je souhaite confier Emma Marie Sonntag au cas où il m'arriverait malheur.

Carter Wilson Hanson.

J'adresse un geste de la main à Madeline et elle me rejoint à la table. Je signe et date le document, puis lui passe le stylo. Malgré sa jeunesse et sa timidité, elle écrit son nom avec une assurance déconcertante, aussi joli qu'une calligraphie. D'une certaine manière, cela me donne du courage. Je me dis que si, par malheur, ce document se trouvait impliqué dans un procès, elle défendrait avec force l'authenticité de ma signature.

Je consulte mon téléphone. Il est midi et demi. Carter doit avoir fini sa pause-déjeuner. Il revient toujours pile à l'heure. Il est ce genre de personne là. Fiable. C'est exactement ce qu'il faut à Emma. Une personne fiable. Je le rejoins au bureau.

CHAPITRE 48

Lundi 28 août

J'observe Carter alors qu'il se penche une énième fois sur le dossier Tomlinson. Photos et notes d'entretien sont étalées partout, autour de la frise chronologique qui retrace les événements. Carter analyse le tout, cherchant à comprendre ce qui est réellement arrivé à Ally. Il est si concentré qu'au début il ne me voit pas, et j'en profite presque pour partir sans rien lui dire de ce que je viens de faire. Ou de ce que je pourrais avoir à faire.

Quand il lève enfin les yeux, il perçoit l'inquiétude sur mon visage. La façon dont il lit en moi comme dans un livre ouvert est assez terrifiante.

— Tout va bien ? demande-t-il. Le dossier est en ordre, n'est-ce pas ?

J'entre, referme la porte derrière moi et m'assieds à son bureau. Les photos de ses enfants l'entourent comme une toile de fond de studio, dans une sorte de réalisme qui n'est pas si réel que ça. Je sais qu'il les aime. Je sais que si c'était de son ressort, il choisirait de garder son mariage intact et sa famille unie. Mon cœur bat un peu plus fort.

— Ton père va bien ? demande-t-il.

Je secoue la tête.

— Non, ce n'est pas ça, Carter. Mon père va bien.

Il met de l'ordre dans toute cette paperasse pour me montrer que j'ai toute son attention. Tout dans ce moment me confirme que j'ai fait le bon choix. Et que je fais le bon choix en lui en parlant maintenant. Il m'a déjà posé des questions sur moi. Sur mon père. Sur l'affaire aussi, mais il ne s'agissait pas vraiment de l'affaire. Il s'inquiète pour moi. Je le sais.

— J'ai modifié mon testament.

Il plonge ses yeux dans les miens. Il réfléchit.

— Je ne suis pas sûr de comprendre, finit-il par dire.

— Je t'ai nommé tuteur légal d'Emma si jamais quelque chose m'arrivait.

Il se lève d'un bond.

— Mais de quoi tu parles ? Tu es malade ?

Je secoue la tête.

— Non, Carter, je ne suis pas malade.

— Eh bien, tu es folle, alors.

— Pas folle. Pragmatique.

Un grand silence prend possession de la pièce pendant un moment.

— Tu me connais à peine, lance-t-il, même si je sais qu'il ne le pense pas vraiment.

— C'est faux, Carter. Je te connais mieux que quiconque. Et j'ai confiance en toi plus qu'en n'importe qui d'autre.

Il fait le tour de son bureau puis s'assied sur le rebord, faisant tomber une partie de ses affaires.

— Tu dois m'expliquer ce qui se passe, Nic. Testament ? Tutelle ? C'est énorme.

— Emma est plus que tout pour moi, je réponds. Et je n'ai aucune idée de ce que Stacy veut réellement. Si elle est ici pour me pousser à bout et puis repartir, tant mieux, ça me va très bien. Mais je ne sais pas. Je ne sais vraiment pas ce qu'elle veut.

— Emma est sa fille, dit-il.

— Biologiquement, oui. Mais ce n'est pas parce qu'elle lui a donné naissance qu'elle peut entrer et sortir de sa vie quand elle le veut.

— Malheureusement, c'est un peu le cas, dit Carter.

— Mais c'est un monstre ! lancé-je du tac au tac, alors que je sais très bien que c'est puéril.

Carter se penche plus près de moi. Je sens les larmes venir, mais je ne les laisse pas couler.

— Tu as probablement raison, dit-il en posant sa main sur mon genou.

C'est un geste de compassion, mais c'est si étrange.

— Mais alors quoi ? dis-je. Les pires personnes de la planète peuvent élever des enfants simplement parce qu'ils en sont les parents biologiques ?

— Oui. Ça a plus de poids dans notre société que n'importe quoi d'autre. Tu le sais bien.

Je repense à Sabrina Travis, une fillette de Bellevue maltraitée par son beau-père de la pire des façons ; même aujourd'hui, des années plus tard, je n'arrive pas à comprendre comment il a pu lui faire des choses pareilles. J'ai dit au procureur que la mère de Sabrina était complice, parce qu'elle était à la maison quand ces choses arrivaient à sa fille : elle a été témoin de tout, j'en suis persuadée, mais elle a choisi de les ignorer. Et moi, je n'ai pas été écoutée. Le procureur a insisté sur le fait qu'il avait besoin d'elle pour témoigner contre le beau-père. « Elle est mauvaise », m'a-t-il dit, alors que je me tenais là, de plus en plus en colère, « mais pas à ce point-là ». Après l'incarcération du beau-père, pour une longue liste de crimes, la fille a été rendue à sa mère. Elle avait les yeux les plus tristes que j'aie jamais vus. Il s'est avéré que la mère n'était pas mieux que le beau-père. Mais c'était sa mère. Ce n'est que plus tard qu'elle a été arrêtée et envoyée en prison. Elle a prétendu que c'était un malentendu. « C'est ma fille, répétait-elle, encore et encore. Jamais je n'oserais faire du mal à ma fille. »

Carter se penche un peu en arrière. Par ce geste, je sais qu'il m'invite à laisser tomber le masque et à lui raconter ce qu'il se passe vraiment.

— Je sais tout ça, Carter, commencé-je. Mais je sais aussi que Stacy est le genre de personne qui ne recule devant rien. Si je lui dis qu'elle ne peut pas avoir la garde tant que je suis en vie, je sais qu'elle cherchera un moyen d'y remédier.

— Est-ce qu'elle t'a menacée ?

Je secoue la tête.

— Pas d'une manière très directe. Stacy n'a pas besoin de dire les mots pour faire passer le message. En fait, elle est trop intelligente pour les menaces. C'est une femme d'action. Elle prend sa décision et prend tout ce qu'elle peut prendre. L'argent. La fortune de son mari. Tout ce qu'elle veut.

Carter change de sujet.

— Je suis honoré, vraiment, que tu aies pensé à moi pour prendre soin d'Emma. Mais je n'ai pas beaucoup d'expérience. Je ne suis même pas un bon père pour mes propres enfants. Je ne les vois que deux fois par mois.

— C'est complètement faux, Carter. Je sais que tu déplacerais des montagnes pour eux. Regarde-moi bien. Je n'ai pas beaucoup d'autres options, c'est vrai. Mais même si c'était le cas, je t'aurais choisi toi. Je dois m'assurer qu'Emma aura quelqu'un pour la protéger, quelqu'un qui, quoi qu'il arrive, ne la laissera jamais tomber.

— Tu ne penses pas vraiment que ta sœur va tenter de te tuer, si ?

— Je suis sûre qu'elle le fera si c'est dans son intérêt… J'essaie juste de planifier un futur très, très incertain. Et j'ai l'esprit plus tranquille depuis que je sais que tu feras tout pour qu'Emma se sente aimée et en sécurité, parce que je sais quel genre d'homme tu es, Carter. Tu l'aimeras de tout ton cœur.

Carter croise ses grandes mains derrière son cou et se penche en avant. Pour la première fois, je remarque un tatouage sur son bras. On dirait les serres d'un aigle.

— Je ne sais pas, Nicole. Je ne pense pas que ce soit une très bonne idée.

J'attends qu'il veuille bien croiser mon regard. Cette fois-ci, c'est moi qui touche son genou.

— C'est ma seule idée à l'heure actuelle, lui avoué-je.

Il hoche la tête.

— Très bien. Je comprends. Tu as besoin de quelqu'un à qui faire confiance. Je suis là.

— Oui, il n'y a que toi qui puisses le faire, Carter. Ce quelqu'un, c'est toi.

— Bien.

Il prononce le mot si bas qu'il en est presque inintelligible.

— Je te fais confiance, dis-je. C'est important dans cette histoire.

— Tu ne me caches rien, pas vrai ?

— Non.

Je mens. Je ne peux pas tout lui dire, bien sûr. Je ne peux tout simplement pas. En dire trop ferait couler mes larmes et je n'ai pas envie de pleurer. J'ai besoin d'être forte. Pour Emma. Je veux la tenir dans mes bras et lui dire au revoir, mais d'une manière qui ne semble pas permanente, qui n'est pas un adieu. Je suis forte. Je le suis réellement. Mais je sais que je n'ai pas la force de lui dire au revoir.

CHAPITRE 49

Lundi 28 août

En cette fin d'après-midi, le ciel est couleur d'ardoise. Mes mains tremblent alors que je reste assise, immobile, dans la voiture. J'agrippe bêtement le volant pour me stabiliser. Mes articulations craquent. Je ne veux pas que ça ressemble à un adieu, mais c'est précisément ce que je ressens. Je lève les yeux vers la maison de Carrie-Anne. Je l'ai taquinée la première année où j'ai amené Emma ici, parce qu'elle avait encore ses lumières de Noël allumées. Elle a balayé ma remarque d'un revers de la main. « Écoute, m'a-t-elle dit à l'époque, quand on a autant d'enfants que moi, on fait des économies où on peut. Chaque année, en décembre, j'ai l'impression d'être en avance, parce que ces stupides lumières sont déjà allumées. »

J'inspire profondément et me dirige vers la porte d'entrée. Carrie-Anne vient m'accueillir.

— Tu es en avance, dit-elle en regardant son téléphone, qu'elle ne quitte jamais. Emma est derrière, elle joue au badminton. Elle commence à prendre le coup de main.

— Je suis ici pour te parler de quelque chose, dis-je.

Carrie-Anne lit l'inquiétude sur mon visage et je lui en suis reconnaissante. Elle peut se montrer un peu rustique, idiote et arrogante (parfois tout à la fois), mais c'est la personne la plus gentille que je connaisse.

—Ça a l'air sérieux, dit-elle. Viens, ma belle, allons en parler à l'intérieur.

Je ne bouge pas d'un pouce.

— Je ne peux pas dire grand-chose, répliqué-je. J'aurais juste besoin que tu fasses quelque chose pour moi. C'est très important. Je me suis arrangée pour que mon coéquipier, Carter Hanson, prenne soin d'Emma si quelque chose devait m'arriver.

Carrie-Anne m'attrape par les épaules.

— Si quelque chose devait t'arriver ? Qu'est-ce que tu sous-entends ? Tu es malade ?

Je secoue la tête.

— Non. Je vais bien. Mais je travaille sur une affaire très dangereuse et on ne sait pas ce qui peut arriver.

Je me retiens de lui parler de Stacy et du genre de personne qu'elle est ; de la dénoncer pour le meurtre de son mari, Cy, et de son jardinier, Tomas Vargas. Je ne lui dis pas que je le savais à l'avance et que j'ai essayé de l'en empêcher. C'était une énorme blague. *Arrêter Stacy ? Pfff. Rien ne l'arrête jamais.*

Rien à part moi.

En ce moment même.

— Tu me fais peur, dit Carrie-Anne. Vraiment, tu commences à me faire peur.

— Le travail de la police est dangereux, dis-je.

Mais avoir ma sœur l'est encore plus, je pense.

— Peux-tu garder Emma pour la nuit ? demandé-je, d'une voix qui peine à se faire entendre. Tu dois t'assurer que Carter la récupère demain matin. J'ai fait tout le travail légal. Ne t'inquiète pas. On n'en arrivera peut-être pas là.

— Tout ça n'a aucun sens, murmure-t-elle.

— Je sais, dis-je. Mais j'ai besoin que tu fasses ça pour moi. J'ai besoin d'aide, Carrie-Anne. S'il te plait.

— Bien sûr. Je vais t'aider. Cela va sans dire. Mais tu me fais peur, Nicole. Vraiment.

C'est alors que j'entends le rire d'Emma s'élever depuis l'arrière-cour. Je le reconnaîtrais entre tous. Il part du fond de son ventre et se répand tout autour d'elle comme du chocolat fondu. Des éclats d'énergie. Et de douceur. C'est son rire.

— Je dois y aller maintenant, dis-je en sentant mes yeux se remplir de larmes.

— Qu'est-ce que je dis à Emma ? demande-t-elle.

Je prends Carrie-Anne dans mes bras et lui donne les clés de ma maison.

— Dis-lui que je l'aime et que je ne l'ai pas abandonnée. C'est important qu'elle le sache. Vraiment. Dis-lui que j'ai quelque chose d'important à faire et que ça ne peut pas attendre. Que parfois, on fait des choses qui ne nous plaisent pas, mais on les fait parce que c'est la bonne chose à faire.

— Pourquoi me donnes-tu tes clés ? demande-t-elle.

— Pour Shelby, dis-je en tournant les talons. Tu devras aller chercher Shelby chez moi ce soir. Désolée pour le dérangement.

Sur ce, je retourne à mon véhicule et me mets en route vers la prison où Carter, Luke Tomlinson et moi allons discuter une nouvelle fois.

CHAPITRE 50

Lundi 28 août

J'ai encore l'estomac noué par ma conversation avec Carrie-Anne lorsque je retrouve Carter et Thom Russo, l'avocat de Luke, devant la prison. Je respire un grand coup, pensant que ça me fera du bien. Mais ce n'est pas le cas. Carter m'informe que deux officiers sont partis chercher Mia à l'hôpital. Il voit bien que je suis bouleversée et prend soin de me laisser un peu d'espace. J'en ai bien besoin.

— Elle prétend être harcelée, dit-il. Selon elle, on la persécute.

— Pas étonnant, je réponds en me forçant à repasser en mode professionnel.

L'avocat, Thom Russo, fait la même tête qu'un chat coupable d'avoir gobé le canari familial. Je sais que Carter lui a expliqué la situation et a brandi la carotte d'une « coopération » sous le nez.

— Cela ne change pas les faits de l'affaire, dis-je à Thom, avant qu'il ait la possibilité de dire quoi que ce soit. Votre client a volontairement laissé sa fille dans la voiture.

Le visage de l'avocat perd de ses couleurs. Il est dans le métier depuis longtemps, mais, pour autant que je sache, aucun de ses clients n'est ressorti victorieux de son procès, du moins pas récemment. Être avocat commis d'office, surtout dans le comté de Grays Harbor, a souvent cet effet-là.

— Il veut vous parler, dit-il. Je ne pourrais pas l'arrêter même si j'essayais.

Sur ce, nous signons la feuille d'émargement et nous dirigeons vers la salle d'entretien. À travers la fenêtre, j'observe Luke, déjà assis à la table. Un garde sans la moindre expression sur son visage se tient juste derrière la porte. Nous entrons. Thom parle le premier. Il répète ce qu'il a déjà dit lors de notre entretien précédent.

— Sachez que je n'approuve pas cette réunion.

Thom n'est pas là pour faire de la figuration. Il dit ce qu'il doit dire pour se protéger, au cas où Luke se retournerait contre lui et le qualifierait de « conseil inefficace ». Je doute que cela se produise. Luke sait qu'il est trop coupable pour se plaindre de son avocat. C'est le geste favori de beaucoup de prévenus, mais il sait que, dans sa situation, personne ne se laissera amadouer.

— Luke, commencé-je, nous avons vu des images qui montrent que vous avez retrouvé Mia devant l'ancienne épicerie Red Apple.

Il baisse les yeux, refusant de croiser mon regard.

— Cela a eu lieu juste après que vous avez quitté le McDonald's, le jour de la mort d'Ally, ajoute Carter.

Toujours rien. Luke est penché en avant, je peux voir une larme tomber et exploser sur la table. Ses épaules tremblent. Il ne fait aucun bruit.

— Écoutez, continué-je, nous savons que Mia vous a poussé à tuer Ally. Nous savons qu'il y avait du chantage de sa part. Est-ce que c'était à propos de Sam Underwood ? Est-ce que vous craigniez qu'elle révèle votre relation avec Sam ?

Thom ordonne à son client de répondre.

— Luke, vous disiez vouloir le faire. Vous disiez vouloir dire la vérité. C'est pour cela que nous sommes ici. Si vous avez changé d'avis, on peut arrêter. L'inspectrice Foster et l'inspecteur Hanson peuvent vous laisser tranquille si vous le désirez.

— Non, répond Luke.

— Non ? demandé-je. Non à quoi ?

Il croise enfin mon regard. Ses yeux sont rouges et son visage strié de larmes silencieuses. C'est une épave. Mais je ne ressens pas la moindre sympathie pour lui. Il a laissé Ally pourrir dans sa voiture. Lui et sa femme. Ils ont planifié le meurtre ensemble.

— Ce n'était pas à propos de Sam. Sam ne représentait rien pour moi. Et, pour tout vous dire, je n'en ai rien à faire de ce que les gars du boulot pensent de moi. J'ai aimé Sam pour le plaisir, pour prendre du bon temps. Tout comme avec Rachel.

Il ne mentionne pas Brooklyn. J'en prends note.

— J'aimais Ally, dit-il. Je l'aimais. C'est Mia qui m'a fait faire ça. C'était elle. Elle ne parlait que de ça. Elle n'arrêtait pas de dire qu'elle aurait dû avorter et que c'était de ma faute si elle était en cloque. Moi, j'aurais préféré qu'elle avorte. J'aurais préféré que sa mère aussi avorte, comme ça je ne l'aurais jamais connue !

— Comment s'y est-elle prise pour vous faire faire ça ? demande Carter.

— Elle n'arrêtait pas d'en parler, dit Luke, une coulée de mucus pendant de son nez et des larmes tombant en cascade sur la surface de la table. Elle a insisté, sans relâche. Elle disait que le fait d'être mère tuait notre relation. Qu'il n'y avait plus rien d'authentique depuis qu'Ally était là, des choses comme ça. Au début, je n'y prêtais pas attention. Je pensais que ça lui passerait. Elle a toujours été bizarre à propos de certaines choses.

— Mais ça ne lui est pas passé, n'est-ce pas, Luke ?

J'essaie de garder un ton neutre et professionnel. Je déteste Luke Tomlinson, mais j'ai bien l'intention de faire tomber sa femme. Et pour ça, j'ai besoin qu'il coopère avec moi. Il le sait.

— Si ce n'était pas votre liaison avec Sam, interrompt Carter, alors quoi ?

— Ce n'était pas une liaison, répond Luke du tac au tac, sur un ton un peu défensif. C'était du sexe. N'en faisons pas toute une histoire.

Brooklyn m'a dit quelque chose de similaire lorsqu'elle est venue chez moi accompagnée de Debbie Manning. Peut-être que je suis vieux jeu.

— Alors de quoi parlait Mia ? Qu'utilisait-elle pour vous menacer ?

Luke regarde Thom et l'avocat hoche la tête.

— Je volais des trucs au travail. Je les revendais. Mia a menacé de le dire à mon patron. Mais moi, j'aime mon travail. Beaucoup de flexibilité pour aller et venir.

Et pour envoyer des sextos à tout ce qui je bouge, pensé-je silencieusement.

— Quel genre d'objets ? demande Carter.

— Des cigarettes, principalement, dit Luke en se mouchant. C'est mon domaine de prédilection au travail. Je m'occupe du stock de tabac. Je recevais les cagettes et changeais les quantités sur la facture. Je disais aux compagnies de tabac qu'on avait tout vendu, épuisé les stocks. Et elles tombaient dans le panneau.

— Et donc vous revendiez les cigarettes ?

— Oui, nous dit Luke, soudainement beaucoup plus calme. Je ne suis pas stupide. Je ne suis pas fumeur moi-même.

— Qui a eu l'idée d'oublier Ally dans la voiture ? C'est quelque chose que vous avez vu à la télé ?

— C'était l'idée de Mia. Elle a été la première à se renseigner. Elle m'a dit que ce serait indolore. Qu'Ally allait juste s'endormir.

Il s'effondre de nouveau.

— Mais ce n'était pas le cas, dis-je.

— Non. Ce n'était pas le cas.

Luke colle son front contre la table.

— Quand je suis retourné à ma voiture après le déjeuner, Ally était toujours vivante. Elle pleurait. Elle me regardait droit dans les yeux. J'ai paniqué. Je me suis dit que je devrais peut-être la sortir de là, mais je n'arrêtais pas de me dire que si je le faisais, Mia allait me dénoncer. J'allais perdre mon travail. Alors que j'étais vraiment bon à ça.

Je repense à ces rangées de photos dans la salle de conférence du WinCo, qui récompensent les « employés du mois ». Luke a gagné le prix trois fois. Je me demande si WinCo va vouloir qu'il rende ses plaques. Mon petit doigt me dit que oui.

CHAPITRE 51

Lundi 28 août

J'observe Mia. Quand les gens découvrent ce que je fais dans la vie, ils me posent souvent des questions sur ce qui fait un criminel. Ce n'est pas facile d'y répondre. C'est un mélange de nature et d'éducation, je suppose. Je l'ai bien vu dans ma propre famille. Stacy et moi avons été élevées dans le même environnement. Elle est devenue une tueuse et moi, flic.

La mère d'Ally est affalée sur une chaise dans une pièce dont la taille est proche de celle de la cellule qui, j'en suis sûre, deviendra sa demeure définitive. Si je ne l'avais pas vue sur la vidéo, j'aurais douté qu'une mère puisse se montrer aussi indifférente, aussi dépravée, quand il s'agit de son enfant. *Stacy et Mia sont exactement de la même trempe,* je me dis. Enfin, Stacy n'aurait jamais tué Emma ; il n'y avait rien à gagner. Mais elle a tué Cy, le père d'Emma, et c'est une blessure qui ne pourra jamais être effacée. Si Emma savait ce que sa mère a fait, Dieu, ce qu'elle en souffrirait.

— Elle refuse de parler, m'annonce Carter. Elle a appelé son avocat.

— OK, dis-je. Je vais essayer de la faire changer d'avis.

— Tu devrais laisser tomber, dit-il en posant une main sur mon épaule.

C'est un geste doux, un geste inoffensif, qui vise simplement à me rappeler que je peux aller trop loin. Il essaie de me dire qu'il se soucie de moi. Et qu'il sera bon avec Emma. Si on en arrive là.

— J'y vais, dis-je en ouvrant la porte et en la refermant derrière moi.

Je sais que Carter me regarde par la fenêtre. Mia me lance un sourire en coin.

— J'ai dit aux officiers que je ne parlerai pas. J'ai un avocat.

— Je sais, je réponds. Je ne suis pas là pour vous interroger. J'ai quelque chose à vous dire.

— Alors, parlez et allez-vous-en.

Je m'assieds. Elle sent bon le chèvrefeuille. Un trop joli parfum pour un tel monstre. Elle relève le menton, son coude fermement planté sur la table. On croirait voir une écolière en train de s'endormir en classe. Il y a un mélange de fragilité et de désinvolture dans son regard. Je connais trop bien ce regard. Je l'ai croisé dans les yeux de ma sœur des centaines de fois.

— Mia, lui lancé-je, tu vas prendre de longues années, tu t'en rends bien compte ?

— Écoutez, inspectrice, je ne vais pas discuter avec vous. Vous n'avez rien sur moi. Tout le monde sait que mon mari a tué notre fille. Et le public est de mon côté. Assez parlé.

Sur ce, elle se redresse et s'étale dans sa chaise métallique. Ses pieds raclent le sol alors qu'elle s'éloigne de moi. Autour de son cou, il y a un collier qui me semble familier. C'est la moitié d'une pièce d'or, suspendue par une épaisse chaîne. L'autre moitié du pendentif que portait Brooklyn. Je repense à ce que Debbie m'a dit à la porte. « Elle est confuse. Lâchez-la un peu. Ses parents sont morts dans un accident de voiture quand elle avait six ans. Mais c'est une fille bien qui a bon cœur. »

— Quelle est votre relation avec Brooklyn ? demandé-je.

— C'était l'assistante de Debbie, à la garderie, c'est tout.

Elle remarque que mes yeux sont fixés sur son collier.

— Nous étions amis. Tous ensemble. Brooklyn, Luke et moi. Vous ne comprendriez pas.

— Dites toujours ?

— On est *polya*.

Mon expression confuse l'invite à m'en dire plus.

— Polyamoureux, dit-elle avec un grand sourire, visiblement contente de me poser une colle.

Elle doit me voir comme une vieille nonne qu'elle est très heureuse de choquer.

— Vous vous imaginez sûrement du sexe en groupe quand je vous dis ça, continue-t-elle sur un ton très professoral, mais ce n'est pas que ça. C'est plus fort que ça. On s'aime vraiment, tous les trois. J'aime réellement Brooklyn.

— Brooklyn est mineure, lui rappelé-je.

— Et alors ? Elle sait ce qu'elle fait.

— Vous aussi.

Elle ne dit rien pendant un instant et reste bouche bée.

— Quand vous avez poussé votre mari à tuer votre bébé, vous saviez ce que vous faisiez.

— Ce n'est pas le sujet, lance-t-elle d'un air nonchalant.

Je quitte la salle d'entretien et cette créature des enfers. Comment cette femme a-t-elle pu donner naissance à un si joli bébé pour ensuite décider de lui ôter la vie ?

— Qu'est-ce qu'elle a dit ? demande Carter.

— Décidément, le monde m'étonne un peu plus chaque jour, je réponds.

— Hein ?

— Laisse tomber. J'ai un autre chat à fouetter pour le moment.

— Stacy, dit-il.

En plein dans le mille. J'enroule mes bras autour de Carter et nous nous enlaçons longuement. J'aime la manière dont il me serre dans ses bras. C'est doux. Simple. Bienveillant. Précisément le genre d'étreinte dont j'ai besoin à ce moment-là. Je lui chuchote un « merci » à l'oreille, et mes lèvres sont si proches de lui que c'en est presque un baiser.

— Carrie-Anne s'occupe d'Emma pour la nuit. Je serai de retour demain. Enfin, je l'espère.

Il ne dit rien et se contente d'un simple signe de tête pour m'indiquer qu'il comprend et qu'il est là pour me soutenir.

Et puis je pars. Je sais que le meurtre d'Ally sera vengé. Cela m'apporte un peu de réconfort. Mais pour l'instant, je vais m'occuper de ma sœur.

CHAPITRE 52

Lundi 28 août

Ocean Shores, ironiquement pour moi, était censé être un sacré pari, une opportunité de faire fortune. Mes parents y ont acheté une propriété, où ils ont construit un chalet avec deux chambres que nous avons utilisé de temps en temps avant que maman ne nous quitte. Papa était persuadé qu'il allait faire un malheur dans l'immobilier, mais ça n'est jamais arrivé. Des gens d'Hollywood sont venus. Je me souviens de ma mère, surexcitée, lorsque la chanteuse Pat Boone l'a encouragée à poursuivre ses rêves de célébrité au détour d'un tournoi de golf entre riches. Les promoteurs ont promis tant de choses. Comme ils le font toujours. Et puis, comme une machine à sous perdante après minuit, tous nos espoirs de ce qu'aurait pu être Ocean Shores se sont envolés. La côte de Washington n'est pas Pismo Beach.

J'envoie un message à Stacy pour qu'elle me rejoigne à dix-neuf heures.

Emma a hâte de te voir. Je lui ai dit la vérité.

Surprenant.

Je sais.

Tu sais que je n'aime pas attendre. Ne m'y oblige pas.

. . .

J'ai envie de lui répondre que si personne ne la fait attendre c'est parce que tout le monde a peur d'elle, mais je ne le fais pas. Alors que je regarde la route, une pensée s'invite dans mon cerveau agité. *Est-ce que je fais ça pour moi ? Ou pour Emma ?*

Mon arme est posée sur le siège passager et j'ai l'impression qu'elle me regarde. Qu'elle se moque de moi, qu'elle me met au défi. *Alors, tu vas tuer ta sœur ou pas ? T'es cap' ou pas cap' ?* Emma est sans doute devant la télé, en train de regarder la chaîne du télé-achat, la préférée de Carrie-Anne, qui passe l'entièreté de ses journées dans son salon rempli d'enfants, de jouets et de jeux. Il n'y a pas de meilleur endroit pour elle en ce moment. J'imagine le regard heureux sur son visage. Une soirée pyjama ! Quel bonheur ! Elle aura un bon dîner. Entourée de gens qui l'aiment. C'est ce que je veux. C'est ce que j'espère pour son avenir.

En descendant le long de notre rue, j'entends le tumulte du Pacifique. Lui aussi semble me pousser au meurtre, me rappelant à chaque vague : « Si tu tues Stacy, et que tu as la chance de t'en sortir, tu seras libre. Emma sera libre. Le monde sera un endroit plus sûr. »

Si j'ai la *chance* de m'en sortir. Ce mot tourne en boucle dans ma tête. Je n'arrive pas m'en débarrasser. Je suis une joueuse compulsive, dans une thérapie de groupe qui enseigne que la chance n'existe pas. Je sais que ce n'est pas la chance qui décidera de mon sort dans cette histoire.

La voiture de location de Stacy est garée devant notre chalet. Le bleu pâle de la maison lui donne cet air de conte de fées, on croirait qu'elle a été posée là par un ouragan, au milieu de bois flotté et des herbes marines. La voiture de Stacy détonne avec le reste du paysage. Je me gare derrière elle et glisse mon arme dans mon sac. Je suis flic. Je sais comment faire. Se débarrasser du corps. Nettoyer toutes les traces. Ne jamais dire à personne ce que j'ai fait. Pas même à Carter. *Surtout pas* à Carter. Je dirai juste à tout le monde que ma sœur est partie, comme elle le fait toujours. Fin de l'histoire. Bien qu'il n'y ait pas de meurtre parfait, certains meurtres restent meilleurs que d'autres. Enfin, selon que vous en êtes la victime ou l'auteur, bien sûr.

La porte s'ouvre et ma sœur se tient là avec un grand sourire, qui se transforme instantanément en grimace furieuse dès qu'elle remarque qu'Emma n'est pas avec moi.

— Où est mon Emma ? s'écrit-elle.

— Elle ne se sentait pas bien, murmuré-je, incapable de projeter ma voix. Elle ne voulait pas te voir.

Stacy me fixe durement alors que je la contourne et arpente le salon. Les souvenirs affluent instantanément. Nous avons passé de bons moments ici. Les meilleurs moments de notre enfance. C'est comme si l'espace était hanté par nos souvenirs, l'écho de nos voix de petites filles. Les locataires, qui viennent de déménager, ont pris soin de l'endroit. Nous avions l'habitude de nous asseoir là, à cette table, en famille. C'était il y a fort, fort longtemps.

— Tu ne lui as jamais dit, m'accuse Stacy. Mon Dieu, Nic, tu es si faible ! Je n'aurais jamais dû te laisser le choix. Je suis stupide. Répète après moi : « trompé une fois...

— Honte à toi.

— Trompé deux fois...

— Honte à moi ».

Stacy est la reine des reproches. Elle l'a toujours été. C'était toujours elle qui avait l'ascendant dans notre relation. Je la laissais gagner quand nous étions enfants, parce que j'adorais ma petite sœur. Puis en tant qu'adulte, je la laissais gagner parce que je savais que gagner était plus important pour elle que pour moi. J'ai été tellement stupide, de faire comme si de rien n'était, de lui donner tout ce qu'elle voulait. Je me demande ce qui se serait passé si je lui avais tenu tête, quand elle était petite fille ou adulte. Est-ce que les choses auraient été différentes ?

Est-ce qu'elle aurait pu être différente ?

Je sors le pistolet et le pointe sur elle.

Elle écarquille les yeux.

— Oh, mon Dieu, Nicole, dit-elle. Sois réaliste. Range-moi ça, s'il te plait.

— Je ne peux pas continuer à vivre dans la crainte que tu reviennes me la prendre, Stacy. Je suis désolée. Je suis vraiment désolée. Mais peu importe les mots qui sortent de ta bouche, je ne pourrai jamais te croire. Tu ne sais pas dire la vérité.

Je peux lire la peur dans ses yeux. Et je dois avouer que j'aime cette expression sur son visage. Elle lui va bien mieux que cet accoutrement J.Crew qu'elle porte et qu'elle a dû payer une fortune.

— Tu as empoisonné mon chien. Tu as tué tes deux maris. Tu as tué un étranger, un gamin, qui plus est. Un gamin qui était juste là pour tondre la pelouse.

— On en a déjà parlé, dit-elle. C'était un accident.

— Mon Dieu, Stacy, mais quand vas-tu t'arrêter ? Il y a quelque chose qui ne va pas chez toi, il faut que tu le comprennes !

Elle recule de plusieurs pas pendant que je tourne le verrou de la porte.

— Qu'est-ce que tu vas faire ? demande-t-elle, dans un mélange de terreur et de jugement. Me tirer dessus puis brûler la maison ? Ils me retrouveront. Tu le sais très bien.

Elle a raison.

— Trop évident, dis-je. Le chalet est au nom de papa. Ils viendront me voir. Et je ne suis pas aussi bonne menteuse que toi. En y réfléchissant bien, je crois que tu es championne du monde à ce niveau-là.

— Tu es jalouse de tout chez moi, Nicole, crache-t-elle. Même de ma capacité à mentir.

J'attrape les menottes dans ma poche. Et tout en maintenant l'arme pointée sur ma sœur, je les jette sur la table.

— Enfile-les, lui ordonné-je.

Elle me jette un regard noir.

— Non. Je ne le ferai pas.

Je tire une balle sur le sol, laissant un trou important dans le plancher. Stacy est surprise. Moi aussi.

— Enfile-les ! Maintenant ! répété-je.

Ma voix est dure, autoritaire. Stacy s'agite et me regarde, me suppliant de l'épargner.

— Écoute, Nicole, on va s'arranger. Je vais juste quitter la ville, je te le promets.

Je ne la crois pas une seconde. Je ne suis pas si stupide.

— Menottes, dis-je. Maintenant.

Elle s'exécute. Je n'aime pas ce que je ressens. Je m'imagine en parler à mon groupe de parole, je les imagine m'applaudir alors que je leur raconte que depuis, je vais mieux. « Affronte tes démons », m'a-t-on toujours dit. Et Stacy est un démon. Mon démon.

Pourtant, à cet instant précis, dans le vieux chalet de plage de notre famille, c'est moi qui suis diabolique. Je n'ai pas réfléchi à tout ça ; parce qu'au fond de moi, je n'ai jamais cru qu'on en arriverait là. Je ne pensais pas que cela arriverait vraiment. Je n'ai pas pensé une seule seconde que Stacy voulait vraiment Emma. Pas comme moi je veux garder Emma, en tout cas. Je pensais qu'elle quitterait la ville. Qu'elle était à Hoquiam juste pour me torturer, pour jouer avec moi comme un chat le fait avec un moineau presque mort ; juste pour le plaisir de me faire me sentir inférieure à elle, en me rappelant d'où nous venons et en me rappelant que moi, contrairement à elle, je n'ai jamais réussi à quitter cet endroit.

— Tu as raison, Stacy. On ne peut pas faire ça ici.

— Ils vont trouver ma voiture, répond-elle.

— Je sais

Je pense à cette scène du *Magicien d'Oz* où Dorothy et ses amis sont réunis autour de la méchante sorcière de l'Ouest alors qu'elle s'enfonce dans le sol de la route de briques jaunes. Si on regarde bien, on peut voir la trappe s'ouvrir en un carré parfait avant que la sorcière ne descende. Mais c'est moi qui m'enfonce maintenant. Je suis la méchante sorcière.

— Je ne peux pas te tuer, lâché-je dans un souffle.

La peur de Stacy se dissout instantanément. Elle est le sucre dans l'eau et je suis la cuillère.

— Je savais que tu n'oserais pas. Détache-moi, maintenant, dit-elle en faisant cliqueter la chaîne de ses menottes.

Je secoue la tête.

— Non, Stacy. Tu as raison, je suis trop faible pour faire ce qui doit être fait. Je ne peux pas te tuer.

— Je sais, dit-elle. Maintenant, laisse-moi partir. Emmène-moi à Emma.

— Ça n'arrivera pas, dis-je. Allons à la voiture. Ma voiture.

— Qu'est-ce que tu vas faire ? demande-t-elle alors que je maintiens le canon de mon pistolet entre ses omoplates, la faisant avancer jusqu'au siège passager.

Le Pacifique brille en rose à cause du coucher de soleil et nous baignons dans cette lueur. C'est bien. Quelque chose de beau au milieu de toute cette laideur qui nous enveloppe, ma sœur et moi. Je déverrouille la porte. Et le ciel s'assombrit.

Je lui dis : « Je nous dénonce », tout en attachant la ceinture de sécurité autour d'elle avant de faire le tour de ma voiture pour m'installer au volant. Elle semble confuse. Pas effrayée pour un sou. Surprise, plutôt.

— Comment ça, tu nous dénonces ?

— Tu es responsable de la mort de Cy, lui rappelé-je.

— Et alors ? C'était un pornographe.

— Ah bon ? demandé-je nonchalamment en passant les vitesses.

— Ton petit-ami et lui étaient impliqués jusqu'au cou dans le meurtre de cette petite fille.

— Son nom était Kelsey Chase, répliqué-je.

— Tu dis « nous », mais comment ça, « nous » ?

— Tomas Vargas, dis-je. C'est de ma faute autant que de la tienne. Je peux peut-être me remettre de la mort de Cy. Celle de Julian aussi. Mais pas de celle d'un adolescent innocent.

Stacy se tourne pour regarder par la fenêtre.

— Combien de fois dois-je te dire que c'était un accident ?

— Ça l'était, oui, dis-je. Un terrible accident. Un accident qui ne serait jamais arrivé si je ne t'avais pas fait confiance. Tu t'es jouée de moi, Stacy. Comme tu le fais toujours.

— Alors, tu vas te calmer tout de suite, me lance-t-elle.

Ce qui est très drôle, car je suis déjà très calme.

— J'allais te tuer, Stacy. Vraiment. Je ne plaisantais pas. J'allais le faire. C'était la seule solution, vraiment, parce que ça voulait dire que je pourrais vivre ma vie et prendre soin de ta fille. Briser enfin les cycles qui ont fait de nous ce que nous sommes.

Du coin de l'œil, je remarque que ma sœur se débat silencieusement avec les menottes.

— Tu es une idiote, Nicole. Si tu avoues que tu étais au courant pour l'explosion de propane, toi aussi tu iras en prison.

J'acquiesce.

— Oui. Probablement. Mais pas aussi longtemps que toi.

— Je ne vais pas aller en prison.

J'entends sa voix de jeune fille à ce moment-là : « Non, je n'irai pas à l'école ! »

La route serpente le long du Pacifique et en regardant l'eau, je me demande quand je la reverrai après ça. Ou Emma. Quand la reverrai-je ? Carter saura-t-il lui expliquer que j'essayais de faire ce qui était le mieux pour elle ? Un camion d'exploitation forestière arrive devant nous et je cligne des yeux en voyant ses phares. Stacy se tait à présent. Je n'aime pas quand elle est silencieuse. Ça veut dire qu'elle réfléchit.

— Je suis sûre que tu trouveras comment te défendre, lui dis-je. Tu diras que tu craignais pour ta vie. Qu'il te battait. Quelque chose comme ça. Que tu en savais trop sur ce qu'il faisait. Oui, tu pourras dire ça. De façon convaincante, j'en suis certaine. Et qu'il l'a découvert.

Les yeux de Stacy sont fixés sur la route.

— Oui, quelque chose comme ça, dit-elle.

Je continue de rouler. Il nous faudra deux heures pour arriver à Bellevue.

— Ne fais pas ça, me dit-elle, d'une voix suppliante. Ça va nous gâcher la vie à toutes les deux. Je promets de ne plus jamais refaire ce que j'ai fait.

Une fois de plus, sa voix de petite fille : « Mamaaan !!! Candy préfère Nicole à moiii ! ».

— Je suis en état d'arrestation ? demande-t-elle en regardant ses menottes.

— Non, dis-je. Pas vraiment. Souviens-toi, j'allais te tuer.

À ce moment-là, Stacy se penche et attrape le volant.

— Mais qu'est-ce que tu fais ? crié-je.

— Salope ! me répond-elle en hurlant. Je ne veux pas aller en prison. Alors je tente ma chance maintenant.

Tenter sa chance. Le vocabulaire du jeu, encore. Ça aurait dû être ma phrase. Ces mots résonnent dans ma tête alors que ma voiture glisse sur le bas-côté et commence à se retourner. Une fois. Deux fois. Trois fois. Je ne sais plus où est le haut et où est le bas. Il y a du verre brisé. Du sang qui me gicle dessus. Stacy hurle. Et moi aussi je crie.

Soudainement, la voiture s'arrête.

Le moteur tourne toujours, mais nous ne sommes plus en mouvement.

Nous sommes suspendues la tête en bas. Je pense aux grottes de Carlsbad. Je pense à nos parents. À Shelby. Mais surtout à Emma.

Je parviens à décrocher la ceinture de sécurité qui me suspend au plafond et je tombe. Je sors du véhicule et rampe jusqu'au côté passager. Mes mains sont ensanglantées. Trempées dans le rouge. Des diamants partout. Du verre, en vérité, partout.

Stacy halète comme Shelby après une heure de farniente au soleil.

— Stacy ! Tu vas bien ? demandé-je.

Elle se tourne vers moi et je remarque une entaille sur son cou. Une coupure, je pense, due à la ceinture de sécurité.

Je commence à pleurer.

— Je ne vais pas m'en sortir, hein ? me lance-t-elle.

Je secoue la tête. Je ne veux pas lui mentir.

— Dis à Emma que je n'étais pas si mauvaise, dit-elle.

Je lève les yeux alors que des phares se dirigent vers nous, à travers l'obscurité. Je trouve les clés des menottes et défais le verrou, libérant les poignets de ma sœur.

Je jette les menottes ensanglantées dans l'océan.

Quelques instants plus tard, un homme sort de son camping-car et court vers moi.

—Oh mon Dieu ! Vous allez bien ?

Je lui réponds que moi oui.

— Quelqu'un d'autre dans la voiture ?

— Ma sœur, dis-je, d'une voix presque inaudible. Je pense qu'elle est morte. Stacy ? Stacy, tu m'entends ?

Ses yeux sont fixes à présent. Elle regarde vers le haut, dépourvue de tout signe de vie. Je sais qu'elle est partie. Et aussi horrifiée que je sois, un autre sentiment m'envahit. Un sentiment de soulagement. C'est tellement écrasant. Je suis en train de tomber dans la trappe de la sorcière. Je vais me transformer et partir en fumée. Mais je sais que lorsque la fumée se dissipera, Emma et moi serons enfin libres.

L'homme appelle une ambulance.

— Un terrible accident, dit-il au téléphone. Point kilométrique cent trente-quatre. La sœur de la conductrice est dans le véhicule. Je suis presque sûr qu'elle est morte.

Il éloigne le téléphone de son oreille et s'agenouille près de moi.

— Que s'est-il passé, madame ? me demande-t-il d'une voix douce.

— Un cerf a sauté sur la route.

Il me lance un regard compatissant et parle à nouveau au téléphone.

— Elle dit qu'un cerf a sauté sur la route. Bon sang, ça arrive tout le temps par ici. On devrait mettre un panneau ou quelque chose comme ça.

Mes yeux se posent de nouveau sur Stacy. Elle est immobile. Silencieuse. Je prends une grande inspiration. Emma est en sécurité. Je me dis que si on me compare à ma mère ou à ma sœur, je suis la seule des trois qui sache réellement ce que c'est que d'être mère et de tout faire pour protéger son enfant, quoi qu'il advienne. Je ne suis pas une menteuse, en fin de compte. Stacy est morte dans un accident de voiture. Ce n'est pas moi qui l'ai tuée. Ce qui ne veut pas dire que je n'aurais pas pu la sauver. Ça ressemble plus à Stacy qu'à moi de ne pas l'avoir sauvée. Et il n'y a qu'en ce point précis que je suis semblable à ma sœur. Cela me convient. Je peux vivre avec cette pensée.

FIN

ET MAINTENANT ?

Toute l'équipe des éditions de L'Oiseau Noir tient à vous remercier pour cette lecture et espère de tout cœur que vous l'avez appréciée. N'hésitez pas à publier un avis et une note à propos de ce roman dès maintenant, alors que vos souvenirs sont encore frais !

Prenez également quelques secondes de plus pour en parler sur vos réseaux sociaux ou sur des sites spécialisés comme **Babelio, Goodreads** ou **Bepolar.**

D'un côté, vous aiderez les éventuels lecteurs·rices à faire leur choix et d'un autre, vous permettrez à une petite structure indépendante comme la nôtre de bénéficier d'un peu plus de visibilité dans cet océan de livres où les grandes maisons d'édition et les auteurs célèbres tiennent le haut du pavé.

Merci d'avance et à très vite pour une prochaine lecture.

Aujourd'hui adjudant-chef, il est affecté à l'enquête et doit tenter de répondre aux nombreuses questions qui entourent l'affaire. Qu'a subi Victoria Savigny pendant ces onze années ? Où était-elle ? D'autres filles sont elles en danger ?

Les heures tournent, le kidnappeur court toujours et à la progression difficile de l'enquête en raison de l'ancienneté des faits, s'ajoute l'arrivée massive de journalistes en quête de scoops que le retour inespéré de la jeune femme a attirés.

Désormais spécialiste du langage non verbal, Maxime saura-t-il décrypter l'étrange récit de la jeune femme pour retrouver le ravisseur et sauver les potentielles autres victimes ?

Ce que les lecteurs en disent :

"C'est un méga coup de coeur pour moi.
Une superbe intrigue qui vous happe, vous tient en haleine et vous empêche de refermer le livre."

CÉCILE GRESSET : ★★★★★

"Wouaw quelle histoire !! À peine entamé, je n'avais plus envie de refermer ce livre. L'histoire est très bien écrite et l'intrigue vous tiens en haleine tout au long des pages

SANDRA BAYER : ★★★★★

"Un thriller policier haletant ! J'ai adoré ! J'ai toujours peur de me lancer dans ce genre car j'anticipe souvent ce qu'il va se passer. Et dans celui là, que de surprises !!"

CAMILLE DURBAN : ★★★★★

DU MÊME AUTEUR

Une brillante inspectrice qui a tout perdu. Une fillette à sauver. Bien plus qu'une question d'honneur pour Nicole Foster...

L'OISEAU
NOIR
465 route d'Epagny, 74320 Sevrier

www.loiseaunoireditions.com

Achevé d'imprimer en Pologne
Dépôt légal mars, 2023